徳間文庫

六機の特殊

警視庁特殊部隊

黒崎視音

徳間書店

目　次

『世の中で名とし姓として付けられているものは、名称に過ぎない。
……行為によって盗賊ともなり、武士ともなるのである。行為によって司祭者となり、
行為によって王となる。
……世の中は行為によって成り立ち、人々は行為によって成り立つ。生きとし生けるも
のは業（行為）に束縛されている。――進み行く車が轄に結ばれているように』

――釈尊『スッタニパータ』

『さあ立て、もしお前の魂が肉体の重みに耐えるのなら、
あらゆる戦闘に打ち克(か)てるはずだ、
その魂の力で呼吸困難に打ち克て』

――ダンテ『神曲』第二十四歌

『生まれ生まれ生まれ生まれて生の始めに暗く、
死に死に死に死んで死の終わりに冥(くら)し』

――空海『秘蔵宝鑰』

第一話　出動の夜

その日――カウンターで受付窓口の席に着いていた若い女性行員に、なにがしかの予感があったとしても、すでに手遅れだった。

ありがとうございました、と笑顔で中年女性の客を見送り――とても礼儀正しい婦人で、いつもあんなお客ばかりならいいのにな……と思いつつ、女性行員が一旦カウンターに落とした視線をあげると、中空に浮かぶ真っ黒い点をのぞき込むことになった。

銃口だった。女性行員の脳裏へ咄嗟に閃いたのは、自分は夢を見ているのだろうか、という他愛のない思考だった。

つい数十秒前までは何の問題もない、冬の早い夕暮れを知らせる橙色の光が窓から差し込む、週末の銀行だった。

それが今は、行内には凍りついたような緊張が生む沈黙に満たされている。

「か、金を出せ！　早くしろ！」

静まりかえった行内に、男の声が響いた。女性行員が一瞬身を震わせて顔を上げた。男はニットの帽子とサングラス、そしてマスクで頭部を覆っていた。

と、拳銃を突きつけている男の背後で、同じ格好をした背の高い男が、まるで狼狽しているような身振りで辺りを見回していたのを止め、古びたスポーツバッグをカウンターに投げ出した。

呆然と魅入られたように座ったままの女性行員の、ずっと後ろの席が、ガタンと音を立てた。

それが事態を見守っていた人々の金縛りを解いた。女性の悲鳴が上がり、さらに怒号と罵声、入り口を目指して殺到する靴音が続く修羅の巷と化した。

一分後、男二人が行内から歩道に飛び出し、車道に停めてあった乗用車に走ろうとしたその時、行員たちが手近にあった現金を詰めたスポーツバッグを抱えた男が、拳銃を持って先を行く男に「おい！」と怒鳴った。

怒鳴った男の視線の先には、サイレンを吹鳴せず、赤色灯だけを光らせて急行してくるパトカーの姿があった。

ほとんどの金融機関は非常通報装置を設置している。これは役職者、あるいは行員全員の机の下、床にスイッチがあり、都道府県県警の通信指令室と直結している。そして、たまたま周辺を巡察中のパトカーがいたことが、この後の展開を決定した。

「畜生、サツだ！」拳銃を持った男が喚く。

「どうするよ？　おい、どうするんだよ！」

スポーツバッグを赤子のように胸に抱いたもう一人も切羽詰まった声を出す。

「くそ、戻れ！　中に戻るんだ！」

男二人の視線の先、十メートルほどにパトカーは急停車し、略帽を被った警察官二名がそれぞれドアを勢いよく開け放つのが見えた。

「畜生！」

再度、男は怒鳴ると拳銃を握った手をパトカーに向けた。勤務の交代時間にかかわらず駆けつけた熱心かつ不運な警察官二名は、それを見て弾かれたようにそれぞれ車内に倒れ込んだ。勢いがつきすぎてサイドブレーキ、ギアレバーに頭をぶつけた。

どこか離れた場所で爆竹が破裂したような音と、間近で砂がぎっしり詰められた袋が壁にたたきつけられたような音の交錯を、二人の警察官は身をシートに伏せたまま聞いた。警察官たちが首をすくめながら頭を上げると、フロントガラスが蜘蛛の巣状に割れていた。

運転席の警察官が首を伸ばして外をうかがう間、助手席の警察官が無線のマイクをとった。

「こちら508より警視庁！　整理番号四八八の件、マル被から銃撃を受けた！　繰り返す、銃撃された！」

「警視庁了解、関係各所属に応援を要請します、以上警視庁」

指令室から届く女性指令官の声は、まったく冷静だった。非番前日の夜は、亭主はさぞ苦労するだろうなと、その警察官は思った。

「あっ！」制服の右袖に車長のバッジを留めた、年上の警察官が声を上げた。「……シャッターが！」

警察官二人の視線の先で、銀行のシャッターが戦車の履帯が軋るような音を響かせて上から閉じられようとしている。

「来い！」二人の警察官たちはパトカーを捨てて走り出した。

「車長――！」一方の警察官が走りながら叫んだ。

「下に何か突っ込んで、閉じられないようにするんだ！」

全速力で走ったが、警察官たちが行き着く前に音をたててシャッターの端は地上まで達し、海辺を襲った津波のように、犯人自身と、不幸にも居合わせた人たちを覆い隠した。

「くそっ、開けんか！」警察官の一人がシャッターを拳で叩いた。

「止めろ！　それよりお前、裏口に回れ」車長は命じて、手に拳銃も持っていないことに気づいた。

拳銃を腰から抜きながら、自分たちのできるのはここまでだ、と車長は考えた。自分たちだけで解決しようとするのは危険すぎるし、下手に刺激すれば犯人は何をするか予測できない。自分か部下が〝二特進〟するような事になれば、犯人は自暴自棄になり、ますます人質の危険が増す。

強盗から籠城事件へと悪化した犯罪は、それを専門とする者たちの手に移ろうとしていた。


都内、品川区勝島。

警視庁警備部第六機動隊は、東京湾にほど近いこの地に置かれている。

残照が遠く過ぎ去り、夜の薄い帳が少しずつ色濃くなるなかで、一日の訓練を終えた隊員たちが、ぞろぞろと隊舎に向かって談笑しながら歩いてゆく。その流れとは逆に、移転して同じ敷地内にある第二方面本部の、私服に着がえた事務職員が退勤して、門へと流れて行く姿があった。

けれど、一方で腕立て伏せを続ける一団があった。

相当回数を重ねているのだろう、その六人の男たちが着る濃紺の通称〝乱闘服〟あるいは〝ワッペン〟と呼ばれる活動服は汗にまみれてほとんど黒色に変わり、屈伸を続ける腕は痙攣するように震えている。

「四十七、四十八――」

「あ、あと二回……！」顎先から汗を滴らせながら、一団の中で最も年若い武南敏樹が感極まったような声を上げる。

「四十九！　五十――」六人のうちで最も年長に見える三十代の精悍な表情の男、水戸要一が正確な発音で数え続ける声は、この苦行をさらに儀式めかしていた。

「武南が遅れた！　もう一度はじめから！」

そう無情に告げたのは一団の長である小隊長、土岐悟だったが、命じた本人の細いながらもがっしりした腕が一番震えている。

水戸を除いた武南、そして他の三人、井上始、藤木元弥、甲斐達哉がべたりと地面に這いつくばった。

「こらこら……、もう一度、……やるぞ」

言いながら座り込んだ土岐自身も、息が切れている。通算では二百回を超えていた。

「土岐警視」と呼びかけられて、息をつきながらあげていた顔を声のほうに向けると、制服の事務職員が立っている。

「な……何でしょう？」

「中隊本部でお呼びです」

「解りました……どうも」

息を整え、土岐は腰を払って立ち上がった。

「副長、ちょっと本部に行って来ます」

土岐は水戸に言った。

「了解しました」

「……やった、助かった」武南が荒い息の中、笑いながら呟く。

「なに言ってんだ、もう一度と隊長は言ってるんだ」

甲斐が腕立てを再開する姿勢をとりながら生真面目に応えた。

「隊長、我々はもう、よく働いたと思いますが」と藤木が端正な顔に苦笑のような表情を浮かべて土岐に言い、独り言のように続けた。「筋肉痛の腕で女に会いに行けば、肉体労働者とばれる」

「じゃあどう言ってあるんですか」

井上が質問した。

「エリート事務職員」

土岐は笑って、着替えを命じてから、走り出した。

今年土岐は二十八歳になる。だが、年齢相応に見られることは少ない。よく言えば沈毅な、悪く言えば分別くさい表情が多すぎるからかも知れない。顔立ちは端正と言えなくもないが、希少価値を主張できるほどではなく、当人も主張しようとは毛頭思わず、周囲にそれと意識されたこともない。体格も顔立ちに似て、目立たない。身長は見事に同世代の標準の百七十センチで、一見すると華奢にさえ見える。

土岐は岡山で生まれた。日本三大奇祭の一つ、裸祭で知られる西大寺という町だ。

大学進学を機に上京し、卒業と同時に警察庁採用の国家公務員として警察官になった。そして現在、土岐が小隊長として指揮を執（と）る部隊は、雑踏警備、デモ規制といった警備事案には出動しない。

警備部隷下の機動隊九隊及び特科車両隊内には、様々な専門部隊が存在する。

爆発物処理班は頭号、第一機動隊――〝旗本〟の一機。水難救助隊は湾岸を管轄する〝カッパ〟の二機と〝若鷲〟の九機。多摩川流域を管轄するのは〝若獅子〟の七機で、この部隊には特車隊とともに近年創設された科学防護隊と、高所事案対策にあたるレンジャー部隊も置かれている。銃器犯罪に対抗する特殊警備部隊――銃器対策部隊は第一及び〝誇り〟の三機、〝蜂〟の八機に置かれ、また各機動隊は事故や災害に対応する機動救助隊を擁している。

しかし、その中にあっても土岐とその部下たちが所属し、支援部隊も含めて百二十人の中隊は特別だった。

〝六機の特殊〟〝第七特科中隊〟……、様々な名称で警察内部では呼称されるが、世間の人々はこう呼ぶ。

スペシャル・アサルト・チーム――、ＳＡＴと。

日本で暴力革命闘争が吹き荒れた七〇年代、過激派によるハイジャックに屈して国際的非難と軽侮に晒（さら）された政府は密かにテロリズム対策先進国に係官を派遣して協力を依頼し、もたらされた技術、資機材をもって警視庁、大阪府警に特殊狙撃分隊を結成した。これが今日のSATの前身となった。

それから逐次、人員確保を行い、警察官が法に基づいて使用できる銃器、いわゆる〝小型武器〟の制限に抵触しない短機関銃で武装し、通常の警察官では対応不能な状況、とりわけハイジャック鎮圧を主眼にする部隊として、部内でも秘匿されながら練度の向上が図られてきた。

その間、最も影響を受けたのは、各国の保有する後発の対テロ特殊部隊のほとんどがそうであるように、英国陸軍特殊空挺任務部隊SAS、独国国境警備隊第九部隊GSG－9であろう。

特に日本と同じ敗戦国であり、たとえそれが対テロ活動であっても実力行使に慎重な独国は良き手本とされた。もっとも、GSG－9が結成される契機になったミュンヘン・オリンピックの惨劇は、事前の情報収集の杜撰さと、その慎重さ故だったが。

有資格者、いわゆる国家公務員I種合格者である土岐が特殊部隊の小隊を預かる事になったのには、多少の経緯がある。

そもそも運命の変転――と土岐が信じている事の発端は、土岐が警視庁警備部警備第二課に勤務していた頃、部内誌に特殊部隊についての小論文を発表したことに始まる。土岐は、昔から特殊部隊には興味があった。そこで、市販の文献、自分の資格で閲覧できる部内資料を調べて、自分の考えを述べたのだった。

　その要点はまず第一に〝SAT〟という部隊名だった。土岐には軍事色が強すぎるように思われた。このことは米国法執行機関の特殊部隊SWATでも創設当初論議された。SWATを最初に創設したのはロサンゼルス市警だが、命名時は〝特殊武器攻撃部隊〟の略称であったものを、上層部に警察は軍隊ではない、と却下され〝特殊武器及び戦術部隊〟という正式名称に落ち着いた。近年ではさらに実情に合わせて緊急対応部隊(ERT)、特殊対応部隊(SRT)などに名称を変更されつつある。映画などの影響で、SWATが重火器で犯罪者を射殺しまくる殺戮(さつりく)部隊と勘違いされているからでもある。実際のところ、犯罪大国米国でさえ、SWATの出動した事案の九割が説得によって犯人逮捕に漕ぎ着けている。

　警察官は市民とともに存在しなければならない。無用な軍事色をまとって誤解されてはならない。

　第二に現在の部隊編成が日本の法規、家屋などの実情に沿っているのか、という疑問を土岐は提示した。いかに長年、北アイルランドでテロリストと対峙(たいじ)したSASの戦術を導入するといっても、英国とは国民性、法規、状況が食い違う。また、軍人と警察官では従うべき倫理が違うのだ。軍人は敵を殺傷することを国家によって許可されるが、警察官は人間なら誰であれ、殺傷することを基本的に許されない。これは日本警察が直面する現実でもあった。国家的対テロ部隊として創設されながら、通常それが置かれる軍事組織、準軍事組織でもない、一地方自治体である警視庁が、被疑者射殺も含めた事態に立ち向かわなければならない。国家機関である警察庁の直接指揮下、準国家警察であることを求められた、警視庁の矛盾した姿だった。

だからこそ、政治性のない個人的動機に起因する犯罪なのか、それとも政治的主張を持ち国家そのものに挑戦する確信犯的犯罪なのか、同じ〝テロリズム〟とはいえ区別し、警察は前者のみに対応すべきであり、警察執行部隊に範を求めるべきと土岐は論文に記したが、これは「自衛隊の治安活動を認めるもので不適当」という理由で、掲載時には削除された。

第三は、その部隊構成員についてだった。SATの平均年齢は二十二歳、妻帯者と長男は外されている。しかも、隊員は機動隊員からのみ選抜されている。このことに土岐は疑義を挟んだ。機動隊は、連帯と同じくらい伝統を重んじる。これは裏を返せば極めて硬直しやすいということでもある。さらに若さばかりもてはやすのはどんなものか、と自分も若いくせに土岐は考えた。諸外国の部隊は、体力気力、そして技量のもっとも充実した三十代、既婚者が主力で、米国第一特殊作戦群〝デルタ・フォース〟も、SASもそうなのだ。

優秀な隊員を欲すれば、業務歴、年齢、学歴、家族構成など一切無視し、一律三年で異動させることなく、本人に適性があり続けるなら、本人が望むまで在隊できる実力主義の部隊こそが最適なのだ、と土岐は結論した。

部内誌に論文が掲載されても、反響とよべるものは聞かれなかった。けれど、土岐はそれで満足だった。誰かが目を通し、わずかでも参考になる部分がもしあれば、それだけで十分だった。

しかし、その論文は土岐の知らないところで、運命の歯車を回そうとしていた。

丁度、土岐の論文が掲載されるのを待っていたかのように、警視庁を揺るがすような失態が持ち上がったのだった。

ある凶悪事件の犯人を逮捕に向かった捜査員たちが、犯人が所持していた拳銃で撃たれ、二名が重傷を負ったのだ。

捜査活動に危険は付き物だ。だが問題は犯人が銃器を入手しているかも知れないという情報を得ていたにもかかわらず、またベテラン捜査員からの拳銃着装の上申があったにもかかわらず、現場を知らないキャリアの捜査指揮官が冷笑したうえに一蹴したのだ。

仲間を撃たれた現場の捜査員たちは激怒した。警務部の監察係が中心となり調査チームが発足したが、事情を聞かれるために出頭を求められた問題のキャリア捜査指揮官は、その席に姿を見せなかった。怒り心頭に発した捜査員たちは、欠席した理由を幹部からではなく、マスコミ媒体から知ることになった。

問題のキャリアは、捜査員二名が重傷を負った夜、愛人宅で飲酒し、さらに車を運転したあげくに物損事故を起こし、入院したのだ。

凄まじい怨嗟の声が、警視庁庁舎と、都下百一署内に満ちた。

——部下を、いや人間をなんだと思ってるんだ！

——警察に身を置く以上、部内差別があるのは仕方がない。しかしキャリアの奴らは、警察官ですらない。

——記憶力だけが取り柄のキャリアに、命を預けられるか！

本庁、所轄の廊下、そして各部課の大部屋で、公然と声高にキャリア批判が繰り広げられた。キャリアもすべてがそういった人間ではなかったが、皆、顔を上げることはできなかった。哀れなのは〝属官〟と呼ばれる若い初任キャリアたちだった。執務室が与えられている幹部は部屋に閉じこもればよかったが、彼ら〝属官〟、通称〝見習い〟の多くは本庁、所轄の大部屋で、ノンキャリアと机を並べていた。そして土岐も、まだその頃はそんな末端キャリアの一人に過ぎなかった。

警察上層部は、対応に苦慮した。問題のキャリアを懲戒免職処分にしたくらいでは、警察を現実に支えている現場は納得しない——。

そして彼らは、苦肉の策を考え出した。それは、最も危険と思われる所属に、有資格者を配置すること——。

しかるのち、部内に〝ＳＡＴには、キャリアもいる〟という噂を流す。毎日危険な訓練を行っている、と付け加えればさらによい。ＳＡＴのもつ秘匿性がさらに噂を大きくしてくれるだろう。

　警視庁の組織表、幹部名簿には記載されない幹部たちが存在する。それは主に公安関係の内部秘密機関に在籍するキャリアだが、部署は特定できなくとも何か極秘任務に携わっていることは、一般の警察官も察することができる。警察庁の国家公務員Ｉ種採用者は毎年二十人前後しかおらず、全国でも五百人ほどに過ぎず、しかも全員が警視庁にいる訳ではないのだ。加えて特科中隊隊員は、職員名簿から抹消され厳重な機密保持のもとに置かれる。

　おそらく、七〇年安保を経験した警備出身の幹部からでた知恵に違いない。その幹部は、当時、機動隊員の士気高揚のためにキャリアが機動隊長、中隊長として警備の一線に立ったことを思い出したのかも知れない。現に特科中隊が置かれている第六機動隊にしてからが、初代隊長はキャリアなのだ。

　あるいは、キャリア制度が俎上にのる際にいつも取りざたされる、一線での実務経験を長期間積ませること、という意見に対応し、特殊部隊運用の専門家を養成しようという目論見もあったのかも知れない。

　幹部たちの考えがどうであれ、何事によらず犠牲は付きもの、生け贄の羊に選ばれたのが警備二課付き、土岐悟警部二十三歳なのだった。

土岐は呑気な足取りで隊舎に戻ってゆく隊員たちの間を縫い、一般隊舎とは離れた特科中隊管理棟を目指す。警備の隊員に敬礼で応え、呼吸が元に戻った身体を隊舎内へ、それから中隊本部へと運んでゆく。……腕立て伏せの百回や二百回で体力を使い果たしていたのは、随分と以前のことだ――。

五年前、土岐は警備二課長に呼び出された日を忘れない。課長室には課長の他に警備部参事官が同席し、土岐を待ち受けていた。

課長はついぞ見せたことのない愛想の良さで土岐に椅子を勧め、土岐の執筆した論文を褒めそやした。それから、それを実行する気はないか、と質した。

冗談ではない、と土岐は思った。

自分は学生時代、運動の選手でもなく、それどころか運動部に在籍したことさえない。運動神経は生まれたとき、お袋さんの腹に忘れてきたんじゃないのか、とよく他人にからかわれるほどの人間なのだ。土岐は事の成り行きに慌てながらも、控えめな態度と言葉で正直に述べた。

「しかし君の身上調査票を見たが健康には問題ないだろう？　それに射撃は上級だ」

確かに自分は健康だけど……、と土岐は思った。現役の機動隊員たちのように、土岐の目から見れば人間離れした〝頑健さ〟や〝強靭さ〟を持ち合わせている訳ではなく、彼らのように〝屈強〟でもない。

射撃は確かに上級、つまり二十五メートル先の直径十センチの標的に二十秒以内に四発以上命中させることはできるが、特殊部隊と犯人の銃撃戦が発生した場合、おおむね数メートルで行われ、射撃技術もさることながら、犯人にいかに接近するかの方が重要だ。

そのようなことを土岐は上擦った声で、頭上の敵機を追い払う速射砲のように、早口に言った。

「君には期待しているし、期待には応えるべきだと思うね、私は」

「そう言われましても、私には」

小声で返答しながら、土岐は嘘をつけ、と思っていた。国家公務員試験の合格席次が警察庁入庁組の中では下から数えた方が早い人間に、期待するはずがない。

世間知らずの息子に組織の道理を説く父親を演じる課長に変わり、参事官が口を開いた。

「土岐警部は、五反田警部とは同期でらっしゃいましたな」

五反田篤志警部。先の捜査員受傷事件で、ノンキャリア捜査員の上申を握りつぶした幹部を、捜査本部内で支持した腰巾着。この男が騒ぎの波紋を拡げた。怨嗟の声はさらに増大し、その状態を放置できないと考えた上層部は苦慮した結果、ある結論を出した。

「何か感じるところがおありでは？」

「――この話とは、関係ないと思います」

……三日前、土岐はその五反田と会っていた。そしてそこで、五反田の本心を知ると同時に決定的な反目が生まれていた。場所は渋谷の大衆居酒屋の座敷で、キャリア同期生が集まり、地方に赴任する五反田の送別会を開いたのだった。事情が事情だけに、座の盛り上がらないこと夥しかったが、それでも酒が回ると日頃の憤懣をこぼしあい、余程のことがない限り自分たちは警視監にはなれるから、と大多数の警察官が耳にすれば憤激するような言葉で、五反田を慰めた。

「交通だって、立派な仕事だよ、気を落とさないで——」

「お前みたいな奴に、何が解るんだ？　……お前みたいな奴に」

曲がったネクタイを首から下げ、隣の座布団にどすんと腰を落とした五反田へ土岐がそう声をかけると、五反田はうなだれていた首をあげ、口許に憐憫じみた笑みを浮かべ、目には正体の知れない怒りを見せて、土岐の顔を覗き込んでいた。

硬く無表情になった顔で、土岐も五反田を見返した。

「なあ土岐、教えてくれよ。どうして地方に出るのが、お前じゃなくて俺なんだ？……俺は地方に出るときは公安か捜査二課長か、本部長になるときだと思ってたよ。どうしてこの俺が、交通の、それも、所轄の交通課長なんだ？」

「……どんな経験でも、無駄にはならないよ」人付き合いのあまり上手くない自分が割に親しくし、いつも崩れた物腰など見せたことのなかった五反田の豹変に、酒の席でとはいえ土岐は一抹の悲しさを覚えながら、自分が悪いように呟き、目を逸らした。

「お前、馬鹿にしてんのか！」五反田は土岐の胸ぐらを掴み、土岐を自分の方に向けた。

「じゃあ何のために学歴社会がある？　優秀な人間を確保するためだ、そうだろ？」

土岐はなされるがまま、五反田の酒臭い息と共に吐かれる言葉を聞いていた。

「お前みたいな……、お前みたいな向上心のない腑抜けが、交通をしてりゃいいんだよ！

――分相応だ」

土岐は気圧されたまま、ほっとけよ、と胸の奥で呟くのが、精一杯だった。――後は、騒ぎに気づいた同期生たちが二人を引き離し、座は沈殿したまま解散した。

その、自分を腑抜け呼ばわりした同期の失態を自分に雪げ、というのか。

土岐はこの席に参事官が同席した理由が朧気にも見えた気がした。ノンキャリア最高の地位につき、退官も間近い。キャリアの端くれである土岐が今後どう昇任しようとも、意趣返しをされる恐れのない立場。

――参事官は、自分に引導を渡す気だ……。

頭から血の気がひくような思いで黙り込んだ土岐に、参事官は淡々と続ける。

「土岐警部はまだまだお若い。いろいろな所属で経験と視野を培うくらいでなければ」

口許だけで微笑んでもみせた。けれど、その視線は圧力さえ感じさせ、土岐は冤罪がなぜ発生するのか解ったような気がする。

「正直に言って」と参事官。「組織としては土岐警部が当該所属で有意義な見識を得て下されればよい、とまあ、そう考えておるのですよ。……どうしてもお嫌なら、仕方がありません。他にも候補者は二、三おられますので」

――つまり入隊さえすれば、後はどうなってもいいということか。

土岐はさすがに鬱勃とした感情が、真夏の空に広がる積乱雲のようにわき出すのを感じた。

もし課長と参事官が心から土岐に期待しているのなら、土岐は断り続けたに違いない。しかし参事官は、土岐に何の期待もしていないとはっきりと明言している。どうせ無理だから、と。

鬱勃とした感情の正体は拗ね、だった。お前には無理だと言われれば、なおさらやってやりたい、という感情に固着する。

土岐は次男として生まれた。だからかも知れないが状況に拗ねるところと、頑固さは人一倍多い。もっとも、海千山千の参事官にとっては、先刻見通しの事だったのかも知れない。

「――やらせていただきましょう」

土岐は精一杯、参事官を睨みながら口を開いていた。

「おお、土岐君、そうかやってくれるか」

「ただし条件がいくつか、よろしいでしょうか」

喜色を浮かべる課長に土岐は言った。

「何かな？」課長が急に守銭奴のような表情になる。

「拙文を評価していただいているようですから、あれに書いた内容に沿った編成と装備を、既存の部隊に導入するにせよ、新部隊を編成するにせよ、お認めいただけること」

「一考する」課長は即座に答えた。

「もう一つあります。――私自身の指揮する人員は私も選抜に立ち会いたいと思います、よろしいでしょうか」

「それも、一考しよう」

「ありがとうございます。御用がそれだけなら、退席しても構わないでしょうか」

「よろしい。今日より土岐警部は正規の業務を離れ、体力錬成と特殊部隊警備の調査研究を行いたまえ。後任は……そうだな、田中警部補に引き継ぎ、申し送りすること。以上だ、よく引き受けてくれたな、頑張ってほしい」

課長は安堵していた。警察部内では慣例的に、激務をこなせば次の異動の際は厚遇されるが、土岐がそういった条件を持ち出さなかったからだ。土岐にしても、もう少し目先の利く男だったら持ち出していただろう。軍も警察も同じだが、下士官や兵に相当する階級の者が特殊部隊に勤務することは経歴として利点があるが、幹部がなるには在任する時間が限られ技能習熟には短く、利点が少なすぎるのだ。

――そして現在。

一つの部署にキャリアが在籍する期間としては異例に長い五年間に、肉体的精神的鍛錬を経た土岐は、警視、小隊長として中隊本部に出頭し、あわただしく本部員らが歩き回るのを横目にしながら中隊長室、通称〝奥の院〟のドアを叩いていた。

どうぞ、という声が聞こえ、土岐はドアを開けて中に入った。

通常の中隊長室よりは広いが、機動隊長――大隊長室よりは狭い十畳ほどの部屋に、特科中隊長、栗原守(くりはらまもる)警視正が両袖のスチール机の向こうに座っていた。その脇(わき)、日本警察史上初めて狙撃された警察庁長官より授与されたＳＡＴ隊旗の前に、佐伯信彦(さえきのぶひこ)中隊副長が立ったまま手を腰の後ろで組み、土岐を見迎えた。

栗原は四十歳、歳(とし)に似合わぬ灰色の髪をした長身の男だった。土岐にとっては悪い上司ではなかった。それは自分をあらゆる意味で公平に扱ってくれるからだ。特殊部隊に妥協はない、そのことを身をもって示す上司でもある。

「御苦労だな」と栗原は短くねぎらい、本題に入った。

「本日十四時三十二分、文京区、春日の九十九(つくも)銀行春日支店で強盗事件が発生した。通信指令室は行内に設置された非常通報装置、及び一一〇番通報入電より認知、被疑者二名は一旦銀行の外に逃走したが、自ら隊パトカー(PC)を見て発砲、行内に戻り籠城(ろうじょう)した。

現在刑事部捜一が包囲、特殊犯捜査も臨場した模様だ。同十四時五十分、現場指揮本部の要請を受けて警備部は当機である三機が二個中隊出動、捜査支援、現場周辺の雑踏警備及び阻止線を展開中だ」

当機とは当番機動隊のことで、九個機動隊が日毎に輪番制で務め、出動要請に即応態勢をとっている。

土岐は冷えてまとわりつく汗を忘れて聞き入った。

「それで……我々に出動要請が」

「いや、それはまだないんだ」と、佐伯中隊副長が言った。

佐伯は栗原よりわずかに年嵩だが、頭頂部の髪はかなり薄くなっている。土岐よりも背が低く、土岐は佐伯の頭を見下ろすたび、顔面と頭部を保護する難燃性繊維で織られた目出し帽――バラクラバを被る時間が長いとああなるのだろうかと不安になる。

土岐は佐伯を見た。

「だが、警備部長の考えとしては、不測の事態に対応するには我々の一部でも現場近くにいた方が、今後の進展に対応しやすいということのようだ。そして、我々の考えも同じだ。……何かあってからでは遅すぎる」

警備部長からの直接下命。特科中隊は上層部に直結している。警察組織は全国の本部、所轄、交番、駐在所が〝警電〟と呼ばれる独自回線の、言わば巨大な内線電話で結ばれているが、特科中隊はその番号簿にさえ載せられていない。知っているのは限られた幹部たちだけだ。

　土岐は考えた。現在一線部隊は、第一小隊は米欧の特殊部隊も利用する西オーストラリアの対テロ訓練センター、通称〝キリング・ヴィレッジ〟で高額の使用料を払って訓練中。第二小隊は千葉県習志野、陸上自衛隊第一空挺団で高高度降下低高度開傘（HALO）訓練。第三小隊は自分たちと勤務を交代して帰宅した。

　つまり、と土岐は思った。自分たち第四小隊の出番なのだ。

「理解したな？」栗原が指導教授のように土岐を見つめたまま言った。

「はい」冷静を装って重々しく土岐は頷いてみせたが、胸の鼓動がはね上がり、頬に血が昇るのを土岐は感じた。

　栗原は立ち上がり、土岐に厳しく強い視線をくれながら言い渡した。

「第四小隊は直ちに出動、現場指揮本部の指揮下に入れ。全力で事案解決を支援せよ。最終的な警備目的は――」

　土岐の顎が、すっとわずかに上がった。

「人質を解放せよ、人質を解放せよ。なお、実力行使にあたっては、警察官職務執行法、警察比例の法則を遵守せよ。現場捜査員と協調し、冷静に対処してくれ。装備受取番号は三〇一〇八、以上だ」

人質を解放せよ。土岐は栗原がＳＡＳ方式で二度繰り返した命令を、――正確には英軍方式だが、それを装備受取番号とともに胸の中で反芻した。

「了解、第四小隊は、直ちに出動します！」

土岐は敬礼すると踵を返して中隊長室を飛び出し、第四小隊待機室に向かって廊下を蹴っていた。遅い、と土岐は自分の足を思った。先走る意識を肉体が追っている、そんな感じだ。

初めての出動命令を受け取った若い小隊長は、そうだ、この日このために自分は厳しい道を選んだのだと思った。

――五年前、警備二課長室を出た瞬間から、土岐の試練は始まった。特科中隊に配属されるには、選抜に合格し、特科中隊の講習を履修しなくてはならない。

運動部に属したことのない土岐はジムに通い、専門家の指導を受けた。費用はすべて自弁だった。どんな身体をつくりたいのかと、最初に聞かれたとき、「肉体労働に向く身体に」というのが、土岐の答えだった。担当の専門家は土岐の体格を改めてみてから、難しいなという顔で、手元の紙に書き込んだ。

土岐は毎日午後はやくに庁舎を出ると、トレーニングに勤しんだ。

そしてわずかずつではあるけれど、筋力が強くなってゆくのを実感した。土岐の担当の専門家は急激な運動で関節を痛めないように指導してくれた。夜は少なくとも十キロは足で移動した。走るつもりだったが、最初は一キロも走れなかった。が続けるうちに一キロが二キロになり、三キロ四キロと増えていった。

土岐は自分について意外な発見をした。どうやら自分は身体を動かすことは、本当は嫌いではなかったらしい、と。自分を縛っていたのは苦手意識と実践する前からの諦めだったのだ。

何事も、どんなことでも人間は慣れれば続けてゆくことができる。肝心なことは慣れるまで続けられるかどうかだ。……とはいうものの、トレーニングが佳境に近づくにつれ、肉体の方が悲鳴をあげ始めた。夜、独身宿舎に帰りボロ雑巾のような身体を布団に潜り込ませると、身体中の関節、筋肉、腱が金切り声を発しているような気がした。土岐にとって、肉体があること、意識があることは強大な苦痛になった。眠りはその無間地獄のような苦痛からの、束の間の慰めだった。

けれど、途中でやめたいとは不思議と思わなかった。他の志願者たちは、勤務をこなしながら自分と同じ選抜試験に臨むのだ。自分は彼らより随分と恵まれている。泣き言はおろか、やめたいと思うことさえ許されない。眠りに落ちるまで、土岐は故郷、西大寺観音院の本尊、千手観音菩薩の加護を願いながら、断末魔のような痛みに耐えた。肉体の苦痛は生の証だ。煩悩と慈悲の相克が、悟りを生み出すように。

そして一年後、機動隊内から数十人が志願した選抜試験に合格した。皆それぞれの部隊長から推薦を受けた人間たちだったが、落ちる人間も当然おり、恵まれた条件で選抜試験に臨んだ土岐は嬉しさよりも申し訳なさ、彼らの分まで自分には努力する義務があるのではないか、と悔し涙をこらえて立ち去っていく志願者を見送りながら思った。

合格した数名は、特殊警備訓練講習へと進んだ。そこで、写真や映画の中でしか目の当たりにしたことがない短機関銃、散弾銃を手渡されての分解及び整備訓練と、欧米各国の持つ屋内射撃訓練施設、通称〝キリングハウス〟には及ぶべくもないが、様々な間取り、人質の位置関係を想定して訓練できる実習棟での基礎訓練を受けた。

訓練講習中、土岐のことが教官たちの間で話題になったことがある。

「あの土岐っていう候補生な」

「まあ、ようやく平均ってところじゃないか。――よく合格したもんだ」

「俺もそう思うんだが……、どんなに優秀な奴でも、実習棟での訓練は、最低数回は人質誤射をするよな」

「そうだが、それが？」

うん、と教官の一人は不得要領な顔をクリップボードの記録紙から上げて、傍らの同僚に言った。

「――あいつ、あの反射神経で、どうして一度も人質誤射がないんだ？」

二人の教官は互いの表情を見合ってから、黒い突入服を被弾した白いペイント弾の塗料にまみれさせて、肩で息をしながら座り込んでいる、土岐を見たのだった。

真に過酷な訓練とは、実は頭で考える前に、肉体の純粋な反応のみを精製してしまうことだ。土岐の判断力は、天性のものだった。おそらく、このような体験をしなければ一生気づかなかった才能。……たとえ犯人役の教官に銃口を向けるのが、いまはまだ、間に合わないにしても。

屋内射撃、部隊行動はもちろん、銃器の分解整備を徹底的に叩き込まれ、自衛隊第一空挺団での落下傘基本降下課程五週間も含めた四ヶ月の特殊警備訓練講習は終了した。落第した者はここではいないが、これより先は特科中隊各小隊に配属され、継続訓練となる。けれど土岐だけは、特科中隊本部付きのいわゆる無任所配置となり、一週間に三十時間の突入訓練を続ける一方で、支援部隊の業務を見習っていった。

中隊には独自の支援部隊が三つに分かれて存在する。庶務及び総務を含めた本部運営、情報収集に当たり支援部隊の筆頭にたつ〝統括管理〟、部隊内の通信、無線指揮を管理する〝情報通信管理〟、訓練を管理する〝支援業務管理〟と続き、それぞれが警視、あるいは警部である管理官の指揮下、係に相当する分隊によって編成されている。ただし〝統括管理〟は中隊副長が管理官を兼務している。

土岐はそれらをこなしながら許可を受けて志願者、推薦者の応募を刑事部、地域部、交通部、公安部、生活安全部、さらに直接警察活動とは関係の薄い、いわば事務方の総務部や警務部にも足を運び、それぞれの部課長に依頼して回った。土岐はこういうことは本来苦手な質だったが、自分でも驚くほど精力的に警視庁舎を歩き回った。どんなに場違いと呆れられても、あるいは胡散臭そうに見られても、地獄の特訓をくぐり抜けた土岐は平気だった。――ただ、かつての上司や同僚に挨拶しても、最初は気づかなかったのが可笑しかった。

土岐の求める隊員は五人。

そして土岐は、以後ずっと片腕と頼む、ある男に巡り会うことになる。

中隊長室からずっと走り続けた土岐は、第四小隊待機室に走り込んだ。皆、それぞれ席に座り、くつろいだ表情で談笑している。

「……出動命令が出た」

戸口でわずかに上がった息も整えず土岐が告げると、全員がそれまでの表情を吹き消して土岐を見た。まるで手綱を引き絞られた、競走馬のように。

「相手は銃器で武装、現場は銀行で多数の人質がいる模様です。我々はこれより特殊治安出動装備にて出動、臨場する」

「よし、聞いたとおりだ、準備にかかるぞ！」

水戸警部補の声が、即座に反応する。土岐の声がレース開始を知らせるファンファーレなら、水戸の声はレースの火蓋を切る銃声だった。

椅子から跳ねるように立ち上がると、五人は巣箱を飛び立ち蜜を目指す蜂のように、土岐に続いて隣室のロッカールームへ殺到した。

それぞれのロッカーを開け、無言で迅速に装備を着装し始めた。

濡れた下着を着替え――、これは撃たれて病院へと担ぎ込まれたときの嗜みという訳ではなく、下着は難燃性のモータースポーツ用の物で、立派な突入装備だ。真冬に濡れた下着では、任務にも支障をきたす。

下着をかえると、数種類の突入服の中から、屋内突入用の防眩黒色のカバーオール――ツナギを選ぶ。

「初めてのパーティーだ、どれにしようかな」

道化者の武南が軽口を叩くのが聞こえる。

「武南、冗談言ってる場合じゃない、急げよ」

土岐がわずかないらだちを含んで言った。武南は土岐に向けて、白い歯を覗かせた。

武南敏樹は交通機動隊出身の二十三歳、元気もやる気も満ちあふれている明るい男だ。歳が離れていることで、土岐の口調もつい小姑めいたものになるが、それは自分でも解っている。

「デートに行く訳じゃないぞ。我々を待ってるのは可愛げのない野郎だ。元気なのはいいが、締めていこう」

水戸が声をかけた。注意するというほどでもない、淡々とした声だった。武南も真顔になって頷き、準備を続けた。

土岐は、全く平静な水戸がカバーオールに両足を入れ、胸元まで引き上げるのを、自身もそうしながら横目で見た。

水戸要一警部補。第四小隊では唯一の妻帯者で最年長の三十五歳。――水戸とは、部隊創設申請が認可され、第四小隊がまだ当時は予備小隊と呼ばれて編成準備中だった三年前に、初めて出会った。

土岐の構想では新編成の部隊は、中隊単位の即応突入小隊と位置づけ、独国GSG－9の最小行動単位、SETに倣って創設される予定だった。通常編成の小隊は突入班と支援班、監視・狙撃班の合わせて二十人で構成されている。

上層部としては当然ながら、土岐にすべてを委ねるのは大いに不安だったのだろう。土岐に信頼できる補佐役、というより実質的な指揮官をつけた。

それが水戸だった。

水戸は過去に特科中隊第一小隊の一員として、大いに将来を嘱望された男だった。警備部だけではなく捜査員の資格も持ち、刑事部での勤務も経験している。……だが、実父が病気で倒れ、看病のために通常部隊への転属を申し出た。それは聞き届けられ、実父が亡くなった後は警察学校で助教官を務めていた。しかし、才能と能力を惜しむ上層部によって呼び戻され、特科中隊に復帰したのだった。

水戸は寡黙でもなく饒舌（じょうぜつ）でもない、控えめな笑顔が愛嬌（あいきょう）を感じさせる男だった。だが訓練中、その切れ長な鋭い目で見据えられると、第四小隊全員、土岐も含めて背筋が伸びる。

年下の上官にも黙々と仕え、内心はどうあれ不満を表情はもとより言葉に出すこともない。それは〝子守り〟としての分をわきまえているのか、宮仕えの身と諦めているのか、〝守られている〟土岐自身、解しかねることがある。

けれど土岐も水戸に親身さとその何倍かの信頼感を抱いているのは事実で、土岐は水戸に尋ねられれば大抵のことは正直に答えた。

――なぜ土岐警視は警察官僚になったんですか。

水戸がそう訊（き）いたことがある。二人の他は誰もいない時だった。

――官僚になれば、人とあまり関わらなくて済むと思ったんです。

土岐が正直に答えると、水戸は土岐を見つめ、それから声を立てずに小さく笑った。そんなあんたがどうしてここにいる、そう言いたいのかなと土岐は思ったけれど、違うような気がして、土岐も笑った。待機任務、訓練ともなれば一人の時間など持てないのだ。

水戸は土岐を鍛えるために、労を惜しまなかった。

特殊警備訓練講習では、銃身をペイント弾専用に換装したものを使用するが、継続訓練ではより実戦に近づけるために蠟弾や軟質プラスチック弾を使用する。後者は海外では暴徒鎮圧にも使用され、被弾すれば相当な衝撃と苦痛を伴う。〝ようこそ特殊部隊へ、痛みよこんにちは〟という訳だ。訓練生は神経を寸断されるような激痛に晒されながらも、人質の命を守り、法を遵守する克己心を試され、培ってゆく。

土岐は水戸警部補との実習棟での訓練中、被疑者役の教官から三発食らった。それも、抗弾装備を着装していない右上腕、左大腿部を狙撃された。

完全装備の土岐はバランスを失って床に崩れ、ガスマスクの面体の中で声もなく悶絶した。のたうち回ることができれば、わずかでも苦痛を和らげられたかも知れない。しかし、犯罪者の銃弾から生命を守るために着装した数々の装備が、責め具のように土岐を拘束していた。訓練は常に実戦を想定して行われる。楽な訓練では、意味がない。

――もう一度初めからだ、……立て。

水戸の無情な言葉にも、土岐は疲労と激痛にコンクリートが剝き出しの床に転がったまま、答える声さえ出なかった。

――どうした、喰らったのは自分のミスだ。もう立てないのか？

――ぼ、僕は警部で、あなたは……。

水戸の言葉に反駁するために、そんな言い草が上目遣いに水戸を見上げる土岐の口からこぼれだした。それはいつも、常に自分に言い聞かせ、自制していた筈の言葉だった。

埃と、銃から流れた硝煙の中、作りの粗い壁の隙間から差し込む陽光を背負ったまま、水戸は促すでもなく土岐を見下ろしていた。その目はそれがどうした、と告げていた。

土岐は不思議なことだが水戸の視線に縋れるような気がした。立ち上がるまでお前を見ているという水戸の意志は、必ず立てるはずだという信頼と硬質な優しさに裏打ちされていたから。

「……やります」土岐はそう答えると、痺れて感覚のない腕を押さえながら立ち上がり、自分自身への情けなさが泥水のように詰まった心を抱えて、先に立って実習棟の外に向かう水戸に、足を引きずりながら続いた。

「――さっき言ったことは、忘れてください」土岐は水戸の背中に呟くように言うのが、精一杯だった……。

上司の醜態も無能さも、すべて胸に納めながらおくびにも出さない、この涼やかな副指揮官とともに、これから初めての出動に、自分は臨もうとしている。

右胸に空挺団で授与された空挺徽章を縫いつけたカバーオールを着込んでファスナーをあげると、土岐は官給品のアディダスのアサルトブーツ、その名も〝ＧＳＧ－９〟に履き替える。これはゴム製の靴底に踵は後ろ、土踏まずからは爪先に向けて突起がつけられており、あらゆる場面で身体を支えてくれる。特にヘリを使用した作戦では有効で、世界中の特殊部隊が軒並み採用するところだ。まだしたことはないが、作戦によってはアンクルホルスターに予備の拳銃をとりつけることもある。

次に腰へインナーベルトを巻き、それに吊る形で拳銃のホルスターを利き手側の太股(ふともも)につけた。これはレッグホルスターと呼ばれる方式で、腕を自然に垂らした状態で銃をとることができる。逮捕、制圧に重点を置き、被疑者と極めて接近する可能性が高い法執行機関特殊部隊のホルスターは、行動中の脱落防止だけではなく、被疑者から銃を奪われない機能を持った物が選ばれる。土岐たちが使用するのはイーグル社製の〝SAS　MrkⅣ〟で、材質は他の特殊装備と同じく高い対摩擦性を持つコーデュラ・ナイロンだ。

六人はそれだけ着装し終わると、個人装具の詰まった大きなタクティカルバッグを取り出してロッカーを閉め、装備庫に向けて走り出した。土岐はふと気づいて、私物のダスターコートを丸めてバッグに押し込んでから、追いかけた。

今身につけている装備だけなら、好事家相手の店で一般に手に入る。土岐たちは群れとなって廊下を行き過ぎ、突き当たりにある装備庫の厚いスチール製のドアを開けた。

室内には入ってすぐのところに、奥の保管庫と隔てる台が設けられており、銃器取り扱い当番が待ち受けていた。

「第四小隊です。中隊長より出動命令を受領、受取番号は三〇一〇八です」

土岐が息も乱さずに告げると、当番の巡査部長は頷いた。

「三〇一〇八、装備受取番号、確認。連絡は受けてます」

そういうと巡査部長は若い部下に命じて用意していた銃を台上に並べた。

蛍光灯の下で黒光りするそれは、世界中の法執行機関、軍隊の区別を問わず、対テロ作戦に従事する者たちが命を託す、ヘッケラー&コッホ（H&K）社の傑作短機関銃、ＭＰ－５だった。

この銃を特殊部隊が多用するには、確固とした理由がある。

第一に、ＭＰ－５に限ったことではないが、短機関銃（サブマシンガン）――日本警察は〝五型機関拳銃〟と呼称するが――は拳銃弾を使用しており、貫通力が低い。これが自動小銃などの軍用弾薬では貫通力が過剰で、また壁に当たった場合の兆弾の危険も高い。サブマシンガンでさえ、発砲時には標的の後方確認を義務づけられている。なにより警察の仕事は誰であれ命を奪うことではなく、人質の安全を確保しながら被疑者を逮捕することにある。拳銃弾を使用するサブマシンガンなら、訓練を積むことによって抑制され、正確な射撃が可能だ。

数ある短機関銃の中でもＭＰ－５は撃発から発射まで薬室を閉鎖して重心移動を抑え、かつ火薬の燃焼を高めるクローズド・ボルト機構で、反動が少なく安定した射撃が行える。その絶妙ともいえる集弾率は七十五メートル以下では狙撃銃並みだ。発表当時、ＭＰ－５は価格の高さから批判が集中したが、これを装備したＧＳＧ－９が一九七七年にハイジャック犯に完勝して以来、批判する者は口をつぐんだ。とはいえ、警察の使用する自動火器としてはいいことずくめにみえる短機関銃も、海外の部隊では抗弾ベストの普及から、自動小銃の短縮版、カービン銃に切り替えるところもある。無論、特科中隊も装備している。

土岐たちは個人個人に貸与されたＭＰ－５を摑みあげると、安全装置、コッキングレバー、薬室を点検しバッグに納めた。伸縮式銃床タイプもあるが、固定式銃床なのでかさばる。

バナナ型、三十発入り弾倉を受け取る。二つの弾倉をクリップで合わせたもので、装弾した際、銃本体の重り（ウエイト）となって、発射で跳ね上がる銃口を押さえる役割ももつ。一般の想像とは違い、左右逆さまにしたり、テープでクリップの代用をすることはない。排莢（はいきょう）不良、弾倉内のバネの反発が強くなりすぎて再装塡（リロード）困難にならないよう、込めてある九ミリ弾は二十八発にとどめ、最初と最後の弾丸は必ず曳光（えいこう）弾だ。最初の曳光弾は弾道の確認のため、最後のそれは弾切れの予告のためだ。

次に、六人それぞれが違う拳銃を受け取る。これは個人の好みで土岐が選ばせた結果だ。日本家屋では短機関銃より拳銃のほうがとり回しに便利だし、使用頻度も高い。とすれば各人が自分に合った拳銃を選ぶほうが都合がいい、という土岐の考えによる。実際、ＧＳＧ－９も同じ考えなのだ。そして、拳銃の好みが、部下それぞれの性格を表しているようで土岐には興味深い。

土岐の拳銃は、ＭＰ－５と同じくＨ．ＫのＰ７だ。使いやすさにはやや難があるものの、安全性と採用実績は高い。ＧＳＧ－９、韓国特殊部隊で使用されている。土岐はＰ７のグリップの下のランヤードへ、コイル式脱落防止ひもを装着し、ホルスターにおさめる。

最後に特殊閃光音響弾の入った鍵付きジュラルミンケースを土岐は受け取った。

「これだけですね、隊長。健闘を祈ります。——壊さないで返して下さいよ」

「どうも！」土岐は調子よく答えた。

自分の任務に合わせた個人装備を加え、完全装備になった第四小隊は、さらに装備庫から無言のまま操車場に走り出した。

中隊長室で出動命令を受けてから五分。夜の帳が色濃く漂い始めたなか、第四小隊六人はライトブルーの専用車両ではなく、何の変哲もない中型輸送バスに乗り込み、待ち受けていた機動隊自動二輪遊撃警戒部隊、〝ＭＡＰ〟に先導されて隊舎を出、現場へと向かい始めた。

「やれやれ……、晩飯間際に出動とは泣けてきますね」

武南が向かい合った座席に座るなり、口を開く。武南は突入時には後方警戒員、〝レア・セキュリティー〟だ。

「よく言うよ、お前今日は炊事当番だろ。支度しなくて済む、もっけの幸いと思ってんじゃないのか？」

甲斐達哉が基幹系無線ＭＰＲ－１００、部隊活動系ＵＷ－１１０、携帯電話型のＷＩＤ

Eシステム端末WD－1を点検しながら冷やかす。甲斐は所轄署地域課から志願した二十七歳。警察官対抗無線大会で準優勝した経験もある、小隊の無線担当員、〝ラジオマン〟だ。身長百六十ほどで幾分小柄だが、がっしりした男だ。愛銃は自衛隊の制式拳銃でもあるシグ・ザウエルP220。ただし日本国内で自衛隊用にライセンス生産されているヨーロッパタイプではなく、改良され米国で発売されているタイプだ。特科中隊内で最も広く使用され、武南も同じ銃を使用している。

「そっちの方が有り難いかもな」長い足を誇示するように組んで座る藤木元弥が、ふっと笑いながら口を開く。「……武南が作った飯、まずいから」

藤木は第一機動隊本部、特務係出身。第四小隊一話題が豊富で、特科中隊一の二枚目でもある。いつもどこか気取った挙措を見せるが、それを嫌味に感じさせない。突入時の役割は前方警戒員の支援要員である〝バックアップマン〟。携行している銃はデルタ・フォースでも使用していたワルサーP5。

「藤木さん、ひどいなあ、今夜作る予定だったジャマイカ風チキンカレーは自信があったんですよ！」

なんだそれは、聞いたこともないぞ、と抗議の苦笑が上がる。

「武南、名前の通り無難なものをつくれよ、頼むから」

井上始が生真面目で、もはや誰も笑わない冗談を言う。井上は本庁鑑識課出身。どこか周囲とずれているユーモア精神を発揮しなければ、もの静かな二十九歳の男だ。身長は土岐より二センチほど高いだけで目立たないが、鑑識出身というだけあって手先の器用さは驚くばかりで、突入時は様々な資機材を扱う突入装備携行員、〝ブリーチャー〟だし、ホルスターに納めている拳銃も、命中率は高いが機構が複雑なために、特科中隊ではあまり使用されなかったH．KのP9Sだ。とにかく、複雑なものを使いこなすことが好きなのだ。

六人の平均年齢は二十八歳。特科中隊の平均からすれば高いが、体力だけに因らない士気の高さが持ち味だ。映画のように、目を血走らせ興奮で震えている者も、正義の味方になりきって自己陶酔に浸っている者もいない。

「全員、聞いて下さい。――」土岐はひとしきり無駄話が治まると座席から立ち、口を開いた。「現時点で判明している事案の概要を伝える」

五人の視線が土岐に集まる。

「まず端緒は――」中隊長室で知らされた内容を繰り返す。「何か質問は？」

質問はなし。もっとも、答えられない事の方が土岐には多かったが。

全員が行き過ぎてゆく街灯に照らされながら淡々とした様子で土岐を見つめている。これが自分たちの日常だから、と土岐は思った。

銃器で武装した被疑者と相対することを想定した、日常――。

状況の悪化をくい止めるために、常に重装備で行動する自分たち。

それは煩悩を破砕すべく様々な武器を持つ仏の姿と重なる。確かに、自分たちも……と土岐は思う。人の煩悩の生み出した犯罪と闘っている。誰に尊敬されるわけではないけれど。土岐はひとり得心しながら、故郷の観音院の本尊、千手観音を思った。出動中に思い出しても何の益もないが、しばらく帰っていない。母一人、子一人の家庭ではあまり褒められたことではない。

伝えられることを全部話すと、指揮官の仕事はなくなり、土岐は堅い座席に座りなおした。休めるときに休んでおくことだ。

初出動までの五年間、はたして長かったのか短かったのか、と土岐は思った。五人の部下――、いや仲間と組んで三年、予断を許さない現場に臨むために自分たちは、自分たちを鍛えてきた――。

三年前、選抜試験に合格し、土岐と水戸による面接、科学警察研究所の専門家による心理試験を経た武南、藤木、井上、甲斐が特殊警備訓練講習に進む頃、土岐と水戸は自分たち二人も含めた予備小隊に、最初の試練を与えるべく企図していた。……それは一ヶ月四週間、朝から翌日早朝まで実習棟にて連続で突入訓練を行い、数時間の睡眠の後、また訓練を再開するという荒行だった。

土岐は訓練担当の支援業務管理第六分隊、そして各小隊長に協力を依頼して回った。……最初は、芳（かんば）しい返答は貰えなかった。事故を誘発する、性急な訓練をしても練度は向上しない、と忠告もされた。けれども土岐は頼んで回ることを止めなかった。土岐にしても、これで練度の向上が図れると期待している訳でもなかった。

結局、第六分隊の教官と、各小隊から提供された新人隊員や志願した隊員を被疑者役に、訓練を開始することができた。犯罪者やテロリストの立場になった訓練も有益なのだという言葉が効いたようだった。

訓練開始から二日間、土岐たちは撃たれ続けた。土岐はともかく、慣れたはずの水戸でさえ、新人四人の不適切な行動に巻き込まれるように被弾した。些細（ささい）な不注意が、甚大な肉体的苦痛に変換された。

それでも様々な状況を想定した訓練は続けられ、ようやく部隊として行動できるまでに一週間かかった。指揮官としての土岐にとって、それは貴重な学習といえた。……練度が少しずつだが上向いてきたのに比べ、予備小隊は肉体的精神的に追い込まれ、訓練中も自分がいまいるのは現実なのか夢の中なのか、身体を動かしているのは自分の意志なのか誰かに操られているのかさえ、定かではなくなりつつあった。十日目、武南は自分の影に銃口を向け、別の場所に隠れていた教官に数発喰らった。

特科中隊在隊中、土岐ほどたくさんのあだ名を付けられた幹部はいないが、この訓練中にもそれは増えることになった。

それは二十日目、ドアを破って突入し、室内を検索中に撃たれ、衝撃で床に転がるとなぜか痛みが遠のいてゆき、眠り込んでしまったのだ。以後、土岐は揶揄を込めてこう呼ばれることになる。――〝気絶した警部〟と。気絶した訳ではないが眠り込んだことを知られるよりはいい、と土岐は訂正しなかった。

一ヶ月後、訓練は終了した。……状況終了、と第六分隊の警部補がぼそりと告げた時、無事な姿をした者は六人のうち一人もいなかった。全員が虚脱したように壁に身をもたせかけるか、床に崩れるように座りこんだ。辛うじて立っていられたのは、最も若い武南だけだった。

あの訓練から、三年が経つ。第四小隊は正式に部隊として認められて一線の待機任務につき、土岐自身はつい半年前、キャリアとしてようやく一人前と見なされる警視に昇任した。

ようやく、とはいうものの、全国に警視は数百人しかいない階級だ。それでも土岐は、不思議と感慨が湧かなかった。自分の任務が変わるわけではなく、仲間、人質そして犯人の命さえ預かるという精神的重圧が軽くなるわけでもない。

いまも突入服のポケットには、昇任時支給された、紺の下地に金の刺繍で麗々しく縫い取られた一つ桜の階級章を入れているが、現場では個人識別を防止するためにつけることはない。

自分が指揮官でいられるのは、と土岐はぼんやりと思った。

――自分が指揮官として部隊に貢献できる部分があるからだ……。

土岐は束の間の休息をとろうと、目を閉じた。

眠ったわけではなく、ただぼんやりと意識の境を彷徨(さまよ)っていただけなのかも知れない。

……土岐は赤色灯の明滅と野次馬の喧噪(けんそう)が近づくのを感じて、目を開けた。投石防護用の金網越しに、バスの外へ視線を巡らした。

第三機動隊の張る大盾と規制ロープの阻止線を抜け、輸送バスは走り回る警察官に注意しながら減速し、ゆっくりと進んでいたが、やがて封鎖された二車線道路の路肩で停車した。

「着きました」と運転していた操車係が、ブレーキを引きながら、運転席から身体を捻(ひね)るようにして、土岐に告げた。

「ご苦労様。――みんな起きて、現場です。……こら武南、よだれが出てるぞ」

五人は思い思いに座ったまま身体をほぐした。

「うう、ここはどこですか」と起き抜けのぶつぶつした口調で武南が言った。

「いいところだよ」と藤木が薄い笑みを浮かべて答えた。

「武南、しゃきっとしろ」

井上が活を入れる。

「隊長」と水戸が指示を求めて土岐に口を開いた。

「よし、とりあえず私が指揮本部に行って来ます。副長たちはここで待機していてください」

「隊長、自分は？」甲斐が無線機をまとめながら尋ねる。

「いや、一人で行って来るよ。——時間調整しておこうか」

皆がそれぞれ左手をあげ、右手を腕時計に添えた。土岐は自分の時計、カシオ製のＧ－ＳＨＯＣＫを覗いた。支給品ではないが、全員が値段が手頃なのと頑丈さのために使っている。防水性能が高いのもありがたい。それが理由で、米国海軍特殊作戦部隊ＳＥＡＬ〝デヴグルー〟——船舶臨検活動と対テロ活動を主任務とし、以前はチーム６として知られていた部隊にも、愛用者が多いという。

本当なら土岐もＧＳＧ－９潜水部隊が採用している独国ジン社製の、その名もＧＳＧ－９が欲しいのだが、国家公務員の薄給では如何(いかん)ともしがたい。

毎朝、時報で合わせている土岐の時計に全員が時刻を調整してから、土岐は丸めてバッグに詰めていたコートを取り出して羽織ると、バスを降りた。

歩道を踏んですぐに、手近にいた、ＳＢ８型(青ヘル)ではなく防護面付きケブラー製抗弾ヘルメットを被り、重さ五キロの大盾を地面につけ立番する三機の隊員に、声をかける。

「六機の土岐ですが、指揮本部は」

問われた隊員は手にした警棒を顔の前で掲げる機動隊式の敬礼をしてから、あそこです、と五十メートルほど離れたビルを指さした。

街灯が等間隔で並ぶ表通りの奥に視線をやると、人の出入りが慌ただしい事務所か何かが入る五階建ての低いビルがあり、路肩には捜査一課特殊班の資機材コンテナを載せた三菱キャンター、通称〝A1〟が停車し、その向かいには――、金融機関らしい堅固なシャッターが投光器に照らし出され、防護服の治安出動装備に身を固めた機動隊員や、私服の捜査員が壁に張り付くようにして要所要所に潜み、内部を窺っている。

九十九銀行だ。……あの中に人質を多数抱えた被疑者が立てこもっているのだ。

土岐は機動隊員に礼を言って、その場を離れ、もう一度シャッターを一瞥して白い息を吐き、教えられたビルへと足早に向かった。

阻止線からこちらは静かなものだ、と土岐は思った。台風の目のように……？　いや、と思い返す。銀行内は判らないが、指揮本部はその限りではないだろう。

「警備部長の命令で参りました。特科中隊第四小隊小隊長、土岐悟警視であります」

幾人もの捜査員とすれ違い、容赦のない視線に晒されながら階段を登り、辿り着いた二階の指揮本部は、まるで抗争中の暴力団事務所だった。煙草の煙と汗の臭いが空調の能力を超えて四十畳ほどの室内に充満し、本来の持ち主の意志を無視した配置に並べ替えられた机には、警電、一般加入回線電話が並んでいる。運び込まれたホワイトボードに現況と行内見取り図が張られ、書類を手にした捜査員が歩き回り、視程を狭くしていた。

が、その慌ただしさも土岐が入り口で名乗るまでだった。室内にいるほぼすべての警察官たちが手を止めて土岐に顔を向けるか、あるいは視線だけを寄越した。

　わずかばかり静かになった本部の中から上がった声で、土岐の耳に届いたのは一言だけだった。

「……来たのがキャリアかよ」

落胆のつぶやきに、失笑に似た多くの溜息(ためいき)が続いてから、すぐに喧噪が戻る。そうなるともう誰も、土岐に注意を向ける人間は、本部にはいないようだった。土岐はどうしたものかという思いと、居心地悪さから、きょろきょろと室内を見渡した。

「御苦労さん、六機から?」

　机の間を縫って歩み寄ってきた白髪の捜査員が、話しかけてきた。茶色の背広姿で、背は土岐の顎くらいしかない。

「ええ、警備部長命令で。土岐といいます」

土岐もようやく微笑み、頭を小さく下げた。

「まあ、こっちへ」

と小柄な捜査員は土岐を廊下へと誘った。それは異分子を連れ出す、というより土岐に気をつかった態度らしかった。

　捜査員は強行犯の井波源次警部と名乗った。

「どうですか、一本」

　井波は上着を探って煙草を取り出すと、土岐に一本すすめた。

「あ、すみません。……今の部隊に配属されたとき、止めたんです」

　土岐は申し訳なさそうに答えながら思った。一日一箱以上吸っていたのは、いつのことだろう。

　井波は苦笑して手を振り、自分だけ銜えると火をつけた。

「気を悪くしないでください。SATが来るとは聞いてなかったものでね」

　連絡齟齬が……あるいは警備部が既成事実をつくるためにわざと知らせなかったのか。

「はい、それより状況はどうですか」

「たいした事は我々も押さえちゃいないよ。現時点で判明しているのはマル被は二名、うち一人は銃器……短銃らしいが、これを所持している。逃走しようとした際、銀行前の路上で自ら隊PCに発砲した薬莢が回収されたよ」

「行内の様子は？　どうなんでしょう」

「我々にもまだわからん。見てのとおり、マル被の奴がシャッターを下ろしやがってね。いま、行内から逃げ出した客から内部の情報を聴き出してるところだ」

だ。

土岐がそう答えていると、階段からノートを手に駆け上ってきた捜査員の声が割り込ん

「──あ、係長！」

「そうですか……」

「おう、御苦労さん。何か聞き出せたか」

「それなんですがね。──」

駆けよってきた三十代前半の捜査員は、そこで初めて土岐の姿に気づいて、口を閉じた。

捜一では若手の部類だ。

「あの、係長。私は外しますから」

「ああ、かまわんよ。聴いていったらいい。そう目くじら立てる程の事じゃない」

土岐の申し出に、井波は年季の入った捜査員の頭がそう言わせたのか、鷹揚に答えた。

「言ってくれ」井波は不満顔の部下を促した。

「はあ。……マル被〝甲〟は身長約百七十センチ、〝乙〟は百八十センチ強。短銃は〝甲〟の方が所持していたようで、自ら隊員の証言と合致します」

「あの、質問してもいいですか」

土岐はノートを捲りながら喋る捜査員に口を開いた。「拳銃の種類、判ります？」

捜査員は無言で土岐の顔を見た。

「証言にあったのか。あったら教えてやれ。こちらは銃器の専門家だ」

「ええ……、角張っていた、としか。たぶん自動拳銃でしょう。薬莢も回収されているし」

「色については？」土岐は続けた。

「色？」捜査員は怪訝な表情を浮かべて問い返す。

「ええ。塗装で種類の違うものもありますから」

「銀色、と証言している人が何人かいるな」

「銀色か……。トカレフでなければいいけど」

「どうしてだ？」と井波が言った。

「ええ、ただでさえ安全を度外視しているトカレフの屑部品が組み立てられて、銀メッキされた粗悪品が多いんですよ」

「闇市場に大量に出回っている、あれか」

「まだ断定はできませんが……危険ですね」

報告を終えると、捜査員は指揮本部へと足早に消えた。そして、階下から幹部が到着した、と告げる声が聞こえてきた。

「さて、偉いさんの御成だ」

「係長、参考までにお尋ねしますが、どうしてここに本部を？」

土岐は本部へと戻る井波の背中に質した。

通常、家屋などは別だが現場がビルの場合、直上階に本部は設けられる。間取りが似ていて階下の状況把握が比較的容易なことと、通信手段の確保が行いやすいからだ。

「あのビルの二階は某マルBのフロント企業でね、そこで急遽ここに決まった。社長の甥が警察官だって話だ」


指揮本部では、幹部指揮官や捜査員が部屋の真ん中に並べられた机を囲んでいた。土岐は目立たないよう、隅に佇んでいた。

机の上には建設会社から取り寄せられた当該銀行の設計図が広げられ、そばに立ったホワイトボードには銀行関係者や目撃者から得た情報が白い面が見えないほど、テープや磁石で貼り付けられている。

「状況を聞こうか」

もっともよく設計図を見渡せる場所に陣取った本村刑事部長が口火を切ると、脇に立つ、大きな顔立ちのために〝消しゴム〟と陰で呼ばれている宮本捜査一課長が促した。

「はい。まず特殊班、来栖管理官から頼む」

宮本の指名に、第一特殊犯班、来栖は立ち上がった。隣の席には、黒色の突入服上下を着込んだ同じく特殊犯班主任、落合警部補の姿があった。土岐は落合が席に着いてから、ずっと自分に決して好意的とは言えない眼差しを向けているのに気づいていた。

「現在、シャッターにより現場内部は窺えませんが、特殊班が行内視察拠点を設けるべく鋭意、作業中です。それから、現状で唯一の開口部である東側通用口も、鉄製扉が施錠されて封鎖、鉄網入りの窓にも雑誌、新聞等で目張りがされています」

「合い鍵は？」宮本一課長の声が飛ぶ。

「三日前、何者かがこじ開けようとした痕があり、付け替えたばかりだそうで……、二つの鍵はどちらも支店長が保管し、現在行内です」

　誰かの悪態がどこからかした。

「続けます。外部との電話回線をＮＴＴの協力を得て遮断、当本部とのみ接続されています。現時点で本部に入電なし。また発信に対しても応答なし。なお業務の問い合わせは本店に転送しております。——特殊班からは以上です」

　代わって強行犯の井波警部が立ち上がった。

「行内には職員十八名、客については詳細不明なるも……、逃げ出した客の証言から約二十数名だと思われます」

　土岐は手帳に書き取ったメモをざっと眺めた。現場の封鎖、通信の遮断。これらは否応なく犯人に警察と話させ、主導権をとられないために必要な初動措置だ。話をしたいのは警察側であって、犯人ではない。また、無関係な電話は犯人の神経を逆撫でする。これら一連の措置を土岐たちは〝汚染区域の隔離〟と呼んでいる。

「被疑者についてはどうか」本村刑事部長が質した。

中年の班長が立ち上がった。

「証言から〝二本立て〟と思慮され、うち一名は拳銃を所持、逃走を図ろうとした際、自ら隊PCに距離十メートルで発砲。採証された薬莢は口径7・62ミリ×25、施条痕は六条右回り、科警研の分析ではロシア製トカレフに間違いないそうで、使用歴はなし」

トカレフ、正式名称TT1933。この一九二〇年代に開発された旧ソビエト連邦初の自動拳銃は、日本においてまさに凶銃の代名詞になった感がある。寒冷地で使用されることを前提にし、極端に部品数を減らして設計された結果、事実上、安全装置がない。つまり、薬室に弾丸が送り込まれている限り、いつ暴発しても不思議ではない。そして撃つ意志の有無にかかわらず発射される弾丸は、初速が一般の九ミリ弾より百メートル近く速い。

……土岐は自分の予想が当たったことに舌打ちしたい気持ちになる。

「薬莢から指紋は」と宮本が言った。

「右手人差し指、同じく親指の指紋が出ました。指紋照会を行いましたが、ヒットありません」

「捜査員の配置は？」

統括班の班長が立ち上がる。

「捜一より第四、六、八の三個班が現場を包囲、警戒中。――警備部より当機、第三機動隊二個中隊が外周に阻止線を展開。同じく三機より選抜された狙撃チームを配置、監視中」

刑事部の要請で派遣される狙撃手――〝特殊銃手〟は、常時編成されているわけではない。必要に応じて資格を持つ隊員が出動し、個人単位で配備される。それに比べ、特科中隊の狙撃班は常時編成で、狙撃手と視察及び連絡業務などの補佐をする観測手と二人一組単位で配備される。使用する銃も、高精度な部品を組み合わせて構成されるため〝狙撃システム〟と各国で呼ばれ始めた特殊銃（ライフル）に更新が進んでいる。

「それだけか？」来栖が人垣のはずれに立つ土岐を見やりながら言う。

「……第六機動隊、特科中隊から土岐小隊来援、待機中」

今度は捜査員全員が土岐を振り返り、土岐は小さく頭を下げた。

「土岐隊長には、オブザーバーとして本部に詰めてもらう」

刑事部長が、土岐に申し渡す。

〝頭〟を押さえておけば、〝手足〟は勝手なことをしない、ということかと土岐は考えた。

反面で構うことはないとも思い返す。この段階では小隊に水戸副長がいてくれればいい。

「了解しました、小隊は指揮下に入ります」土岐は言った。「……あの、〝伝助〟をひとり呼んでもいいでしょうか」

「構わない。他に何かあるかね」

「万一の場合に備えて、準備だけはしておきたいのですが」

　これは刑事部が扱うべき事案であり、土岐に異存はないが、備えておくことは常に必要だ。捜査員たちが白い目を向けて来たが、土岐は黙って本村を見た。

「……必要と思われることをしたまえ」

　刑事部長は無味乾燥な一言を若い小隊長にくれた。

「報告については以上」

　捜査員たちは熱した油がはぜるように、机の周りから散った。

「これ、コピーとってもいいですか」

　と、土岐は人が少なくなるのを待って、井波に尋ねた。来栖に続いてドアの外に出ようとしていた落合が足を止め、土岐を睨んだ。

　井波は気にする風もなくコピー機に向かうと、一枚複写したものを土岐に手渡した。礼を言って受け取った図面の線を見つめると、それは土岐の脳裏で立体的な映像になり始めた。……表出入り口は西方向、ショーウインドーに挟まれており、そこを入ると客の待合室。さらに進むとカウンターが逆L字形に延びて、一方は北にまっすぐ繋がり、もう一方は一旦南に延びてから直角に曲がり、東の壁際に並んだ現金自動預払機に繋がっている。ＡＴＭと南の壁に挟まれた形で、東の壁に裏通用口があった。つまり、カウンターは行内を二分している。その内側には机が横四列に並んだものが六つ続いている。さらに奥には金庫室と行員室があった――。

「どうした？」

井波の怪訝そうな声で土岐は我に返った。どうやら目の前ではなく、頭の中を視ていたらしい。

「あ、いえ、……どうも」照れ隠しに、土岐はもう一度礼を言った。

一度小隊に戻ろうと本部を出た土岐を廊下で待ち受けている者がいた。特殊班の落合だった。

「何か？」先に土岐が声をかけた。

「こういう事件では指揮系統の統一が重要だ、ご存知ですね」

「ええ、九三年のカルト教団事件、八〇年の〝イーグルクロー〟の例もありますし」

土岐は当たり障りの無いように、米国の事例を上げた。いずれも指揮系統の混乱、縄張り争いが破局を呼んだ事件だった。

「解ってるんならいいが。……こういった人質事案では、強行突入と同じくらい綿密な情報収集が必要なんだ。あんたはお若いからあえて言わせてもらうが、マル機さんは封鎖要員と狙撃手だけ貸してくれればいい。それ以上は俺たちの仕事だ。……その事を忘れないでほしいですね」

歳も階級も水戸と同じだが、水戸ほどの柔軟性は持っていないようだ。言葉も、土岐より上背があるのを利して、押さえつけるような口調だった。

「ええ、我々を使うかどうかは、上の判断ですから」

土岐は答えながら、同じような犯罪に対処しながら、この近親憎悪じみた互いの感情は何だろうか、と思った。事案の棲(す)み分けを明確に定めない上層部に求めるべきなのか。〝刑事部の特殊部隊〟と〝警備部の特殊部隊〟に分かれているが、本来は〝警察の特殊部隊〟と〝軍または準軍事組織の特殊部隊〟に分かれているべきなのだ。

凶悪犯罪を専門とする捜一でも、過去に行われた犯罪でなく、いま現に起こっている犯罪に対応するのは、第一特殊犯捜査一係、十数名の特殊捜査班(SIT)だけだが、国家予算で運営される警備警察より予算も人員の制約も厳しい。出動回数が多い割に、専門の施設ではなく立川市の旧第八方面本部跡地の廃ビルで訓練を繰り返す捜査員が、国家予算で比較的余裕のある所属の人間に憤懣(ふんまん)をもってもあるいは仕方のないことかもしれないが、土岐も自分の責任ではない以上、愉快ではない。

落合が部隊名を水色で刺繍した略帽を頭に載せ、肩をいからせて行ってしまうと、土岐はパトカーに銃弾を撃ち込む奴がいるのに時間を無駄にしたと思った。歩き出そうとして、ふと思い立つと、本部に戻って井波を捜した。井波を見つけると、物陰に誘う、というより他の捜査員の邪魔にならない場所へと移動した。

「係長、今気づいたんですけど」

「なんだい？」

「薬莢から出てきた指紋ですが、……自衛隊にも照会してもらえませんか」

「〝さくら〟に？　理由はあるんですかね」

「ええ」土岐はうなずいた。「――犯人は銀行から逃走する際、ＰＣに発砲してますよね。貼ってある写真を見ましたが、運転席、それもガラスが無ければ乗務員に命中する位置に着弾させた。距離は二十メートル。ある程度の訓練を受けた者じゃないかと思いまして」

「二十メートルだろう？　ガンマニアか銃を扱ったことのあるマルＢじゃないか？」

「その可能性ももちろんあります。しかし、本物の銃とモデルガンは違います。あの咄嗟の場合、ある程度は手慣れてないと……」

「解った、解った」井波は嫌味のない口調で遮った。「しかし連中、応じるかな」

「警察庁からの防衛庁出向者を通じて話を通せば、たぶん」

「どんな奴が該当する？」

　さすがは官僚同士だ、などと井波は無用な皮肉は言わない。

「〝陸〟で拳銃を使う職種、……機甲科経験者。階級は二等陸士から士長。退職して三ヶ月以内は後回しで結構です」

「その条件の訳は？」ようやく取りあう気になったのか、井波は手帳を出して、開いた。

「彼らは任期が終わるごとにまとまった退職金がでますから、すぐに金に困るとは思えません」

ふむ、と井波は唸り、書き取った手帳の字面を眺めた。

「一応、上を通して調べてみるが……、しかし、自衛隊ねえ」

そこで井波は、はっと土岐を見上げた。

「おい、ちょっと待てよ。拳銃に手慣れている奴が条件だとしたら、……俺たちも」

「――ええ。その可能性も、ありますね」

「厄介だな」井波は溜息をついた。「後味の悪い思いはしたくないが。……警視殿は本当はこれが言いたくて、俺を呼んだのかな」

「まさか」土岐は笑った。「取り越し苦労になるのを祈ってますよ。――失礼、小隊に戻ります」


土岐は現場周辺を自分の足を運んで把握し、配置された三機狙撃班の隊員とも言葉を交わしてから、輸送バスに戻った。気温の下がった路上には、制服、私服の警察官しかいない。誰もが寒さと緊張にそそけ立った顔で、白い息を吐いている。

エンジンは止められていたが、まだ輸送バスの車内は暖かかった。第四小隊の連中は、雑談に興じていた。

「なに話してるんだ？」

「あ、いやあ、隊長が最近立派になったなあ、と」

「そうですそうです」武南の言葉に、井上が合わせる。

嘘つけ、と土岐が苦笑すると、

「まあ、愛について、とだけ言っておきましょうか」

藤木がさらりと笑った。生身の〝観音様〟の話でもしていたのだろう。あいた時間の潰し方は、どんな業界でも同じだ。

「本部から必要な措置をとれ、という指示を受けました」土岐は表情を改めて告げた。

「甲斐は本部についてきてくれ。水戸副長、所轄の署員を捕まえて、付近の不動産業者から空いた部屋を紹介してもらって下さい。確保でき次第、突入制圧訓練を開始。情報は逐一、同報します」

五人は素早く立ち上がると、移動の準備を始めた。

「本部の様子はどうでしたか？」

水戸が装備、資機材をまとめながら土岐に尋ねた。

「内部の状況把握に全力を挙げていますが、……特殊班の落合警部補から出過ぎた真似をするな、と言われましてね」

土岐は小さな苦笑を見せた。

「落合さんか。その人なら知ってます。普段はねばり強い人ですが、誰であれ自分のヤマに手を出されるのを嫌う。……特殊犯捜査の権化ですね。怒らせると、少しばかり面倒ですよ」

「まあ、摩擦を起こさないように努力します。これ、現場の設計図のコピーです。……悪いが、特殊班には緊急行動部隊(EAT)になってもらいましょう」

多数の人質とともに犯人が籠城している場合、実地演習なしに突入する部隊など、この世には存在しない。緊急対応部隊は現場に配され、人質の生命が決定的に危険になった場合のみ、文字通り緊急に突入する部隊であり、説得や交渉が決裂した際、最後の手段として投入される主要突入部隊(DAT)は、何度も演習を繰り返した部隊だ。

「隊長も人が悪いな」

「なに、善人なら皆さんの隊長は務まりませんとも」

冗談とも本気ともつかない口調と表情で、土岐は水戸に答えた。


土岐が、無線機を胸元に下げた甲斐を伴って指揮本部に戻ると、特殊班を中心に情報の整理に忙殺されていた。

自分の家族が人質になっているのではないか、という問い合わせが警視庁と所轄署に押し寄せていた。……帰宅しなかったり、連絡がない場合は報せ(しら)て欲しいと捜査員は電話口で応対し、当該銀行に行く予定だった、あるいはそう話していた人間についてはリストにされて指揮本部に届けられる。ある程度可能性が高い場合は、捜査員が通報者のもとに当該人物の生活、嗜好、習慣を聞き出すために向かうはずだ。

警視庁と所轄署、指揮本部を結ぶファックスは途切れなく紙をはき出し続け、捜査員のうち、統括班は電話の対応に追われている。

特殊部隊の隊長が〝伝助〟を連れて戻ってきても、誰もなにも言わず、目もくれなかった。器を下げに来た出前持ちのほうが、まだ関心を持たれたかもしれない。皆、故意に土岐から目を逸らしているのかも知れなかった。

全員が目的を持って忙しくしているとき、自分だけする事がないのは面白いことではない。無視されているとすれば、尚更だ。

「状況は？」通りかかった若い捜査員に訊いた。

「変化なし。動きはありません」

「何か手伝えることはあるかな？」

さあ、とその捜査員は言葉を惜しむように答え、そそくさと去ってしまった。

土岐はさすがに、はっと息を吐くと、顔見知りを見つけて挨拶している甲斐と離れた。

表通りに面した窓際に立ち、小型の双眼鏡を両目に当てた。――ここでは自分は、挨拶を交わす相手さえいないのだ……。そう思いながら世界で最も頑丈に見える、投光器に照らし上げられた九十九銀行のシャッターを、暗い双眼鏡の視界にとらえていた。双眼鏡の必要な距離ではないが、少なくとも何かしている、という気持ちになれた。

「あの、……隊長さん。――コーヒーですけど」

傍らから、女性の声がした。

「いらない」土岐は双眼鏡を覗いたまま、無表情な声を吐きだした。苛立ちを克己心というヤスリで研磨した結果の無味乾燥さだった。

立ち去る気配がないので、土岐は視線だけを声の方向へと向けた。まだ若い女性警察官が、湯気のたつ紙コップを載せた盆を持ったまま、土岐を見上げていた。その目と、白く柔らかい線の頬と口許に、ほんのわずかだが哀し気な、傷つけられた表情を見せていた。

土岐は瞬時に後悔した。向けるべきではない感情を、向けるべきではない相手に突きつけたという後悔だった。世間からどう言われようと、市民から疎まれる職業である警察官は、互いに労り合わねばならず、それはキャリアである自分が最も気に留めていなければと言い聞かせているはずの事だった。

土岐は双眼鏡をおろすと、謝意を含んで微笑んだ。

「申し訳ない……そういうつもりじゃなかったんだけど。――コーヒーには興奮作用があるから。もしあれば、コーヒー以外のものを貰えるかな。無ければ白湯でもいい」

女性警察官は、ようやく笑顔になった。「判りました、待っててください」

しばらくすると、どこで調達したのかココアを淹れた紙コップを手に戻ってきた。どうぞ、と差し出されたココアを、土岐は、ありがとうと礼を言って受け取った。一口含み、おいしい、と笑って見せた。

白けた蛍光灯の光と緊迫した喧噪の中で、彼女はにこりと、嬉しそうな笑顔まで土岐に施してくれた。大きな瞳が柔和に細められ、瑞々しい唇の端にえくぼが浮かぶ。

孔雀明王の慈悲相のように優しい、木漏れ日の差すような表情だと土岐は思った。すてきな笑顔だ。

今日ここに臨場して、初めてきれいなものを見たような気が、土岐にはした。――警察官という職業は、日常的に顔を合わせる仲間以外の、素直な表情に接する機会が少ないと土岐は思う。自分が機動隊に所属しているからかも知れないが。

顔立ちの美醜に関係なく、真剣な顔が美しいのは男の特権で、笑顔で人に安らぎを与えられるのは女の特権だろう。

でも、と土岐は女性警察官を見ながら思った。

――こんな笑顔には、これからは、たぶん……。

その時だった。

「来ました！　犯人より入電！」

銀行より直通の特設電話機の前で待ち受けていた特殊班員が上げた声で、室内の空気が凍り付いたように緊張する。全員の動作が止まり、手の空いているものと幹部たちは、電いた。

話機の前に駆け寄ってゆく。土岐もまた、カップを手にしたまま刑事たちの波に加わって

「同報スピーカーに回せ！」

「静かにしろ！」

「録音準備いいか！」

取り囲んだ捜査員の注視の中、来栖管理官が電話機前の席を交代すると、差し出されたヘッドセットを頭頂部が薄くなりかけた頭にかける。準備が整っているのを見計らい、通話スイッチが押され、同時に録音装置のテープが回り始めた。

「もしもし」来栖がヘッドセットのマイクに声を吹き込む。

〝誰だ、警察か〟

「銀行にいる人だね？　こちらは警察です」

来栖の声と、初めて耳にする犯人の声が、スピーカーから流れ出す。

「私は来栖と言います。何か困っていることはないかな？」

興奮、高飛車、命令調。それらが微塵もない声で、来栖は訊いた。交渉担当者は警察大学校の特捜研——特別捜査幹部研修所で、過去の事案で交渉に当たった捜査員や心理学者から、集中講義を受けている。

〝ふざけてるんじゃねえよ、お前らが取り囲むからだろうが〟

「申し訳ない、こちらも仕事でね。なにか役に立てることはないかな」

〝周りにいるお巡りをどかせろ〟

「それはちょっと難しいな。お腹はすかないか、食べ物や飲み物は？」

〝握り飯を大皿で盛って差し入れろ。できるだけ多くだ。それからペットボトルもだ。種類は何でもいいから、二十本程持ってこい〟

「よければ弁当も用意できるよ。それから大勢で飲むなら紙コップも必要だろ、いくつ用意しようか」

いい質問だ、と土岐は思った。握り飯と違い、弁当は箸と容器を持たなければならず、凶器を手から離す機会が増えるし、紙コップで人質の人数が判る。

〝紙コップは……十個もあればいい〟

相手は乗らない。捜査員の誰かが舌打ちした。

「体調の悪い人はいないかな、いれば薬を用意させるが」

来栖は暗に、交渉の窓口は自分だと相手に知らせつつ続けた。

〝体の調子の悪い奴はいるが……薬は効きそうにないな〟

「どういうことかな、どんな様子なの？」

声は平静だが、来栖のヘッドフォンに添えた手に力が籠もった。

〝何でもねえよ、うるせえな。……薬より車両とボディアーマーを用意しろ！〟

「車のことは考えてみるけど、食べ物のことは解った。すぐに手配する。そこで提案なんだけど、何人か外に出してあげてくれないかな。さっき言った人やお年寄り、女性や子供さんとか。ここは一つ助け合わないか」

〝考えておいてやるよ。飯はシャッターの下に置け。おかしな真似しやがると、人質を殺すからな〟

通話を打ち切ろうとした犯人に、来栖は食い下がった。

「なあ、本当に薬が必要じゃないのか？　君らの役に立ちたいんだ」

〝うるっせえんだよ！　さっさと言われたようにしろよ！　何なら死体を拝ませてやるぞ、こら！〟

「落ち着いて――」

来栖がなだめようとしたが、通話は一方的に切られた。

スピーカーからの物音が信号音だけになると、電話と来栖を取り囲んでいた全員が、ずっと息を止めていたように深呼吸し、姿勢を崩した。

「かなり用心深いと見えるな、片手で食べられる物を要求している。そいつに細工されるのを恐れてか、大皿に盛れ、か」

来栖がヘッドセットを耳から外しながら、誰へともなく呟いた。

食物に薬物を仕込むのは味覚、食感のうえから、現実的には困難なことだが、少なくともそれを想定する頭を被疑者は持っている、と土岐は微かな落胆を感じた。もし薬物を仕込み、結果、犯人が口にしたとしてもよほどの即効性がない限り、むしろ人質に被害が及ぶ可能性が高いが、土岐が思ったのは人質を眠らせることだった。眠っている人質は騒ぐことも、パニックで立ち上がり流れ弾を受けることもない。

「体の調子の悪い奴はいるが薬は効かない？　どういう事だ」

本村刑事部長が呟いたが、もちろん答えられる者は一人もいない。

「老人か、子供か……障害者か？」

「何にせよ心配だ」

「野郎、ふざけやがって！　脅してるつもりか、女子供も解放しないのはどういうことだ」

「土岐小隊長」口々に言い合う捜査員の中で宮本捜一課長が声を上げ、捜査員の壁の外から首を伸ばして耳を澄ませていた土岐を見た。

階級ではなく、通常は警部補が務める小隊長という呼びかけになにやらささやかな意図を感じつつも、土岐は口を開いていた。

「被疑者は……〝さくら〟の関係者ではないでしょうか。もちろん蓋然性の問題に過ぎませんが」

「理由が聞きたいな」

それは、と土岐は井波に話した内容を繰り返し、付け加える。

「……そして、先ほどの会話にあった〝車両〟及び〝ボディアーマー〟という単語です。普通なら〝自動車、車〟、また〝防弾チョッキ〟というのではないか、と思います」

　捜査員たちは顔を見合わせる。

「訓練を受けた者だと、数段厄介だぞ」

「どうにかして内部の状況を把握できんか！」

　土岐は焦燥と喧噪が満ち始めた本部から目を逸らすように、窓の外に目を向けた。二車線道路一つ隔てた距離の九十九銀行のシャッターを見た。……先ほど話した粗暴な犯人を内部に呑んでいるとはとても思えない静謐さで、投光器の光芒のなか闇に屹立していた。

　あのシャッター一枚が、現場を取り囲む、よく訓練された警察官の誰もに、強烈な重圧を与えている。それは、恐怖になり得るほどの不安なのだった。

　不安、それこそが犯人にとって最も有効な武器なのだ、と土岐は思った。それはある種の兵器――地雷、機雷、潜水艦や、犯罪者、テロリスト、狙撃手、そして軍の特殊部隊が相手方に強いる〝そこに存在するかも知れない〟、という恐怖で実際の破壊力以上の効果を出すことに似ている。核兵器を除けば最強の兵器と言えるかもしれないが、核兵器もまた、不安という人間の心理要因がその数をいたずらに増大させた。

　いまこの状況下では、あのシャッターは核兵器を突きつけられたのと同等の緊張感を、現場の警察官たちに与えている。あの内側はどうなっているのか。

知りたい、と土岐は見詰めながら渇望する思いだった。

「ちっ、お巡りの奴ら、ふざけやがって」

捜査本部が識別上〝甲〟と符号をつけた犯人——池端が、受話器を架台に叩き付けながら吐き捨てた。腹立ち紛れに、電話の載った行員の机を蹴りつける。

「落ち着けよ、心配ねえって。これだけ人質がいれば、あいつらも手出しできねえよ」

池端の背後で、待合室の方に向きカウンターに腰掛けて足を揺らしていた〝乙〟、小野寺が躁病じみた気楽さで応じた。が、その口調とは裏腹にその手には拳銃が握られ、壁際に集められうずくまる人質たちに銃口を向けている。

集められた人質たちは、まるで狼から集団で身を守ろうとする羊の群のように、自然と身を寄せ合っていた。そこから幼い少女のすすり泣きが低く二人の犯罪者の耳に聞こえていたが、意にも介さない。

「で、どうなんだ」人質を睨め付けるのに飽きた小野寺が、池端に片頬だけを見せて尋ねる。

「とりあえず飯を持ってこさせる。シャッターを開けて、誰かこいつらに取りに行かせよう」

「開けて大丈夫かよ」

「ほんのちょっとだ、用が済めばすぐ閉める。安心しろ」

池端が頷いて顔を戻すと、行員たちの集められている側の壁から声がした。

「あのう、ちょっとよろしいですか」

紺の背広を身につけ、頭髪を七三に分けた三十代後半の男が、尻餅（しりもち）をつきそうになりながら不器用に立ち上がる。両手を書類の綴（と）じ紐（ひも）で縛られているのだった。女子行員のように制服を着ているわけではなかったが、眼鏡をかけた実直そうな顔立ち、物腰は銀行員の見本のように男を見せていた。

「あの、私どもはともかく、お客様だけでも外へ出していただけないでしょうか。お願いします」

その男、支店長の青崎（あおさき）がそこまで口にした時、客たちの集まりの中から、押し殺した息づかいが沈黙の中に響いた。

「聞こえるでしょう？　あんなに苦しんでらっしゃいます。……全員がだめなら、せめてあの方だけでも――」

池端がつかつかと机の列を抜け、小野寺の横からカウンターに身を乗り出すと、怒鳴りつけた。

「うるせえ！　いいか、お巡りはな、一つ条件を飲めば、あとはなし崩しにこっちを追い込んでくる。猫なで声にうっかりのって、気づいたときには、もうこっちに札は残ってねえんだ！　だったら、最初から取り引きは一切なしにすれば、奴らも考えを変えるさ」

「おまえ、頭いいな」小野寺が本気で感心して言った。

「役人はどこでも同じだ。口あたりのいいご託を並べるだけさ。――さあ、解ったら大人しく座ってな、支店長さんよ」

　青崎はなおも言い募った。「し、しかしですね、ここでお二人が思いやりのあることを示せば……」

「――捕まったあと、罪が軽くなるってか？」

　青崎を見る池端の目が細められた。命を値踏みするような、気味の悪い眼光だった。

「い、いえ私はそんな……」青崎はたじろいだ。

「うるせえんだよ！　指図なんかいらねえんだよ！　あんた解ってねえようだな、お前らがここにいるのは俺に指図するためじゃねえ、俺たちがぶっ殺せばお巡りが困るから、ここにいるんだ！　忘れるんじゃねえぞ！」

　小野寺が薄ら笑いを露骨に浮かべながら、トカレフをあげた。銃口は、遮るものなく青崎の胸を狙っている。

　青崎は、心臓が絶対零度に近い温度に下がったのではないかと思った。なにより恐ろしかったのは、犯人の目だった。――なんの意志も窺えない。興味本位で人を撃つのを厭わない目だ。青崎は銃口よりも、その意志を持たない目に恐怖した。

「……支店長！」

目を見開き、思わず足がよろけるように動いた青崎のズボンを、行員の一人が腰を床に押しつけたまま握りしめ、引いた。

青崎は下唇を嚙みながら、脱力したように床へ腰を落とした。


「良いところが見つかったんですね」

土岐は甲斐を連れて、現場からほど近い、とあるビルの一室に入ると、演習を中断して四人に指示を与えていた水戸に言った。

現場から二百メートルほど離れたオフィスビル。広さはほぼ土岐が水戸に手渡した九十九銀行の設計図と同じで、足下にはどこから調達したのか、マネキン人形がたくさん転がされている。第四小隊は、そこですべての突入装備を身につけ、実地演習を続けていた。

「ところで、この〝人質〟はどこから？」

土岐は床に倒れたマネキンのカツラがとれた坊主頭を見下ろした。

「ええ、ここは服飾関係の事務所が引っ越した跡でしてね。マネキンは後日運ぶことになってると聞いて、許可を得て借用しています」

「訓練の進み具合は？」

「一人ずつ、犯人役を交代して行ってます。一巡しました」

「了解。――これ、差し入れです」

土岐は手に下げていたコンビニエンスストアのビニール袋を差し出した。人数分の缶飲料が入っている。

「あ、これは有り難い」水戸がちらりと微笑み、受け取った。

「隊長、お一ついかがです？」武南がマネキンを抱え上げてみせた。

「よせ、馬鹿」と土岐が呆れて笑った。「なんに使えってんだ」

土岐と甲斐以外の四人は黒い革手袋を脱ぎ、ＭＰ－５を身体からスナップスリングで吊ったまま、息を入れた。

それぞれが好みの飲料を選び、プルタブを引く音ががらんとした室内に響く中、土岐が見回すと、そこはまったくひどい有様（ありさま）だった。現場行内で室内を二分し、最大の障害物であるカウンターが段ボールを切り張りして再現され、他の調度も、あり合わせの物で概ね（おおむ）証言通りに配置されている。

「ところで、状況に変化は？」水戸が微糖コーヒーを一口含んでから言った。

「犯人、こちらの申し入れを聞き入れました。食料を行内に入れます。それから……」土岐は言葉を切り、注視してくる仲間を見渡した。

「どうも犯人は自衛官崩れらしいです」

自然に全員の口許から、手にした缶がおりた。

「――まだ断定された訳じゃないが」

ひそかに高まった懸念が、ヘルメットの下にある目の動きや仕草に顕れて、第四小隊の間に漂った。

水戸は平然とコーヒーを飲み干してから、口を開いた。

「初の実戦でたいした相手だ。だが屋内近接制圧では、こっちがプロだ。気を引き締める必要はあるが、いつもどおりやろう。いいな、みんな」

水戸の言葉で、それぞれ自信を取り戻したのか、皆が頷き、過度の緊張が解けた。

「同じ闘いでも、専門の訓練を受けてるこっちに分があると僕は思います」甲斐が言った。

「元自衛官だろうと、かまやしないさ。俺が還れないと、泣く女が十人はいるから」

「笑う女は百人くらいですか？」

藤木の台詞に井上が答えると、皆が笑った。

土岐はそれを聞きながら安堵し、満足しながら自分のコーヒーを飲み干した。誰よりも自分を鍛えているという自信、それを持つために一ヶ月の特訓を敢行したのだ。第四小隊はこうでなくては。

「それから、このまま事態が膠着するようなら、甲斐も演習に入れます」

「了解です。――よしみんな、休憩は終わりだ。始めるぞ」

「はっきり言って――」と、本村刑事部長が言った。

「状況は芳しくない」

土岐もようやく席が与えられての、会議の席上だった。

つい十分ほど前、包囲する警察官全員がそれぞれの部署で見守る中、用意された食事が大皿に載せられ、シャッターの前に置かれた。

直近で身構える特殊班の眼前でシャッターがわずかに引き上げられ、その陰から手が伸びると、大皿を中に引っ張り込んだ。特殊班員は、その手を見て突入を断念した。差し出された手は、白く細い女性の手だったからだ。そして、獲物を捕食したあとのウツボのように、シャッターは元通りに閉じられた。

内部の様子を探るべく、鑑識写真班がシャッターのさがりきる瞬間まで、高感度フィルムで隙間から内部の様子を収め続けたが、ほとんど参考になるものは写っていなかった。

「食料はとりあえずマル被と人質の手に届いた。基本的欲求が満たされたということで、少しは人質の危険も減少したと言えるが……」

「ひとつ、〝薬の効かない者〟というのが気になります」

来栖管理官が額に汗をにじませ、上体を背もたれに預けて言う。

「それだ、何を意味するのか最優先で調べろ」

宮本課長の指示が飛ぶと、強行犯の係長が頷いた。

「事によっては、それが」来栖が呟くように言った。「我々の取りうる手段とタイミングを、決定するかも知れません」

神ならぬ全員が溜息をついた。

「なにも解らない限り、打つべき手段は相手次第だが……来栖管理官」

「やはりマル被が外に出た時点で確保すべきと考えます。奴らも、いつまでも行内に籠もっている訳にはいかん筈です」

「――土岐小隊長は」本村刑事部長が顔を向けた。

「私も来栖管理官のお考えに基本的には賛成です。ただ、今後の展開では強行も選択肢のひとつかと」

「なにを言ってるんだ、あれほどの人質がいるんだぞ！　その人たちの身に危害が加えられるようなことがあれば、間違いでは済ませられんぞ！」

土岐の返答を切り捨てた宮本を、本村は押さえた。

「待て。……土岐君、君の考えを言ってみたまえ」

「はい。では純粋に方法論としてお答えします。――まず裏口を炸薬で破壊、閃光音響弾を投げ込み、突入します。そして消音器付き機関拳銃で犯人を制圧します」

「炸薬？　機関拳銃？」宮本が呆れたように言う。

「……いかんな」本村が両手を机の上で組みながら、無味乾燥な声で言った。「私はもっと現実的な答えを期待したのだが」

「そのつもりですが……、しかしこれも裏口にバリケードがない場合です。ドアは破壊可能ですが、そこにもし机などが積み上げられ書類がつめられていれば相当な重量になり、排除している間に人質、突入した隊員が犯人の銃口に晒されます。――私としてはですから、ディストラクション・エントリー、つまり建物に多少の損害を出しても十分な進入口を確保しつつ、犯人の戦意をくじく突入が重要と考えます」

「どこを破壊する気だ？　ドアを破壊してもバリケードは残るんだろう？」

「バリケードがない、と思える場所はありますよ」土岐は辛抱強く、明快に答えた。

「どこだね、それは」来栖が訊いた。

「シャッターです。鑑識の写真にも写っていませんし、シャッターを大きく開けば、事後の人質避難も迅速に行えます」

「すこし早計じゃないか。食料受け渡しの後、奴らはバリケードを築いたかもしれん」

「そうかも知れませんが、シャッターがあり、犯人はそれに依存しています。脅威になるほど強固なものとは思えません」

「こんな状況で破壊を伴う突入も短機関銃使用も問題外だ！　事案は警察庁にも申報されてるんだぞ、そんな案を誰が認めるか！」

　宮本は怒声をあげ、土岐は溜息をついて必ずしもこちらが発砲するとは限らない、と言おうとして止めた。宮本は鼻息荒く手元の安茶碗から冷えた茶をあおったが、土岐の前だけは置かれていない。これが本当の〝無茶〟だ、と馬鹿な事を考えて自分を慰める。

「強行の方策はともかく、情報の収集だ！　マル被、人質双方の把握をいそぐんだ！」

本村の叱咤に、捜査員らは立ち上がってゆく。

土岐もうっそりと椅子から腰を上げると、甲斐を目顔で呼んで、本部を後にしようとした。

「ひどい言われようですね。隊長は方法論だと断ったのに」

土岐より甲斐の方が腹立たしく思っているようだった。

「げに恐ろしきは宮仕えかな……とだけ言っておこうか」

「土岐隊長、どこへ行かれるんですか」来栖が土岐の背後から、声をかけてきた。何度も土岐は出入りを繰り返しているが初めてだった。捜査の現場で培った勘が、そう言わせているのかも知れない。

「部隊の様子を見てきます。何かお手伝いできることがありますか？」

言葉の後半に皮肉を効かせながら、この管理官は察知しているのかも知れない、と土岐は思った。自分の知らない場所で蠢動されるのを恐れているのか。

無言の返答で土岐を睨みつける来栖を残して、本部のドアの手前まで来たときだった。

後ろから突入服姿の特殊班の一人が挨拶もなく、土岐と甲斐を押しのけるように追い越していった。緊急時とはいえ無礼な奴だ、と土岐は立ち止まって眉を険しくしたが、三十代になったばかりとおぼしい捜査員は、捜査本部内の立場を思い知らせるように、颯爽とドアの外へと歩いてゆく。

と、そこで資料を抱えた女性警察官と出会い頭にぶつかった。捜査員は足を止めただけだったが、女性警察官は不意をつかれ、資料の紙の束が腕の中でくずれ、床に散らばってしまった。捜査員は、だが短い挨拶さえ残さず、逆に「気をつけろ！　馬鹿」と言い捨て素通りしようとした。

「待てよ」気づいたときには、土岐は自分でも不思議なくらいの硬い声で、廊下に消えようとしていた捜査員の背中を叩いていた。

「一言、謝る暇くらいあるでしょう」

　普段の土岐なら、黙って書類を拾ってやるだけだっただろうが、特殊班への感情がそう言わせた。……なによりも、ぶつかり、今は立ちすくむ女性警察官は、ココアを運んでくれた人物だった。

「なに言ってるんだ、お前。今がどういうときか、解らないのか」

　立ち止まり、振り返った捜査員は明らかな嘲笑を浮かべ、暇人の相手はしていられないという表情になった。土岐の階級は知らないらしかった。

「あ、あの……、隊長さん、いいんです。私が不注意だったものだから……」

事の成り行きに息を飲んでいた女性警察官は、我に返って膝を折り散らばった書類を拾い始めた。土岐も捜査員の唇を歪めた嗤いを見ていた目を逸らし、床に屈んだ。

「……いいんだ」と土岐は捜査資料を一枚一枚拾いながら女性警察官に言い、視線を上げて立ったままの捜査員を見上げた。

「一人一人を見れば部隊が解るけど、そんな様子であなた方は大丈夫ですか」

「……なに格好つけてんだ」今度は捜査員が激昂する番だった。

一歩踏み出そうとした捜査員を押さえたのは、甲斐だった。

「もうあなた、行った方がいいです。急いでるんでしょう?」

その言葉に、捜査員は足下で紙を拾う土岐に唾でも吐きつけたそうな表情になったが、踵を返して立ち去った。

「――すみませんでした」女性警察官が手の中で書類を整えながら、土岐に小声で言った。

「あの、……それから、会議でお茶を差し上げなかったことも」

土岐が彼女の顔を見ると、申し訳なさそうに微笑んだ。

「私……用意したんです。でも、……」

「いや、気にしなくていいです」土岐は小さく笑って答えた。本心だった。お茶よりも、こんな笑顔の綺麗な女性に気にかけられた方が嬉しい。

「これで全部だね」土岐は紙の束を差し出して、最大限何気なく尋ねた。

「ええと、――君の名前は？」

「地域課の相川と申します。……相川美季です。ありがとう」

受け取りながら女性警察官、相川美季は微笑んだ。つり込まれるように土岐も笑った。

その脇を、階下から走り通してきた私服の捜査員が、捜査本部を激震させる情報を携え、指揮本部のドアに走り込んでいった。


「なに？　……妊婦だと？」

捜査本部内の椅子が一斉に鳴った。実際、全員が立ち上がるだけの威力を持った言葉だった。本部内に呼び戻された土岐もまた、それを聞いていた。

「はい……、所轄からの……、情報です」情報をもたらした捜査員は、息を切らしながら続けた。

「文京区の男性が本日、産婦人科に通院を予定していた妊娠九ヶ月の妻が、帰宅せず、また産婦人科に通院もしていないので探し回っていたようです。……それで、費用をおろすべく当該銀行に立ち寄ると話していたのを思い出して――」

「どうして今頃！」捜査員の一人が憤懣やるかたない声を吐いた。

「――夫もまさか、と思っていたようで」自分が悪いかのように、捜査員はぼそぼそと付け足した。

「姓名、年齢は？」宮本捜一課長も硬直した表情で質した。

「寺田涼子、二十八歳です」

刑事部長と捜一課長は顔を見合わせた。

「――至急、確認をとれ」

「行内のマル被に連絡しろ、急げ！」

本村と宮本の声が、来栖管理官に命じていた。まるですべてを否定できるのは、来栖だけだというように。電話口に陣取っていた来栖はヘッドセットのマイクの位置を直してから、スイッチを入れた。

スピーカーから流れる呼び出し音が、長く、焦らすように響いていたが、やがて受話器を取り上げる音がした。

「もしもし、捜査一課の来栖です。少し訊きたいことがあるんだが」

〝なんだよ〟

「前に話したとき、〝体の調子が悪いが薬の効かない人〟がいるって言っていたね。……それは女性で、――妊娠しているという意味かな？」

〝今頃なんだ？ そうだよ、だから早くしろって言ったんだ。それで、こっちの言ったものは用意したのか？〟

犯人の言葉に、嘆息しない警察官はいなかった。

「もうすこし時間をくれないか。私たちは君たちの要求を呑んだ。今度は私たちに君たちが協力してくれないか」

無限の寛容さを示した来栖に、犯人は愉しむように応じた。

〝そんな約束はした覚えがないし、人質のことはお前ら次第ってもんよ〟

「どうしてその女性、寺田さんのことを黙っていたんだ。なにか打つ手があった――」

〝ほらほら、その手だよ。最初に教えたらどうなった？　機動隊が雪崩れ込んできて、即アウトだろうが。といって人質を一人でも外に出せば、後はなし崩しだ。どうだ、図星だろ、え？　だから、寸前まで黙ってるつもりだったんだよ。こっちの切り札だからな〟

「…………」

端から見ても、来栖の横顔は蒼白になった。

〝あんたらも、腹から赤ん坊が出かかってるときに、まさかいやとは言えないだろうが？〟

「とにかく、その女性だけでも解放してくれ、頼む」

〝馬鹿にするな、そっちからの要求は一切飲まねえ！　言われたとおりに早く用意しろ！　ただしお巡りが一人でもいれば、人質を殺す！〟

電話が切れ、会話と呼ぶにはあまりに毒々しかったそれに代わって、空電音が室内を浸した。スピーカーが切られる。

「人でなしどもが！」

　誰かが叫び、机を思い切り蹴り飛ばす音がした。

　その通りだ、と土岐は思った。――これから生まれてこようとする命さえ、持ち札にしようというのか。

「こうなれば一旦、要求を受け入れた上で、行内からマル被を出してから――」

「そうすると」土岐は、何か腑に落ちない感触を持ちながら来栖に向けていた視線を捜一課長に移しながら口を開いた。「犯人はおそらく人質を連れて外に出る。それぞれ人質を盾にしていれば、二名を時間差無く制圧、無力化しなければなりません。一つタイミングがずれれば」

「他にどんな手段がある？　必ずしも二名の被疑者に二名の人質が伴うとは限らんぞ、仮定の話はするな！」

「あんたはどうしても強行突入がしたいのか？　それとも同時確保が我々にはできないと言いたいのか！」

　来栖がヘッドセットを専用電話機に叩き付け、土岐に吼えた。

「いえ」土岐は宮本と来栖の言い草に辟易しながら続けた。

「ただ危険が高い、と言っただけですよ」

　溜息をついて引き下がる。あくまで犯人を生きたまま逮捕しようとするなら、目潰しに消火器を噴霧するか、あるいは本来は消防用である〝インパルス〟の高圧放水を叩きつけ、相手が怯んだ隙に制圧、確保することになるが、……土岐には、拳銃で武装した、しかも複数の犯人に対し、それが有効とは思えなかった。

　もちろん、土岐も銃器による制圧のみが正解、と考えているわけではない。人命を最優先し、時間をかけ、警察官の命を危険にさらしてでも犯人を生きたまま確保するというのは、刑事部だけの信義ではない。動乱時や戦時下をのぞいて江戸時代より連綿と続く、日本の治安機関全体の信義なのだ。警備部もまた例外ではなく、特殊部隊とはいえ土岐たちも警察官なのだ。

　来栖管理官は、自分たち特殊部隊に関して、なにか誤解しているのかもしれない……と土岐は思った。そして同時に、頑ななまでに自分の提案を拒絶する来栖の真意を、ようやく理解した。

「とにかくだ、妊婦の……寺田涼子に関する資料を揃えろ。診察記録はもとより、主治医、看護師、旦那から集められるものすべてだ」

　刑事部長の嗄れた声に、捜査員たちが机の周りから散ると、土岐はぽつねんと電話機の前に座り続ける来栖に歩み寄った。来栖は気づいているはずだったが、押し固まったように動かなかった。

「知ってたんじゃないですか？　管理官は」

「――何の話だ」来栖は組んだ手に額を押しつけたまま言う。

「例の妊婦ですよ。特殊班は、視察拠点を設けてるんじゃないですか」

「鋭意作業中だ。鋼鉄のシャッターに音一つ無く、穴を穿つんだ、どれだけ慎重になるか解らん訳じゃないだろう」

「そうですね、確かに」土岐は軽く応じ、続けた。

「ではコンクリートマイクはどうです？　あれの設置にそんなに時間が必要ですか？　妊婦の容態は不明ですが、何か聞こえても良さそうなものですね」

来栖から返答はなく、土岐はしばらく室内の喧噪だけを聞いていた。

「……お前らがいたからだ」

来栖は睨めつけるように土岐を見上げると、吐きすてた。

「——確かに聞こえていたさ。言い訳じゃないが妊婦という確証は無かった。喘息かも知れないし、緊張で過換気を起こしているのかもしれん。確証がないまま報告すれば、上が事を急いで危険な状況を誘発すると判断した」

「上層部が我々を使ってですか」土岐は平板な口調で言った。

「危険を誘発するのは、情報を操作しようとしたあなたの判断だ、管理官」

土岐は静かにそう決めつけたが、来栖の表情に変化はなく、何とでも言え、と視線を土岐に跳ね返していた。——何とでも言え、か。土岐は来栖に背をむけ立ち去りながら思った。怒りも呆れも通り越していた。ただ強烈な厭悪感ともとれる感情が、土岐の胸で腐汁のように湧いていた。それが自分の属する組織になのか、来栖個人へなのかは解らない、どす黒い感情だった。

　土岐は生理的にそれを排出しようと思った。近づいてきた甲斐を連れて廊下に出る。

「あれ、隊長どこへ」階段とは反対に歩き出した土岐に従いながら、甲斐が言った。

「トイレにね」

　廊下の端に小さく表示されたドアを見つける。土岐がドアを開けると、甲斐も続こうとした。

「中まで付いてこなくていいよ」

　薄暗いトイレで小便器の前に立ち、胸元のファスナーをしたまで下ろして、用を足す。

──胸の中はともかく、下半身は楽になった。息をついてファスナーをあげて、便器を離れ、手を洗った。

　そして、ドアに向き直ったところで、誰かが入ってきた。

「土岐さん……だったよな。少し話がある」

　ドアを後ろ手に閉めながら口を開いたのは、落合だった。

「さっきはうちの若いのに、説教してくれたようだな」

「たいしたことは言ってませんよ」

「そうかな?……俺たちはあんたらと違って忙しいんだ。暇人が正義漢ぶるのにつきあう時間は無いんだよ」

「誰がいつ正義漢ぶったんですか」

土岐は黙礼して、落合の脇を抜けようとした。待てよ、と落合は土岐の胸を突いた。

「話はまだ終わってない。お前ら、裏でこそこそ何をしてるんだ。これは俺たちのヤマだ。助っ人なら助っ人らしく大人しくしてろ。大体、あんたに何ができる、え？〝気絶した警部〟さんよ」

土岐は動じない冷ややかな目で落合を見た。

「忙しい方がトイレで暇人相手に油売ってていいんですか？――それに、裏で肝心な情報をこそこそと握りつぶしたのはあなた方では？」

言いながら土岐は心底、馬鹿馬鹿しくなっていた。どうして拳銃を持った凶悪犯と多数の人質が立て籠っている現場の目と鼻の先にある、この薄暗いわずかにアンモニア臭が漂うトイレで、警察官同士が些々としたことでいがみ合わねばならないのか。

「調子に乗るな！」いきなり落合は土岐の頬を殴りつけた。鈍い音がして、痺れるような痛みと金気臭さが土岐の口中に広がる。土岐の足は一歩引かれたが、それだけだった。

土岐は血が混じった唾液を床に吐き捨てた。

「――殴る相手が違うんじゃないですか」

「殴る？」落合は薄ら笑いを唇に浮かべた。「撫でただけだ」

落合の嘲笑を目にした瞬間、土岐はものも言わずに飛びかかっていた。嘲笑が一瞬で消え、はっと身構えようとしてあげられた落合の右腕を土岐は摑んで手首の関節を決め、身体を反転させて背中にねじ上げた。そのまま土岐は身体ごと落合を汚れた壁に押しつける。

「……任務がなければこの腕、へし折ってやるところだぞ！」

土岐は、自分より上背のある落合から踵で臑を蹴り上げられないように爪先立ちさせて、ぐいぐい押しながら、食いしばった歯の間から、低く怒鳴った。「小兵だからって、甘く見るな！」

最後に膝で落合の腰を蹴り上げると、呻きながら壁にそって屈み込む落合を残し、トイレのドアを開けた。

「警視……？」待ち受けていた甲斐が、もたれていた壁から離れながら、切れて血が出ている土岐の口許を見た。

「訊くな、……なにも訊かないでくれ」土岐は恥じるように早足で歩き出した。

土岐は甲斐を連れて水戸たちのいるビルへ行き、どこからか入手した弁当を食べていた四人に状況を伝えた。

「甲斐を参加させて、もうすこし演習を続けてください。正式な命令が下され次第、細部を詰めましょう」

「解りました。ところで」水戸は頷いた。「……その顔、どうしました？」

「あ……、これは——」土岐は口ごもりながら答えた。「虫歯です」

「今が決断すべき潮時かも知れん……」刑事部長の口から沈んだ声が発せられた。

「母体の安全が脅かされている」

指揮本部のテーブルを囲む誰もが悄然(しょうぜん)としたまま顔も上げないので、刑事部長は指名した。

「捜一課長」

「マル被が一切の交渉に応じず、人質に危険が迫っているとあれば」

「待ってください！　女性の容態が確認されず、行内の情報に乏しい現時点での判断は性急です。マル被が外に出るのを待つべきです！」

来栖の声だけが、荒々しく響く。

「しかし相手は銃器で武装している。人質にも捜査員にも危険が高すぎる」

「危険は承知の上です。マル被が外に出れば、必ず包囲して確保します」

「その場合、こちらも拳銃を使用することになるのではないか？」

捜一課長と特殊犯捜査管理官の応酬が続く中、井波が部屋の隅、ファックスから吐き出された用紙を取り上げて声を上げた。

「マル被の身元が一名、割れました！」

井波が刑事部長、捜一課長の席に届けると、全員が椅子を離れて集まり、我がちに頭を突き合わせるようにして、刑事部長の手にある紙を覗き込んだ。

「……やはり〝さくら〟か」

「池端高次、二十五歳。三年前に陸自を陸士長で退職……」

捜査員の一人が呻いた。「射撃中級以上の技量を有す、だと」

室内がざわめく中、刑事部長は捜査員らに取り囲まれたまま、ひとり端然と席に座っていた土岐に口を開いた。

「土岐小隊長」刑事部長は言ってから、苦衷を示すように唇を真一文字に結び、そして言葉を絞り出した。「強行突入した場合、被疑者を生存させたままの確保は可能か」

からくり人形のように、刑事部長の周りの捜査員が、一斉に土岐を見た。

それはやってみなければ判らないことだと、土岐は考えた。

だが、これだけは言える。警察特殊部隊の使命は、たとえ発砲に至ったとしても、犯罪者を生きたまま逮捕することにある。それこそが自分たちの精髄なのだ。警察特殊部隊にとって犯人を射殺するということは、自分たちの能力が被疑者も含めた状況に為すすべが無く、また自分たちに注がれた税金、苦痛と危険をともなう訓練に費やされた時間が、全くの無駄であったと世間に喧伝するようなものだ。

「我々は発砲したとしても、殺すためには撃ちません」土岐は自分を取り巻く凝視を意に介さず、刑事部長だけを見詰めて、静かに口を開いた。「――絶対に」

「土岐警視」本村刑事部長は、土岐の目を見据えつつこれまでにない声で呼びかけた。

「――突入計画の立案を」

一拍のあと、続けた。「君らの出番のようだ」


「これで満足か、何かあったらどう責任をとる」

忌々しげに来栖が言葉を吐き出すのが耳に入ったが、土岐はテーブル上にある自分の資料すべてを集めると、席を立とうとした。

「……キャリアは責任とらねえからな」

この期に及んでも嘯く捜査員の陰口に土岐は眉一つ動かさず、指揮本部を出ると、仲間の元へと走った。

ビルの一室では、演習後の検討がされていたが、土岐が入ると、五人はその表情から自分たちの任務を知った。

「みんな、いよいよだ」

五人の男たちはそれぞれの表情で、土岐の次の言葉を待つ。

「人命優先で作戦を立てた。聞いてくれ――」

土岐は本部で座っている間に考え続けてきた作戦を、車座になって床に片膝をついて図面を囲む五人に説明する。

　作戦自体は簡素で、それは水戸の大きな修正を受けることなく、全員に受け入れられた。

「しかし破壊突入とは、隊長も思いきりましたね」

「これしか迅速に行内に進入し、展開する方法はない。裏口にバリケードが無くてももどのみち〝ドアバスター〟は使えない。用意を頼みます」

　土岐は突入用具携行員の井上に言った。油圧式ドア破壊装置（ドアバスター）は油圧でドアを内側に押し込み、ドアのボルトを折る資機材だ。九十九銀行の裏口ドアは外開き、かつ戸枠と壁に段差が無く、固定できない。ボルトの破壊も、中にバリケードがあれば時間の浪費――致命的な危険を招来する。一般の想像とは違い、特殊部隊の突入には制約が多い。突入口さえ建物の構造、人質の位置が決定し、自由になるのは突入する時刻だけだ。

「人命優先は了解ですが、危険が高いですね、発砲の可能性が高そうだ……それについては」

　浅黒く彫りの深い顔立ちに、わずかな憂慮の表情を浮かべて藤木が言う。

　それは小隊全員の抱いた懸念であるらしく、土岐の返答を求める視線が集まる。そして、このような場合に指揮官に求められる言葉は決まっている。

「安心しろ」土岐は言った。「突入の先頭には私が立ちます。みんなに面倒な判断はさせない」

全員が頷く。

「よし。——武南、なにか無いか？」

「お腹空きました」

「馬鹿たれ」と甲斐。

土岐の計画に沿った演習が開始され、土岐はひとり、指揮本部に戻ると幹部たちに作戦概要を説明し質疑を受け、了承されると最終判断は警察庁に委ねられた。その間も緻密に突入計画を練り上げていった。

土岐の脳裏に一生刻印されるであろう長い一日の日付が、まもなく変わろうとしていた。

だが土岐たち第四小隊の正念場は、これから始まる。


霞が関、警察庁。

首都の警察、警視庁隣の古ぼけた人事院ビルは合同庁舎へと一新し、まだ都会の塵芥に汚れる前の無垢な壁面の内側、十八階の会議室からの夜景を見下ろす男がいた。身体に比べて、頭が不釣り合いに大きかった。

「長官——」

頭の大きな男は、背後から呼びかけられて振り返った。垂れ目に分厚い眼鏡をかけた、一見すると焼き肉屋の主風の男が立っていた。

「では、会議の決定通り命令を伝えてよろしいですね」

呼びかけた男は焼き肉屋の主ではなく、公安畑を邁進した警察庁次長であり、呼びかけられた頭の大きな男もまた、刑事畑から長官に就任した希有な警察庁長官だった。

「ああ、かまわん」警察庁長官は答えた。「……検挙率が低下し国民の協力が不可欠ないま、刑事部の強行突入に万一のことがあれば、国民との間に溝をつくることになる」

「ではそのように」次長は一礼して立ち去りかけた。

「ああ、待ってくれ。……現場にいるＳＡＴの指揮官は、キャリアだそうだな。例の計画の」

「そう聞いとります」

長官は視線を夜景に戻してしばし黙考した後、付け加えた。

「……突入部隊からは外せ。ベテランのノンキャリアが補佐に付いている筈だ、指揮はその人物がとればいい」

「判りました、そう命令いたします」

次長は長官の面前から辞去しながら、その青年幹部を自分はよく知らないが、キャリアの先輩として、早くその重圧と不安から解放してやらなくてはと、足を速めた。キャリアの仕事は、組織を使って成果を上げることで、自らの身体を張って成果を上げることではないと、次長は確信していた。

土岐は、最後の命令を受けるために本部にいた。

本部内には、事件が発生して以来初めての、奇妙な静けさが満ちていた。遠慮がちなしわぶきや報告、私語が時折、居並ぶ捜査員たちの口からもれるが、すぐにまた静けさが戻る。

ファックスが届いたのは、その時だった。

「警察庁の決定が下された」

制服警察官から手渡された紙片を受け取ると、本村は立ち上がり、読み上げた。

「都内九十九銀行春日支店籠城事件指揮本部は、指揮下にある警備部第七特科中隊、第四小隊の強行突入を許可されたい。……当該部隊は行内の人質の安全に充分留意し、警察官職務執行法を遵守しつつ、被疑者の抵抗を排除制圧し、行内の秩序を速やかに回復せよ」

本村刑事部長はその場にいるすべての人間に申し伝えるように、もう一度繰り返した。

「抵抗を排除せよ!」

「了解、第四小隊は警察官職務執行法を遵守しつつ被疑者の抵抗を排除、行内の秩序を回復します」土岐は敬礼し、部屋を後にしようとした。これより先の手順、打ち合わせは終わっている。土岐は本来の突入部隊指揮官の職務に戻るつもりだった。

「……土岐君」刑事部長は呼び止めた。

土岐は行きかけた足を止め、振り返った。「何か?」

「君は本部に残ってもらいたい」

土岐は自分を見る刑事部長の顔を見詰めたまま、数瞬、我が耳を疑った後に、本村の真意を疑った。

「――何ですって?」土岐はようやく言葉を絞り出す。語尾が無様に跳ね上がっていた。

「ここに残って、指揮を執るんだ」

「……何故です?　誰がそんなことを」

「長官からの直接指示だ」本村も土岐の心中を察しているのか、ことさら非情に徹した声だった。

「――それは自分が、キャリアだからですか」

土岐の顔が怒りで歪んだ。だが辛うじて抑えた声で続けた。

「……私はこの作戦を被疑者の注意が、我々に集中するように計画しました。すべては被疑者、人質双方の安全のためです。――私が計画したのです。そして私自身が陣頭に立つと、部下に伝えました」

「いいかね、君の気持ちは判らんではないが、……これはもう決定事項なんだ。ここから指揮を執りたまえ。いいな」

土岐は非礼を承知で本村の目を睨みつけ、それから答える言葉も忍耐もなく、憤然として指揮本部を出た。

自分はいったい何者なのか、と土岐はビルを出て、冷たい微風の吹く路上を踏みしめながら思った。――五年前、自分を特科中隊に投げ込んだのも上層部で、いまどうしても陣頭に立たねばならないこのとき、その責任を取り上げるのも上層部だ。

自分が流した汗や涙、血は何なのか。土岐は思わずにいられなかった。……本村の前では部下と呼んだ、仲間たちへの義務も。

土岐は修羅のような苛烈な怒りが胸底を灼いてゆくのを感じながら、それでも、皆に告げなければならなかった。

九十九銀行前の路上を、機動隊の投光車が人の歩速ほどで、ゆっくりと移動してゆく。その周りで、活動服の上に防護衣を着込んだ機動隊員たちが、小隊ごとに展開を始めている。

捜査員たちもあるものは捜査帽を被り、防刃手袋をつけてばらばらと所定の位置に走って行く。

誰もが無言のまま慌ただしく突入準備に余念がない中で、土岐は完全装備の第四小隊全員を、輸送バスの陰に集めていた。

「伝達することは二つある」土岐は仲間の目を正視できないまま、口を開いていた。「一つは、正式な命令が警察庁よりあった。――もうひとつは」

　土岐を囲んで聞き入る五人はヘルメットと難燃布製目出し帽――バラクラバで頭部を覆い、窺えるのは目許だけだったが、その表情は動かない。それは緊張のためというより、自分たちが赴くべきところへ赴く前の、静かな闘志をおき火のように宿した顔だった。水戸は不動明王の化身、甲斐、武南、井上、藤木はその眷属に見えた。

「……私は、小隊長として先頭に立てなくなった」

　水戸以外の目許が、湖面が凍り付いてゆくように無表情になる。

「本部に詰めろということだ」土岐は頭を下げた。「……済まない」

　それから、でも、と続けようとした土岐に、水戸が先制して口を開いていた。

「小隊長は演習をしてませんからね。警視は全体の指揮を、〝警備実施〟ですか？」

　警備実施とは、統括指揮官をさす警察用語だ。

「……はい」土岐は顔を上げた。

「行内の制圧は我々で充分です。指揮と支援をよろしくお願いします」

　土岐の苦衷を察していた水戸の、温情から出た言葉だった。

「まあ隊長、これが終わったら胡蝶亭の奢りで手を打ちますよ」

　武南が戯けて言った。胡蝶亭は第四小隊行きつけの焼き肉屋だ。

「いいなあ、それ。ビール付きですよね、当然」

「おいおい、給料日前だぞ」

井上の合いの手を、甲斐がたしなめる。藤木が笑った。

「……解った。勤務が明けたら、みんなで胡蝶亭で腹一杯食べよう。だから……」

土岐はこの場で初めて目を上げて、ヘルメットとバラクラバに隠された顔を見渡した。

「現場を頼みます」

現場——人質、被疑者、そして自分たちの命が薄紙一枚ほどの差で隣り合う場所。

土岐は敬礼し、最終突入準備にかかる水戸たちと別れ、全体の指揮を執るべく、本部へと歩き出した。


三十分後、土岐は完全装備姿で、手には双眼鏡と、意思伝達の生命線である複数の無線機を身につけ、窓際で仁王立ちになっていた。

機動隊や特殊班と同じ、いわゆるフリッツ型とは違う顔面防護用対弾スクリーン付き防弾ヘルメットこそ被らず、アポロキャップ型略帽を被っていたが、太股に拳銃、胸にはMP－5を下げていた。そのMP－5を子細に観察するものがあれば、それが黒い機関部に紅(あか)く刻印されたセレクトレバー表示から連射(フルオート)、3点射撃(3ラウンド・バースト)、単発(セミオート)の機能を持ち、銃口に発射炎抑制のために鳥かご型(バードゲージ)の、デタッチャブル・フラッシュハイダーを備え、米国ナイツ・(フォ)アーマメント社製レール(R)・インターフェイス(I)・システム(S)を着装し、使用者に合わせた補助前部銃把（アグリップ）を始め、状況に応じた装備を銃身下に装着可能なのが解ったはずだ。また、上半身には各種装備を携行するイーグル社製タクティカルベストを着込み、その下には衝撃吸収用防護衣（トラウマパッド）と、さらに数キロの重さがあるセラミックアーマーを忍ばせている。一般の想像とは違い、貫通させないだけでは防弾ではなく、人体に対する損傷をとめることはできない。弾丸は防げても、内臓が弾丸の運動エネルギーで破壊される。防弾とは弾丸に完全にうち勝つことだ。――いまここでも、また突入が開始されても土岐には全く必要ないが、土岐にすれば無言の抗議のつもりだった。

　捜査員のほとんどは現場近くに散り、幹部と井波警部を含めた一握りの捜査員しか、本部に残っている者はいない。その中には相川美季もいた。土岐は気づきようもなかったが、孤独な若い指揮官の背中を見詰めていた。――視線で力を与えようとするように。

　土岐には、停車した投光車ごしに、井上が脚立に登り、九十九銀行のシャッターに導爆線デトネーティング・コード、通称デトコードを貼り付けているのが見える。これは爆破に使われる導火線の一種だがそれ自体も、金属をやすやすと焼き切る威力を持つ。燃焼速度は秒速六千メートルで、音速より速い。

　開始時刻が近づくに連れて今更ながら、仲間とともにいられない歯がゆさと、……水戸の優しさが身に沁（し）みた。先ほどは、水戸が制してくれなければ、自分はもはや言い訳にしかならない事を並べ立てていただろう。それがどれだけ仲間たちとの間に溝をつくるか気づきもせず。

どこか背後で時刻を告げる音が聞こえ、土岐は自分の腕時計を見た。丁度、月日と曜日のデジタル表示が変わるところだった。――〝ＦＲＩ〟から〝ＳＡＴ〟へと。土岐は口許だけで笑った。

……さんざん振り回されてきたが、それも終わりだ。これからはこちらの主導だ。しかし、と土岐は思った。自分の祭り上げられた立場は統括指揮官だ。直接自分の目で見、触れられることは何一つ無い。ただ状況が言葉に変換されて押し寄せ、自分もそれに対応した命令を言葉で送り返し続け、精神的重圧だけがのし掛かる。準備は万端、整っている。後はもう、作戦に参加するすべての警察官たちを信じ、……祈るしかない。祈りか、と土岐は窓の外を一瞥した。それも悪くない気がした。神仏を信じるが頼まないと考えていた宮本武蔵ほど、自分は強い人間ではない。

一瞬目を閉じて、祈った。――南無観世音菩薩、と。

銀行内では、支店長の青崎が懇願していた。

「どうかお願いです！　あの方だけでも！　大変なことになってしまいますよ！」

「うるせえな、何ならお前から死ぬか、ん？」

青崎は憤然と立ち上がり叫んだ。

「……あなた方はそれでも人間なんですか！」

池端がせせら笑いで答えた。

「馬鹿野郎、人間だから金が欲しくて、こんな事をするんじゃねえか」

　第四小隊は井上がデトコードの設定を終えると、シャッターに張り付くように待機している。武南は真ん中にライトを取り付けた防弾大盾（バンカー）、井上はガラスを突き破る突入破壊工具（エントリー・ツール）の、寺院で鐘を突く丸太に似た打突圧壊具（バッテリング・ラム）、鳶口（とびぐち）と釘抜きが合わさったような形の万能排除工具である、その名もフーリガンツールを携えていた。甲斐と藤木はケースから取り出した円筒形の〝デバイス〟を手にしている。

「みんな、日頃の訓練や演習通りに落ち着いていけ。大丈夫だ、移動間射撃（シューティング・オン・ムーヴ）を心がけろ」

「了解……！」押し殺してはいるが力強い囁（ささや）きが、水戸の命令に応えて四人の口から水戸の耳に届いた。

「よし。……ボルト引け、安全装置を外せ」

　今度は無言で、五人は薬室に初弾を送り込む。微かに金属の触れあう乾いた音が、冷たい空気にかちりと弾ける。

「それからみんな、発砲するときは俺が撃つ。……いいな？」

「――副長」甲斐が顔を向けて隣の水戸を見詰めた。

「それは……」と井上も言いかけた。

「全員、復唱しろ」水戸はそれだけ告げると、息を潜めて暗がりで目を閉じた。


「こちら警備実施、S四〇一より第三報、各部隊は状況報せ」

土岐は胸に留めた圧力式スイッチを押さえ、喉元に装着した声帯の振動を音声に変換するスロート式マイク――〝L・A・S・H〟システムを通して第四小隊に呼びかけた。無線機本体は右肩胛骨上に取り付けている。その特殊警備系無線機は、機動捜査隊の受令器と同じように、基幹系だけでなく専門系電波も受信でき、同時に発信することができた。

〝こちらS部隊、突入準備完了〟

〝三機吉永中隊、準備よし〟

〝同じく坂本中隊、準備よし〟

「――……刑事部SITの準備はどうか？　どうぞ」

〝SITより警備実施、準備は完了した、待機している〟

「S四〇一、了解」土岐は一息ついて、続けた。「従事中の全警備部隊、各級指揮官へ。三十秒後に着手、突入を開始せよ。繰り返す、三十秒後に着手開始。……秒読み開始する！　二十九、二十八……」

目を腕時計に落とす。デジタル表示と唇の中で、時間が確実に削られてゆく。開始すれば、突入した段階でいかなる齟齬・失敗があっても制圧は続行されなければならない。中止すれば人質の命は確実に犯人によって奪われ、撤退して交渉再開しようにも、もはやどんな猫撫で声も犯人には通用しなくなる。

凝縮した緊張で、胸が絞られる。だが、頭のどこかが水晶になったように、土岐は正確に秒数を減らしてゆく。自分の声が恐ろしかった。そして――火蓋を切る、その時が満ちた。

「――ゼロ！」土岐は顔を振り上げた。「突入せよ！」

一瞬の凶暴さを見せながら、土岐は声を迸（ほとばし）らせた。

突然、九十九銀行行内にある全ての加入電話が鳴り響き始めた。

カウンター内部で、トカレフを片手に受話器の一つを摑みあげた池端は、うるせえぞ、と怒鳴りつけようとしたところで、室内の照明が一斉に消えた。

完全な漆黒の闇に包まれ、池端と小野寺だけでなく、行内にいて床の上で身を寄せ合うすべての人たちが、その場で身体を硬直させる。

次の刹那（せつな）、闇を行き過ぎる流星のような光が四角く、西側、閉ざされたシャッター上を一閃（いっせん）した。ついで折り畳まれるように歩道に崩れるシャッターが、行内で人質から湧き起こった悲鳴に負けない、盛大な金属音をあげる。

　間髪おかず、第四小隊は窓からの突入を敢行すべく、黒い疾風のように切り取られたシャッターの内部へと殺到する。第四小隊の背後で待機していた投光車が、ハロゲンライトを行内に向けて点灯した。その強烈な光は、人質を床に伏せさせ、犯人二人の網膜を束の間、漂白してしまう威力を持っていた。

　素早く武南と藤木が〝デバイス〟、デフテック社製№25閃光音響弾をショーウインドーに粘着テープで固定した。貼り付けたり投擲した後、転がって戻ってこないように閃光音響弾は円筒形をしている。二人が発火ピンを抜いて身をかわすと同時に閃光音響弾は爆発し、二百四十万カンデラの超新星のような煌めきと、百七十デシベルの轟音とともに、大きな窓を放射状に粉砕した。

　通常なら暗闇の中、背後に光源を置くのは、部隊の全容を犯人に晒してしまう〝バックライト〟と呼ばれる禁止行為だ。だが、行内には妊婦がいる。軍用手榴弾はその破片で兵員を殺傷するが、閃光音響弾は破片を出さないように最小限の部品と薄い金属で作られ、爆圧と閃光で犯人の戦意を挫く。それ故に〝フラッシュ・バン〟と俗称されるが、閉鎖空間での使用は危険が伴う。投光車による照射は直接、行内に投擲できないと考えた土岐の苦肉の策ではあったが、利点はある。人間は強烈な光に晒されると反射的に手を眼前にかざして目を保護しようとする。そして特殊部隊は、相手の手を見て被疑者か人質か区別するように訓練されているのだ。

　池端と小野寺は、電話による陽動、突然の闇、そしてデトコードと閃光音響弾の烈光で混乱の極に一気に塡り込んだ。

　完全に主導権をとった第四小隊は、ガラスのダイヤモンドダストの中、ショーウインドー内部を武南の構えた防弾盾を押し立てて、縦列で突き進み、さらに行内とを隔てた薄いガラスを突き破り、進入する。

　行内の床を踏んだ瞬間、五人は堰を破った水流の滑らかさで左右に展開した。

　横一列に並んだ五人はサイレンサーをつけたＭＰ－５の銃口を正面に向け、銃身下に取り付けたレーザーポインターを一斉に点灯させた。白光の埋め尽くすなか、赤い光の軌跡が空を走った。

　一方、カウンターの内側で池端はようやく、激しい動揺から幾分かは立ち直りかけていたが、――その池端のかざした手で庇った、薄くすぼめられた目に、何かが、シャッターと窓を突破してカウンターの向こうからこちらに近づいてくるのが見えた。光を背負い、床を這う煙か埃、どちらともつかぬ霞に膝まで浸しながら進んでくる、五つの輪郭の朧気な人影は、池端には死と破壊を司る、黒き神の使いに見えた。

「警察だ！　武器を捨てろ！」

「みんな伏せて、伏せなさい！」

「武器を捨てろ！　捨てろと言ってるんだ！」

水戸、井上、甲斐がバラクラバに隠された口から警告、威嚇を織り交ぜた声で吼えた。

同時に、三方向に分かれていた赤い光線が池端に向けられ、池端の額とそして心臓に光点を浮かべた。

池端は反射的にレーザーをたどって、トカレフの銃口をあげる。手近な人質を撃つどころではなかった。光線の先に、相手の照準は合っている。が、拳銃は向けはしたが、ハロゲンライトの眩しい光と恐怖で、射点が定まらない。だが、あらぬ叫喚とともに、引き金を引いていた。

保持不充分で放たれた銃弾の弾道は、水戸たち三人の頭上を大きく越えていた。


指揮本部のガラス窓に、衝撃が奔った。

池端の放った銃弾は、行内から二車線道路を飛び越え、正面の指揮本部のガラスを貫通し、天井の建材に突き刺さった。

「伏せろ！」

「はやく伏せろ、何してる！」

「くそっ、灯りを落とせ！」

怒号が交錯する中、井波は腰を屈めて、窓際で双眼鏡を構え続ける土岐の腰のバンドに手をかけて強く引きながら、怒鳴った。

「土岐警視！　ここは危険だ！　下がれ！」

屹立した若い指揮官の身体は、大地に撃ち込まれた楔のように微動もしなかった。

手にした双眼鏡を目から離し、土岐は傍らの井波に顔を向けた。……土岐の右頬は、何かに切られたかのような傷から流れる血で染まっていた。銃弾は双眼鏡を支えていた腕と顔面の間隙を擦過したのだ。

「発砲を確認、指揮本部内に損害はないかを報ぜよ」

蜘蛛の巣状に亀裂の入ったガラス窓へ血塗られた頬を映しながら、土岐は静かな咆哮のような声で井波に告げた。

息を飲んで自分の顔を見上げる井波に構わず、土岐は再び銀行に視線を戻した。……そして、唇の両端を吊り上げ、歯を剥き出して笑った。まるで犬の笑いだったが、それをすぐに拭き消し、無線のスイッチを入れた。

「S四〇一より突入部隊各員、状況は！」

水戸たちの仕事を邪魔したくはなかったが、土岐は喉元のマイクに手を当て、圧力式スイッチを押し込みながら言った。顎先から、血が滴になって床に点々と垂れた。

返答は無い。別の無線が割り込んだ。

〝こちらSIT、突入するぞ！〟

「こちらS四〇一、待て！」土岐は短く応え、ぽっかりと四角く黒い口を開けたシャッターへと目を凝らした。

カウンターを挟んで池端に迫る水戸、井上、甲斐はトカレフが放たれた瞬間、身をわずかに落としたが、半瞬の後、サイレンサーをねじ込んだ銃口が動いた。

トカレフを向けたまま動けない池端の頭部、胸に浮かんでいた三つの赤い光点は、縺(もつ)れあっていた蛍の燐光が空中でほどけるような動きを見せて、池端の両肩、右大腿に移った。

と、——消音器に押さえ込まれた銃声が三つ、水戸だけではなく井上、甲斐のＭＰ－5から弾き出された。池端は机の列の真ん中で、糸の切れた傀儡(くぐつ)のように、背中から床に倒れ込む。身体の三カ所に正確な銃弾を受け、悲鳴とも怒りともつかない叫びをあげる。

機を逃さず、水戸、井上、甲斐は障害物を跳び越えるシェパードの俊敏さで、カウンター内部に飛び込んでいた。

喚き散らす池端を井上が取り押さえて俯(うつぶ)せにし、水戸が腰の手錠を取り出して嚙ませ、甲斐は〝三人〟を守る位置に片膝を付き、ＭＰ－5を構えた。

甲斐は視線の先、円孔式照門の中へ、西から東へ壁に沿って後ろ向きに移動するもう一人の犯人——幼い子供を抱きかかえ、ナイフを突きつける小野寺の上半身を、カウンター上に捕らえていた。撃てば一撃で仕留められる、と甲斐は思った。

「どうして発砲した……！　俺が撃つと言ったはずだぞ」

　行内を阿鼻叫喚が駆け回る、さながら号叫地獄の中、水戸はなお抵抗する池端に馬乗りになったまま井上に強い口調で告げた。

「……副長だけに責任、取らせられませんよ」

　井上は水戸と目を合わさず、池端を押さえながら答えた。

「こちらＳ四〇三、マル被〝乙〟は子供に凶器を突きつけ、東側通用口に向けＳ四〇四、及びＳ四〇五と対峙したまま後退中！」

　甲斐は右腕のＭＰ－５で小野寺の頭部を捕らえ続けながら、左手で胸元のスイッチを入れ、無線で土岐に怒鳴った。

〝通用口にバリケードはあるか？〟土岐は簡潔に質した。

　甲斐はちらりと、小野寺の背後に視線を先回りさせた。

「なしです、繰り返します、ありません！」

〝了解、そのままＳＩＴの罠に追い込め！〟

　完全に獲物を術中に陥れた猟師の口調で、土岐は命じた。

　制圧は、武南と藤木に受け継がれた。

「あ、……あああ……、なんだよ……なんなんだよ……」

小野寺は抱え上げた子供にナイフを突きつけ、惚けたような表情で寝言に似た声を漏らしながら、後ずさっていた。――咄嗟に身近にいた少女を盾に取ったはいいが、方策があってのことではない。

押されるように背を進ませながら、見開かれた目だけはほんの数メートル先で短機関銃を構える、二人の男たちの目に魅入られている。

黒装束のなかで浮かび上がっているように覗くその二対の目には、闘志も怒りも、まして慈悲など無かった。ただ、状況が求めれば引き金を引くという、機械じみた意志が苛烈に明滅していた。

どこかで、と小野寺はまとまらない思考の片隅で思った。……どこかでこの目を見たことがある。そうだ、あれは自衛隊にいた頃に見た。三ヶ月間の訓練で、克己心の固まりと化した男たち。

――レンジャー……！　ささやかな、なによりこの場ではどうでもよい回答を脳裏に浮かべた小野寺の背後で、正面シャッターの破壊音に紛れて焼き切られた通用口のドアが、ゆっくりと外から開かれつつあった。

小野寺はそのまま、導かれるように開け放たれた通用口にさしかかった。

その時だった。銀行の外で気配を殺していた特殊班の捜査員らが躍りかかった。両腕、背中をいくつもの手に摑まれ、行内から引きずり出されると、小野寺はスイッチが切り替わったように怒声をあげ、暴れようとした。

「大人しくしろ！」

「抵抗するな、こら！」

　捜査員らが小野寺を押さえにかかると、先頭にいた落合は小野寺から恐怖のあまり声のでない少女を、引き剝がすように奪った。

　が、ナイフを握った小野寺の手は、魔法のように捜査員らの手をふりほどき、すり抜け、ナイフの凶悪な切っ先が、落合の胸にすがりつく少女へと放たれたように夜気を裂いた。

　危ない！　咄嗟に落合は背を盾にして、少女を庇った。がつっ、と落合の肩胛骨の上で無線機の砕ける音が響き、衝撃で落合は息が止まり、前のめりになる。が、なんとかよろけながらも走り、安全な場所に退避する。

　捜査員の怒号が背後で小野寺を押し包む中、落合は少女に話しかけた。

「け、怪我はないね？　大丈夫だね？」

　これまで声もなかった少女は、ようやく感情を取り戻したように激しく泣きじゃくり、落合の突入服を握りしめながら二度、頷いた。

「そうか……、良かった。もう大丈夫だからね、おじさんが病院に連れてゆくから」

　落合は痛みも忘れて、救急車の待つ場所へと駆けだした。

突入から五分、土岐はすべての報告を水戸から受けると、ふうっと息をついて双眼鏡を手放した。一回り身体が萎(しぼ)んだように見える。

九十九銀行のシャッターに開けられた穴から、機動隊員に背負われたり支えられたりしながら、人質たちがぞろぞろと列を作って外に姿を見せていた。海外の特殊部隊なら、と土岐は思った。人質全員に手錠をかけるのが通常作戦手順(SOP)だが、そこまで手荒なことはできない。

見ていると、一人の背広を着た男性が入り口で行員、人質ひとりひとりに頭を下げ、声をかけているのが見えた。責任者だろうな、と土岐は思った。銀行員の鑑(かがみ)だ、この銀行に給料を預けてもいいかな、などと土岐は考えたが、国家公務員の安月給は全額警察信用金庫に吸い取られる。男性は最後に姿を見せた第四小隊の五人にも握手を求めていた。土岐はふっと笑った。

「隊長さん」呼びかけられて土岐が室内に目を転じると、相川美季が救急箱を手に立っていた。「傷の手当て、しましょう」

「ありがとう、でもいいよ。もう血は止まったし……惜しい美貌じゃないからね」

美季は取りあわず救急箱を開き、ガーゼに消毒液をしませると土岐の銃弾が掠(かす)めた頰に当てた。針で突かれたような傷口の刺激で、土岐は顔をしかめた。

「あ、ごめんなさい、痛みます?」

手を差し伸べたまま、美季は言った。

「……痛くないよ」

土岐はガーゼに添えられた手のぬくもりにどぎまぎしながら、小声で言った。

「嘘ばっかり」

美季は微笑むと消毒を済ませ、特大の絆創膏（ばんそうこう）をそっと指先で、土岐の頬に貼った。

「ありがとう」と、土岐が言うと、どういたしまして、と美季はもう一度微笑を土岐に施し、救急箱を手に歩き去った。

相川美季を複雑な心境で見送っていた土岐の背中を、ぽんと叩いた者がいた、井波係長だった。

「御苦労でした。見事な作戦でしたよ」

「いやあ――」土岐は小さく笑った。その拍子に頬の傷が疼（うず）き、泣き笑いのような表情になってしまう。

「いま病院から連絡がありましてね、妊婦の寺田涼子さんは母子共に健康、女の子にはかすり傷一つ無し。被疑者も命に別状はないそうだ。……医者が驚いてたそうだよ、三発すべて動脈をはずれてるって」

土岐は井波の言葉に満足げに頷いた。拳銃弾の致死率は十三パーセントで、英国では三十三発撃ち込まれても反撃してきた犯罪者がいたし、だからこそ〝確実な無力化〟を前提とする軍関係の特殊部隊は〝死のT〟――両方のこめかみを横線、それと胸部を結んだ縦線に銃弾を撃ち込むのだ。しかし今回は、そうすることなく犯人を制圧できた。

警察特殊部隊の射撃術の本領、外科的射撃術（サージカル・シューティング）の面目躍如というところだ。かさばるが照準が正確になる固定式銃床を使用しているのはこのためでもある。被疑者を叩きのめす武器にもするが、これもGSG－9の影響だ。

「どうです、一本。……ああ、やめたんだったか」

井波は背広のポケットから煙草を取り出したが、仕舞おうとした。

「いえ、一本頂けますか」

土岐は井波が振りだした一本を抜き取り、銜（くわ）えた。ライターで火をつけてもらう。慎重に、肺に煙を吸い込んだ。

そっと吐き出すと、ちょっと咳（せ）き込んだが土岐は微笑んだ。

「……うまい」

井波も自分の煙草に火をつけ、紫煙を吐きながら笑った。

「またいつか現場で御一緒するかも知れませんが、そのときもよろしく」

井波は会釈を残して去っていった。

「あれ、小隊長。本部にいたのに受傷ですか？」

輸送バスに土岐が乗り込むと、かけられた第一声が、武南のそれだった。隣に座っていた甲斐が、ブーツの爪先で武南の臑を軽く蹴る。五人はヘルメットとバラクラバ、抗弾ベストをバッグに納めようやく人心地ついているところだった。

「よせ」水戸が静かに口を開いた。「隊長も本部で闘ったんだ」

「あ、そうですね、すいません。冗談です」

「いや――」と、土岐は頭をかく武南から、全員に顔を向けて口を開いた。

「本当に御苦労様でした。みんな、よくやってくれた。人質も犯人も全員無事だ」

土岐は一言ずつ区切り、今度はそれぞれを見つめながら言葉にできる最大限の感謝を伝えた。

「さて、明日は隊長の奢りだ！」武南が略帽をぽんと宙に放って陽気な声を出す。

「……隊長、コートはどうされました？」

甲斐に問われ、土岐はコートと、そして大切な用事を思い出し、全員を待たせて、指揮本部が置かれていたビルの二階に急いだ。

ビルの階段、廊下で機材を運び出す所轄署員とすれ違いながら、二階の一室に戻ると、隅に無造作に丸められたコートを見つけた。小脇にそれをかかえて、撤収に余念がない制服警察官たちの間を縫い、ある人物を探した。が、見あたらない。土岐は入れ違いかも知れないと思い、廊下へと出た。

見回すまでもなく、その人物は何かを抱えた後ろ姿を見せていた。

「あの……、ちょっといいかな」

呼びかけると、その人物——、女性警察官は段ボールを抱えたまま振り向いた。

相川美季だった。土岐の姿を認めると、足を止めた。土岐は、呼吸を静めつつ歩み寄った。

「御苦労さまでした。……あの、なにか？」

「あの、……ええと、その」

美季の怪訝な笑顔が眩しく、土岐は切り出せずにちょっと辺りを見回したりした。なに？　と美季は少し、本当に少しだけ首を緩く傾げた。その笑顔がこぼれるような仕草に土岐は促されて、ようやく乾いた口を開いていた。

「あの……ええと、ココアと傷の手当をありがとう。それで、その、もしよかったら、——なんていうか、一緒にお茶でもどうかな……？」

土岐は緊張のあまり、最後は消え入りそうな囁きになった。実際、最初に特科中隊で受けた突入訓練の時以上に身体が硬かった。

相川美季は驚いたように、じっと土岐を見上げた。

自分は、と土岐は心の中で呟いた。——自分の顔を男前だと思ったことはない。でも、思いたい、と思う時がある。今がその時だ。

相川美季のつぶらな瞳が細められ、口許が柔らかく広がった。

「……はい。喜んで」

土岐は最初に我が耳を疑い、それから聞いたとおりだと解ると思わず破顔し、飛び上がりたくなった。

「じゃ、じゃあ今度、そうだな、警電で連絡するから」

国家公務員にあるまじき約束を取り付ける。

「はい。お待ちしてます。……きっと、連絡を下さいね」

「はい、もちろん！……それじゃあみんなを待たせてるから」

「ええ。……ご苦労様でした」

土岐は一日の苦労の報酬を受け取り、弾むように仲間のもとへと走り去った。


「なんですか隊長、嬉しそうな顔して」

輸送バスに戻ると、武南が土岐の表情を見て言った。

「なんか――気味悪いな」藤木が可笑しそうに笑った。

「もしかして緊張のあまり……病院に寄って、注射うってもらいますか？」

井上が真顔で言う。

「べつに、何でもないよ」

土岐はふふん、と鼻であしらった。

「やれやれ」何事か察した甲斐がこっそりと苦笑を漏らす。

「さて、そんなことはいいから帰庁して報告済ませて寝るぞ！　それから――」

最後部の、最も座席の広い特等席から水戸が後を引き取って言った。

「――胡蝶亭で大宴会。みんな、なんか知らんが隊長は上機嫌だ。好きなだけ食えよ」

水戸はごろりと座席に身を横たえた。

「……俺、疲れたんで寝るからな」

しまった、それを忘れていた、と急に財布の中が心許(こころもと)ないのを思いだした小隊長と、ささやかな小宴を楽しみにする部下を乗せた輸送バスは走り出し、報道陣が放列を築き始めた現場を、誰の注目も浴びることなく去っていった。

助け出された者には祝福がされるが、助け出した者たちには何の特別な報酬もない――

そんなことは知っている、と言いたげに……。

第四小隊は初陣(ういじん)を凱歌(がいか)で飾ったのだった。

第二話　牧羊犬(シェーファー)

「ところで、隊長」武南が唐突に言った。

「……彼女とは巧(うま)くいってますか？」

「——え？」

作業台に古新聞を敷き、Ｐ７を通常分解していた土岐の手が、正面に座り、やはり銃の整備をしている武南の言葉で止まった。

「……だ、誰から聞いた？」

一拍の間をおき、土岐はいくぶん上擦った声を出す。

「いやあ、中隊どこに行ってもその話題で持ちきりです。何しろ、滅多にないことですから」

「……嘘(うそ)だろ、おい」

得意満面な武南に、土岐は情けない表情と声色で呟(つぶや)いた。

午後の早い時間、工作室には土岐と武南、二人しかいない。室内には他に五つ、作業台があったが、二人が使っているそれ以外は空いており、窓から早春の陽光が差し込んできている。静かで暖かく、わずかに銃器の手入れに使う薬品のにおいが漂うそこは、授業のない理科教室のようだった。

警察官には、交友関係の報告義務がある。だから、土岐も九十九銀行事件以来、交際し始めた相川美季のことは、所属長である栗原中隊長には申告していた。中隊内で相川美季の事を知っているのは、栗原中隊長と、佐伯中隊副長だけの筈(はず)だが……。

「あれれ、まさかと思って言ってみたんですが、本当だったんですか。隊長もわりと正直者なんですね？」

武南がわざとらしく眼を丸くしてみせるのに土岐はむっとして、

「武南、腕立て伏せ三千回だ。今日中にやれ」

と怒った口調で、職権を濫用(らんよう)した言葉で応じつつ、端(はた)から見てそんな隙(すき)があるなら問題だな、と自分を戒めた。

土岐と美季がつきあい始めて三ヶ月程になる。昨日は自分と美季の非番日が丁度重なり、朝から待ち合わせて映画を見、食事をして駅で別れた。そのあいだ、いろいろな話をした。お互いのこと、身の回りのちょっとした出来事を。

もっぱら喋(しゃべ)っていたのは土岐だったが、美季はとりとめのない話に、静かな、人を逸(そ)らさない笑顔で耳を傾け続けた。

その笑顔が小さく痛ましげに曇ったのは、家族のことが話題になった際、土岐が父親と兄を小学生の頃、事故でなくしたと最大限、何気なく告げた時だけだった。

土岐は、美季の笑顔を身近に見ているだけで、ほんのわずかにだが、幸福というものに近づけるような気がした。

「ねえ隊長、紹介して下さいよ。どんな人なんですか？　可愛い人なんでしょ、話して下さいよ」

「うるさい野郎だな、銃の整備はどうした？　大事な舞台があるんだぞ、弾詰まりなんか起こしたら腕立て三千回じゃすまないぞ」

「でも、そっちの方が面白そうです」

土岐は取り合わず、ブラシをとって分解したH．KP7の銃身内を磨き始めた。武南もしつこく訊くのをあきらめ、シグ・ザウエルP220の整備に戻った。

P7は薄く小さく、警察官や特殊部隊が使うには良い銃だが、表面にリン酸塩皮膜が施されているため、発射後にカーボンが付着して汚れやすい。現代の拳銃はそれほど頻繁な整備を必要としないが、放っておくと作動不良の原因となる。

二人は黙々と銃の手入れを続けたが、武南が銃身内を磨き終わっても、土岐は、瞬く間に真っ黒になったブラシを放さなかった。

「隊長も、よくそんな面倒な銃を使いますね。井上さんといい勝負だなあ」

「ガス・ディレイド・バック機構がついてるからね。でも、このおかげで命中精度が高いんだから、仕方ないよ」

土岐は、今度はシリンダーと呼ばれる銃身下に位置する円筒の掃除を始めた。

ガス・ディレイド・バック機構――、これはP7独特の機能で、引き金を引いて弾が撃発されると、発射ガスを弾丸が銃口を抜けるまで溜めておき、次弾装塡を遅らせて照準がずれるのを防ぐ機構であり、その発射ガスを溜める部分が、シリンダーだ。

「そうですか……。俺のなんか軍用拳銃になるくらいだから、整備は楽ですよ。どうして隊長はP7を？」

「一にも二にも安全性」土岐は作業を続けながら答えた。

P7を特徴づけるもう一つの点は、安全装置だ。それはグリップに組み込まれており、銃を抜いて、常時握り込んでいなければ引き金が引けない。最初はこの機構が気に入って土岐は自分の愛銃に選んだのだが、銃本体よりも、どこから出現するかわからない被疑者に注意を集中すべき現場や訓練では、注意力が削がれるこの安全装置は使い勝手が良いとは言えない。しかも、結構な握力がいるのだ。銃に気を取られれば被疑者に隙をつかれるし、被疑者に集中すれば、いざというとき、引き金が引けないかも知れない。

しかも、握りの形状にも工夫が無く、まるで角材を握っているような感触がする。手の形に合わせた他の銃の握りとは大違いだ。加えて、親指と人差し指の間に接する部分には木製カバーがなくフレームの金属が剝き出しで、発射の反動が直接、腕の関節にかかる。これが、日によっては、普通の警察官が在職中に発砲する全弾丸よりも多くの弾丸を消費する、土岐にとっては辛い。

が、愛銃の欠点ばかりあげつらっても仕方がない。この世に完全な銃などない。なにより、一週間後に控えた大舞台に、この銃と臨むのだから。

全国警察特殊警備部隊訓練競技大会。

それは、日本全国各警察管区の特殊部隊が一堂に会し、その日頃培った練度、技量を競う年一度の大会なのだ。

　こういった競技会は世界にも幾つかある。

米国では各州、郡、市警の選抜チームに外国の特殊部隊も加わり、毎年フロリダ州オーランドで開催される「ＳＷＡＴ　ＲＯＵＮＤ－ＵＰ」という大きな競技会があるし、各国の軍所属の特殊部隊も、毎年参加国の持ち回りで会場を設定して同様に行っている。ただ、英国ＳＡＳだけは、部隊の品位を落とすとして参加していない。参加すれば、上位独占は確実なのだが。

　全国警察特殊警備部隊訓練競技大会には、警察庁警備局の幹部を始め、独国ＧＳＧ－９幹部も観閲するという。土岐としては、警察庁幹部はともかく、ＧＳＧ－９幹部の眼前で、絶対に醜態は晒したくないところだった。

土岐と武南は、弾倉を入れずに引き金を引くことで整備の終わった銃が確実に作動する事を確かめた。

道具をまとめ、立ち上がろうとした土岐の視界の隅に、台を汚さないために敷いた古新聞の記事が映った。

「『救済の館』関連施設で、不審な木箱を元信者が目撃……」

立ち上がったまま、土岐は見出しだけ声に出した。

武南も身を乗り出して、土岐の手元を覗き込む。

「ああ、ここのところ社会を賑わせている連中ですね」

『救済の館』とは、最近になってマスコミを賑わせる機会の多いカルト集団だった。奥多摩に巨大な施設を構え、傷害と恐喝の犯歴を持つ教祖が率い、こうした集団が唱えがちな終末論を主張している。多数の信者が行方不明になったり、また、これはマスコミには公表されていないが――、外国の犯罪組織と接触が認められるために、刑事部と公安部が内偵を行い、警備部も警戒と支援のために部隊を出動させている事案だ。

部内回覧の報告書には土岐も目を通していたが、なにやら状況はキナ臭さを増しているらしい。記事を読み進めると、『救済の館』関連施設で、銃器らしき武器が集積されているのを見た、という元信者の証言が報じられ、『救済の館』側は、それを否定している。

「やれやれ、神サマってのは、人をおかしくさせるんですかね」

いや、と土岐は新聞を畳みながら、慎重に言葉を継いだ。

「……宗教ってのは本来、動物だった人間が社会性を持って生きていく上で必要なものだったんだと思うな。だからどんな宗教でも殺すな、と教えてるんだ。それに、差別にも反対してる。仏教もキリスト教もイスラム教も。……他人とどう接してゆくか、信じてゆくか。そして、世俗的な価値観からの解放――」

「そうですかねえ。俺の実家なんか、じいちゃんが死んだとき、えらい金を寺に納めたけどなあ」

「お釈迦(しゃか)様は、死んだ後のことは他の宗教に任せておけと言った。……本来、仏教っていうのは、〝生きている人間がどう生きるか〟を考えた教えなんだ」

「隊長、若い癖に詳しいですねえ。……ひょっとして『救済の館』の信者なんですか」

武南が減らず口を叩いてみせる。

「だったらどうする。見逃してくれるか」

土岐は片方の眉(まゆ)を吊り上げて見せた。

「いえ、わたくしが責任を持って逮捕します」

武南はにこやかに答えた。

「いい奴だなあ、お前は」

苦笑混じりに土岐は言い、二人は工作室を出た。

〝こちら警備実施――〟と、ヘルメットに包まれた耳に装着したイヤフォンから、微かなノイズのざわめきと共に、指揮官の声が響く。

土岐を含めた第四小隊はそれを、ビルの屋上縁、ロープ二本で全ての突入装備を着装した身体を支えながら受信した。

〝着手開始、突入せよ！　突入せよ！〟

躊躇わず床を蹴り、抗弾ベストで動きづらい身体を、後ろ向きのまま一気に壁面へ躍らせる。次の瞬間には何も聞こえなくなり、ただ、重力の虜となっていた。

右脹ら脛に固定したロープバッグから、腰に密着させた右手、腰に褌のように巻いたラペルシートにカラビナで結着した減速金具、そして頭上に上げた左手を経て、ほとんど減速させず降下してゆく身体の速度そのままに、ぴんと張ったロープが伸びてゆく。ロープバッグの中できちんと束ねられていたそれが伸びてゆく様子は、蛇使いの笛の音に合わせて、籠から飛び出す蛇のようだ。

ビルは四階建てで、目標は二階。両手には革手袋を塡めているとはいえ、六十キロの体重に二十キロ近い装備の重量が加わり、土岐は両手の掌に、ロープとの摩擦で熱さというより刃物で斬られているような痛みを感じる。擦過するロープ独特の焦げたような臭いが、引き裂いてゆく空気の中から臭覚をかすめるが、上方に置き去りにする。

黒い蜘蛛のように降下し、二階の窓の上方に達すると、土岐たち第四小隊は、壁面にブーツの底を密着させてから膝を曲げ、手にした閃光音響弾を各々、二発ずつ足下に開くガラスの入っていない窓の内側に投げ込んだ。それから軽く壁を押して足が再び虚空を踏むのと、内部で閃光と爆発が起こるのはほぼ同時、それらがおさまった時にはすでに、第四小隊は全員、MP－5を構え、一瞬で振り子のように埃の充満するビル内部に侵入していた。

ヘルメットの下の頭部をすっぽり覆ったバラクラバの粗い布地を通して、土岐は鼻孔から吸い込んだ空気に喉を刺す埃の刺激と、金気臭さを味蕾で感じる。鉛だ。日々訓練で発射される銃弾の破片が微細な粒子となって、建物内に沈殿しているのだ。眼前には、暗い灯の入らぬ通路。

土岐は足を進めながら、MP－5のストックを肩に当て、銃身下に取り付けた簡単な照準器としても使えるフラッシュライトを点けると、放たれた光線が宙に舞う埃で光条となって闇を切り取る。射線と視線を一致させた動きで、相棒の武南とともに素早く検索行動を開始した。考える前に身体が動く。身に染み込ませた反応だけが全てだ。

一つの部屋を制圧するのに四秒、一つのフロアを制圧するのに五分以上の時間をかけてはならない。

頭上三階で銃声がした。他の侵入口から突入した部隊が、被疑者と接触したのだ。

都下、警察庁特殊警備訓練施設――。

快晴の空から注ぐ柔らかく暖かい陽光のもと、冬の余韻を残した冷涼とした微風が、衣服から露出した肌の汗を冷まし、拭ってゆく。

もっとも、一般から窺い知れない場所に設けられた広大な施設で、それぞれ所属する組織の名誉をかけて動き回る者の中に、そんな早春の風情を感じる余裕がある者など、皆無に近かったが。

全国警察特殊警備部隊訓練競技大会は、佳境を迎えようとしていた。

あらゆる想定が種目となり、突入、制圧、検索、射撃、移動技術の競技が行われている。

競技が行われているコンクリート剝き出しの廃墟じみた訓練棟とは別に、講義や訓練後の反省会に使用される研修棟の、演習評価室と呼ばれるカーテンで外光を遮断した広い一室で、警察庁警備局、警視庁警備部の幹部がずらりと並んだテレビモニターに見入っている。その部屋は、本来は訓練棟内のあらゆるところに設置したカメラで訓練内容を映像で監視、記録し、問題点を検討するための設備だ。

モニターの中で繰り広げられているのは、暗闇の中から一刹那、発射炎が鋭く瞬き、隊員が一瞬だけ姿を現して犯人役を制圧するという、光景と呼ぶにはあまりに殺伐としたものだが、見守る官僚たちに幾分かの感慨と、かなりな満足を与えているようだった。

三の字形に並べられた長テーブルの最前列に座を占め、モニターがマズルフラッシュを映す輝きを、眼鏡のレンズとフレームに反射させせた初老の男が呟いた。

「……我が国の特殊部隊も、腕を上げたな」

それはその場にいた全員の感想の代弁になったらしく、呟きに賛同する潜ませた小声が、後ろのテーブルにつく官僚たちの間で交わされた。最初に呟きを発した男——警察庁長官は、周りで交わされる幾分かは追従の混じった言葉には反応せず、モニターに見入り続けた。

だから、最前列のテーブルの端についた日本人ではない男の浮かべた笑みには、カーテンを引かれたほの暗さも手伝って、気付くことはなかった。

日本人ではない男をじっと観察している者がもしその場にいたとしたら、口許だけに浮かべた男の笑みが、微かな冷笑だったと気付いたに違いない。


眼前に、暗緑色の空間が広がっている。

それは正確に言うと本来の色彩ではなく、暗視装置の幅光管を通して網膜に伝えられている、訓練棟内の通路であった。左の耳元で、蜂の羽音のような作動音のうなりが耳朶を震わせている。

土岐はヘッドストラップで左目に装着した単眼式暗視装置、AN／PVS－14の視線を、横に振った。

暗視装置を通して見たとき特有の、平板で距離感の薄い映像で、奥へと続く長い廊下、そして左右の壁に沿うように待機する、背を屈めた第三小隊突入班員の背中が五つ、見える。土岐の後方には、第四小隊五人が同じく、暗視装置を外せば隣に誰がいても気付かない闇の中、モグラのように息を潜めて控えていた。

土岐は振り返り、今しばらく待て、と片手を上げて手信号を送った。暗視装置の中で、緑色の怪人のような顔をした甲斐が怪訝な表情をつくり、自分の右目を指さした。その顔はどうした、というのだろう。土岐は何でもない、気にするなという風に、首を振った。

――屋内検索中に言葉を発することは禁止されている。

〝警備実施より各突入班指揮者へ、マル対は銃器及び爆発物を所持、高度な抵抗が予想される――〟

木の葉がなるようなノイズが混じり、聞き取りにくい。が、最後ははっきりと鼓膜から頭に響く。

〝発見次第、抵抗を排除、無力化せよ。繰り返す、抵抗を排除、無力化せよ〟

制圧、逮捕でなく無力化。それは、逮捕を前提としない制圧を意味していた。これで相当、突入する自分たちの負担が減ったわけだ。――なにしろ相手は、ＧＳＧ－９のベテラン隊員なのだ。

土岐は胸元につけた圧力式無線スイッチをかちかちと鳴らし、了解の合図を送った。

……全国警察特殊警備部隊訓練競技大会から三日後、当初の予定にはなかった、この模擬訓練が実施されたのは、競技会終了後、管理棟訓辞室で行われたＧＳＧ－９のベテラン隊員、クルツ・シェーファー中佐の講評に端を発している。

その時、全国から集まった男たちは、競技を終えて装備と緊張を解いてようやく人心地がついたところだった。結果が不本意だった者もいたが、どこか満ち足りた柔らかさと静かさを、それぞれ表情に忍ばせ、昨日までは面識さえなかった男たちが、今は一つの目標を競り合った者同士のささやかな連帯さえあった。

講評に立った警察幹部たちの言葉も、全ての参加者への賞賛と賛辞に満たされ、その上でさらなる精進と研鑽を求めた。

だが、シェーファー中佐は違った。

席を埋めた日本の特殊部隊員たちの前に最後に立ったシェーファー中佐は、国境警備隊の制服ではなく普通の背広姿だったが、身長百九十センチ、ワイシャツの下で盛り上がるような頑健な肉体に、後退しつつある髪を短く刈り込み、卵形の頭を濃い剃り残しの目立つ髭で縁取っている。両眼と口の両端はやや垂れ、柔和なブルドッグのようにも見えたが、全体として精悍そのものの、四十歳代の人物だった。

「みなさん、ごくろ、さま、でした」

中佐はそう片言の日本語で隊員たちを笑わせたあと、通訳を介しての本題に入った。

物腰こそ爽(さわ)やかだったが、中佐の下した評価は、酷評と言うしかなかった。

小隊、班のレベルに始まり、個人レベルでも問題を取り上げた。

話が進むにつれ、中佐を見つめる隊員たちの顔は白けて苛立(いらだ)ちを含むようになり、無言の怒りが湯気のように室内を満たし始めた。最後には、通訳も中佐と顔を強張(こわば)らせる日本人警察官たちの顔をそわそわと見比べる始末だった。

「諸君は、限定された凶悪犯罪に対処する警察執行部隊としては、おおむね及第といえる。が、時に国家の国際的信頼、あるいは存亡を懸けた事態に立ち向かう国家的対テロ部隊としては、まだまだ苦難の道を歩まねばならないと言わざるをえない。さらなる向上を期待し、我々としてはそのための援助や助言は惜しまないつもりだ。以上だ。――ども、ありがと」

最後もやはり片言の日本語だったが、今度は誰も笑わなかった。

後味の悪い思いで解散したその夜、皇居にほど近いグランドアーク半蔵門で関係者による懇親会が開かれた。

会場は二階大広間で、つい数時間前まで汗と硝煙の臭いをまとわりつかせていた男たちが私服に着替え、グラスや料理を持った皿を手に行き交いながら歓談し、会食する賑やかなざわめきに満ちていた。

土岐もまた一通りの挨拶を済ませ、飲めない酒を勧められて辟易した心臓を休めるために隅の椅子に座り込みながら、あいつら、どうして酔わないんだ、と第四小隊の面々を人波を透かして見やりながら思った。水戸はビール瓶三本は空けている筈だが、足にも顔にも出さずに広島県警の隊員と談笑しているし、武南はここぞとばかりに食べまくり、井上は何故か、皿にどれだけ料理を載せられるか試している。どうも食べることよりそちらに興味があるようだ。甲斐は神奈川県警の隊員と、無線技術に関して専門的知識を闘わせ、藤木はどこにいても目立つ華やかな表情を浮かべているが、もともと浅黒いのでどれだけ飲んだかは解らない。

機動隊員に限らず、警察官には酒豪が多い。大きな警備任務が終了すると、どこの部隊でも道場で車座、一升瓶が林立し、新人隊員は身体を張った芸を要求される。悪名高き一気飲みも、警察が発祥という説がある。土岐は酒がほとんど飲めない体質だが、警察社会では有資格者という立場もあり、無下には断れない。が、ビールを一缶でも飲むと、けらけらと笑い上戸になり、いきなり腕立て伏せを始める。芸を求められて般若心経を暗唱し、やめろとばかりに水をかけられても、まだ笑っていた。が、本人は何も覚えていないのだが……。

土岐はネクタイをゆるめて風を胸元に入れ、火照った頰を持て余しながら、美季のことを考えていた。

ここグランドアーク半蔵門は、半蔵門会館と呼ばれていた頃から宴会場としてだけでなく、全国から集まる部課長級の会議に使用されたり警察官の結婚式場としても利用されている。後者のことが、土岐に美季との関係を意識させたのだった。

温和で優しく、賢い人だと土岐は美季のことを考えた。何より笑顔が素敵だと思った。警察官として生きようとすれば、必ずしも笑顔ばかり浮かべていられないのが本当のところだが、あの淡い月光のように押しつけがましさのない笑顔は、きっと美季の心の最も素直な部分に繫がっている……。疲れや心の負担を癒し、清々とした涼気のような気持ちを胸一杯に満たしてくれる、美季の笑顔。

いまどうしているのだろう。待機寮か、それとも宿直かも知れない。賑やかなこの場を抜け出し、誰もいないところで、携帯電話をかけてみようか。逢えないのなら、せめて声だけでも聞きたい。きっと、どうしたの？　と静かな深い声で尋ねてくれるだろう。取り立てた用事はない。けれども、君の声が聞きたかったんだと、正直に告げればいい。美季はきっと笑わないだろうから。

土岐は、溺れた者が空気を求めるような気持ちで腰を上げた。

「土岐さん、ちょっと」

恐るべきタイミングの良さで、土岐を呼ぶ声がした。見ると、背広姿の第一小隊長、所沢雅臣警視が同じく第二、第三小隊長と共に手招きしている。ビールの入ったグラスを手にしていたが表情は硬く、どうやら酒の誘いではなさそうだった。

「はあ、何でしょう」土岐は歩み寄りつつ尋ねた。

「土岐さん、あんたどう思う？」

第二小隊長、結城隆信警視が、猪首まで赤く染めながら熟柿臭い息と共に言った。

「と言われますと……」

「あれだよ、昼間のシェーファー中佐のお言葉だよ」

第三小隊長、五木徹警視が、酔った証拠であるぞんざいな口調で言葉を継いだ。

「厳しかったですね、あれは」土岐は苦笑した。

三人の小隊長は土岐を見た。

「……それだけか？」

所沢警視の声は酔っていなかった。「あれは、俺たちを名指ししたのと同じだ」

「上位は、我々が占めたからな。ということは、あの評価は他でもない、俺たち、警視庁警備部第六機動隊特科中隊に向けられたもんだ」

五木警視は長い警視庁ＳＡＴの正式名称を、舌も縺れさせずに言い切った。

「中佐殿は、協力は惜しまないと仰った。一手お教え願おうじゃねえか」

結城警視は唸るように言ってから、グラスの中のビールを呷った。

「そういうことだ」

所沢警視が断を下すように言った。「中隊副長を通じて、隊長に中佐との制圧訓練を申し込む。小隊長全員の総意として、異議はないな」

世界最強の特殊部隊の熟練隊員に、挑戦しようというのか。

土岐は、しばし言葉もなく、三人の小隊長のおき火のような光を宿す眼を順に見返していた。どの眼も多少、酒精で濁ってはいたが、出した結論は酔っていなくても同じに違いない、と思った。

ここまで男たちを熱くさせている理由はなにか。――特殊部隊に属していても、酬われることは極めて少ない。手当の額も知れているし、幹部ともなると経歴上の寄り道になりかねない部分もある。

だから、特殊部隊に所属する人々は、報酬を〝外側〟ではなく、身体の〝内側〟に求める。充実感、限界への挑戦、……人それぞれに言い方があるだろうが、それらを最大公約数として言葉に直すと、誇り、という最も簡素で端的な言葉に集約される気がする。

が、土岐はといえば、自分の仕事に自負はあったけれど、過度な誇りは抱いていないのが本当のところだった。土岐は誇りと繋がっている正義感とも、使命感とも、実のところ無縁に生きてきた。土岐自身が最も大切にしている価値観、それは義務感だった。

とはいうものの、ぶつかってみたい……、とは土岐も強く思った。大勢に押し切られた形とはいえ、これは自分が従うべき義務を持つ倫理に、逆らうものではなかったからだ。

なにより——。

世界屈指の特殊部隊の実力がいかほどのものか。それを推し量るには、手に取れぬ映像ではなく、並べられた言葉でもない、一瞬一瞬の身体反応と技能が渾然とした実践の場でこそ、知るべきなのだ。

「——やってみたいですね、私も。賛成です」

「決まりだな」所沢は頷き、小隊長たちの輪から抜けて、人混みを縫って歩いてゆく。

土岐が所沢の頭越しに視線を伸ばすと、頭一つ抜けたシェーファー中佐が、佐伯中隊副長、それに兵庫県警の部隊長とグラスを手に談笑している。

所沢が三人に話しかけると、会話が止まった。やがて、シェーファー中佐の顔が見守っていた土岐たちに向けられた。

眼が土岐たちを捉え、そして唇の両端が少しだけ広げられた。

笑ったのだった。眼にはそんな表情は微塵もない。

それは土岐の心に深く刻まれた。紛れもなく、犬の笑いだったからだ。


——嫌だな、と土岐は思い、再度、視線を訓練棟の廊下の奥に転じた。

闇の奥に、世界屈指の特殊部隊のベテラン隊員が待ち受けている、その状況に、そう思うのではない。いつも心の隅を占有し唐突に現れる、カカシのように虚ろな、苛立ちとも疑念ともとれる感情がおこす波。

ふと手が止まり考えるあてもなく独り過ごすひととき、まさに魔が差すように、——先(せん)からあったものが光を浴びて、ぼうっと虚空に輪郭をみせるように、心の水面を騒がせる。どこから出ているのか。多分、土岐自身覗き込めない、心の淵(ふち)の奥。……時々、脈絡なくそう感じる。いつもなら、こんな些細(ささい)な感覚には、取り合わない。研ぎ澄まされた感覚が、鋭敏に反応しているだけなのか。

けれど——、土岐には深夜に突然電話をよこす迷惑な友人のようなこの気持ちが、何故か心の根元、自分の成り立ちに深く関わっている気がするのだ。

〝嫌だ〟〝逃げたい〟——、心の内にある、顔も見えず得体さえ知れない、より大きな存在に対してそう思うたび、土岐は大概の肉体的、精神的苦痛に耐えられるのだった。自分は何を厭(いと)い、逃れたいのか。

そしてこの感情の塊を胸に呑んでいるが故に、土岐は周囲の人たちに心の内を韜晦(とうかい)してきた。ある時は人のよい惚(とぼ)けた微笑で、あるいは、意思疎通を拒絶する物静かな無表情で——。

……第三小隊突入班長が身体をねじ曲げて、土岐を見た。その顔にも暗視装置が着装されている。土岐たち第四小隊が装着するのと同じ単眼式だが、両目にアイピースが接する型式、AN/PBS7Bだ。

現在の暗視装置の主流は、視界の制約が少ない片目のみに装着するタイプだ。しかし暗視装置は軍関係の特殊部隊は別として警察関係部隊の優先装備とは言えず、特科中隊でも更新が始まったばかりで、第四小隊だけが最新型を装備している。当然、価格は高く、一つで軽自動車が余裕をもって買える。何故その高価な装備を土岐たち第四小隊のみが使用しているかといえば、小隊の人数が少ないので数が揃(そろ)えやすい、ただそれだけの理由だった。

が、銃器に関しては、第三小隊の方が恵まれていた。土岐たちがMP－5の銃口にサプレッサーを装着しているのに比べ、第三小隊は最初からサプレッサーが組み込まれたSDタイプを使用しているのだ。特科中隊といえども保有している数は多くはない。もちろん弾はSDタイプが消音効果を最大限に生かせる先端が青く塗られた亜音速弾(サブ・ソニック)ではなく、プラスチック弾だが。

突入班長の手が挙げられ、前に下ろされる。土岐たちは前進を開始した。第一、第二小隊も、別の経路で前進している筈だった。

踏み出した足とは反対の足に体重をかけ、下ろすと爪先からかかとにゆっくり体重移動して泳ぐように前に進む。まるで無言劇の抜き足差し足で、ストーキングと呼ばれる移動技術だ。これは街で見かけた綺麗な女性の後をつけまわすために用いるのではなく、ステルス・エントリーの基本だ。

全員が自分の割り当てられた監視範囲に注意をこらしつつ、通路を進んで行く。後方警戒員も後ろ向きではない。曲がり角の安全は、通過した時点で確保されていなくてはならないし、火力の分散を嫌うためだ。

最も危険な階段を相互援護をしながら登り、さらに廊下を進んで二階の目標の部屋に着いた。

戸口の左右に第二小隊三名が張り付き、屈み込む。別の二人が援護姿勢をとった。一人は突入破壊工具(エントリー・ツール)を手にし、もう一人は室内に銃口を向けている。ドアの前に絶対に立ってはならない。これは鉄則だ。ドアも壁も、材質にもよるが、たやすく銃弾が貫通する。

突入班長が、無線のスイッチで、突入準備完了を知らせる。この部屋には反対側の壁にもう一つドアがあり、第一小隊、第二小隊がそこに達しているか質(ただ)したのだ。

数瞬の間。そして――〝突入せよ、突入せよ、突入せよ!〟

突風に吹かれた砂塵が湧(わ)き出すように、第三小隊は一斉に行動に移った。突入破壊工具の一つ、バッテリング・ラムが中世の城門を突き破る大木さながら、ドアの取っ手付近に勢いをつけて叩きつけられた。弾(はじ)かれたようにドアが内側に消えた――。

その瞬間。

猛烈な大音響と閃光が、室内に突入した二名と、そして廊下で窺っていた土岐たちから全ての感覚を奪った。狭い廊下が銃身となり、巨大な銃弾のように音と光が駆け抜け、爆風が頭上から降ってきた。

暗視装置の丸い視界に、緑色に変換された強烈な光量が土石流のように殺到して圧し、それから――唐突に暗転する。

――！　巧妙に仕掛けられた、閃光音響弾の罠に塡ったのだ。

上も下も、右も左も解らない。誰かが声をあげたかも知れないが、それさえ聞こえない。それだけではなく――、何も見えない。

土岐は最初、床に吹き飛ばされ身を丸めたまま、自分が失明したと思った。思った瞬間、心臓がねじられてゆくような恐怖と混乱で、動けなくなる。

そうではなかった。それは暗視装置の使用者の眼を強烈な光から保護する、自動遮光回路が働いたからだった。

が、そんな土岐たちよりも先に室内に突入した二名の隊員には、もっと悲惨な状況が待ち受けていた。

完全な盲目になって身動きを止めた二人に、サプレッサーを装着した銃器特有の、鉄板を乱打するような発射音と共に、銃弾が撃ち込まれた。一人が声もなく床に撃ち倒されたが、もう一人は薄い煙の中から伸びてきた腕に首を決められて声を奪われ、さらに部屋の中央に蹴り出される。

ビリヤードの球同士がぶつかり弾かれるような動きを見せたのは、突入装備に身を固め、

Ｐ－90ＰＤＷを構えたシェーファー中佐だった。すかさず土岐たちのいる廊下に面した壁に、巨体に似合わぬ俊敏さで身を寄せる。

中佐はどんな方法をつかったのか、室内で爆発した閃光音響弾に全く影響を受けていない動作であり、迅速さだった。

泥酔者の歩みで部屋の真ん中によろめき出た第三小隊隊員の姿は、ようやく顔面の暗視装置をむしりとり、対面のドアから侵入した第一小隊の隊員のおぼろげな視界には、シェーファー中佐に見えた。第三、第四小隊が陥った罠は、反対側の第一、第二小隊にも仕掛けられていたのだ。

第一小隊の隊員はためらい無く引き金を引いた。九発の命中弾を浴びて第三小隊の隊員が床に沈む。

やったのか？　その答えは崩れてゆく隊員の向こうから、シェーファー中佐の放つ銃弾という形でもたらされた。ケプラー繊維を十枚以上重ねて、砲弾の破片から生命維持器官を守る軍用ボディアーマーを貫通させるために開発された、発射火薬の多い特殊な5・56㎜弾は、プラスチック弾といえども強力で、第一小隊の三人は胸部にそれを浴び、背中から壁に叩きつけられた。

中佐は瞬く間に五人の隊員を沈黙させると、退路を開くべく第四小隊のいる廊下へと身を翻す。閃光音響弾の効果は、まだ生きている筈だ。その時、第三小隊の新手が眼前の戸口に出現し、中佐は相手より早く引き金を絞っていた。

　土岐はようやく衝撃から回復していた。

　ドア内側へ消えた第三小隊の二人が、発射炎の瞬きとともに戸口から突き飛ばされて廊下の壁に背中からぶつかり、銃殺刑になった兵士のように脱力しつつ床に転がる中、土岐は右目に張り付けた粘着テープを、眉毛や睫毛が抜けるのも構わず引き剥がした。閃光を浴びず、闇に慣れさせておいた右目は、わずかだが充分な視界を与えてくれた。

　これが、先ほど甲斐が土岐の顔を見て不思議がった理由だった。

　もしもの場合に備えた措置が的を射た格好だが、もちろん嬉しくなどはない。

　土岐の右目に、戸口からこちらを窺う人影が映った。銃を身体の正面ではなく側面に向けて構え、身体の露出を最小限に抑えるアングリング。それは理想的な動作であったが、シェーファー中佐にもわずかな油断があったのか、土岐にははっきりと見えた。

　咄嗟にMP－5を構え、フルオートで撃った。倒れた第三小隊隊員の頭上を抜け、弾はシェーファー中佐の心臓の位置に命中した。が、そこには壁があった。プラスチック弾は空しく跳弾し、床と天井で砕ける。

　中佐は視界が利いている者の存在を意外に思いつつ後退したが、慌てる必要はなかった。出口はまだもう一つあるのだから。

「後退、後退しろ！　一つ前の曲がり角！　援護する！　急げ！」

　禁を破って土岐は怒鳴った。

「隊長、眼が……！」藤木が呻く。

「暗視装置を離脱しろ！　大丈夫だ、右手を壁につけて、走れ！」

　土岐は暗渠のような戸口に銃口を据えたまま続けた。

　できる限りの速度で後退した第四小隊の面々は、曲がり角へとすべりこんだ。

　闇の奥のどこかから、低い銃声が響く。第三小隊が応射しているのだろう。銃器にサプレッサーを装着するのは、発射音のうち高い部分を削り、低い音にして音源を察知されにくくするためだ。高い音は音源の位置を察知されやすい。その発射音も、やがて消えた。

……そして、最後に響いたのは、聞き慣れたMP－5の発射音ではなかった。

「お前ら、大丈夫か？」MP－5を構えつつ問う水戸の声もさすがに硬い。

「絶好調とはほど遠いですが」井上がせき込みつつ答えた。

「くそっ、悪い予感がしてたんだ。隊長に彼女ができるなんて、前代未聞のことがあったからじゃないんですか」

「黙ってろ、武南」

　甲斐が叱る。

「まだ、耳が鳴ってる」と藤木。「これじゃどんな美女の囁きも当分聞こえないな……」

土岐はMP－5の弾倉を交換し、喉に装着したL・A・S・Hマイクに指を当てた。

「こちら〈ヨーキー〉、警備実施、聞こえるか？　状況を報せ！」

土岐は自分で選んだとはいえ、あまり緊迫感のないコールサインに違和感を覚える間もなく、指揮官を呼び出した。ヨーキー、つまりヨークシャーテリアだ。左上腕部には暗い場所でもっとも目立ちにくい濃い赤色で、その小型犬の横顔をあしらった部隊識別章をマジックテープで留めている。これは法則性を相手に悟られないように、いくつもある内の一つだ。複数の小隊が同時に行動する場合のみ使用される。

〝警備実施より〈ヨーキー〉へ。無線封鎖を解除して各携行員全員を呼び出しているが、〈シェパード〉、〈ドーベルマン〉、〈レオンベルガー〉ともに……応答がない〟

土岐は絶句した。〈シェパード〉は第一小隊、〈ドーベルマン〉は第二小隊。〈レオンベルガー〉は第三小隊のコールサインだったが――全滅したのか？

「警備実施へ、結論を願う」

返電はない。

「警備実施、結論を！」

〝突入部隊は〈ヨーキー〉を除いて、……行動不能と思料される〟

なんて事だ……。

「こちら〈ヨーキー〉、当部隊は健在、以後の指示を乞う」

左右に分かれ、警戒していた第四小隊全員の背中が緊張する。

続行か、撤退か。

〝こちらは警備局長だ〟無線の相手が代わった。

〝いいか、日本警察の名誉がかかっている。なんとしても無力化しろ！　いいな！〟

三個突入班が全滅して、この上何が名誉だ……。

「了解、最善を尽くす、以上終わり」

これで給料を貰っているとはいえ、土岐の胸に、指揮本部へ突入してやろうかという思いが湧き起こる。

「行くぞ、警戒を怠るな」水戸が中腰の姿勢から立ち上がる。

先ほどまで自分たちの味方だった闇は、今度は極度の緊張をもたらす足枷(あしかせ)となり、狩る立場から狩られる獲物と化した第四小隊は、それでも曲がり角から出、先ほど敗走した廊下を戻り始めた。

暗視装置は眼の上に跳ね上げている。シェーファー中佐は閃光音響弾を使い切っている筈だが、隊員から取り上げている事が予想され、同じ策に二度はまることは避けたい。

土岐は床に倒れた、生きている〝殉職者〟を跨(また)ぎ越えるとき、思わず心中で、唵摩利制(おんまりし)曳莎訶(えいそわか)、と陽炎(かげろう)の化身にして武士、力士、そして忍者の守護神、摩利支天(まりしてん)の真言を唱えていた。この呪文を唱えていれば、自らに悪意を持つ者の目から姿を消せるという。もっとも、彼らもそう信じることで精神集中を図っただけで、真に受けていれば、三日と身が持たなかっただろうが。

　暗い訓練棟内は、先ほどまでの廃墟じみた空気から、たとえ仮想とはいえ強く死を感じさせる、地下納骨堂(カタコンベ)じみた不穏な空間に変貌(へんぼう)していた。

　慎重に、というより及び腰で、第四小隊は一方的に反撃された部屋を検索した。シェーファー中佐の姿はない。

　が、そこで奇妙なものを見つけた。……青いプラスチックの破片だった。部屋の真ん中で、二つのドアに向けてそれぞれに、放射状に飛び散っている。何だろう、土岐は思った。中佐の張った罠に関係があるのか……。

　その青い破片と、不本意な〝死体〟を演じて床に転がる五人の隊員が、まるで戦場の一場面だ。

　今ここで詮索(せんさく)しても意味がなく、土岐は無言で続行の指示を出す。部屋を出て、奥を目差した。

　T字路に差し掛かる。土岐たちの位置は丁度、Tの字の上部に当たり、前進するには北方、右手から交差する別の通路の前を通過しなければならない。

　曲がり角で各々体勢をとると、支援要員である武南が杓子(しゃくし)のような形の検索ミラーだけを角から突き出し、状況を窺おうとした。

が——、武南が見たのは鏡に映った廊下の様子ではなく、跳ね上がるブーツの爪先だった。

「接触——！」武南が口走れたのも、そこまでだった。

蹴り上げられた検索ミラーが武南の手を離れ闇の虚空に消えて、どこかにぶつかった、かつんと尖った音を響かせる頃には、曲がり角そのものを盾に取ったシェーファー中佐が、銃口だけ覗かせて武南の胸に至近弾を見舞っていた。

ぎゃっ！　と喚いて尻餅をつき背中から倒れ込む武南の傍らから、円筒形のものが転がりだした。……閃光音響弾だ。

考える間も与えられず、水戸、井上、甲斐は前方に、土岐と藤木は後方に、水面を飛ぶ鮎の敏捷さで宙を泳いでいた。

その宙にある五人を襲ったのは閃光、大音響でも爆風でもなく、精緻を極めた中佐の銃撃だった。

上半身を壁に、下半身を床で強打した痛みと同時に土岐が感じたのは、まだ自分は〝死んで〟いない、ということだった。肩口には鈍器で殴られたような痛みがある。が、致命傷と見なされるほどではない。藤木が盾になったようだ。

道ばたで寝込んだ泥酔者のような四肢を投げ出した姿勢のまま、土岐は薄目をあけた。交差する通路から、シェーファー中佐が、その長身を現していた。左右に転がる第四小隊六人を、まるで魚市場でマグロを検分する仲買人のように見下ろしている。全員を無力化したにもかかわらず、終了の合図がないのに、軽い不審を感じているらしい。その手には、Ｐ－90ＰＤＷが下げられている。

Ｐ－90はＰＤＷ、個人防御兵器の名が示す通り、軍隊の後方部隊用に開発された。その形状は一般に想像するような銃把（グリップ）、弾倉（マガジン）はなく独特で、知らない者が見れば変わった配管の継ぎ手か、ある種の管楽器にしか見えない。もちろん、それから放たれるのは、生活を支える水でも人の感情を揺さぶる音色でもなく、銃本体と平行に取り付けられた、透明プラスチック製の弾倉から供給される専用の強力な銃弾だ。

九七年のペルー日本大使館籠城（ろうじょう）事件に際し、同国特殊部隊が使用して広く知られた。ちなみに、巷間（こうかん）では英国ＳＡＳが持ち込んだと言われているが、実はメーカーのＦＮ社が提供した。

一人残業する配管工か、孤独なトランペッターのように佇（たたず）む中佐をはさみ、土岐はもう一人無事な仲間を見つけていた。

――水戸だった。井上たちが盾になったのか、それとも射手の技量が上であるほど狙点が予測しやすいことを利して、身をかわしたのか。水戸ならばそれくらいの芸当はこなすはずだった。

小隊長とその副長は、中佐越しに視線だけで、忙しく会話を交わした。

〝副長、どうします？〟

〝やるしかないでしょうが〟

〝そうですね。……では、同時攻撃で〟

〝それしかなさそうですな〟

MP－5は胸の上に載っているために不利だと考え、土岐は投げ出された右手を少しずつ動かし、太股（ふともも）のレッグホルスターから、P7をそっと抜いた。あらかじめ薬室には初弾を装填し、安全装置をかけてある。暴発を防ぐコック・アンド・ロックと呼ばれる状態だが、もとよりP7の場合、グリップを握り込まなければ撃てない。

土岐と水戸は互いの呼吸をはかった。そして――。

バネ仕掛けさながらの瞬発力で、土岐と水戸は上体を跳ね上げつつ、ロボットじみた滑らかさと正確さで腕を伸ばし、手にした拳銃の照門と照星の重なりの向こうに、シェーファー中佐を捉えた。

土岐はその瞬間、引き金を引く。が、弾が撃発されない。構える動作と引き金を引くことに集中しすぎ、握り込む力が不十分だったのだ。

はっとしたのは一秒の十分の一程の間で、土岐は引き金を引き、同時に水戸のベレッタM92FSも銃声を響かせる。

だが――、あろうことか銃口の先には半瞬前まではあったシェーファー中佐の姿はなく、忽然と消えていた。素通りした銃弾が天井で砕ける。

――――！　土岐と水戸の目が、目標の姿を求めて銃から離れた、その刹那。

シェーファー中佐は消えたのではなかった。ただ、腰を落として銃のスライドの陰に隠れただけだったのだ。だが、その動きが余りに迅速で奇術めいていたために、二人の目には消えたとしか映らなかったのだ。しかも、中佐はただ身をかわしたのではなかった。足の関節が屈伸する間に、右手のＰ－90はそのまま水戸に向けて構え、左手で腰のシグ・ザウエルを抜きざま、右脇腹を潜らせて背後の土岐にぴたりと狙い定めていた。背中にも眼があるとしか思えぬ動きだった。そして、両手に持った銃の引き金が引かれた。

硝煙を吐く銃を構えたまま身を屈める中佐の前後で、時代劇の斬られ役そのままに、土岐と水戸は同時に昏倒した。

警視庁警備部第六機動隊特科中隊は、全ての突入要員を失った。


その光景を見れば、過去に特科中隊と関わった犯罪者たちは狂喜しただろう。

クルツ・シェーファー独国国境警備隊中佐との訓練を終えて、訓練棟から出てくる特科中隊四個突入班の隊員たちは意気消沈し、肉体的にも精神的にも打ちのめされ、ぞろぞろと歩く姿はまるで、捕虜の一団に見えた。同じように毒気を抜かれた背広組が、かける言葉もなく土岐たちを見迎えた。

「……全員、整列」

所沢警視の感情の窺えない無味乾燥な声の響きは、捕虜収容所で号令をかける敗軍の将のそれだった。

整列した土岐たちの前に、最後に訓練棟を出てきたシェーファー中佐が、片手でヘルメットをとり、バラクラバを頭からむしり取りながら現れた。刈り込んだ頭を、つるりと撫でる。

まるで、少し手間のかかる庭仕事を終えた後のような穏やかな表情を見ていると、さすがに土岐もしゃくな気持ちになる。が、それ以上に服従訓練が終わった犬の気持ちの方が強い。

――これが、世界最強部隊の実力と、自分たちの差なのか……。

自分は、自分をどこまで鍛えれば、ああなれるのか。

「なかなか、いい訓練だったと思う」

通訳を介して、シェーファー中佐が感想を述べた。まるでテニスの試合後の感想だった。

「君と君、それから……君も。反応速度はそれなりに高いが、判断力が伴っていない。こういう状況では誤射が最も危険で、忌むべきことだ。それから、そこの君たち。皮肉ではなく、同僚を助けたいという義務感と誠意には感服するが、自分が倒れては仲間は救えない。閃光音響弾を使うべきだったな。ああそうそう、そこの君」

中佐は土岐をまっすぐ見ていた。「私が西のドアから部屋を離脱しようとした際、反撃したのは君だったな？」

「はい」土岐は内心、鼓動が高まるのを感じつつ、神妙な声を出した。

「暗視装置は潰したつもりだったが、どうして正確な射撃ができたのかな？」

「はい。そのう……、装着していない眼を粘着テープで保護し、暗闇に慣れさせていたので」

通訳から耳打ちされると、中佐の口許がわずかだがほころび、二度頷くと、口を開いた。

「アイディアには脱帽だ」

土岐はシェーファー中佐の微笑につり込まれるように、被ったままのバラクラバの下で顔が緩みかけた。

「が、あの状況以外では、なんの意味もない。私が閃光音響弾を使わなかったら？　君の、暗視装置のために、ただでさえ狭くなった視界の死角から私が接近したら？　君は、部隊の装備係から私が閃光音響弾を借り出したのを聞き出したのかも知れないが、現実にはそんな情報が得られるとは限らない」

土岐の顔が丸一日、下痢で苦しんだ後のようにげっそりとなる。

中佐は続けた。

「最も肝要なのは、予測することだ。それは経験的、つまり統計学的なものだけでは不足だ。そして同じくらい大切なのは、予測できなかったものに対して、いかに機敏に対応するかだ。言い換えれば予想し得なかったものを、どう受け入れ、判断するか――一瞬に満たない時間の間に。

それに身体が即座に反応しなければならない。だが、心得て貰いたいのは、判断に身体的能力が追いつかない事態だ。……それは、限界を超えた運動を要求する。――」

中佐は、寄宿学校の舎監のような視線を全員に流した。

「訓練はともかく、実戦で己の限界を超えた行動が成功することを、我々は期待しない。それでは賭(かけ)になってしまう。守るべき人々や自分の命を、コインのかわりには、してはいけない。場合によっては破滅的な事態を招くことになる。

これからの訓練は貴官らの自覚にかかっていると考える。――自分たちを国家的対テロ部隊と認識するか、法執行機関対テロ部隊と認識するか」

シェーファー中佐は一息いれたが、それは通訳のためのように見えた。

「安全な国は、この世界にはない。同じように完全な特殊部隊もまた、存在しない。だが――、我が国と同じような経緯で創設された対テロ部隊が、まだ充分に練度の向上が望め、かつ、それを熱望する男たちがいることを広い意味での仲間として、大変心強く思った。ありがとう、私もよい勉強をさせて貰った」

クルツ・シェーファー独国国境警備隊中佐は、最後にだけ本当の笑顔を見せたが、居並ぶ日本人警察官たちは、無表情に敬礼をして、目を逸らすように散会した。

「え、あの……、私が、ですか？」

「そう。君に頼みたい」

両袖の机の前に立った土岐が聞き返すと、椅子の上から栗原は答えた。

「訓練してくれた日は本来、中佐は休暇だったんだぞ。それでも、自分の休暇は一日減ることになるが、君たちのためになるのなら、ということで承諾して下さったんだ」

佐伯中隊副長も付け加えた。

「これくらいはして当然だ」

「はあ……」

模擬訓練の翌日、呼び出されて中隊長直々に命じられたのは、シェーファー中佐の観光案内だった。

それくらいの便宜をはかるのは、当然の礼儀だろう。土岐もそう思う。ただし、自分以外の人間がするのであれば。

「あの、他の小隊長方のほうが良いのでは？　私は、岡山出身ですから」

「所沢警視は待機、結城警視も準待機。五木警視は法事だそうだ。君は明日非番だろう」

「はあ、そういうことなら……お引き受けします」

佐伯にそう指摘されると、土岐は気弱な万引き少年のようにあっさりと観念した。

「で、どちらへお連れすれば」

「ここに書いてある」栗原が小さな紙片を土岐に手渡した。

「土岐警視はドイツ語は大丈夫か？」

土岐は紙片を受け取ってから、佐伯を見た。

「〝ダンケシェーン〟と〝グーテンモルゲン〟しか知りません」

「事情があって通訳は同行しないが、まあ、大丈夫だろう。奥方は日本人女性だから、日本語も少しは解ると言っていた」

「そうなんですか」

「ああ。私が初めてあちらに派遣されたとき、世話になった。当時はまだ大尉だったが……」

「しかし土岐警視、ちゃんと学校で勉強してたんだろうな」

佐伯が揶揄する口調で言う。休日を一日提供した上に、からかわれてはたまらない。土岐はすこしむっとした表情で、言った。

「あ、もう一つ思い出しました」

「なんだ？」佐伯が興味津々、という顔をする。

「〝バームクーヘン〟です。では土岐警視、失礼します」

土岐は中隊長室から退出すると、渡された紙片を眺めつつ、廊下を小隊詰め所まで歩く。外国人観光客が行きそうなところが書かれているが、ひとつ、どこにあるのか見当もつかない場所が挙がっている。

ふむ、と土岐は考え、これは井上が知っているかも知れないと考えた。

詰め所では、全員があまり気の進まない様子で、模擬訓練の報告書を書いている。井上のところへ行き、尋ねてみると、案の定知っていた。――やはりこういうことは手先の器用な人間に聞くに限る。

「隊長がそういうことに興味があるとは、知りませんでした」

「あ、いえ、私じゃなくて、実はシェーファー中佐の観光案内を仰せつかっちゃって」

「そりゃ大変ですね」

井上が苦笑する。「せっかくの非番日なのに。彼女に怒られますね」

「いやあ、怒ってくれる相手もいないから。誰かいい人がいたら、紹介して下さい」

甲斐が書類から顔を上げて土岐を見る。その顔は女性警察官なら紹介しますよ、とにやりと笑っていた。

「隊長、もてなそうだもんなあ。……最近はどうだか知りませんけど」

武南がこれ幸いとばかりに報告書作成を放り出し、雑談に加わる。

「もてないのは、悪いことばかりじゃないさ」

藤木も手を止めて口を開く。

「その分、男を磨く機会が多くなる。そう考えればいい」

「……どうも貴重なご意見、ありがとうございます」

この時点で土岐の笑顔は引きつっている。

「あー、第四小隊の精鋭諸君。念のために言っておくが、報告書提出は今日中によろしく」

水戸が引率の教員のような声を出す。全員が事務仕事に戻る。

武南はそっと土岐の席に近づき、耳元で囁く。

「隊長、観光なら俺に任せて下さいよ」

「お前はいい」土岐はボールペンを書式に走らせながら、目も上げずに言った。

「外国人のお客が好きそうないい店、知ってたんだけどなあ」

「——風俗じゃないだろうな？」土岐は武南を横目で睨む。

「いやだなあ隊長、なんて事言い出すんですか、不潔！」

「マル暴に睨まれるようなところへは行くんじゃないぞ」

苦笑一つして、土岐は言った。

「ええと、たしかこの辺りなんですけど」

「ども、ごめんど、おかけします」

手の中の紙を見ながら土岐が言うと、シェーファー中佐は片言の日本語で答えた。

「あ、英語でも結構ですよ。少しなら解ります。——ほんの少しですが」

池袋の交差点で、二人は信号が変わるのを待っていた。

街には快晴もあって、たくさんの人々が行き交っている。少し汗ばむほどの陽気だ。

土岐もシェーファー中佐も普段着姿で、全く目立つところはなかった。中佐はともかく、土岐が特殊部隊の、それも小隊長だと言われても、信じる者はいないだろう。全世界で軍、警察の別なく特殊部隊の構成員は〝灰色の男〟、つまり人混みに紛れ、目立たないことが求められるのだ。

「しかし、シェーファーさんがこういう趣味を持っているとは、意外でした」

土岐は中佐を見上げた。シェーファー中佐は微笑み、硬貨を持っているかと聞いた。土岐がポケットからそれを出して手渡すと、中佐は礼を言った。

「ありがとう。よく見てて」

硬貨が宙を舞った。それから、目まぐるしく両手の間の空中を行き来する。土岐は呆気にとられた。——最後にぽん、と硬貨が跳ねて、中佐の手が受け止める。が、瞬時に握った両拳の中に消えた。

「さて、どっちにコインはある？」

「……右手、ですか」

シェーファー中佐が英語で問うと、土岐も英語で答えた。

中佐が右手を開くと、硬貨はない。

「ああ、だまされた。左手ですね？」

「ところが――」中佐が左手を開く。「ここにもない」

土岐が首を傾げると、中佐は右手の甲を見せる。

「ここだ」

信号待ちしながらこちらを見ていた女子高生が、歓声を上げる。

「なるほど、たいしたものですね。解りませんでした」

信号が変わり、横断歩道を歩き出しながら土岐は感心した。

「なに、簡単なことさ。ちょっとした注意力さえあればいい。――時にそれが、生死を分かつこともあるがね」

二人が向かっている場所、それは手品道具を売る専門店なのだった。井上の友人に手品に凝っている人物がおり、その人物と井上も足を運んだことがあったので、覚えていたのだった。

途中何度か道に迷いながら、目的の店に着く。

「ここですね」

土岐が手元の紙から、古びた雑居ビル二階の看板を見上げて、隣の中佐に言った。……

風雨に晒された小さな看板は目立たず、それと目星を付けていなければ見逃してしまいそうだ。だが、逆に言うとそれが、全く門外漢の土岐にも何かしら期待のようなものを抱かせる。

「そのようだな。――入ってみよう」

薄闇と埃の溜まった階段を昇り、色あせた各種手品道具製作販売という木の札がかかるドアを抜けると、あまり広くもない店内には、ビルと同じくらい古びた老人が一人で棚の整理をしていた。鼻梁（びりょう）の半ばまでずれた眼鏡の奥から、黙って土岐とシェーファー中佐を見て、挨拶代わりに頷いて見せる。

中佐は土岐たちを前に講評した表情からは想像できない、少年のような笑顔を浮かべて店内を歩き回った。

シェーファー中佐が道具の使い方について、老主人に英語で尋ねると土岐が通訳する前に、老主人は流暢（りゅうちょう）な英語で応じた。

「英語、お上手ですね」

土岐が感心して、質問に答えると棚の整理に戻った老主人に話しかけた。

「話せなきゃ商売にならんからよ。……あんたたちの世代と違ってな、詰め込まれて勉強した訳じゃない。好きで覚えたことは忘れんもんさ」

土岐は苦笑して、そうですね、と答え、手品道具を手にしてみた。何に使うのかは判らないが、良くできているのは判る。人間と道具の進化は足並みを揃えてきたけれど、土岐は思った。人間が道具の進化に取り残されてしまったのはいつからだろう。

「——人生には驚きが必要だ。そう思わないか？」

決して後ろを見ないように告げられた土岐の背後で、老主人から実際に道具を使って説明を受けながらシェーファー中佐は言った。

「え？」土岐は振り返ろうとした。

「おっとっと、そのままそのまま。タネは見ないでくれよ」

土岐は笑って前に向き直った。

「クリスマスには、毎年、新しい手品を孤児院の子供たちに見せる約束なんだ」

「そうなんですか」

「ああ。——私自身、孤児院で育った。敬虔なカソリック教会が運営している所でね、神父も修道女も皆、優しい人たちばかりだった。そこで、神への祈りを教えられたよ」

シェーファー中佐は、言葉を切った。道具のたてる、小さな物音だけが聞こえた。

「……穏やかで、楽しい日々だった。実の両親がいないことを除けばね。だが、胸が高鳴り、ときめくようなことも無かった」

「今の職業に就いたのは、その驚きを与えてくれるからですか？」

「そう。……未知のこと、不思議なこと、そして挑戦してこそ得られること。それらは私が思うに、生きていく上で不可欠のことだよ。だからその一端でも、子供たちに伝えたい。――よし、もういいぞ」

土岐が振り返ると、中佐はステッキを手にしていた。それが中佐が少し動かしたと見えた次の瞬間、花束に変わった。

土岐は、一度の説明で使い方を飲み込んだ独国国境警備隊士官の早業（はやわざ）に感嘆しながら、拍手した。老主人も、満足気に微かな笑みを目元に見せて頷いている。

シェーファー中佐の買い物は続き、しばらくして店を出る頃には、大きな紙袋を抱えていた。

昼時、二人は中佐の希望で、ドイツ料理店に入る。

アイロンの利いた白いテーブルクロスが広げられたテーブルにつき、注文を済ませると、土岐は言った。

「日本食は口に合いませんか？」

「いや、大使館警備の連中に連れて行かれるのは、大概、日本食レストランだから」

ＧＳＧ－９に限らず特殊部隊は、大使館などの重要施設警備も担当する。

「ところで、ヘル・トキ。君はお幾つかな？　若く見えるが」

ソーセージを切り分けながら、シェーファー中佐は尋ねた。

「日本人は若く見えますが……二十八歳です」

土岐はザワークラウトを運んでいた手を止め、口をナプキンで拭いながら答えた。

「小隊長の中では、一番若いんだね？」

ええ、と土岐は答えつつ、キャリア制度に話が進めば、ドイツ人にそれをどう説明しようかと考えた。

「まだまだ、未熟者です」

「そう。だが、国家憲兵隊介入グループ(GIGN)の創設者プルートーも、君と同じ歳(とし)にはすでに指揮官だった」

ＧＩＧＮは司法機関でもあり国境警備隊的任務も請け負う国家憲兵隊内に設けられた、仏国の対テロ部隊だ。世界有数の優秀な特殊部隊だが、同時に部外者へ大袈裟(おおげさ)な法螺(ほら)話をして喜ぶという、困った傾向を持つ部隊としても知られる。もっとも、特殊部隊員には、多かれ少なかれそういう傾向があるが。ちなみに部隊名はジジンと発音するが、フランス人は誇りを込めて〝ジージェン〟と呼ぶ。

「はあ……、でも私とは、とても比べられません」

「君には才能があるよ」シェーファー中佐は、薄い碧眼(へきがん)で土岐を見やりながら言った。「競技会での君の動き、……それから先日の一件で、そう感じた」

土岐は中佐の本心を図りかねて、曖昧(あいまい)に笑った。反対に中佐は笑顔を控え、続けた。

「天才というのは、様々な定義があると思う。私が経験的に考えたのはこういうことだ」

　土岐はコップの水を一口飲んだ。「聞かせて下さい」

「私個人が考えるに天才とは……〝それまで未知だったことを、必要な状況が現出したときに、あたかも既知のことのように感覚し、振る舞える人間〟だと思う。――経験に関係なく」

　土岐は頭の中で中佐の言葉を訳し終わると、吹き出した。

「……そうかも知れませんが、私ではありませんね」

「笑われたが続けるよ。――しかし、大方の〝天才〟は月日に負けてしまう。才能を使い果たすんだな。それはそうだろう、才能は努力して得られるものではないからね。が、まれに修練を重ねることで、より洗練されてゆく人間もいる。こういう人間は恐ろしい。周りの人間にも……当人にもね」

　中佐は煙草を取り出し、火を付けた。土岐は少し意外に思った。特殊部隊員は煙草を吸わないもの、と思っていた。克己心が強いので、吸わなければ吸わないで平気なのだろうか。

「恐ろしい、とはどういうところが」

「才能と自我が、互いに食い合いをするからさ。……胃酸が出過ぎると、胃そのものを溶かし出すように」

「興味深いお話ですが……、お話の通りなら、なおさら私は当てはまりません。私は、平凡な人間です。長所と短所を天秤に載せたら、きっと短所の方に傾くでしょう」

ウェイターが皿を下げに来た。中佐は、食後のコーヒーを紅茶に代えるように丁寧な口調で頼んだ。

「……それに、お恥ずかしい話ですが、何かの才能がある、なんて他人に言われたのは、生まれて初めてですから」

ドイツ人は微笑したまま眼を細めた。頑固な奴だ、という表情だった。

茶器が運ばれてきた。

「──私は、今の部隊に所属して、幸運だったと思っています」

土岐がコーヒーの深い苦みを味わいながら言うと、中佐は眼顔で先を促す。

「これからの人生で、自分が立派な人間だと錯覚せずにすみますから」

「時が至らなければ、自分自身が何に向いているのか、誰にもわかりはしないと思うが。……ジョン・ブローニングのように」

中佐は銃器史上に残る天才技師の名前を例に挙げた。

アメリカの田舎で、必要に迫られて銃器の設計を独学で身につけ、設計した銃が半世紀を超えて現役で使用され続けている、伝説の天才技師。

「そうですね。でも、彼自身は天才でしたが彼の設計した銃は、シンプルでどこでもきちんと作動した。つまり、大方の人間と同じように、良い意味で平凡だったと思うのです。お国のⅣ号戦車もそうでしたね」

中佐は、新しい煙草を取り出した。

「日常は戦場だと仮定するなら、役に立つのは最もありふれた、平凡な人間ではないでしょうか」

「羊に率いられた千頭の獅子より、獅子に率いられた千頭の羊の方が脅威だという言葉もあるがね……」

シェーファー中佐は、問答を区切るように煙草に火を付け、ふうっと紫煙を吐いた。

それから後は、当たり障りのない話題を二人は交わし、土岐の財布から勘定を済ませると、レストランを出た。

「平和で、豊かな町だ」

シェーファー中佐は、壁一面のガラス窓から眼下の人通りを見下ろしながら言った。

夕暮れを間近に迎えようとしている池袋で、土岐とシェーファー中佐はビルの二階にある喫茶店の窓際に席を占め、一息入れていた。

「頭をスキンヘッドにした人種差別主義者……ヒトラーの亡霊もいない」

「ええ」

「昔、ベイルートの大使館警備についていたことがある」

　中佐は視線を下げたまま続けた。

「近くに外国製煙草を密売している店があってね。そこで現地の者に言われたことがある。ドイツ人は好きだとね。……俺たちの嫌いなユダヤ人をいっぱい殺してくれたから、だそうだ」

　中佐は乾いた声に、動かせない歴史への諦（あきら）めを込めて呟いた。

　土岐も同じく街を眺めながら、都市には夕日が無いな、とぼんやりと思った。高いビルで狭められた空が、赤く染まるだけ……。

　シェーファー中佐を案内して都内を回った土岐は、さすがに人ごみに疲れていたが、中佐は、朝と変わらない表情だった。GSG－9の指揮官の場合、突入の際は装備だけで九十キロを超える。同じく全ての装備を着装しても、せいぜい三十キロしかない土岐たちとは、鍛え方が違うらしい。

「……対テロ部隊が、我が国境警備隊（ブンデス・グレンツシュッツ）に創設された経緯は、君も知っているね」

「はい」

「ミュンヘン・オリンピックの時、有効な手段が取り得なかった警察（ポリツァイ）、過去の亡霊の復活を想起させる軍（ヘーレス）には、対テロ部隊を置くことはできなかった。だから、我が隊に置かれた」

土岐は横顔に夕暮れの紅い光を映しながら、耳を傾けた。

「――しかし我々が選ばれたのは、我々が戦後に最も早く再建された武装集団だからでもある」

土岐はようやく、クルツ・シェーファー国境警備隊中佐の言わんとすることが見えてきた。戦後の日本で最初に武装し、階級社会を持ち、実力行使を認められた機関。内務省は解体されたが、それは警察だ。機動隊もその頃に警視庁予備隊として発足した。

「軍人ではなく警察官から構成されながら、時に軍人のように思考することを状況が求める。ところが我々を指揮する人々は、我々がそのように思考する事を認めない」

「認めて欲しいと？」土岐は問い返す。

中佐は薄く笑った。腹を満たした狼のような余裕のある笑みだ。

「まさか。〝そうさせたいのであれば〟最初から軍人に任せておけばいい。……状況とその場にいない指揮する人々との狭間にあって、我々はどうすれば、守るべき義務のある人々を助け、上層部の意思決定を遵守できるのか」

「我々のような人間の能力にかかっている……、そうですね？」

「そうだ。我々の行為の根幹に関わる忌避が、いつも他人から与えられるものでも、それを守る集団に属しているのは各々の意思だよ。よく訓練されたガード犬が、どれだけ自分を人だと信じてみても、結局は犬には違いないように」

犬か——。土岐の脳裏にそのとき浮かんだのは、自分自身が体験していない、視覚だけの記憶だった。

白黒の画面の中で、機動隊員が地面に打たれた杭にすがりつく老婆を力尽くで引き剝がす。あれは成田闘争だったか。お婆ちゃんになんてひどいことをするのだろう、警察はひどいこともする。そう思った少年はいま、機動隊の一員として一個小隊を預かり、他国の特殊部隊員の前に〝仲間〟として座っている。あのような実力行使を認め、命令したのは誰か。国民に選ばれた選良と自称する政治家ではなかったか。すると自分たちは、彼らの決めた紐の長さの範囲で生きる犬なのか。

——犬の手綱を握るものは心せよ。良心を司る責任は犬の側にはなく、手綱を握る者の側にあるのだから……。

土岐はぼんやりと、大きな窓ガラスの外に視線を彷徨わせた。中佐は、逢魔が時の薄闇の迫る中、ゲルマン人の彫りの深い顔に陰影を落とし、落ち着き払ったブルドッグのような表情で、紅茶を口に含んだ。

ふと土岐は、視線の先の人の頭の連なりに、美季を見つけたような気がした。ほんの少し、テーブルの上に身を乗り出して、見分けようとした。——違った。髪型はよく似たセミロングだが、顔立ちは似ていない。

「……恋人のことを考えているのかね？」

中佐は口許で微笑し、わずかに冷やかすように尋ねた。

「いえ……その。——じつは、そうです」

土岐は中佐に向き直り、苦笑した。「得意なのは手品だけでなく、心理学もそうですか」

「まあね。君は正直者のようだ。……結婚するのかな？」

普通の場合なら、言葉を濁して答えなかったし、答える必要もない個人的な事柄だったが、土岐はシェーファー中佐に、親しみ以上のものを感じていたのかも知れない。口を開いた。

「して欲しい、と私は思っています。——相手の答えはわかりませんが」

中佐は満面の笑顔で二度、頷いた後、急に厳しい表情になった。「君の愛銃は、Ｈ．ＫのＰ７だったな」

「はい」

「どうも君の使い方には問題があるようだ。あの時、君は発射が遅れた。あれはスクイーズド・コックの解除に難があったと見たが、どうかな？」

土岐が頷くと、中佐は右腕を伸ばし、指を曲げて拳銃を構える仕草をした。

「特殊作戦コマンド（ＳＥＫ）も我々も、公式には認められていないんだが——」

ＳＥＫ（エス・イー・ケー）は独国各州警察に属し、政治的意図のない犯罪に投入される特殊部隊だ。ただし、州管轄線を越えればＧＳＧ－９の担当になる。

中佐は続けた。「……実はスクイーズド・コックでも瞬時の発砲に有利なやり方がある」

土岐は思わず身を乗り出していた。「ぜひ、御教示ください」

熟練ＧＳＧ－９隊員は頷いた。

「それは、あらかじめ引き金を引き、撃針を下げておくことだ」

「――は？」

人差し指を引いてみせる中佐に、土岐は素っ頓狂な声を出してしまった。中佐は、少しだけ開いた手をとじる。

「それから握り込んで、安全装置を解除する。すると撃発する」

「しかし、それでは……」

「もちろん慣れた人間にでなければ、こんな事は奨めない。下手をしたら銃本体の保持が不充分で、弾がどこへ行くかわからないからね。君は使い始めてから、相当経つんだろう？」

「ええ、それはまあ」

「Ｐ７は薄くてかさばらない反面、グリップが握りにくすぎる。保持した手と銃握の間に隙間が不自然にあくのが、君も解るだろう？　しかも安全装置が重い」

中佐は右手に拳銃をかまえる仕草をしたまま、あいている左手で紅茶を一口飲むと、間を空けた。

「だから、我々は隙間を埋めるのに、あるものを使う」

「なんですか、それは」

シェーファー中佐はにやりと笑った。「自転車のゴムチューブだよ。手に合うように、切って自分で張り付ける」

「そんなもので……。メーカーからオプションは出ていないのですか？」

「無いね。だからこそ自分でやるのさ。――もっとも、さっきも言ったが公式にはもちろん認められていないがね」

「握りにくいのなら同じＰ７でも、ダブル・カラム・マガジンのＭ13を使えば……」

シングル・カラム・マガジンは弾倉内で縦一列に弾丸が詰まっているが、ダブル・カラム・マガジンはその名の通り、互い違いに弾丸が詰まっている。当然、装弾数は増えるが、弾倉を納めるグリップは太くなる。

「使わない理由は二つだ。同じ銃でも、シングルとダブルの命中精度を比べれば、握り易さでシングルの方が高いのは自明の理だ。それが一点。もう一点は……」

中佐は小さく笑った。「我々は、西部劇の主人公ではないからね。――アメリカなんかは、街の警察官に至るまでダブルだから。しかし、拳銃に限らず銃器は的確に命中させなければ、意味がない。知ってるとは思うが、有効な弾は、最初の三発さ」

その通りだ、と土岐も思った。だからこそ世界中の特殊部隊で、命中率抜群のＭＰ－５

が装備庫に納められているのだ。

「それ以上、発砲する必要があるということは、アメリカ映画も真っ青の銃撃戦になっているか、現場が掌握できない状況になっている……そういう事ですね」

「そうだ。それから、君のホルスターを見たが、あれはイーグル社製のだね？」

はい、土岐が頷くと、中佐はようやく手を下ろした。

「もう少し簡素な方が抜きやすい。我々は〝骨〟（スケルトン）というのを使ってる。これは引き金の他はほとんど抜き身で、腰に下げる」

「写真では見たことがありますが……、しかしホルスター本体に脱落防止の安全装置は？　検索中、後ろからいきなり組み付かれたら……」

「それは街に立ってるお巡りさんが心配すればいい」

静かな自信に裏打ちされた態度で、シェーファー中佐は言った。

自転車のタイヤチューブはさすがに無理だけど――、と土岐は思う。支援業務管理所属の〝特車隊〟出身の知り合いなら、これを発展させて良い考えを出してくれるかも知れない。特科車両隊、通称特車隊の隊員は各種運転免許を取得しているだけでなく、機械工作に明るい者も多い。

「ありがとう、いろいろ参考になりました。……最後に一つ、教えて下さい。あの訓練棟の部屋に散らばっていたプラスチック片、あれはなんですか？　もしかすると、中佐が自分で室内に閃光音響弾を仕掛けたのに、御自身にほとんど影響しなかったことに関係があるのでは」

　少佐は含み笑いした。

「バケツだよ。古くなったものを勝手に拝借した」

「バケツ？……プラスチックの？」

「そうとも。――よく覚えておくといい。あらゆる爆発物は、たとえわずかでも指向性を持たせてやれば、周囲の被害は相当、抑え込める。私は閃光音響弾をバケツに入れ、ありあわせのものでドアに向けて傾けていたのさ。君らの頭部が差し掛かる空間を見越してね。もっとも、手榴弾（しゅりゅうだん）などの爆発物は硬いもの、チタン合金の容器が理想だが無ければ便器でもいい、とにかく放り込んでやることさ」

「なるほど」

「それもなければ、最後の手段だ。ボディアーマーを着装していて人質が周囲に溢（あふ）れている、という条件つきだが、――身体ごと覆い被さる。そうすれば吹っ飛ばされて肋骨（ろっこつ）を何本か折っても、命と人質は助かる」

　感心することしきりの土岐に、中佐は付け加えた。

「しかし、これは本当に最後の手段だ。――君の将来の奥方……先ほど出たお嬢さん（フロイライン）かどうかはわからないが、その人のためにも、そういう状況になる前に現場を掌握しろ」

「わかりました、……ありがとう」

土岐は中佐を都内のホテルまで送り、別れた。

次の日、土岐は宿直勤務時に、皆が仮眠についた後も自分の机で、爪の間を火薬の残滓で黒く染めながら、ひとつには自分の義務のため、そしてなにより、相川美季への思いのために、Ｐ７を磨き続けた……。


ターミナルビルに一歩はいると、旅先での予定や期待を忙しく話し合う声と、離発着便を伝える放送が充満している。

土岐は独国に帰国するクルツ・シェーファー中佐を送り出すべく、当直明けから宿泊先のホテルに直行し、同行していた。

成田空港までの移動には、成田エクスプレスを使った。渋滞に捕まる車より、時間に正確だからだ。

「本当に、ありがとうございました」

普通の背広姿の土岐は、中佐の横でスーツケースを押して歩きながら、礼を言った。

「いや、私自身学ぶこともあったし、休暇も有意義に過ごせた。こちらこそ礼を言わせて貰うよ」

中佐も背広を着込み、アタッシェケースを手に歩きつつ、土岐を見ながら応じた。

　二人は南ウイングの出発ロビーへと、人波の中を逆らわず進んで行く。大きなガラス張りのおかげで、一気に眺望の開けた出発ロビーもざわめいていたが、交わされる言葉は、日本語より外国語の方が多いように、土岐には聞こえた。

「栗原は、今日は来られないのだね」

　航空会社の受付カウンターの列に並びながら、シェーファー中佐は尋ねた。

「はい、申し訳ありません。中隊長は会議で、副長も本部で待機しなければなりませんから」

「いいさ、お互いに任務だからね。責任ある地位にあるものが、義務を果たすのは当然のことだ。――もっとも、知り合った当初はどちらの責任もそれほどではなかったが……」

「中隊長とは、お付き合いは長いのですか？」

「ああ、彼が我が国に初めて派遣された時以来のね。接するうちに、これがサムライというものかと思ったよ。何というか、禁欲的で、決して弱音を吐かない男だった。妻とも親しくてね、研修中には、よく我が家に招いてテーブルを囲んだものさ。――よろしく伝えてくれたまえ」

「はい、必ず」

　話している内に、カウンターの前の列は前に進んでいた。受付のグランドホステスの機械的にも見える笑顔に促され、シェーファー中佐は航空券を渡した。手続きを済ませ、カウンターを離れる。

荷物を検査係に渡し、土岐と共に広々と滑走路を見渡せる壁面ガラスの前に立ってから、ところで、と中佐は口を開いた。「——私の〝教え子たち〟は?」

「あの、……それは」

土岐は返答に困り、うつむいた。自分以外、特科中隊の隊員は姿を見せていないのだ。

中佐は微笑し、言った。

「いいさ、相当、手ひどいことをしたからね」

眼前の、ずっと向こうのA滑走路にジャンボ機の巨体が、ふわりと着陸するのが見え、視界の隅で、離発着表示板の電光表示が点滅する。

土岐は何事か思いついたように、逸らしていた視線を上げ、中佐を仰ぎ見た。

「そうだ、……あの手品、もう一度見せてくれませんか」

「いま、ここでかな?」

「ええ、お願いします」

土岐は笑顔でポケットから硬貨を差し出す。

中佐は受け取ると、初めて見せたときと同じく、硬貨を目まぐるしく宙で行き来させた。

そして、空中にあった硬貨を、胸の前で何かを絞るように並べた握り拳の中に納めた。

土岐はそれをじっと見ていたが、口を開いた。「——左手、ですね?」

土岐が拳から中佐の顔に目を移し、上目遣いに窺うと、中佐は、にっと笑って左手を広げる。大きな手の平に硬貨はあった。

「ご名答だ」

「なあに、ちょっとした注意力ですよ」

土岐も笑みを返した。そして、特訓の成果はあったと思った。

「そう、ちょっとした注意力だ」

中佐は硬貨を差し出しながら言った。「私が君に教えたテクニックと同じく、忘れるな」

土岐はGSG－9のベテラン隊員の言葉に、真顔で頷いた。

中佐から受け取った硬貨をポケットに納めようとして、土岐は個人的な土産物を渡し忘れていることに気づいた。

「ああ、忘れるところだった……。これを、中佐」

土岐は手にしていた自分の鞄から、紙包みを取り出した。

「何かな」シェーファー中佐は受け取って眺めながら土岐に尋ねた。

「奥様は日本人と聞きましたので……、梅干しです」

中佐は複雑な視線で、土岐を見た。

「……私自身は口にしないが、――何年独国人として暮らそうと、日本人はこの強烈に酸っぱい赤い実が、病的に食べたくなることがあるらしいからね。有り難く頂くよ」

中佐は大切そうに妻への土産をしまい込んだ。

「ちょっといいですか？　あなた、シェーファーさん？」

土岐とシェーファー中佐が振り返ると、空港の警備員が二人、立っていた。

「そうですが、なにか？」土岐が代わりに答えた。

「ちょっとこちらまでご同行願えますか」背の高い方が言う。

「構わないが、理由を――」

「いいからこっちへ来なさい」背のやや低い方が、無表情に口を開いた。

二人の警備員が二人を促す。中佐は怪訝な表情で、土岐を見た。

「はやくこっちへ来るんだ」二人の警備員は土岐と中佐の肩に手を置いた。

「何なんだ、一体！　こちらの方は怪しい人じゃないし、私は――」

「……言うとおりにしよう」

中佐が小声で土岐に囁いた。

土岐と中佐はロビーから連れ出され、殺風景な小部屋に案内された。

そこで、意味不明な問答を警備員と半時間、繰り広げた。土岐は身分を証して説明しながら、中佐の搭乗予定時間を考えると、気が気ではなかった。それから三十分後、二人は唐突に解放された。

「何だったんだ？　あれは」

「さあ、なにかの誤解――」

土岐がそう言いつつ出国審査のカウンターを見て、してやられた、と思い、足が止まった。中佐も、足を止めていた。

搭乗時刻の合間なのか、まれなことだが人影が少ないそこに、制服で身を固めた特科中隊の隊員――中佐の言う〝教え子たち〟が、正対し左右に分かれ、整列していたのだった。その列には、所沢、五木の両小隊長、そして、シェーファー中佐の銃弾で訓練棟の床と不本意な抱擁を強制された男たちが皆、顔を揃えていた。

シェーファー中佐に、花道をつくるように。

土岐と中佐が声もなく近づくと、小癪(こしゃく)なことに、列の一番手前は第四小隊、それも水戸だった。――用事があると、いそいそと帰ったはずなのに。

「友人との別れと、旅の無事を祈って――」第一小隊長、所沢警視の声がロビーに響く。

「全員、礼！」

一番手前の、水戸と甲斐の手が跳ね上がり、挙手の敬礼をする。

「……行こう」

中佐は、土岐を伴って人の回廊を進み始めた。

シェーファー中佐の歩調に合わせて、隊員たちの敬礼する手が上がってゆく。シェーファー中佐は頷くように、右と左、等分に隊員たちへの感謝を眼差(まなざ)しに込めながら、一歩一歩と足を進める。

居並ぶ全員の手が上がった。出国審査のカウンター前に達すると、中佐は振り返った。

「わざわざの御見送り、恐縮だ。感謝する、ありがとう」

中佐は、静かな声で男たちの顔を見渡した。

「私の今回の旅は有意義なものだったが、諸君のおかげでより思い出深いものとなった。

——諸君のさらなる努力に期待し、その成果を目の当たりにすることを……いや、そんな事態はない方がいいが」

日本人警察官たちはどっと笑った。

「とにかく、諸君たちと再会できることを楽しみにしている。では、本当にありがとう」

中佐は傍らの土岐に、片手を差し出した。土岐は強く握り返す。

「また逢いたいものだな」

「はい。……中佐も、お元気で」

「君もな、土岐。幸運を祈ってるよ」

クルツ・シェーファー独国国境警備隊中佐は、カウンターでパスポートを提示し、それから簡単な——警察官が大挙して見送る人物が不審な訳はない、と考えた審査官の短い審査の後、長身を通路の奥へと運んでいった。

あなたは自分に才能があると言ってくれたけど……と、土岐は中佐の大きな背中を見送りつつ思った。本当のところ、あれはあなたの本心だったのですか……？

土岐の問いは無論、中佐には届かず、ただ中佐の消えた人波を、他の隊員が展望デッキへと移動し始めた後も、見つめていた。

ふっと息をついて、自分もデッキへ行こうと身体の向きを変えると、武南がいた。

「隊長、一つ聞きたいんですが」

「なんだ？」

「あのー、中佐のお話の最後で、皆さん笑ってましたけど、……なにが面白かったんですか？」

「――解らないのに笑ってたのか？」

土岐は呆（あき）れ、苦笑した。

「外国語は苦手なんですよ、俺」

「日本語だって苦手だろ」

「まあ、得意とはいえません」

武南はおかしなところで胸を張った。

「後で教えてやるから。さあ、展望デッキへ行こう」

土岐は武南の肩を叩き、走り出した――。

第三話　捜索及び救助（サーチアンドレスキュー）

デジタルカメラのファインダーの中で、開襟シャツにネクタイを締めた若い男が、歩道の人混みを縫って走っている。

両脇（わき）にそれぞれ上着と、ナイロンの丈夫そうだが無骨な鞄（かばん）を抱え、西日の照り返す雑踏の迷路を、時々人にぶつかりそうになりながらもすり抜け、追い越してゆく。

若い男は、土岐悟だった。

そして土岐をカメラに捉（とら）え続けているのは、警視庁警務部人事一課、特命係の定期視察班の捜査員たちだった。

栗原中隊長から土岐が特定の女性と交際している、という報告を受けた直後、土岐は本人の知らないところで監視下に置かれていた。通常の警察官も、結婚の希望を監督者、所属長に申告すれば、相手の身元調査がなされるのは警察内部ではごく当たり前の措置だが、土岐の場合、国家機密に属する対テロ部隊員であり、かつ国家公務員だったために、当然、通常より厳しい監視が行われていた。

が——、担当の捜査員たちは全く退屈していた。

土岐悟警視は勤務が明けるとまっすぐ宿舎に帰り、仮眠の後は概ね読書に時間を費やしていた。休日は神田の書店街にでかけるか、ジムで身体を動かす以外、特異動向と呼べるものは一切無い。しかも、買う本は仕事のためか趣味なのか特殊部隊関係書籍と、何故か仏教書もあった。けれども、信仰と呼ぶほどではない証拠に、時折、部下たちと行きつけの焼き肉店に立ち寄っている。ほとんどは部下たちにうまく言いくるめられた〝マル対〟、——対象者である土岐が払っているようだった。いつものことらしい。

捜査員の印象は、生真面目な変人、というところだった。

ファインダーのフレームの中で、その土岐はまだ走っている。六月の昼下がり、汗にまみれた土岐のワイシャツは、約束の時間に遅れた者の悲哀を象徴していた。

大通りに面したビルに飛び込むと階段を駆け上がり、二階の喫茶店を目差す。エスプレッソが評判のその店は広く、席も七割方、客で埋まっている。が、入り口で店内を見回した土岐は、窓際のいつもの席に、いつもの相手を見つけた。

荒い息をつきつつ足を運び、雑誌を読んでいる女性の前の席を引いて座った。近づいてきたウェイターにコーヒーを注文するが、目の前の女性——相川美季は雑誌に目を落としつづけている。

「あー、悪い。退勤前に捕まっちゃって」

ふうん、と相川美季は気のない返事を返したまま、雑誌から目も上げない。

「あのお……、ひょっとして、だけど、怒ってる？」

「そりゃあね、こう何度も続くとね……」

「ごめん」

と土岐は謝ったが、美季は態度を変えない。

「この前の映画は、約束の二時間前にだめになったし」

「ゆるして」鼻先であしらわれてしまい、土岐は、かくんと頭を下げた。汗を拭くことも忘れている。

「その前は、非常呼集でだめ」

「申し訳ない！」土岐は頭をテーブルにこすりつける動作をする。

美季はようやく土岐を見た。笑っていた。雑誌に目を落としていた間も、言葉とは裏腹に目だけは可笑しさを抑えるような表情だった。

……窓際の土岐と美季をカメラを通して監視しながら、先ほどとは別の捜査員が、三行半を突きつけられた気弱な夫のように頭を下げる土岐を見て呟く。「……あいつ、本当にキャリアかよ」

「ね、わるいなあって心から思ってる？」

美季は柔らかく微笑しながら言う。

「そりゃもう、思ってまんがな」

「じゃあ、イタリア料理で手を打たない？」

どうしてこういう場合の女の顔は、天女形の訶利帝母(かりていも)――鬼子母神(きしもじん)のように美しく怖いのか、と土岐は思う。自分はそうしてもらえるし、相手はそうせざるを得ないと信じられるからだろう。

「イタリア料理というと、……ピザとか？」

財布の中身と、薄給の国家公務員の給料明細を吟味しつつ、ちょっとからかってみる。

「もう少し想像力が持てない？」

美季は幼児に諭(さと)す母親の笑顔で言う。

「……いいよ。じゃあ行こうか、イタリア料理のフルコース」

負けた――、と少し嬉(うれ)しい敗北感を感じつつ、土岐は言った。「と、その前に、映画でもどう？」

それからの二人は、監視する捜査員たちには互いがいることで安らぎを感じている、ありふれた恋人同士にしか見えなかった。

土岐と美季は喫茶店をでると、新宿の映画館で黒澤明のリバイバル上映を見――作品は『隠し砦(とりで)の三悪人』だったが、その後、約束通りイタリアンレストランに入った。

「……ね、なにかあったの？」

食後のコーヒーが運ばれ、美季はカップを両手の指先で支えながら、土岐に尋ねた。

「どうして?」

土岐が問い返すと、美季は唇の端を広げて微笑(ほほえ)み、ゆるく首を傾(かし)げて、土岐の目を見た。

「何だかちょっとだけ寂しそう、でも……、何だか穏やかでもあるし」

「いや……、何でもないけど、そういう風に見える?」

「うん。なんかね、雰囲気が」

土岐は苦笑した。

「実は……期間限定だけど、部署を異動することになった」

「そう」

美季は、続きを催促するでもなく、小さく答えた。

「今度の部署は、人助け専門なんだ」

美季は一口、コーヒーを口に含んでから、口を開いた。

「人助けって、いいよね」美季はカップを口許(くちもと)に寄せながら、言った。「私たちの仕事って、本来はそうなのに……、時々、忘れてしまいそうになるもの」

「そうだね、……本当にそうだ」

この人はいつも、自分に忘れていたものを思い出させてくれる、土岐はそう思った。

美季はコーヒーを一口含んでから、続けた。

「それに穏やかな悟さんも、全然悪くないよ」

いまの美季は相手を安らげる笑顔を浮かべているが、警察官である以上、いつもその表情でいられるわけではない。——違反した市民や犯罪者に対するとき、警察官はみな無表情になる。それは、警察官にとって無表情さえ自分を守る一つの手段と心得ているからだ。

警察官が一歩妥協すれば、それらの人たちは二歩、三歩と踏み込んでくる。普段は犯罪に関わりのない市民も、法を守らせようとするのが人間である限り、犯罪者とかわらない反応を見せる。そして、その動かない表情を犯罪者にのみ向けている場合は、〝正義の味方〟という誤解を招きやすい賛辞を送られ、市民に向けたときは、〝権力の番犬〟と罵(のの)しられる。

警察官一人ひとりは、鉄面皮さえ防護の盾とし、河川の要所にたつ小さな砂防ダムなのだ。ただし受け止めるのは土砂ではなく犯罪、違反行為で、守るのは海ではなく社会だ。

警務部人事一課の捜査員たちは、土岐が美季を女子寮まで送り届け、土岐もまた宿舎に戻ると視察を終了した。

彼らの得た収穫は一つ。それは本庁警備部第六機動隊、特科中隊SAT所属、第四小隊長土岐悟警視が、完全に相川美季巡査の尻に敷かれている、ということだけだった。

勤務明けの引き継ぎを済ませ、あとは事務仕事を終わらせてトレーニングルームで一汗かいてから帰宅、という頃に、土岐は中隊長室に呼び出された。

例によってそこには栗原中隊長と佐伯中隊副長がおり、土岐に、胆石で一ヶ月の療養をする事になった機動救助隊小隊長にかわり、退院するまで小隊長代行を務めるようにと告げた。

なぜ自分が、もしかするとたらい回しにされる他のキャリアと同じように思われているのかと訝りつつ、土岐は退室しながら、自分を呼び出す際はいつも顔を揃えている栗原と佐伯を、喫茶店のケーキセットか抱き合わせ販売みたいだと思った。

カルト集団『救済の館』の警備が本格化しつつある現在、承伏しかねる気持ちがあるのは、正直、否めない。

――自分はここ以外の部署も部隊も知らないのだし……。

気を取り直し、何でも見てやるぞ的精神を最大限動員しつつ、居残っていた水戸に事情を話す。自分の不在時の小隊管理、指揮を頼み、荷物をまとめる。

「まあ、離れるって言っても一ヶ月ですから、大丈夫でしょう。……小隊長がいない間に、しっかりヤキをいれときます」

水戸の言葉に送られて小隊詰め所をでる頃には、土岐の心の中で、仲間と離れる寂しさよりも新しい部隊、新しい任務への好奇心が、ほんの少しだけ大きくなっていた。

「一ヶ月間、小隊長代行を務めさせて頂きます、土岐悟警視です。宜しく御願いします」

二日後、機動救助隊第三小隊に出勤した土岐は、朝礼の席で着任の挨拶をした。

専用の活動服を着用し机の前に座っていた第三小隊の隊員たちが、次々と立ち上がり、自己紹介する。

副隊長の元部達郎巡査部長は、小型の西郷隆盛のようながっしりとした体格の、五十代前半の人物だった。ぎょろりとした目元も似ていた。

「いやどうも、急な話で申し訳なかったですな」

「いいえ。こちらこそ御迷惑をお掛けしないように、勉強させて頂きます」

土岐は元部巡査部長に好感を持った。元部は、厳つい顔の人物にありがちな、いったん表情を崩すと途端に人好きする雰囲気を漂わせている。

「……牧場和宏巡査です。宜しく御願いします」

最後に自己紹介した若い隊員が、何故か土岐から視線を逸らすように名乗ったのが土岐は気になったが、元部の「一ヶ月勤務して頂くんですから、個人貸与品を受け取りに行きましょう」という一言で連れ出された。

機動救助隊は九個機動隊及び特車隊各隊に三個小隊ずつ配備され、各小隊は十人で編成されている。これは通常の機動隊の小隊三十人より少なく、消防の特別救助隊五名に比べれば多い。三個小隊なのは警視庁の勤務体制が三交代制だからで、特科中隊が第四小隊が創設されるまで三個小隊であったのも、この理由による。

装備する車両は、機動隊を象徴する灰色あるいは青ではなく、救助部隊を示す濃緑色に塗られた普通救助Ⅲ型とよばれる車両と、同色の小型のマイクロバスを改装した車両がある。一台では一個小隊を輸送できないためだ。隊員はこれらを機動救助車と呼ぶが、搭載資機材は消防の救助工作車と変わらない。が、消防車はない。もっとも、警察で消防車を保有するのは、江戸時代からの伝統を守る皇宮警察の警備部警備二課だけだ。赤一色ではなく、赤と白に塗装しているので区別はすぐにつくが、皇居から姿を外に出すことはほとんどない。

装備庫で、土岐は活動服、空気呼吸器などの貸与品を受け取る。

「防火服は、ないのですか」両手で装備一式を抱えた土岐が、傍ら（かたわ）の元部に尋ねる。

「まあ、それは本来消防さんの任務ですからな。我々は主に物損や人身事案に対処するもんで。――あ、それからグローブは他人のを使うより、注文された方がいいですよ。後でカタログを出します」

「はい、お手数をかけます」

それから車庫で、簡単な空気呼吸器の着装訓練をした。

「いいですか、そく止弁を開けますよ」

ボンベの弁を下向きにして背負った土岐が、顔に面体と呼ばれるマスクをして気密を確保したと告げると、背後の元部が栓を開けた。高圧導管、減圧器を通った圧縮空気が口許を圧迫し、土岐は思わず、唸(うな)っていた。——息ができない。

特殊部隊の使用するガスマスク、いわゆるレスピレーターは吸い込む際に抵抗がないように工夫が重ねられている。が、この空気呼吸器は逆で、災害現場の外気に含まれる有毒ガスから使用者を守るため、陽圧がかけられている。

「ゆっくり、吸い込んで。それから……吐き出す」

言われた通り繰り返す内に、ようやくコツがつかめてくる。

「やあ、びっくりしました」

土岐が面体を外して、言った。

「まあ、慣れですな、こればかりは。注意点は着装中はゆっくり呼吸すること、急激な運動は控えること、気密の確保ですかな。そうそう、残圧も」

「なるほど」

「ま、これから訓練を始めますから、おいおいに、ということで」

「はい、よろしくお願いします」

土岐は頭を下げた。

真夏の太陽の光が、ほとんど圧力さえ感じさせる。正午前の運動場には、陽炎(かげろう)が地表と空の間で揺れていた。

「イチ、ニ！　イチ、ニ！」

水色を下地に、上腕部と胸ポケット、それにズボンの太股側面のマップポケットに、鮮やかなオレンジ色を配した活動服を纏った土岐が、高さが十五メートルある訓練棟の外壁に垂らされたロープを、胸元で手繰るようにして昇っている。手慣れて素早いため、見上げている隊員たちから歓声があがる。

「悪くなさそうじゃないか、ん？」

その様子を離れたところで見上げていた元部は、傍らの牧場に言った。

「……どうですかね、だってキャリアでしょ、あの人」

「一から仕込む必要がないだけでも助かる。……どうした？」

素っ気ない言い方をした牧場に、元部は問い返した。

「――あの人、噂じゃSATの所属らしいですよ」

「なら、なおさら愛想よくしとけ。将来お前さんの上司になるかも知れんぞ」

牧場は答えなかった。元部は牧場を見、口調を変えた。

「――牧場、気持ちは解るが、……まあ、やっこさんも悪い人間じゃなさそうだ。こだわりは胸にしまっておけよ」

訓練棟の屋上まで登り切った土岐を、牧場は機動隊員には珍しく色白で鼻筋の通った顔立ちの口許を歪めて、凝視していた。

「全員に行き渡ったかな？」

土岐はエプロンを首から外しながら、テーブルを囲んで掻き込むようにスプーンを動かしている隊員たちに告げた。

訓練を終えての、機動救助隊、第三小隊の夕食だった。

月に何度かある自炊日が今夕で、それなら、ということで土岐が簡単な炊事場に立ったのだった。何しろ土岐は〝新人〟なのだ。機動隊は、階級に関係なく一日でも早く当該部隊に所属した者が〝先輩〟になる。

機動隊員の食生活は単調だ。刑事部、所轄からの応援要請での捜索、警備出動を行う機動隊員にはもちろん弁当が支給されるが、補正予算が充てられる国家的行事の他は、冷え切った大量生産の、それも安い弁当しか口にできない。また、官舎住まいの独身警察官たちは、寮で三食の食事を摂ることができるものの、所轄の食堂や留置場で支給される食事同様、食中毒防止とやはり大量に調理される関係上、揚げ物か焼き物が多くなってしまう。

警察だけでなく、この国は身体を使う組織に属する人間に、量はともかく質の高い食事を与えようとは考えないらしい。これが米国なら、戦場の兵士にこそ最上の食事を、というコンセプトで米軍調理開発研究所〝ナティック〟が専門的に開発している。特に米軍のTレーションは、身体の燃料というより、献立から見ると立派な〝食事〟といえるものだ。

そういうわけで、機動隊も部隊によっては自炊する日と当番を決めて、変化をつけているところもある。土岐たち第四小隊も同様で、昼食の他は、警備出動している以外は当番制で自炊している。土岐もおよそ一週間に一度は、即席の料理人となる。

「おかわりが欲しい人はいるかな？　まだ材料はあるからね」

土岐が作ったのは熱した中華鍋へネギととき卵を入れて熱を通し、予め冷まして油を少量ふっておいたご飯を加えて炒めた卵炒飯と、キムチスープだった。

「あ、隊長。俺、もう一杯お願いします。結構いけますすね」

「はいはい」

土岐は上機嫌で、中華鍋から差し出された皿に炒飯をよそってやる。

「あ、自分はスープを頂きたいんですが」

昼間はとりわけ暑かったこともあり、隊員たちはよく食べた。

「……ごちそうさまでした」

牧場が土岐の脇を抜け、重ねた食器を流しへと運んで行く。

「もういいのかよ」

隊員のひとりが口をもぐもぐさせながら、声をかける。

「いいです。――腹一杯です」

「もう一杯くらいはあるけど、食べないか」

土岐も振り返って牧場に言った。「君は――」

「……いりません！」

牧場が突然、切り捨てるような口調で言った。

会話が止み、土岐も含めて、全員が動きを止めて牧場を注視した。牧場は皆の視線を浴びて急に狼狽したような表情になると、失礼します、と呟き、そそくさと隊員詰め所から姿を消した。

「……なんだよ、あいつ」

隊員の一人が、怪訝な表情で隣の隊員と顔を見合わせる。土岐も何が牧場の気に障ったのか解らず中華鍋を手にしたまま、牧場が立ち去った戸口を見ていた。

一人、何事か事情を察しているらしい元部巡査部長だけが、静かに椀を口に運んでいた。

無線当直以外の隊員が仮眠室に引き取った後も、土岐は明かりのほとんど消された待機室の自分に割り当てられた机で、救助活動の教材を時間の経つのも忘れて読みふけっていた。

新しい知識を得ることはおもしろい。土岐は読み進むうちに、救助活動と室内近接戦闘には数多くの共通点があることを発見していた。例えば、室内で燃焼や可燃性ガスの充満が予想される場合、絶対にドアの正面に立ってはならない。これは、室内で爆発的燃焼が起これば、まともに爆風炎を浴びてしまうからだ。銃弾と爆風の違いだけだ。

　土岐の知らないこともあった。高層住宅でガス漏洩が発生すれば、隊員は要救助者のいる一戸だけでなく、上下左右、両上下斜めの各戸も検索する必要がある。つまり、一戸から通報があれば、合計九戸を調べなければならない。これは壁に生じた小さな隙間、亀裂からガスが別の住居に浸透し、その結果、通報者以外の人間が助けを呼べない状況を想定しなければならないからだ。

　ふむ、と土岐は思った。これは経験に裏打ちされた科学だ。

「熱心ですなあ、初日から」

「副隊長、何か？」

　ランニングに活動服のズボン、それにサンダル履きという格好で元部が立っていた。

「いや、私はこれ」元部は引き出しから、カップラーメンを取り出した。「一つしかないんで、失礼しますよ」

「ああ、実は私も」

　そう言いつつ、土岐も机からカップ麺を取り出す。

　どこでも食べられるカップ麺は、握り飯が酷寒で凍りついた〝あさま山荘事件〟以来、機動隊員の友だ。もっとも事件当時、カップ麺を仕入れた応援の警視庁側が、同じく警備に当たった当事者である長野県警側に差額を取って販売したために、確執の一つの理由になったことでも知られる。極限状況での食べ物の恨みは怖い。

「二人で夜食といきますか」

元部はにっと笑い、二人分の水をヤカンに入れ、コンロにかけながら言った。

「お勉強ですか」

「ええ、おもしろい……といえば、語弊がありますね」

ほどなく、ヤカンが音と湯気を上げ、沸いたことを教えた。

土岐は立って行くとコンロのガスを止めて運んできたヤカンから、二つのカップ麵にお湯を注いだ。蓋をとじて、しばらく待つ。〝あさま山荘事件〟の昔から、この時間はかわらない。

「……私は、嫌われてるんですかね」

土岐は椅子に戻ってから、何気なく言った。

「え?……ああ、牧場の話ですか」

「何か気に障る事でも言ったかな……。でも、それほど会話していないように思うけどな。あ、ひょっとしたら避けられてるのかも」

「警視個人じゃあ、ありませんよ」

元部は待ち時間を有効に活用すべく、煙草に火を付けた。

「と、言われますと」

土岐は蓋の隙間から細く立ち上る湯気から、元部に目を移した。

「……噂で聞きましたが、隊長は〝特科〟から出向されているとか」

「否定も肯定もできませんが」

土岐は微笑んだ。

「いいですよ。牧場はね、再転属で戻ってきた奴なんです。五年前、奴がここに最初に配属されて二年目に、特科の選抜試験があるって通達が回りましてね。牧場は志願しました」

五年前。そうか、自分と共に特科中隊の選抜試験を受けた志願者の中に、牧場もいたのか。そうだったのか、と土岐は納得した。

「奴は落ちました。前日にひどい交通人身事案がありましてね」

「だから……」

「ええ。奴は奴なりに努力していましたが……、土岐警視はキャリアでらっしゃるんでしょう?」

「ええまあ、一応は」

「それで奴の心中、穏やかならざるものがあるって訳ですよ。昼間の訓練をみさせてもらいましたが、警視は相当訓練をされてるようだ。ケツで椅子を——失礼、事務仕事を専ら(もっぱ)にしている他のキャリアとは違う。すると、奴はなお、おもしろくない」

「キャリアがこういう業務に就いていることがですか？」

元部はすぐには答えず、腕時計を一瞥して、カップ麺の蓋を容器から剝がした。

「伸びますよ、食べながらにしましょうや」

二人は箸を割り、麺を手繰った。

「……奴が面白くないのは、ぶっちゃけた話、自分自身に言い訳が立たなくなるからですよ」

「言い訳……？」容器から顔を上げて、土岐は言った。

「そう。〝あいつが特科中隊にいられるのは、あいつがキャリアだからだ〟という言い訳。〝入れるだけの実力を持っている筈の自分が入れなかったのは、あいつが定員枠をとったからだ〟とね。しかし、案に相違して隊長代行は実力を持っていた。これで言い訳は全部ご破算、ということですね」

「ははあ、なるほど」

「ま、気にしないで下さい。牧場自身、自分のそういう感情を持て余しているように見えますからな。――お先に」

元部が容器を片付けて立ち去った後も、土岐は容器の片づけも教材を読み進めるのも忘れて、考え込んでしまった。

たしかに牧場の言い分にも一理ある、と土岐は椅子を回して、天井の隅の暗がりを見上げながら思う。――自分は他の志願者が望めないような境遇で、選抜試験に臨むことができた。合格して当然だった、とは自分の能力からして到底思えないが、とにかく優遇されていたのはそのとおりだろう。

でも、と土岐は思った。五年前、選抜試験を合格した直後なら、申し訳なさ、後ろめたさしか感じなかったかも知れない。しかし今の自分には、激しい訓練の日々を自分なりに精一杯、生き抜いてきたという自負もある。牧場は知らなくとも、特科中隊、第四小隊の仲間たち、それにこの身がそれを知っている。

考えるうち、土岐は正直どう思えばいいのか解らなくなった。牧場に、機会はある、頑張って欲しい、とも言えない。余計に心を傷つけ、逆撫でするだけだ。

ぼんやりと考えを整理した土岐は、これは各国軍関係特殊部隊の選抜での心理試験で多用される質問のようなものだ、と結論した。その一般的な質問とは次のようなものだ。

〝敵地に潜入して待機中、女性あるいは子供にお前は発見された。そのままにはできない。さあどうする?〟

某国のある志願者は、暴行して殺せば敵は性犯罪の被害者と思うのでそうする、と答え、別の者は口封じをすべきなのだろうが自分にはできない、と答えたという。

結果はどちらも〝正解〟。ただし前者の答えを出した志願者は精神科医による鑑定をしたほうがいい、と注意書きされたファイルと共に、原隊に戻されたという。

つまり、答えのない問題なのだ。

土岐は、解らないことには沈黙せよ、という太古の釈尊の言葉に従うことにし、カップ麵の容器を始末すると部屋の電灯を消し、火の元を確認して欠伸をしながら仮眠室に向かった。


待機室のスピーカーから突然、緊急ブザーが鳴り響く。

「警視庁から各局、各移動、江東区管内、火災事故発生。一一〇番入電中」

訓練を終え、事務を執っていた土岐たちは一瞬手を止め、耳をそばだてた後、立ち上がりざま椅子を後ろにはじき飛ばす。

「いくぞ！」元部の声が背中を蹴る。

どっと床を鳴らして車庫に向けて駆け出す。階段をひとかたまりになって走りおりながら、頭上から降ってくる本庁通信指令室のオペレーターの告げる内容を、脳裏に刻み込むことも忘れない。

「……現場は江東区西砂町四の一、田島倉庫方。なお、現場にあっては逃げ遅れが若干名ありという情報あり。マル消が出場したが、未着の模様――」

階段から車庫に飛び込むと、隊員たちは壁際にかけてあるヘルメットを取って、それぞれの車両に乗り込む。

「現場ではＰＭが野次馬整理、聞き込み中。なお、現場は住宅地区に近いことを、関係各位は了解されたい。入電整理番号は五三二、担当は高本。以上警視庁」

救助車の助手席に乗り込んだ土岐は、基幹系無線のマイクを取った。

「警視庁へ、警視機動救助六、了解。出動する」

機動救助車の後部に座った三人の隊員の中で、牧場だけが空気呼吸器の背負いバンドに肩を押し込みながら、土岐の背中を冷ややかに見つめていたが、土岐は気付かない。

救助車は車庫から白昼の光の中を、赤色灯を煌めかせつつ走り出す。警備の警察官の敬礼を受けて、門を抜けて行く。

「隊長、ちょっと揺れますぜ」

「いいよ、慣れてる。急げ！」

運転席の隊員がうち解けた口調で言うと、土岐はそう答えた。

倉庫火災か。土岐は資料で読んだ事を反芻した。――密閉された場所の火災というのは、本職の消防官たちにとっても厄介な事態だ。

熱と有毒ガスが建物内に籠もるため、内部は高熱と視界がほとんど利かない灼熱地獄と化す。さらに、窓が少ないため屋外からの〝援護注水〟――ホースによる放水も期待できない。また、室内で酸素を食い尽くした炎が、不用意にドアを開けることによって爆発的に燃焼する〝バックドラフト〟、室内が一定の温度を超えると起こる〝フラッシュオーバー〟など、気密の高い倉庫火災は、とにかく危険が多い。

しかし、と土岐は思った。屋内近接戦闘とも共通点が多い。慎重にやれば、必ずできるはずだ。土岐はふと自分の手に目を落とした。

なんて事だ……、震えてる。ドアの向こうの危険が銃弾と炎、ただそれだけの違いがあるだけなのに……。

「倉庫火災か、みんな、充分注意しろ」

どこの部隊、部署でも熟練した幹部、というより〝主〟の言う言葉はかわらない。了解、と落ち着いた返事が口々に返る。

「……新米がいることですしね」

牧場が聞こえよがしに言った。

土岐は助手席から片頬だけ後ろに向けると、口を開いた。「安心しろ、自覚してる」

一瞬気まずくなった車内に、運転手の声が響いた。

「見えたぞ！」

住宅の屋根が積乱雲の下に寄り集まる向こうに、黒煙があがっている。それはまるで、街に突如現れた竜巻のようにも見えた。

土岐は視線を戻し、マイクを取った。「警視機動救助より、警視庁。整理番号五三二の火災事案、黒煙を視認」

「警視庁了解。当該事案については続報なし」

「警視機動救助了解」

バスは住宅街の路地を抜け、煙の下へと進んで行く。近づくにつれ、野次馬が多くなる。現場の倉庫に着いた。消防車はまだ到着していない。警察官たちが野次馬を押し戻しながら開けてくれた倉庫前に停車する。

「警視機動救助より、警視庁。現着した、これより救助作業にかかる」

「消防はどうか？」担当指令官が尋ねる。

「現在、未着」

「消防現着まで待てないか」

その時、一足先に降車し、警察官と話していた元部が、助手席のドアをあけて報告した。

「従業員の話では、倉庫内で整頓中だった五十代の男性一名が見えないそうです！」

土岐は元部に頷き、マイクのスイッチを入れた。

「逃げ遅れがいる可能性大。消防にはその旨、伝達されたい。人命検索する」

「……警視庁了解。受傷事故に充分留意されたい」

「了解しました」

土岐は座席から飛び降りて空気呼吸器を背負い、面体を首から下げると、元部と共に走り出した。隊員たちが必要な資機材を路上に下ろし、バスの陰で待ち受けている。

「第三小隊全員へ、これより人命検索を行う。要救助者は最低一名、予備マスク及び油圧式救助器具を携行。先端工具の選択はウェッジラムの大小。――いくぞ！」

第三小隊は土岐を先頭に走り、古びた建物に近づいて行く。あまり大きくはない平屋の倉庫だ。炎は顔を出していない。だが、検索するとなると伏魔殿のように不気味で、そして危険だ。

開け放たれた通用口らしきドアを見つけた。戸口から煙が噴き出している。内部の様子は全く見えない。雲の中のようだ。

消防が現着していたら、と土岐は一瞬思った。消防署は管内の建造物については家屋見取り図の提出を受け、消火作業を円滑に進められるようにしているのだ。

「よし、進入隊員は……」と口を開いた元部に、土岐は胸ポケットから隊員カードを取り出し、差しだすと言った。

「副隊長はここでロープ確保を！　私を含め六名で行きます」

「しかし！」

「話している時間はないです！　進入は――」

土岐は牧場を含め、五人を指名する。気の合わない相手ではあるが、牧場の技術は認めざるを得ない。

部隊行動は、指揮を執る方が難しい。不慣れな自分より、元部に任せた方が賢明だと判断した。

　進入した隊員を管理する隊員カードを五人は元部に託す。同様のカードは消防官も防火服の〝しころ〟――ヘルメットから垂れた顔面を防護する部分に入れている。

「各員連結！」土岐の指示で、進入する隊員たちは伸ばされたロープに、自分の腰から伸びた短いロープをカラビナで連結する。これで仲間とはぐれたり、煙の中でも迷わず進入口に戻ってこられる。そればかりではなく、ロープを引くことで合図も送れる。

「面体着装！」土岐は片膝をつき、ヘルメットを頭から後ろにずらすと、顎から面体に顔を埋める。他の隊員たちもそれに倣った。背中に手を回し、腰の後ろに位置する空気呼吸器のそく止弁を捻り、開放した。面体と顔の間で空気漏れがないことを確認する。隙間を作らないために、日に二度、髭をあたっているおかげだ。

「着装よし、進入準備よし！」ヘルメットを被り直すと土岐は右手を上げた。五人全員の手が挙がる。それから腰を上げ、ドアの入り口に向き直る。

　後は自分が下命するだけ、魚ではなく、人の命をロープの先に持ち帰る鵜たちの眼差しが、土岐を捕らえる。

　――不空羂索観音よ、我にその手に持つ索と同じ働きをさせ、有情の魚を連れ帰らしめたまえ……。

「……突入せよ！」土岐は大きく頷き、面体の拡声装置を通したくぐもった声で、繫がった五人の隊員に告げ、戸口を抜けて逆巻く濃煙に踏み込んだ――。

そこは雑多な色が、不安定に充満する空間だった。仲間も、それどころか自分の手足さえ見えない。動かさなければ、自分の身体がいまどんな姿勢とっているのかもわからなくなるほどの凝縮した濃煙だ。……とても静かだ。自分の呼吸音しか聞こえない。

土岐たち六人は、確保ロープを引きながら床に這(は)うような格好で前進した。右手でマグライトを点灯し、右足を屈伸させて身体を前に運ぶ。左手左足はまっすぐ伸ばし、触感を頼りに要救助者を検索する。片手片足の蛙(かえる)のような格好だ。ガスは天井に昇る。そのため、床近くには空気が降りて中性帯となり、わずかだか視界が開ける。

薄暗い室内で、本能的な恐怖を掻きたてる、緞帳(どんちょう)のようにおりた煙にマグライトの光を反射させながら、第三小隊は要救助者を求めて奥へ、奥へと進んで行く。反射する光の輪が、煙の濃淡で近くなったり遠くなったりした。

やがて進入した部屋を抜けた。広く天井の高い部屋に入ったのだろう、煙の動きが緩漫だ。壁や天井も煙に遮られてマグライトの光が届かなくなる。

そこには、木箱や雑多な道具が区画ごとに並べられているのが、所々の天窓からの明かりの中、うっすらと立ち上がる影となって土岐の目に映った。まるで夜明け前の霞(かすみ)がかかったビル群のように。

六人は確保ロープを軸に、左右に広く展開した。頭上へも注意を怠らない。災害現場で怖いのは炎はもちろんだが、落下物も同じくらい危険だ。

「……いたぞ！　〝要救〟、発見！」

先頭を進んでいた隊員が声を上げ、四人はそれぞれを結んでいた確保ロープを伝い、煙を掻き分けるようにして集まった。最後尾の隊員が、ロープを引いて合図を送る。

左右を保管物に挟まれ、熱風の通り道と化したそこには、鉄パイプの束がいくつも倒れかかり、その下に作業服を着たうつぶせの男性の下半身が埋もれていた。床が水面だとしたら、クロールで息継ぎをした瞬間に静止したように右手を差し出し、右頬を上に向けている。薄い頭髪の下にのぞく顔面は、蒼白に近い鉛色だ。腰をやられているとしたら、抱え救出は脊髄を痛める危険があった。

「呼吸器用意！　救出開始！　それから上野さん、担架の用意を！」

土岐の声が響いた。指名された隊員は了解と答え、ロープを手繰って姿を煙の向こうに消した。

土岐たち三人はまず、身体に覆い被さっている鉄パイプをどかしにかかる。

「くそ、ここは煙突と同じだ、熱が……！」

「俺が盾になる、その間に救出しろ！」

土岐は男性を庇うように熱風に背中を向け、床に両手両膝をついた。誰かがやらなければばならないが公平に見て、と土岐は思う。最も自分が作業に不慣れなのだ。

煙を破って担架を手に隊員が再度、姿を現した。

「隊長、担架です！　表では消防が現着、活動開始しました！」

「了解、こっちを頼みます！」

戻った隊員も加えた四人が鉄パイプの撤去にかかり、牧場が男性の気道を確保し、持参した呼吸器を顔にあてがうのを見守りながら、土岐は自分が本当は火砕流の中にいるのではないかと思った。

恐ろしく熱い。熱せられた呼吸器のクロームモリブデン製のボンベが、背中でほとんど拷問道具と化し、襟を立てて守っている首筋がガスで刺激され、焼かれるように痛む。活動服の下で、体中から汗が玉になって吹き出し、皮膚を伝いおりてゆくのが知れた。面体で覆った口許に汗が溜(た)まり、唇を割って口腔に入り、味蕾(みらい)を浸す。……熱と発汗で、頭が朦朧(もうろう)としてきた。

牧場が男性の耳元で声をかけると、わずかに顔の側(そば)に置かれた手が痙攣(けいれん)するように反応がある。——生きている！

「パイプが縛ってる紐(ひも)で絡まってる！」

「動かねえぞ！」

隊員たちが怒鳴った。

「ポートパワーを使え！」。意識の混濁を払いつつ、土岐は指示を飛ばす。「先端工具をウエッジラムの大に設定！　それから、搬出用意を！」

土岐は流れ落ちる汗に濡れた睫毛をしばたたかせて男性の救出作業を見守りながら、このパイプは何だろうとぼんやり考えていた。末端に円盤が付けられ、節々で折り曲がるようになっている。見覚えがある。なんだろう？　ごく身近にある物。これはその部品だ。

——そうか、これは機動隊でもよく使用する天幕の骨組みだ。

高圧ホースで円筒のパワーユニットと繋がれた、巨大な蟹のハサミ状のウエッジラムを、隊員が床とパイプの間に差し込む。

「設定よし！」

「開始！」

別の隊員が、パワーユニットのレバーを号令をかけながら上下させる。それに呼応して、ウエッジラムの閉じられた先端が開き、要救助者を引き出せる隙間を開いてゆく。十トンの牽引、展開力をもつポートパワーの威力は絶大だ。たちまち隙間は開いた。

「内臓、脊髄損傷に注意し——」

そこまで指示した途端、土岐の見ていた世界はぐらりと回転し、焦点が定まらなくなり、視界が歪んだ。身体から力が抜け、軽くなる。面体に何かがぶつかり、薄目を開くと、真っ暗だった。

――何だ……？　のろのろと考える。何も見えず、身体が動かない。さっきまであった押し包まれる熱気もない……。

土岐は、上半身を床に投げ出し倒れこんでいた。

「何やってんだ、おい、警視！　起きろ、脱出するぞ」

牧場がうつ伏せた土岐の上半身を手荒く掴み上げると、膝をついて面体を叩いた。土岐もようやく意識が清明になる。

正面から覗き込んでくる牧場の背後で、二人の隊員が船型の担架に男性をベルトで固定すると、四人で持ち上げる。

「おい、聞こえてんのかよ、指示を出せ、指示！」

「……よ、よし、離脱しよう」

確保ロープをたよりに、脱出にかかる。

土岐はまだ眩暈がし、立ち上がるとき足を縺れさせると、牧場が右腕と腰のベルトを掴み、歩き始めた。

脱出は進入ほどの時間をかけない。脊髄に損傷を負ったかもしれない要救助者を脱出させ、一刻も早く救急隊に渡す必要があった。

進入した戸口が、うっすらと四角く霞んで見える。第三小隊は、担架に振動を与えないように屋外へと急ぐ。土岐も牧場に支えられ、喘ぎながら外を目差した。そして――。

煙に追われるように担架の後から外界へと踏み出した途端、土岐は真夏の湿った外気が、まるで冷風のように感じられた。

「要救助者一名、確保！　救急車は向こうだ、急げ！　——大丈夫ですか？」

待ち受けていた元部が、土岐に声をかける。土岐が小さく頷くと、牧場は支えていた手を邪険に離した。土岐は、糸の切れた操り人形のようにその場に尻餅をついて足を投げ出し、倉庫の外壁に身体を預けて座り込んだ。力の入らない両手を上げ、ヘルメットをずらして面体を外すと、荒い息を繰り返し、天を仰いだ。

「まったく、なにやってんだよ……！」

面体を外した牧場が、立ったまま土岐を見下ろし、小さく吐き捨てた。

言い返すこともできず、土岐はただ、視線を前に投じる。——そこは修羅場と化していた。

「こっち、ホースカーはこっちだ！」

「馬鹿野郎、ホースブリッジの設定、狭すぎるだろうが、もっと広げろ！」

消防官の怒鳴り声が交錯し、指揮者のハンドマイクの指示がその中に混じる。ポンプ車、救助工作車が部署し、ベージュ色の防火服姿の消防官たちが銀色のヘルメットを光らせながら走り回っている。

「隊長、ここは大丈夫ですから、消防の指揮本部に行って下さい」

いた。

「……はい、お願いします」

元部に言われて、土岐は膝に手をついて立ち上がった。ようやくふらつきはおさまって
いた。

土岐は自分を責めるように小走りになり、ポンプ車からのびた動脈のように脈打つホー
スに気を付けながら急いだ。

指揮本部はワンボックス車の指揮車に設けられていた。開けた後部ハッチの下に折りた
たみ式テーブルの作戦台が据えられ、その周りに、数人の幹部消防官と伝令の姿があった。

「機動救助隊、土岐です」と、土岐は敬礼する。

「中隊長の南原(なんばら)です、御苦労さん、状況は？」

「はい、……我々は北側入り口から進入、被疑者を倉庫内で逮捕し、救急隊に引き渡しま
した」

「被疑者、じゃなくて要救助者だろう」

消防官らはわずかな失笑を漏らした。

「で、容態は？」

「あ……し、失礼しました。ええと、その、現場で気道確保、空気呼吸器を――」

「いいか土岐さん」南原が遮った。「大切なのは、要救助者の容態だ。反応は？」

「あ、あの、ええと、声かけには反応しました」

「我々の現着、援護注水まで待てなかったのか？」

「はい、緊急事態と判断しましたから」

別の消防司令補――小隊長の言葉に、土岐は向けられた目を見返しながら、はっきりと答えた。

「負傷者が出たと聞いたが」

土岐に他意は無かったが、小隊長は現着遅れを皮肉られたと感じたのかも知れない。ことさらにそう言った。

「……自分です。しかし、受傷はありません」

「そうか、判った。どうも御苦労さん」

もう用は済んだ、と言わんばかりの態度で、南原は言った。立ち去ったものかどうか、土岐は迷った。その間も、消防官らの質疑が続く。

「――よし、建物内にもう要救助者はいないな。鎮圧、鎮火に全力を挙げろ！」

テーブルの周りに集まっていた消防官の輪が、散った。

土岐も部隊に戻ろうとしたところを、ぽんと背中を叩かれた。叩いた相手は土岐の脇を走り抜け、振り返った。

オレンジ色の防火服――、消防の特別救助隊員だ。立てた襟、そして銀色のヘルメットと〝しころ〟の間から覗いた日焼けした顔は、まだ若い。自分と同じくらいだろうか。けれど、その表情は場慣れした者が新参者を見るそれだった。

「マル警さん、新人かい？」

「……ええ、――初めての現場です」

消防には、キャリア制度がない。学歴に応じた採用枠があるが、基本的には実力主義だ。だから、土岐を新人の隊員と間違えても無理はない。

「なら仕方がないけど――」とその消防官は、身を翻して走り出しつつ続けた。「へたばるんなら、報道のカメラが無いところでした方がいい」

「えっ……」

土岐は思わず立ちつくして呆然とオレンジ色の背中を見送り、それからやれやれと大きな溜息を一つつくと、気を取り直して走り出す。――中身をほとんど使い果たした空気呼吸器のボンベの重みが、肩に堪えた。


その夜、待機室はどこかよそよそしい気配に満ちていた。

食事を済ませ、それぞれが事務を続ける中、他の警察機関と同様に付けっぱなしにされたテレビが、昼間の出動を繰り返し流している。

土岐も、一度だけ最後まで見た。――住民を説得したのか謝礼を払ったのか、民家の二階、ベランダに据えられたカメラから撮られたやや俯瞰した映像に、自分のみっともない姿がまともに写っていた。事件も気になるが、被写体としての自分の姿も気になる様子がありありとわかる、若い女性の甲高い声の実況つきだった。

自分の顔をテレビで見るのも不愉快なのに、と土岐は思った。運良く幸運を手にした興奮で、目を吊り上げて必死に舌を回す女性レポーターから、カメラの焦点がズームし、開口部から黒い不吉な煙をあげる倉庫の端で、白昼、地上溺者のように喘いでいる自分の無様な顔を見るのは、情けないを通り越して悲劇的ですらある。

「――男性が一人助け出されましたが、外に出た救助隊員の様子から見ても、内部の熱はかなりのものと思われます！」

そこで、汗にまみれ、熱気に歪み、額に髪をへばりつけた自分の顔が、気の毒なくらい画面に大写しになる。

見たのは一度きりだが、他の放送局でも同様の映像が流され、土岐の映っている、いないにかかわらず、気を利かせた隊員が事件が報道される度にチャンネルをリモコンで換えた。

「いいよ、つけといても」最後には土岐も苦笑する始末だった。

倉庫火災は大事には至らず、一名いた要救助者も自分たちの手で救出したにもかかわらず、隊員たちが手放しで喜べないのも、新任の小隊長代行に気を遣ってくれているからだった。

けれども、牧場ひとりは異質な雰囲気に冷笑を漏らしかねない口許で、土岐に視線を送っている。

土岐は気遣いに感謝しつつも、これが第四小隊の連中なら、と考えなくもない。皆、声をだして喜び、録画され、仕舞いには違法猥褻(わいせつ)ビデオのようにすり切れるまで、事あるごとに鑑賞されることになるだろう。特に武南が危ない。家宝にします、などと言い出し、後生大事に保管しかねない。そうなれば、たとえ警察宿舎とはいえ習い覚えた潜入技術で忍び込み、奪取するまでだ。

もっとも――と、土岐は警察官にあるまじき、せこい犯罪計画を練りながら思い返す。これは救助部隊だからこそだ。もし自分が同じ憂き目に特科中隊で遭えば、報道に面貌(めんぼう)を晒(さら)したということで任務解除、更迭は間違いなく、上層部がほとぼりが冷めたと判断するまで、どこか静かな、陽の光の差さない暗い部屋で書類をめくり続けることになるのかも知れない。

ひと一人の命を曲がりなりにも救助し、笑われて済ませられる程度の醜態なら、それで良かったと思うべきだろう。……これまでも間違いの方が正解よりも多い人生だったのだ。また、ひとつ加わったところで、どれほどのことがあろうか。

土岐は誰もいなくなった待機室でそう結論づけると、書き上げた報告書に署名捺印(なついん)し、重い息を吐き出してから机を離れた。

電灯を消しながら、美季の声が聞きたいと、切実に思った。

車庫の外で、蟬だけが元気よく鳴いている。乾ききり、地面の固さを露わにした人気のない運動場は、照りつける太陽の光を、鈍く積乱雲のそびえる空に返している。車庫の中は反対に、打ちっぱなしのコンクリートが秘めたる冷気の恩恵を、車両たちに与えていた。

牧場は昼休みの昼食後、背中を壁に押しつけ、床に下半身を片膝を立てて延ばしながら気だるげに、白い端正な顔を運動場に向けていた。

「——これは、チーターかな、ピューマかな?」

横合いから声をかけられ、その人物がわかると一瞬だけ舌打ちでもしそうな顔になるが、気のない表情でそちらを見た。

土岐が、マグカップを二つ手にして、救助車の緑色の車体に描かれた救助隊の標識である、猫科の動物が疾走する姿のシルエットに目を止めていた。

「さあ。考えたこともありませんね」

「……そう」

何の愛想もない牧場の答えに怯まず、土岐は牧場に歩み寄った。

「アイリッシュコーヒーをいれたんですけど、飲みませんか」

「そいつはどうも」

大して感謝していない口調で、牧場は土岐の差し出したカップを受け取る。

「アメリカでは警察官や消防官に、アイルランド系が多いそうですね」

牧場は答えず一口飲み、まずい、という風に顔をしかめた。

「聞きたいんですけど……。やめた、牧場巡査は私と同い年だそうですね？　だったら敬語はやめます。話しにくい」

「警視のお好きに」

土岐は牧場の隣に腰を下ろした。

「……俺がここへ来て以来、階級でしか呼ばないな。それは？」

「小隊長は入院中で、すぐに戻ってくる。だからですよ、いけませんか？」

「でも俺が少なくともいまは、小隊を預かっている」

「へえ、気さくに振る舞って見せるわりには案外、権威主義なんだな」

鼻先で答える牧場に、土岐は辛抱強く答える。

「そういう訳じゃないが、理由が知りたいと思うよ」

「あんたはキャリアで、またすぐにここからも、――ＳＡＴからもいなくなる。覚えるのが面倒なだけですよ」

「それだけか」土岐は言い、続けた。「元部さんから、話は聞いたよ。選抜試験のことも」

牧場の顔が急に険しくなり、土岐を見つめた。

「関係ないね、警視には」

「それが君をそういう態度にさせている理由なのかな？」土岐は視線を受けながら問い返した。

蟬の鳴き声だけが、二人の間に落ちた。

色白で鼻筋の通った誰が見ても二枚目の巡査と、見ようによっては理知的に見える警視は、外の明るさのせいでほの暗さを醸す車庫で束の間、睨み合った。不意に牧場は、土岐の目からは微笑ったように見える表情を浮かべ、口を開いた。

「……正直に教えますよ、警視。あんたはキャリアだ。我が儘も利くだろうし、目こぼしも受けられるんだろ。だからＳＡＴにも入れた、そうだろ？　どうせ二、三年で異動するくせに、ずっとそこにいて勤務歴を磨きたいと思ってる人間の邪魔を、どうしてするんだよ？

どうせ一時の気まぐれでＳＡＴに入れて貰って、飽きたら机に張り付きっぱなしの所属に転属だ。そこで武勇伝でも吹聴する気か？　どうせ部隊でも指揮する振りして適当な事をのたまって、責任はノンキャリにおっ被せなんだろ」

「生憎だけど」と、土岐は克己心を試される気持ちで口を開いた。「適当な指揮をしているつもりはないし、責任転嫁したこともない」

「どうですかね、自分ではどうとでも言えるって」

どうやら牧場とは、考え方において階級以上の隔たりがあるようだった。

土岐には、上げ膳据え膳で遇された経験が全くと言っていいほど、ない。本庁勤務時代も、警備部警備課の見習い課員で、ベテランの課員からよく小言を喰った。また特科中隊でもかつては、教官、同僚たちからの悪罵や叱咤、そしてプラスチック弾を浴びる毎日だった。訓練ともなれば一日でも早く所属した隊員が先輩であり、実力、技量が足りなければ有資格者だろうと関係なく、それどころか小隊長、中隊長でさえ平隊員の野次の対象となる。この伝統は機動隊に所属する限り、何人も逃れられない試練といえた。

「証明のしようがないが、嘘は言ってない」

「へえ。だったら警視の所属隊はよっぽどお人好しの集まりなんだな」

「――なに？」

土岐の目から、寛容さがすっと消えた。

機動隊にはもう一つ不文律がある。――隊員は、外にあっては自分の所属する部隊の名誉を守ること。

土岐は、個人的なことには我慢できるが、仲間たちのことに話が及んでは黙っていられなくなった。

「……よし解った」。土岐は押し殺した声を、食いしばった歯の間から吐き出した。

「俺たちの実力がどれほどのものか、……あんたに教えてやる」

「無理しない方がいいと思うけどな……。またへたりこまれても、迷惑だし」

露わな嘲笑を浮かべる牧場を残して土岐は立ち上がり、見下ろしながら告げた。

「今度の出動から、俺についてこい。あんたが相勤だ」

「いいですよ。警視が行けるもんなら、地獄の底までついていきますよ」

土岐が憤然と車庫から立ち去ってしまうと、牧場はマグカップを傾けて中身を口に含み、飲み下すと本当に不味い、という顔をして、一人口許だけで笑った。


土岐は車庫では憤然と牧場と別れたものの、待機所の自分の席に座る頃には、後悔していた。

任務は子供の遊びではない。人の命がかかっている。それを自分は、子供同士の意地の張り合いのようなことを口にしてしまった。前回の出動の際も、振り返ればそうだったのかも知れない。……特科中隊の選抜試験に落ち、新任の小隊長代理に反感を持つ隊員がいて、自分はその眼前でいいところを見せたいとは思わなかったか。

指揮者として不適切な言動だと、自分でも思わざるを得ない。

こんなとき、出動がかからないで欲しい――、そう思った途端、壁の同報スピーカーの緊急ブザーが鳴り響く。

「警視庁より各局、各移動――」

　土岐は雑多な感情を書き殴った頭の中のノートをめくり、指令に備えて真っ白なページを出しながら椅子を鳴らして立ち、床を蹴っていた。廊下に飛び出すと、他の隊員たちの走る後ろ姿が見える。

「ガス漏洩による爆発事故の模様、現場は江戸川区葛西町一の八の一、シーサイドメゾン十九階田辺方。一一〇番多数入電中」

　背中で聞きながら、ひとつの青い旋風のように、土岐たちは廊下を疾走する。

「マル消にあっては同報済み、消防隊が出動した模様。所轄ＰＭが交通整理、情報収集中。なお詳細不明なるも、高層住宅のため逃げ遅れがいる模様。関係各位はその旨、了解されたし。担当は小野田、入電整理番号は五七一、以上警視庁」

　車庫のスピーカーですべての伝達内容を受領すると、土岐たち第三小隊を乗せた救助車が赤い警光灯を回転させながら、勝島の隊舎を出発した。


　現場のマンションは、到着前から視界に入っていた。

　高い……、というのが土岐の第一印象だった。積乱雲と突き抜けるような青空のもと、天に向けて伸びている。中程の階からの黒煙が危難を伝える狼煙（のろし）かあるいは、屹立（きつりつ）した巨大なキャンバスに、気鬱（きうつ）の芸術家が激情にまかせて振り下ろした筆の一刷毛（はけ）のように見える。

対照的に、低い木造平屋が密集した道路を抜けて到着した現場のマンションの周囲には、すでに消防車両が到着し、消防官たちが活動していた。

マンションの玄関から、麻袋の破れた穴から豆がこぼれ出すように、住民たちが避難してくる。

土岐は救助車から降りると、準備を元部にまかせ、指揮所へと向かう。走りながらマンションを見上げ、改めて高い、と思った。

頭上で爆音が通り過ぎて行く。消防のヘリだけではなく、マスコミのヘリも二、三機、舞っている。

前の現場と同じく、現場指揮車の後部に置かれたテーブル、作戦台の周りには、無線担当伝令、大隊長、中隊長が銀色のヘルメットを寄せ、語気鋭い早口で話し合っている。

事態が事態だけに、通常、現場を預かる大隊長より上級の署隊長が指揮を執っていた。

土岐は駆け寄ると手早く敬礼を送る。

「機動救助隊、土岐です」

「ああ、マル警の――、ご苦労さん」

消防官全員の顔が向けられたなか、またか、という表情を消防隊中隊長はした。先日の倉庫火災で顔を合わせた南原だった。

「どうも、署隊長の加治木です」

「早速ですが、状況を教えて下さい」

南原が加治木を見、それから口を開いた。

「現場は〇分の二十五、防火造。十九階、田辺方より出火。付近住民の証言で、三日前から家族で海外旅行中であることが確認されている。よって火点室は無人と思慮される。現在、一九〇二号室にはポンプ隊が屋内消火栓で注水中。救助指定中隊と救助隊が検索、避難誘導中。なお、ガス会社の関係者には連絡済み」

何分の何、というのは、建物の高さを表す。この場合は地階はなく、地上二十五階建てということだ。土岐はすこしだけ胸が軽くなった。耐火建物は延焼する危険が少なく、被害は局限することが多いからだ。

「了解、我々は？」

加治木が角張った顎を振るように、土岐を見やり、口を開いた。

「夏休みの時期でもあり在宅者は少ないが若干名、一人暮らし（六五一）、寝たきり（六五二）あり、避難誘導している。上階から検索中だが、手が足りない。応援願えますか？」

土岐は、テーブル上のホワイトボードへ大雑把に描かれた図から加治木に視線を移して答える。

「解りました」

「よし、それじゃ建物内に非常階段がある。そこから進入して下さい。エレベーターは停止させてるので」

加治木が言うと、南原が付け足した。

「ただし十八、十九、二十階への進入は控えろ。それと呼吸器にボンベカバーの着装。火花対策だ。同様の理由から破壊突入は不可、どうしても進入する必要があるときは、――」

空からヘリのローターが空気を裂き、叩く音が一際大きくなる。

「……航空法違反すれすれの高度だぞ」

南原は舌打ちして天を仰いでから、続けた。「どうしても進入の必要がある時は、隣家ベランダの隔壁を破り進入してくれ」

「〝確信〟します――」

土岐は伝達事項を復唱すると、第三小隊に戻る。

「第三小隊へ！　我々はこれより建物内の検索を開始する。なお検索に当たっては――」

土岐が喧騒に負けじと注意事項を伝達するなか、救助車側面、コンテナのシャッターが開けられ、消防法第三十六条に定められた搭載資機材の中から、必要なものを隊員が手早く取り出してゆく。

土岐は念のため、長さ五十メートルのロープを、背中に負った呼吸器のボンベに掛けた。

運転手を無線係として残し、小隊を土岐と元部指揮の二班に分ける。土岐が自分の班に牧場を指名すると、元部が土岐の顔を窺う。土岐は頷いて見せて全員に告げた。

「――以上、検索にかかれ！」

機動救助隊は、行動を開始した。

どこまでも続いているのではないかと思える階段を、土岐を先頭に十五キロのボンベを背で躍らせながら、全速力で駆け上がる。土岐の後ろには、牧場が続いていた。

「全員ついてきてるか？」

土岐が胸元で面体を揺らしながら段に足をかけて立ち止まると、元部はさすがに息が切れていた。反対に牧場は息も切らさず、顔色さえ変えていない。特科中隊に志願するだけあって、鍛錬はしているようだ。各階で鳴る非常ベルが、乱反射しながら遠く響く。

「行けますか？」土岐が背中の空気呼吸器とロープをひと揺すりしながら尋ねる。

「……まだまだ、……若い者には……、負けませんよ」

「随分登ったけど、まだ続くか」

担架を持った隊員の一人が階段中央の、細い吹き抜け状の隙間から階下を見下ろして言った。土岐も覗くと、何か悪夢の中にのみ存在する生き物の、腸の襞(ひだ)を見下ろしているような気にさせる手すりの連なりが、地の底まで続いているように見えた。

頭上から降ってくる水滴が、見下ろす土岐の被ったヘルメットに当たってから垂れ落ち、異界に吸い込まれるように次々と眼下の闇の中へと消えてゆく。

頭上からの水滴の量が増えている。——現場が近い。

「よし、もう少しだ、行こう！」

土岐の一声で、再び土岐たち救助隊は慌ただしく上り下りする消防官と幾度もすれ違いながら上階を目差す。

火点室のある十九階を通り過ぎる。鉄製の防火扉が閉じられているが、消防隊の放水音がせせらぎのように遠く聞こえ、防火扉の敷居から溢(あふ)れた水が、非常階段をさながら水階段(カスケード)に変えて土岐たちの足を取ろうとする。

二十階に到達すると、土岐と元部はそれぞれ割り当ての隊員たちを連れて分かれた。土岐と牧場を含めた四人はようやく二十五階の踊り場、防火扉前に到着すると、さすがに全員の息がきれ、膝はおぼつかない状態だったが、息を入れる間もなく検索にかかる。

防火扉を抜けると、非常ベルの響きが四人を包み、電気を落とされた通路の左右に、四世帯ずつドアが並んでいる。エレベーターの昇降口は、防火扉のすぐ脇にあった。

「上野さん、河本さんは左を頼みます！　牧場、君は俺と右を！」

一戸一戸のドアを叩き、電気の料金メーターを見、誰かいないか確認する。時には耳を澄ませ、内部の気配を探った。

「……みんな、避難したようだな」

土岐は検索しながら、目にした範囲の様子から見て、この建物はかなり老朽化しているのかもしれないと思った。

四人は二十四階に降り、人命検索を続行する。

一つのドアの前で、土岐はドアを叩くために挙げた手を止めた。なにか微かな音がする……。

「――ちょっと静かに！」

土岐の声で、他の隊員の動きが停まった。非常ベルの音だけが不快に響く。

何の音だろう……。水の音……？

土岐がドアノブを回すと、ドアは抵抗なく開いた。中に一歩踏み入れると、水が床に降り注ぐ音、シャワーだ。

「流しっぱなしで避難したのかな」

後ろから姿を見せた牧場が呟く。土岐は取り合わず、脱ぎ捨てられたジョギングシューズとサンダルの転がる土間を一瞥してから、土足で踏み込んだ。

「誰かいませんか！　警察です、誰かいませんか！」

八畳程の居間を抜けると廊下の先に、水音のする浴室があった。そして脱衣場の床には上半身だけ投げ出して、三十代の男性が全裸で倒れていた。頭から血を流している。

「いたぞ！」土岐は駆け寄って屈み、手近なタオルで頭に圧迫止血を施しながら怒鳴った。

追いついた牧場が大きめのバスタオルで男性を包む。

土岐と牧場は男性を抱えて玄関を出、通路に運び出した。

「担いで降りるより、屋上に出る方が近い！　上野さん至急、現場指揮所に伝達、ヘリを屋上に寄越すように伝えて下さい！」

消防官がいれば直接要請できるのだが、と土岐は思った。だが、消防は火点を中心に活動している筈だ。

了解、と隊員は答え、無線機で救助車で待機している隊員に伝えた。土岐はその間もずっと男性を見ていたが、外傷は、おそらく爆発に驚いて、慌てて浴室から出ようとして転倒したための、頭部の怪我以外は見あたらなかった。脈拍も安定している。特殊部隊では、応急処置の訓練も受ける。

「隊長、消防のヘリが十分後に屋上に現着、ホイストするそうです！」

「解った。――上野さんと河本さんはこの人を屋上まで運んで、ヘリに引き渡せ。私と牧場は検索を続ける」

その牧場は、短い物干し竿二本とTシャツを二枚を手に、男性の部屋から出てきた。裾(すそ)と袖(そで)に物干し竿を通して応急の担架をつくる。脱力した人間は、自分で安定を図れない分、実際の体重より重く感じられるものだ。どんなに屈強な人間でも、単独で意識の無い人間を運ぶのは至難だ。

「そっと乗せて、固定。……、よし、上げ！」

担架とともに、四人の警察官も立ち上がる。

「では頼みます！　行くぞ」

土岐は担架を支えた二人に男性を託すと牧場を促し、身を翻した。

二十三階に降りる。

「誰かいませんか、警察です！」

非常階段から一番、手前の部屋のドアが、抵抗なく開く。土岐は踏み込んだ。居室にはテレビがあり、何かテレビゲームが画面に映っていた。つい先ほどまで誰かが遊んでいたのだろう、騒がしい電子音を響かせている。土岐は見て回り、誰もいないことを確認して、テレビはそのままに部屋を後にする。

廊下に出て、隣のドアに土岐が拳を上げた瞬間だった。

「ちょっと待て、警視！　……聞こえる」

一つのドアの前で牧場が怒鳴った。土岐も走りより、ドアの前で耳を澄ませる。

牧場がドアに耳を寄せたまま呟く。

「これは……、子供？」

「おい、誰かいるのか！」

土岐が、汗でふやけた革製のグローブを塡めた手で、ドアノブを回して引くがびくともしない。施錠されている。

「両隣の部屋を調べろ！」土岐と牧場は左右に散り、ドアを調べる。

「こっちが開いてるぞ！」

牧場が左の住居のドアを開けながら怒鳴り、中に飛び込む。土岐も続く。土足のまま他人の生活の場を行き過ぎ、ベランダに出ると、隔壁を蹴破り、隣室のベランダへ入る。

その幼児はすぐに目に入った。居室の片隅で、柵付きの小さなベッドで激しく泣いていた。

土岐はテープを取り出し、窓ガラスに窃盗犯と同じ手口で破片を散らさず、破壊が最小限になるように張り付けると、ガラスを肘で叩き割る。それから手を入れると、クレセントを回してから引き違い窓を開放し、中に入る。

「よしよし、もう大丈夫だぞ」

牧場は、髪の毛と歯がようやく生えそろったばかりとおぼしい幼児を、泣き声に構わず抱きかかえた。土岐は別の部屋も見回ったが、誰もいない。保護者は外出中のようだ。

土岐がドアを開け、二人は泣きやまない幼児を連れて廊下へ出た。

「もう安全だからな、ほら、もう泣くなよ」

牧場が存外に優しい口調で幼児をあやす間、土岐は廊下で、何か漠とした予感めいたものを感じていた。何か、おかしい。

――いや、……〝おかしい〟んじゃない。何かが〝違う〟のだ。

いつと違う？　この階に進入した初めか、その後か……。見回しても人気のない廊下には特に異状は見受けられなかった。しかし、漠然としているが確固とした違和感が胸にあった。何だ、なにが気になる？

何にせよ、確かめなければ人命検索をしたとは言えない。

「どうしたんだよ、警視。ばてたのかよ」

土岐は牧場の揶揄（やゆ）に取りあわず、振り返ると言った。

「この子を退避させないと……、牧場さん、行ってくれ」

言い終わらない内に、牧場を置き去りにして走り出す。

「ちょっと待てよ、警視！」

「その子を頼む！　俺は検索を続ける！　急いで！」

「馬鹿野郎！」

牧場の罵声と再び泣きはじめた幼児の声が追いかけてきたが、もはや土岐は答えなかった。

ドアの並んだ十八階の廊下で、二人の消防官が戸別に調査を行っている。一人は首から酸欠空気危険性ガス測定器（GX－111）を下げ、右手にそれに繋がったガス導入管を持っていた。

「焼損や水損は見られないな」

「ああ、今のところな」

片方の消防官が言うと、もう一人の消防官がＧＸ－１１１の表示部に目を落としながら、口を開いた。

「――待ってくれ」

「何だ？」

二人はあるドアの前で足を止めた。ＧＸ－１１１を下げた消防官はかがみこんで敷居とドアの間に、ガス導入管を近づけた。

途端に、警報音が鳴った。もう一人も表示部を覗き込んだ。

「――おい、これ」

「……爆発限度値じゃねえか」

二人はかがんだまま、はっと顔を見合わせた。

「ガスがここまで浸透してやがったんだ！」

「すぐ本部に報せる！」

「頼む！　俺は、他のドアを調べてみる！」

一人が腰の無線のマイクをとる間、もう一人の消防官は歩き回り、ガス濃度を調べて回る。

少なくとも、火点室直下と右下、左下の部屋にはガスが充満しているようだ。

馬鹿な、と消防官は思った。真上では、火が燃えてるんだぞ……。

消防官は背中に悪寒が奔るのを感じ、慌てて周囲に視線を投げる。――なんてことだ、ここはいつ爆発しても不思議じゃない。

「――おい、面体をつけろ」感情を無くした声で、消防官は無線で話している同僚に告げた。

「そうです、ですから危険なんです！……何だって？」

無線に怒鳴っていた消防官は、顔を向けた。

「……面体を着装しろ」その声は相変わらず、捕らえどころがない。

「いま隊長と話してるんだ！」

「いいから！　面体を着装しろって言ってるんだっ！」

見開いた目を向けて、ＧＸ－１１１を下げた消防官は叫んでいた。

その剣幕に気圧されて、もう一人の消防官の手から無線のマイクが落ちた。

二人の消防官は、急いで面体を着装すると、非常階段まで後退した。

土岐は廊下を走りながら、ようやく自分の違和感の正体に気付こうとしていた。

見落とし、ではなかった。変だと思ったのは、目に見えるものではなかったのだ。

――あの音が、聞こえない。

一通り検索し、開け放したままにしたドアから聞こえるべき音。……テレビゲームの電子音だ。

非常階段から一番近い一室に駆け込む。そのまま、まっすぐに居室へ到達する。テレビは消されていた。土岐も牧場も触れていないのに、それは電源が落とされていた。

――誰かがいる、間違いない。だが何故、姿がないのか？

土岐は声を出さずに、もう一度、住居を見て回った。誰かがここで息を殺している。理由は解らないが、ここに残ろうとしている。

どこに、誰が？　土岐は足を止めて考え、そうか、と思い至った。……テレビゲーム、子供だ。

土岐は子供部屋を探した。廊下に面したドアの一つを開けると、六畳ほどの部屋に、学習机とランドセルが置かれている。が、子供自身の姿はない。

土岐は部屋の真ん中に立つと、誰かに見られている微かな気配を感じて、振り返った。閉められた押入の襖（ふすま）がわずかに開いている。土岐は足を進め、襖に手をかけた。

と――、バスッ！　という軽く弾けるような音とともに襖に穴が内側から穿（うが）たれ、小さなプラスチックの弾が土岐の顔面を見舞っていた。ちくりと刺されるような痛みに土岐はとっさに右手で顔を庇（かば）いながら、左手で襖を払うように開け放った。

「よせ！　何をしてる！」

押入の上段には、少年がエアガンを土岐に向けて構えたまま、膝を胸に押しつけてうずくまっていた。

ＭＰ－５だ、と土岐が少年のエアガンを識別した次の瞬間に、少年は土岐に向けてプラスチック製の弾――ＢＢ弾をフルオートで発射していた。

土岐の身体で跳ね返った弾が、部屋中で羽虫のぶつかるような音を立てる。

そして、弾がつきた。土岐は顔にかざした右手を下げると、少年を見据えた。それから口に飛び込んだ一発のＢＢ弾を畳に吐き捨てた。

おそらく土岐は救助隊員ではなく、特殊部隊員の顔になっていたのだろう。役に立たなくなったエアガンを手にしたまま、少年は目を見開いて、土岐を脅えた表情で見た。

土岐は無言で少年の胸ぐらを摑むと、押入の奥に押しつけた。少年の手からエアガンが離れ、畳に転がった。

「……何のつもりだ」土岐の声は厳しかった。

「離せ！　離してよ！」押入の壁に押しつけられたまま、少年は瘦せた身体をよじって暴れた。

「なにしてるんだ！　早く避難を――」

その時、ようやく土岐は気づいた。少年は他ならぬ自分の表情に脅えている、ということに。

たとえ殺傷能力が無いとしても、銃器に撃たれるというのは特殊部隊員にとっては最大の恥辱なのだ。しかし——。

——そうだ、今自分は特科中隊の隊員じゃない。……救助隊の隊員なんだ。

この少年を助けなくてはならない。少年は〝対象者〟ではなく、〝要救助者〟なのだ。土岐は少年の胸から手を離した。

「——ごめんな」

土岐はできるだけ優しい声を出しながら、「さあ、もう怒らないから……、出ておいで」

少年の両脇に両手を入れて、押入から抱えるように引っ張り出した。少年は呆然としていたが、我に返るとまた手足を振り回して抵抗を始めた。

「いい加減にしろ！　ここにいたら本当に危険なんだぞ、死にたいのか！」

「ああ、そうだよ！　死にたいんだ！　だからほっといてよ！」

土岐は少年の苦痛に満ちた顔を改めて見ると、思わず押さえ込んでいた腕の力がゆるんだ。

少年の埃(ほこり)まみれの顔は濡れていた。幾筋もの涙の痕(あと)だけが、少年の顔から埃をぬぐっている。口許は震え、今にも声を出して泣きはじめそうだった。

土岐は手からグローブを外し、少年の涙を親指の腹でふき取ってやった。

「立てるか？」優しく問う。

「……僕、ここから動かないからね」

少年は依怙地に言うと、膝を抱えてうつむき、身体を硬くした。

動かなくなった少年に変わり、状況の方が動き出した。

十八階の消防官二人は防火扉を開け、非常階段踊り場に監視拠点を設け、ガス濃度を計測し続けていた。……不幸中の幸いというべきか、十八階の住民は情報によると帰省、旅行中で在宅しているものはいない。だが逆から見れば、だからこそここまでガス漏洩を許したとも言えた。

「ガス濃度に変化ないか」

「今のところはな」

壁の陰である程度には安全な位置とはいえ、消防官たちは緊張を隠せない。

「早く上を鎮火せんと、まずいぞ」

「ああ」

何の前触れも、ありはしなかった。ガスがどこかのわずかな火花に瞬応し、閃光を放って爆発した。

廊下の左右に並んだドア、窓が一斉に、内側からの凄まじい爆圧に耐えきれず一瞬でひしゃげ、粉砕される。

二人の消防官は閃光を追って廊下まで噴き出した炎を見ることは無かった。強烈な光量に視界を圧されたまま吹き飛ばされ、非常階段の手すりに叩きつけられて意識を失ったのだった。


「……どうしてそんなことを言うんだ」

膝を抱えて座り込む少年を見下ろしながら、土岐は言った。

「もう、生きて行くのに疲れた。嫌なんだ。――毎日が地獄だよ」

少年は顔を上げた。「生きてても地獄なんだから、別に死んでから地獄に行ってもおんなじだよ。だから、ほっといてよ！」

土岐は少年の傍らに左膝をついて、口を開いた。

「死んでから行く地獄なんて、存在しない。――絶対に」

たぶん極楽も、と土岐は胸の中で続けた。

その時、足下の床が揺れた。家具や台所の食器が揺れて音を立てる。土岐は少年の目を見つめたまま、無線のマイクを取った。

「こちら土岐、副長、この振動はなんですか？　どうぞ！」

ざざっと、砂の鳴るようなノイズと共に、元部の緊迫した声が返ってきた。

「こちら元部、隊長、火点室階下で爆発です！　漏れたガスが浸透し、階下の部屋に溜まっていてそれに引火したようです！　一フロア全体が炎上中！」

窓の外に目を向けると、ベランダの手すりの向こうで黒い煙が巻きながら、昇ってゆく。

「……了解。小隊に負傷者は？」

「なしです！　いません。要救助者の救出も完了です」

「了解。私もすぐに合流します」

「急いで下さい！　今ならまだ非常階段を通って戻れます」

「小隊長了解、全員に受傷に留意、及び消防に協力しつつ救助に全力を挙げよと。……私は完了次第、現場を離脱します。それまで指揮代行をお願いします」

「了解しました」

土岐はプレストークスイッチから指を離すと、少年に向き直った。

「あの音は、聞こえただろ？　無線で聞いたら、下の階の火が激しくなってきてる、危ないんだ。とにかくここから降りよう。な？」

「じゃあここにいれば絶対死ねるんだ。いいよ、お兄さんだけ逃げれば」

「そんなことできる訳ないだろ」どんな理由があるのか知らないが強情な奴だ。土岐は溜息をついた。「な、どうしてそんなに死にたいと思うのかな？」

少年は土岐の視線から目をそらし、うつろな目になって、口を閉じた。

「二年前、お父さんもお母さんも死んじゃったんだ。……事故で」

少年はふと口を開き、言った。何度も心の中で反芻し、繰り返し噛みしめてきたのだろう。少年の声には抑揚が無かった。

「……事故で」少年の横顔を見る土岐もまた、虚をつかれた顔になった。

「それから、この家で暮らすことになって……、でも、楽しいことなんか、一つもなかった。この家にはね、子供は僕だけじゃないんだ。もう一人、〝お兄さん〟と呼ぶように言われた人がいる。叔父さんも叔母さんも、これからは〝お父さん、お母さん〟と呼びなさいって言ってたけどね」

少年は笑った。それは、成長しきっていない人間の心に、悲哀以外の感情の糧を与えられなかったことを、見る者へ如実に教える、陰惨としか言いようのない表情だった。

「でもそんなの嘘だよ、嘘っぱちさ。……だってその証拠に、僕がいるところでは、三人とも話をしないんだ。どんなに話が盛り上がっていても、僕がそこに現れるとすぐ話が止まるんだ。まるで電池が切れたみたいに」

少年の言葉が発せられるごとに、土岐の胸郭を冷水が満たしてゆく。

「僕は余計な人間なんだよ。ここでも、学校でも。だから、僕みたいな人間は消えちゃった方がいいんだよ！」

「……君は、いくつだ」土岐は抑えた口調で言った。

「十二歳だよ、それがどうかした？」

　土岐は少年の眼を見たまま頷いた。

「なら、俺の方が十六年先輩だ。……俺も君くらいの歳で、父親と兄に死なれた」

　少年は土岐の顔を見つめた。

「――本当なの？」

「自慢できる事じゃないからね、嘘じゃない」

「……でも、お母さんはいるんじゃないか、僕は……」

「君はそういうことも他人と比べないと気が済まないのか。そんなに不幸になりたいか？　――自分が不幸だと信じ込んでる間は、人間は幸せにはなれないよ」

「そんな――そんなこと他人に言われたくないよ！」

「他人だと？　よし、ちょっと来い！　早く！」

　土岐は足を伸ばして立ち上がり、少年の手を取って引こうとした。が少年は座りこんだまま振り払った。土岐は諦めて少年を上から見据えた。

「じゃあ教えてやる。いまこのマンションの周りには、百人近くの消防士や、俺の仲間がいる。その人たちはなんだ？　俺も含めて君とは見ず知らずの、赤の他人じゃないか。その人たちは、君一人を助けるために、命を危険にさらしてるんだぞ！」

「だけどそんなのは仕事だからしてるだけじゃないか！……僕がこんな人間だって知ったら、みんなほっといて帰っちゃうよ、絶対」

「ふざけちゃおえんで！」土岐は岡山訛(なまり)で一喝した。「ええか、そりゃみんな仕事で来とる。みんな怪我はしとうねえし、もちろん死にたくもねえ。じゃけどな、それでも君を助けてえと思うとるんは、君も〝死にたくない、助けて欲しい〟と思っとると信じとるからじゃろうが！」

人は皆、世界で自分が一番大切だと思っている。だからこそ他人も同じく考えていることを知り、尊重し合わねばならない。これは狭量な利己主義とは違う。他人を深く想うことも、自分の命を張って他人の命を救おうとすることも、煎(せん)じ詰めれば結局、自分自身の望み、願いなのだ。

「関係ないよ、そんなの。僕は死にたいんだ」

「ああそうか。だけど少なくとも俺の目の前では死なせない」

土岐はふっと息をはいた。

溜息をつく度に幸せは遠のくという言葉があるが、土岐の溜息はさらなる危難を引き寄せようとしていた。

マンションの上空で旋回を続けるマスコミのヘリのうちの一機、高度二百メートルを飛行中のベル２１２の尾部内で、それは起ころうとしていた。

高速で回転するテイルローター駆動シャフトの、肉眼では見えないほどの小さな亀裂が金属疲労で一気に広がり、裂けた。尾翼プロペラへの回転力が途絶え、ベル212は、パイロットが気がついたときには主ローターへの反トルク力が無くなり、機体をゆっくりと回転させながら大きく傾かせ、降下し始めていた。

もはやパイロットに為す術は限られ、重力のみに従いながらベル212はパイロット、コパイロット、三人の取材クルーを乗せて空飛ぶ棺桶と化しつつあった。――運が悪ければ火葬付きの。

警視庁機動救助隊の要請を受けて飛来した、東京消防庁ヘリ、「ちどり」のパイロットは、それを見た。

そして、屋上で男性と共に待機していた隊員二人も、それを見上げていた。

「ここは住宅地上空なんだぞ！」

「……上野さん、あれ、まさかここに……？」

エンジンの爆音と機体が空気を裂く音が、上空から自分たちの方に殺到してくる。

「退避――！」上野は叫び、男性の載った担架を上げると、もう一人の隊員、河本とともに貯水槽まで無我夢中で走った。

頭を低くして担架ごと物陰に走り込もうとした瞬間、轟音と重い金属の塊がコンクリートにぶつかる音、次いで神経を寸断するような激しい摩擦音が土砂崩れのように背後から押し寄せる。

上野と河本は貯水槽の陰に転がり込んだ。咄嗟に二人で要救助者の男性の上に覆い被さる。

制御を失った機体をここまで誘導したのはパイロットの神業的技術だったが、それまでだった。

回転を続けるローターブレードが屋上の床に当たって次々と折れ砕けながら、落下の惰性でヘリは横倒しのまま非常階段出入り口まで突進した。スチール製の頑丈なドアを突き破り、その枠を機首で押し広げて周りのコンクリートを崩す。

要救助者の上で固く目を閉じていた上野は、何か鋭利な物が突き刺さる音で、薄目を開け、そして見開いた。

顔を上げたまさにその目前に、砕けたローターブレードの破片が、ステンレス製の貯水槽に突き刺さり、中の水を透明な血潮のように噴出させていた。

半ば胴体を出入り口に埋めてからようやく、ヘリは止まっていた。

「ここにいろ」と上野は呆然としている河本を残して、出入り口を半壊させて止まったヘリに駆け寄る。近づくに連れて、予想できる最悪の事態が発生していることを、嗅覚が教える。

つん、と鼻を突く臭気が陽炎のようにたち込めつつあったからだ。——航空燃料が漏れ、揮発しているのだ……。

さらにおぞましいことに、自由になった燃料は、機体を捨ててさらに地上に達すべく階段を伝い降り、姿を変えて充満しようとしていた。

土岐は一人、ベランダに出、少しでも屋上の状況を知るべく頭を突き出し、強い陽光に目を細めながら屋上を窺っていた。下からでは何も解らないと結論し、そのまま無線のマイクをとり、口許に寄せる。

「こちら土岐、いまのはなんだ？　何が起こってる！——応答してください！」

「……隊長、大変なことになりました！　屋上に報道のヘリが墜落、乗員および報道関係者五人はヘリ搬送のため待機していた上野と河本が何とか救助に成功——ですが！」

元部は続けた。「燃料タンクが破損、燃料が非常階段へ流出しています！」

「——そんな、まさか」

「消防のヘリも要請しましたが、機体取り付け式消火装置（ファイア・アタッカー）に換装するのに約数十分を要します！　しかし、気化した燃料をエンジンが吸い込む危険があり、迂闊（うかつ）には接近できません！」

マイクを手にしたまま土岐は、これは現実の出来事なのだろうかと、ほとんど捕らえどころの無い気持ちになって考えた。

しかし、いつかこんな事は発生するとは思っていた。

報道ヘリが災害現場で二重災害を惹起させることが、後を絶たない。それどころか、現場を預かる人間から見れば無思慮、人命軽視としか言いようのない行動をとるマスコミの人間がいることも事実なのだ。一九八五年の日航機墜落事件の際は、空中で統制に当たる自衛隊に現場着陸許可を求め、安全上、認められないと自衛隊が応答すると多くの人々が救援のために働く現場に、無許可で強行着陸した。

東京近郊で薬物依存者によって発生した人質籠城事件では、すでに警察官一名を射殺したため、機動隊と刑事部特殊班が犯人を刺激しないように包囲する中、報道ヘリが犯人の神経を逆撫でするように頭上へ降下し、現場の捜査員が怒鳴りあげる場面が見られた。

どれも一つ間違えば人命を失うことに直結する事態を招きかねない。

しかし——、それがなぜ、いまここで、自分に降りかかるのか？

土岐はマイクを下ろし、部屋の中で蹲る少年に、顔を向けて言った。

「……退路を、断たれた」

少年は、土岐が柱へ緩衝材の毛布を巻き、背中から下ろしたロープを結着している間、ずっとすすり泣き続け、時折、膝の間に押しつけた口許から独り言のように話し続けた。

「……もういやだ、生きていたっていいことなんか無いよ、きっと。死んじゃいたいんだ、ほっといて……」

土岐はその声が耳に入らないかのように、淡々とロープを扱ってゆく。ふた回りふた結びと呼ばれる結び方で、懸垂降下を行う場合、最も多用される確実な結着の仕方だ。特殊部隊では、このようにロープを設定することを〝アンカーシステム〟と呼ぶ。

もう一刻の猶予もないな、と土岐は手を休めずに思う。漏れだした燃料はケロシン系のジェットA1。これは摂氏四十度以上の温度にならないと引火しないが、真夏の気温を考えると揮発、気化したそれにいつ飛び火し、爆発しても不思議ではなく、その場合、建物にどれほど被害を与えるか想像もつかない。

少年の様子に構わなかった土岐は、ロープが固定されたことを確認すると少年のもとに歩み寄り、有無を言わせず、行くぞ、と手を取り、立たせようとした。

「嫌だよ、離せよ！　あんた一人で行けば！」

少年はあくまで拒もうとした。

「おい、聞いてくれ」土岐は屈み、少年の両肩を摑み、揺さぶった。

じっと少年の眼に視線を注ぐ。少年も、泣きはらした目で土岐の眼を見た。

二人の間に、遠雷のような低い爆発音が小さく響く。

「……生きていれば、きっと自分の方に風が吹いてると思える瞬間がある。そんなときは、どんな事でもうまくゆく。でもな、それはその風が吹くまで、そこに踏みとどまってなきゃいけないって事でもあるんだ。解るかな？　――人間の価値は、それまで頑張れるかによって決まるんだ」

「でも、……もう生きていたくない。こんな生活、みっともなさ過ぎるよ」

少年は、しゃくり上げながら言った。

「生きてゆくのにみっともないも何もない！」

土岐は確信をもって応えた。

「いいか、君が人にどんなに冷たくされても、馬鹿にされても、俺は君が死にたいと思うほど真剣に生きている事を知ってる。もし仮に世界中の人間が君を笑うときがあっても、俺は絶対に君を否定したりしない。約束だ。

どんなに哀しくってもいい、みっともなくてもいい、生きてゆけ」

本当に？　という風に、少年は土岐を見た。土岐はすっと微笑んでから、頷いて見せた。

「さあ、行こう」

土岐は立ち上がった。……少年も、のろのろと腰を上げた。


マンションの周囲に集結しているのは消防、警察や野次馬ばかりではなかった。規制する警察官の封鎖に押し戻されながら、報道陣もまた白昼に出現した災害にカメラの放列を向けていた。

その中には、倉庫火災を報じた女性リポーターが、周囲の喧噪（けんそう）や同業他社のリポーターに負けじと声を張り上げている姿もあった。

「……御覧の通り、ガス爆発にヘリの墜落という二次災害も発生し、現場はさらに緊迫感と慎重さを――」

そこでマンションを振り返った女性リポーターは、高層階のベランダにふと、青い制服を着た人間が現れているのに気付いた。

「あっ、ご覧下さい！　ベランダに誰か姿を現しました！　――青い制服を着ています、警察のレスキュー部隊でしょうか？」

女性リポーターの視線の彼方で、土岐は背中からボンベを外して腰から短いロープで吊り、面体を少年の胸元に掛けてやる。そして、毛布で――女性リポーターは知る由もなかったが、それは防炎繊維製のもので、少年の身体に巻き付ける。アンカーシステムで結着したロープは手すりから投げ下ろさず、手提げ袋で応急につくったロープバッグにいれて右足にくくりつけている。

「少年を連れた警察官が何かしています、ロープで伝い降りるつもりなのでしょうか――」

そこで女性リポーターは、はっと言葉を切った。生放送中であることを忘れた声で呟く。

「――あれ、この間の警察官じゃないの……」信じられない思いで続けた。「ちょっと……大丈夫なの？」

同時刻、勝島の第六機動隊隊舎内の第四小隊詰め所で、水戸がテレビを見たまま立ち上がった。

「おい、あれ……土岐警視じゃないか？」

「またどこかでへたばってますか」

武南が言うと、藤木も書類から目を上げる。

「あんなの二度もテレビに撮られたら、女に相手にされなくなるぞ」

「なんてこと言うんですか、仮にも隊長ですよ！」

甲斐が律儀に土岐を弁護する。

「馬鹿！　テレビを見ろ」

水戸が促すと、全員が立ち上がり、テレビに視線が集まる。

「……大変だ」井上が呟く。

第四小隊は画面に釘付けになった。

「いいか、俺が言うことを必ず聞いてくれ。マスクの付け方は解ってるな？」

「うん」

土岐の背中でロープに固定された少年が、毛布の中から顔を覗かせて答える。

土岐は短いロープを腰で座席結びにし、それに降下ロープを通したカラビナを結着していた。手すりから地上を見下ろす。高所恐怖症の人間なら足がすくみ、ロープに身を任せて降下すると言えば卒倒するような高さだ。しかし、土岐に緊張はあったが恐怖は無かった。特殊部隊も消防も、何度も繰り返し高所作業訓練を行うのは、〝落ちない限り死なない〟という当たり前の事実を、体得させるためなのだ。人間はどんなことも反復して行えば、日常化する。

眼下の光景が、土岐に状況を忘れさせ、束の間、夢見心地にさせた。消防車は玩具で、人々は蟻のようにしか見えなかったからだ。

「よし、じゃあ……行くぞ！」

土岐はロープを握ったまま、腹をステンレスの手すりに乗せてぐるりと反転させて足をおろし、ベランダの外側にブーツのつま先をかけた。少年が土岐の両肩口を、ぎゅっと摑む。

「降下――！」

ベランダから離れ、ロープをバッグから繰り出しながら、二人はゆっくりと降り始めた。

重い、と土岐は思った。全ての重量、約百二十キロ弱が、両手とカラビナにかかっている。全身から汗が流れ、グローブからも浸みだしている。この場合は幸いだ。手とグローブの間が完全に密着し、ロープの食いつきが良くなる。

土岐は急激な動きを避け、ロープを握る手は慎重に一定の降下速度を保つことに、壁面に軽くついた足は身体の安定を図ることに意識を集中する。

「……お兄さん、大丈夫？」

肩から顔を出し、少年が聞く。

「黙ってろ。……いや、大丈夫だよ」

「――ごめんね」少年は顔を引っ込め、口を閉ざした。

「謝らなくても、……いい」

自分の一瞬の油断を、引力は狙っていると土岐は思った。

足下から昇ってくる黒煙が濃くなりつつある。その中で毛布を背負った土岐の青い活動服が、雨雲から垣間見えた青空のように、地上の人々には見えた。そして見る者が見れば、土岐が高度な技量と訓練を受けていることが解った筈だった。

もう少し下層の部屋にロープを結着するべきだったか、と土岐は摩擦に手を灼かれながら思った。しかし、あの状況で少年を連れてゆけたとは思えないし、火点に近すぎると、アンカーシステムそのものが危険になる。なによりヘリが非常階段に落下し燃料が流入するなど、予想できないのが現場とはいえ想定外の事態だった。

黒煙とともに、城壁を乗り越える兵士のように壁面を吹き上がってくる熱気が強くなる。

土岐は煙のあい間に覗く地上に目をやった。――二階下に火災を起こしている階、さらにその下方に、消防の梯子車から伸ばされたアームの先端、バスケットでこちらを見上げているオレンジ色の防火服を着た特別救助隊員が見える。

距離にして三十メートル程だ。火災を起こしている階は、土岐から見れば火炎を吐こうとする悪魔の巨大な口に感じられた。

「聞こえるか！　そこはまだ火勢が弱い、ここまで降りて来られるか」

下から消防官がメガホンで怒鳴る。

「何とかやってみる！　確保を頼む！」

土岐は首をねじ曲げて、顔を斜め下に向けて怒鳴り返した。

「よし、マスクを付けて」

土岐は片頬を少年に見せて、指示した。

少年は窮屈そうに両手を使い、顔に面体を被り、締め紐で固定する。

「ここが最後の関門だ、準備はいいな？」

少年がマスクで覆った頭を、土岐の右肩で上下させる。

「一気に飛び越える、……いくぞ！」

土岐は煤で黒くなった外壁から身体を両足で押し出し、両手の力を緩めて重力に導かれ、空を舞った。

細目に開いた目に煙が入り、視界が塞（ふさ）がれる。唐突に、土岐の心臓が恐怖で鷲摑（わしづか）みにされた。だが、もう停止することなど身を火の正面に晒す自殺行為だ。土岐は熱い体の中でただ一箇所、心臓が冷えているのを感じながら、火災を起こしている階のベランダを越えようとした。

内部は高温の筈だが、土岐の眼前にある部屋のガラスはまだ割れていない。

大丈夫だ――土岐がそう思った瞬間、ガラスが膨張したように見えた。

次の瞬間には、内部でフラッシュオーバーを起こし外部に噴出した炎が、ようやく新たな酸素を得て歓喜し、水面を突き破って、紅い口腔を見せて獲物に躍りかかる鰐か鮫のように、土岐たちに襲いかかった。


地上で見守っていた全ての人たちが、その光景を見た。

暗雲の中に雷が光るように炎をちらつかせる爆煙の奔流へ飲み込まれ、ロープに吊られたまま吹き飛ばされた土岐と少年は姿が見えなくなった。

「激しい爆発に、少年と警察官が巻き込まれました！　……無事なんでしょうか！」

土岐は生きていた。煙の中から、強風に翻弄される蜘蛛のようにその姿を見せた。しかし、すでに力も、そして意識さえも失いつつあった。

反動になされるがまま、回転しながら壁に右肩と腰を叩きつけられる。ずるっ、とそのまま三メートルほど滑り落ちた。

爆発の瞬間、顔面は反射的に掲げた左上腕に押しつけたために、炎を気管に吸い込まずっていた。

にすんだ。しかし、青い活動服は爆炎によって裂かれて所々焦げ、体中に土岐は火傷を負っていた。

——早く、……早く降下しなければ。

土岐はブーツの底で壁面を力無く引っ掻きながら、そう思った。

頭蓋内の脳神経が寸断されたように痺れ、思考がまとまらない。それどころか思考しようする意思そのものが、熱された蠟のように溶けてゆく……。

「お兄さん、大丈夫？」

土岐の耳にはもう、何も聞こえなかった。

「ねえ、返事をしてよ！　ねえったら！」

少年は面体をかなぐり捨てると、土岐の耳元で叫んだ。

「返事をしてってば！　僕、……僕、まだ死にたくないよ、だから起きて、目を覚まして！」

土岐は咳き込んだ。何度も何度も。そして肺から空気が無くなっても、なおも咳き込み続けた。身体が揺れる度、ずるずるとロープが手の中で滑ってゆく……。

「もう死にたいなんて言わない！　お兄さん、僕、死にたくないよ！　僕を安全なところへ連れていって！　目を覚まして！」

少年は、初めて死に直面していた。夢想の世界で現実から逃れる甘美な手段としてでなく、現実の切迫した恐怖に直面していた。死という、人を完全に包み込み孤独にしてしまう深い淵と。

「お願いだから、目を覚まして！　僕を助けて！」

土岐の意識が、突然に生気を取り戻した。

人は一生の間に、ひとつでも他人の命を救うことができれば、充分に充実した人生といえるだろう。しかし、自分は、それを義務として行わなければならないのだ……。

――他人の命を背負っている限り、俺は死ぬ訳にはいかない！

土岐は命が沸騰するような衝動に、かっと目を見開いた。壁を蹴りつけて体勢を立て直す。

口を裂き、喉を震わせて土岐は咆哮を上げた。いまこの瞬間だけは、咆哮という言葉は土岐悟だけのものだった。

それから、迷いも逡巡もない動作で降下した。バスケットがぐんぐん近づく。もう少し、もう少しだ……。

けれどもロープの長さが、限界だった。腰に密着した右手から三十センチ位しか、もう余裕はない。

土岐は背中を下に向け、待ち受けていた救助員たちが少年を捕まえやすいようにした。

「もうちょっとこっち、こっちへよれ！　よーし！」

バスケット上の救助隊員が身を乗り出し、腕を伸ばして空を掻くようにして土岐と少年の身体を引き寄せようとする。

「よし、確保！」

「……この子を先に……固定してる索を、切断……してくれ」

「了解、あんたもすぐに助ける、頑張れ」

少年と土岐を臍の緒のように繋いでいた索が切られ、土岐の身体が軽くなる。

「マル警さんも、やるじゃないか」

その声に土岐が荒い息をつきながらのろのろと視線を動かすと、そこには、倉庫火災で土岐をからかった、あの若い救助隊員が口許だけで微笑んでいた。

土岐がそれに応えようと、逆さ吊りのまま微笑み返そうとした刹那、頭上でロープを炎が焼き切った。

どんな感情も声さえも、上げる暇は与えられなかった。

救助隊員の指先をすり抜けて、土岐は声もなく地上へと落下する。身体全体から血の気が失せてゆき、この世にどんな寄る辺もない、そんな感情が五感を遮断する。

唐突かつ手荒に、土岐の身体は受け止められた。

はしご車のバスケット直下に設けられた柔らかいエアマットに、土岐は沈んでいた。

四肢を投げ出したまま、土岐は動けなかった。そして、再びマンション内で起こった爆発で屋内から四散した破片が自分に向けて舞い降りてくるのを、他人事のように見ていた。

　土岐はスローモーションのように落下してくる〝死〟を見上げたまま、諦観でも諦念でもなく、……何故だか深い安らぎの中にいた。

　──ああ、これで俺は、ようやく……。

「〝小隊長〟──！」

　その声と自分に突進してくる足音で、土岐は我に返った。

　それは牧場だった。エアマットで仰向けになったままの土岐の上半身を起こして脇の下に両手を突っ込み、渾身の力で引きずった。

　安全圏に到達すると牧場は後ろへ倒れ込み、土岐と折り重なって地面に転がった。

　二人の視線の先、エアマットの上に、煙を引きつつかつては家具、建材だった物の破片が降り注ぐ。真昼の蛍のように、火の粉が散った。

「小隊長、怪我、ないですか」

「……やっと、……そう呼ぶ気になったか」

　言ってから土岐は咳き込んだ。

「この有様ですよ。……そっちは？」

「大丈夫です」

　はしご車のバスケットが降りてきた。消防官に伴われて、少年がおりてくる。

土岐はよろめきながらも自力で立ち上がり、少年を迎えた。幸運なことに、怪我や火傷はないようだ。

「良かったな……、生きてる」

少年はうつむけていた顔を土岐に向けた。

「――ありがとう」

「いや……。さあ、救急車が待ってる。病院へ行きなさい」

土岐は挙手の敬礼をした。かざした右手は震えていたけれど、表情は穏やかに笑っていた。

「隊長も病院に行った方がいいんじゃないですか」

土岐は気遣う牧場に言った。

「いや、心配ない。まだやれる。副隊長は？」

「あっちです」

ふと土岐が眼を戻すと、少年が驚くほど真剣な表情で、土岐に敬礼していた。

土岐はもう一度、死地を共に乗り越えた〝仲間〟として敬礼を捧げるときびすを返し、牧場の背中を叩き、走り出した。

「大したマル警さんだ」

救助隊員が、駆け去ってゆく土岐の背中を見ながら苦笑混じりに言う。

少年は、救急隊員に声をかけられるまで、じっと土岐を見送っていた——。

三時間後、土岐は病院に運ばれ、消防はマンション火災を鎮圧し、その四時間後、残火処理を終了して鎮火が宣言された。

奇跡的に、重傷者はいても、死者は出なかった。


土岐は一週間、警察病院に入院した。その間ずっと、美季は土岐の側にいてくれた。

土岐が待ちに待った退院許可が出たその日の朝、二人は快晴の屋上にいた。

「いいお天気、今日も暑くなりそう」

制服姿の美季が、背伸びをしながら言った。今日の勤務は遅番で、出勤前に土岐の見舞いに来ていたのだった。

「ああ、こんな日はベッドで寝てるのがもったいないね」

「いいじゃない、明日退院なんだから。もう一晩の辛抱よ、ね？」

美季が振り返って笑顔を浮かべた。土岐が制服を着た美季を見るのは、久しぶりだった。

土岐も笑い返した。屋上一面に干されたシーツが、微風に揺れている。

「な、……美季」土岐は静かに口を開いた。

「ん？　なあに」

美季は遠くを見透かしながら応えた。

「一週間、ありがとう。助かった」

「どういたしまして。悟さんが元気になってよかった」

「美季のおかげだ。……どんな薬よりありがたかった」

二人は、肩を並べたまま、動かなかった。

美季はなにか自分たちにとって重要な言葉を期待していたし、土岐は果たして自分にこんなことを言う資格があるのだろうか、と迷っていた。

「あー、その、……結婚してくれないか」

土岐はようやく言った。美季は前を向いたまま、わずかに眼を大きくした。

「……この一週間、ずっと考えてた。出会った頃から、自分が初めて見つけた大切な人だったんだって」

美季は応えなかった。ただ、視線を宙にさまよわせていた。

「……美季」

「あ、見て。あそこ、鳥が飛んでる……」

美季はどこかを指さし、それから顔をうつむけると、ぽつりと言った。

「――私なんかで、いいの？」

土岐は大きく頷き、確信を持って言った。

「君でないと、だめだ」

「本当に?」

「……一緒にいてくれるか」

「一緒に、いよう? 悟さんがもういいって言う限り、ずっと」

土岐は美季の身体を強引に正面から抱き寄せた。汗の混じった女の香りがした。そっと土岐が顔を寄せると、美季は目を閉じた。

「待って。——私も前から考えてたんだけど」美季が目を開いて言う。「……キスする前も、敬礼はいるのかな?」

「馬鹿」土岐は笑った。

二人の唇が重なった。いつもとは違う味がした。

「お取り込み中のところ、申し訳ないんですけど」

余韻を感じる間もなく、シーツの陰から声を掛けられる。年輩の看護師が腕組みをして二人を見ていた。

「そういうことは、他の患者さんが来ないところでして下さいな」

「す、すいません」

土岐が謝る。

不意に看護師は笑った。「——他の患者さんの血圧が上がるわ。お幸せに」

「ありがとう」美季は土岐の腕の中から笑顔を看護師に返した。

翌日、土岐が機動救助隊に復帰すると元部、そして牧場を始め、隊員たちは歓迎してくれた。

残りの出向期間は何事もなく過ぎてゆく。

「あと二日ですね」

「ええ、お世話になりました」

土岐は車庫で牧場と装備品の点検をしながら、続けた。

「――特科に志願するなら、まだチャンスはあります」

「頑張ってみるつもりです」

「待ってますよ」

牧場との関係が、劇的に変化したわけではない。しかし、こうやって会話ができるということは、少しは自分を認めてくれたのだろう。それでよしとすべきだった。

そして――、土岐は商店街のアーケードに登ったまま下りられなくなった猫を救助し、地上で待つ飼い主の女の子に渡すと、それを最後の要救助者にして出向任務を終了した。

特科中隊第四小隊の勤務に戻ると、土岐には新しいあだ名が加わっていた。

それは、〝不死身の警視〟であった。

第四話　小さき願いに応えるものは

こんな日は野原で寝そべっているのも悪くないな、と土岐は思った。

陽光は橙色を帯びて地上を柔らかく照らし、湿り気のない乾いた涼風が頬を心地よく撫で、枯れ色に染まった草木を、微かに揺らしつつ駆け去っていく。身体の、暖められた地面に接した部分には、人の体温のようなぬくもりが伝わってくるが、そこ以外は程良く冷涼とした大気に包まれている。

いま、頭上を小鳥が高い声で鳴きながら、せわしなく羽ばたき飛び過ぎた。郊外の清澄な昼下がりの空気を騒がせて、それもすぐに聞こえなくなった。

悪くないな、と土岐はもう一度思った。ただし、と思い返す。

――ただし、顔に迷彩用ドーランを塗りたくり、身体にはその輪郭を消して風景に溶け込むための、隠密接敵用外衣を着ているのでなければ。

東京都下、八王子市郊外の住宅地に、土岐たち第四小隊は身を潜めていた。

任務は秘匿監視。だが、これは特科中隊、あるいは警備部より命令されての行動ではなく、――刑事部からの応援要請であった。

第四小隊は拠点を設け、周囲に気配さえ漏らすことなく、六対(つい)の目がある一軒の住宅に注がれている……。


要請してきたのは捜査一課の井波警部だった。それは詰め所で準待機を終えて、そろそろ帰宅しようかという土岐の携帯電話に、命令系統を介さない個人的な質問という形で始まった。

「何か私にお役に立てることが」

「それなんですがね、隊長。……いまこっちは、誘拐(二一五)の本部に詰めてるところなんですがね」

土岐の脳裏に、ある事件が浮かぶ。

「あ、それはもしかして女の子が誘拐されたとかいう……あれですか」

管轄違いとはいえ、土岐も新聞には目を通している。

「ちょっと想像してみてくれないか」

井波は急に硬い口調に変えて、言った。「現時点では厳重に保秘なんだが……ある住宅を視察すると仮定する。そして、その場所は住宅地とはいえ、山際に数軒が集まっている。通じているのは一本道だけ。周囲は造成途中で放棄された野原だ」

「……集落をなしている一軒に、捜査協力を依頼するのが一番無難では？」

土岐の答えは正解ではあったが、それを超えるものではなかった。当然ベテラン捜査員に何の感興も与えず、井波は無味乾燥な返答をよこした。

「いくつかの条件で没だ。公務員、金融機関などの信用できる職種についている住民がいない」

誘拐犯検挙は何より高度な保秘が必要とされる。だから、警察に反感を持っていると予想される人間の住居は敬遠する。

「では……、擬装して屋外から監視するほかなさそうですね」

「そうだ。……しかし、困ったことに人手が足りない」

そんなことがあるだろうか、と土岐は携帯電話を耳に当てたまま首を傾(かし)げた。誘拐事案の特別捜査本部ともなれば、最低でも二百名近い捜査員が、特殊犯捜査の統括のもとで動員されるはずだ。

「特殊部隊というのは、自衛隊みたいに穴ぼこに潜む訓練もしているんだろ？」

「はあ、まあ一応は」

特殊部隊の、わけても軍関係の特殊部隊の任務は敵地への侵入、偵察、重要施設の破壊だ。だから、それらの任務を果たすために擬装技術は精緻(せいち)を極める。警察特殊部隊もまた、実力行使が最終手段である以上、最後の数分のため、被疑者を刺激せず接近し、待機する必要性から、屋外擬装技術の練度の向上は重要視される。

「そうか、できるんだな、よし」

土岐の返答ははなはだ曖昧なものだったが、井波は期待がもてると判断したらしく、力のこもった声が電波に乗って電話から漏れた。

「上は俺が納得させる。土岐さん、臨場してもらえるな？　組むのは、多少でも気心が知れた相手の方が有り難いからな」

「準待機中ですから、警備部長や中隊長が承認されれば構わないと思いますよ」

銀行強盗事件では井波の助力があった。今度は自分が力を貸すべき時だ。

「すまないな、突然にこんなことを頼んで。じゃ、上の許可が下り次第、連絡するから準備を頼む！」

「解りました。あ、係長！　できるだけ詳しい資料も頼みます！」

土岐はすぐにでも電話を切ろうとした井波に、慌てて言い添えた。

それから電話の内容を告げて、帰宅の用意をしていた五人を足止めする一方、それなりの準備にかかる。

「ああ、ひろみ、また約束を守れないね……。悪い男だな俺は」

「この前と言ってたのと違ってるじゃないですか」

なにやら女性の名前を出して藤木がぼやくのも、それに井上が生真面目な茶々を入れるのも、こういう場合のいつものことだ。女性の存在の真偽はともかく、と土岐は藤木を思う。……昼は忙しく訓練に励み、夜もよく働いているようだ。絶倫というより、帝釈天の化身かもしれない。

土岐は屋外での秘匿監視の支度として、まずロッカーから陸上自衛隊と同じ迷彩服を取り出す。これは使用したあと水洗いのみで洗濯をしただけなので、臭いが漏れないようビニール袋に保管している。洗剤を使わないのは、それに含まれる香りで犬に覚知されるのを防ぐためだ。土岐はビニール袋のファスナーを下げて鼻先に近付け、嗅いでみる。……これればかりは、正式な出動要請がかかるまで着たくない臭いがした。

銃器も抗弾装備も不要だろう。任務は監視であり、強行は特殊班が行う。これは刑事部の事案であり、自分たちもあまり表立ちたくはない。

結局、正式な応援要請がもたらされたのは三時間後の午後八時、そして資料は井波自身の手で運ばれてきた。

土岐はまず監視地点を知ると科学警察研究所に連絡し、当該地の植物の植生を調べてもらった。採証された証拠物件を分析するため、科警研はあらゆるデータを収集、分類しているのだ。生えている植物によって擬装、そして携行する資機材を決定する。が、もちろん一番よいのは現地を自分の目で確かめ、現地で調達することだ。

事案の概要説明は、現地に向かう車両の中で、井波自身によって行われた。車両は、宅配業者が使用するトヨタ・ダイナモで、後部の荷物スペースはあたかも荷物が満載されているように、段ボール箱で目張りが施されている。特殊班に限らず、捜査員たちは捜査上、必要な小道具を提供してくれる業者と個人的な〝つて〟を持っている。彼らの言葉では、それを〝檀家（だんか）〟といった。

土岐たちは背を車体に、腰を床にできるだけ楽な姿勢で落ち着かせてから、井波の説明に聞き入った。

端緒は四日前、都内の自宅から八歳の女児が遊びにでたまま夜になっても戻らなかったことに始まる。両親は日付が変わる前に最寄りの警察署に通報し、事件性ありと認定した当該署から連絡をうけ、捜査一課特殊犯捜査が行動を開始した。

「〝鑑（かん）〟は？」水戸が尋ねた。捜査の専門用語がさらりと口をついてでるのは、捜査員資格を持つ水戸ならではだった。

「地取りにめぼしいものはない。怪しいやつも、両親の敷鑑にはおらん。今のところはな」

井波が答える。地取り、とは現場周辺で捜査員が行う聞き取り捜査で、〝鑑〟とは〝繋（つな）がり〟を指す。敷鑑とは交際範囲のことだ。

「ではなぜ……、この男を？」

土岐は運転免許試験場から届けられたとおぼしい三十代の男の写真から、井波に視線を移しながら言った。監視対象は、脂肪質でどんよりとした目を持つこの男の住居だ。

「通報があった」井波は簡潔に告げた。

「略図に書いてあるが、一本道に面して小さな雑貨屋がある。そこの店主が、小さな女の子をマル対が同乗させて出かけてゆくのを目撃した。が、三十分後、戻ってきた時には、乗せていなかったそうだ」

「それは誘拐された女の子に間違いないんですか？　親戚の子を預かってたとか」

武南が口を挟む。

「最初の質問には、はっきり言って確とした答えは言えん。だが最初、通過した際にわざわざ速度をゆるめて、日頃、親しくもない店主に挨拶してる。……それから男は一人暮らしだ。両親は家を残して十年前に他界、それ以来のやもめ暮らしで、女の子は初めて見たという証言だ。近所には、それくらいの歳の子供は一人もおらん」

「しかしそれだけ状況が揃っていながら、……気を悪くしないでください。なぜ我々が監視を」

井上の言葉に、井波は沈黙した。土岐も井波に注目した。

「調べたが、店主が目撃した女児に該当する届けがなかった。確証もなく人手は割けない」

「――つまりそれより有力な筋が浮かんでいて、そちらに重点が置かれている。……そうですね」

土岐が静かに井波に告げると、返ってきたのは苦衷の答えだった。

「……今日の正午、事件がマスコミに公開された直後、マル被を名乗る者から現金受渡の指示があった。猜疑心がつよいのか脅えてるのか、捜査員が都内八ヶ所を転々と移動させられてな。包囲するには至らなかった」

「被害者の声をこちらに聞かせましたか」

「……いや」井波の声は苦かった。「いずれ、というばかりだ」

しばらく、誰も何も言わなかった。

井波は土岐を見た。土岐は視線を逸らさず頷いた。

「……係長。――たぶん私と同じ事をお考えですね」

事案が公開捜査に切り替えられた直後にかかってきた、身柄と引き替えの現金要求の電話。犯人は被害者の声を聞かせない。そして、失踪から経った三日間という時間。その〝三日〟という時間には、小児誘拐の場合、動機が金銭ではないという冷酷な裏書きが伴う。

――生存率の低さも。

同時に土岐は井波の苦衷が朧気ながら知れた。被害者生還を信じ身体に鞭打って働く捜査員の群れの中、経験から導いた冷厳たる事実を直視することにより、傍流へと自らを押してしまった捜査員……。常に例外があるのが警察の現場、捜査とはいえ、信じたい気持ち自分自身の研がれた感覚とのせめぎ合いはどれほどのものなのか。理解するには、土岐はまだ若すぎた。

「あんたたちには、迷惑をかける」井波は白髪頭を下げた。「……しかしいま、我々は動きようがないんだ。マル対と車に同乗していた女児の間に、何らかの犯罪行為があったとしても、我々が捜査しているマル害と確認されるまでは――、気の毒だが別の犯罪のマル害だ。現時点で捕捉を目差しているマル被が便乗犯だと確定されれば、その時点で〝本ボシ〟となる。……一本道の街道入り口に、捜査員を二名、車両で張らせている。車両で外出するようなことがあれば、こちらで尾行する」

「なんだ、俺たちはつなぎですか」武南が言う。「最後のいいところは全部、刑事部ってことですね」

「そういう事を言うな、井波係長のお気持ちがお前、解らないのか」

「だってそうじゃないですか」

武南の言葉を甲斐が抑えると、武南はさらに反駁した。

「我々の役割はどうであれ――」と、水戸が口を開いた。「現に犯罪は進行していて、我々が必要とされているのは確かだ。誰かがやらなきゃならないが、それは訓練を受けたものが行うのが適当だ。武南、納得したか」

武南は、水戸から目を逸らしながら頷いた。

「……そうですね。係長、生意気なことを言いました。申し訳ありません」

井波に軽く頭を下げた武南へ、大変結構、という風に水戸は頷いた。

「いや、無理言ってるのはこちらだからな。土岐さん、すまんな」

「いいえ。去年の籠城（ろうじょう）事件の際は、お世話になりましたし。……それに、あまり目立つことがない方が幸いです。私たちは、事件が解決して顔も名前も知られないことが最高の報酬と思ってますから」

古株の捜査員は、初めて笑った。

「若い癖に、また時代がかったことを言うな。それじゃまるで忍者だよ」


そうかも知れないな、と土岐は陽光に眼を細めながら思い返す。……江戸時代に書かれた忍者の伝書には、〝忍びとは、刃の下の心なり〟と記されている。つまり、それだけの覚悟がいる、ということだ。敵地に紛れ込み、敵兵の足音、刀槍の煌（きら）めきを身近で嗅ぐように感じながら、その場の空気と一体となったように観想し、身を伏せ続ける。まさに特殊部隊そのものであり、それぞれの役割から〝乱波（らっぱ）〟〝草〟〝突破〟とも呼ばれ、非正規戦に暗躍した。とりわけ〝突破〟は敵陣を火術を用いて混乱させ、戦線の後方攪乱（かくらん）を主任務とした者たちで、この言葉は現代にも生きている。

とはいうものの、忍者もその時代では高い技術を用いた道具を揃え、例えば二十四時間つかない。

持続する火種、距離を測るための簡単な万歩計だが、土岐たちの装備にはもちろん及びもつかない。

土岐たちは深夜、現場に到着すると、それら特殊装備に助けられながら、夜陰に紛れて行動を開始した。

暗視装置に映し出された光景は、なるほど造成途中で放棄された野原の集落だった。山際を削って造られたのだろう、稜線(りょうせん)の端に当たるそこは、切り落とされたように小さな数メートルほどの崖(がけ)を成し、野草や細い木々が覆っている。その崖を背にして南に四戸、西から東に延びる道路を挟んで五戸、建て売りらしいこぢんまりとした住宅が並んでいる。

監視対象の家は道路の途切れる野原に面した、南四戸の東端だ。

土岐たちは分散して辺りを検分し、山の中、樹木の落とす闇(やみ)に入って集合する。

大気に、息と共に吐かれる水分が湯気のように漂い、微かな明かりに白く光る。空気がとても澄んでいる。冷たいが、木々の匂いと適度な湿度があり、身体の発している温かさを実感させる。山奥、というほどでは無いにせよ、近くには森林公園もあり、一帯は無音という〝音〟に満たされているようだ。

暗視装置を赤外線モードにして、全員が五感で確かめた情報をもとに、山肌に小枝で簡単な図を描いてゆく。

「全体の観測所は、崖の上、少し奥まったところがいいでしょうね」

「賛成です。しかし、それでは裏口しか見えません。別に設けるか……」

「東側の野原が適当と思いますが——一人でなくては潜伏は難しいですね」

土岐と水戸が小声で話し合っていると、井上が顔を向けた。

「自分が行きましょうか？」

「いや、交代がいない分、かなり辛いぞ。こういうのはくじ引きで……」

土岐が地面から顔を上げると、全員が自分を注視していることに気付く。土岐は、ふっと息をもらした。

「解ったよ、私が行きます」

人間が注意力を持って活動できるのは八時間が限度だ。また、こういう場合、一人にひとつずつの任務しか与えてはならない。一人は監視、一人はその支援、もう一人は休息をとる。注意力が散漫になれば、それだけ間違いを犯しやすくなるからだ。

簡単な打ち合わせの後、土岐たちは資機材一式を持って立ち上がった。

土岐はひとり皆と別れて、検分の際に見つけておいた、監視対象宅の側面を視界に収める位置の、野原の小さなくぼみに入る。そして、その底ではなく傾斜に寝そべるように観測所を設営し始めた。底の方が見つかりにくいように思うが、雨が降った場合、水たまりの底で震えながら過ごす羽目になる。草は折っても、不必要に切り払ってもいけない。土岐は慎重に草を押しのけ、切る必要がある場合は、切った草を持参した輪ゴムで束ねておく。視界は大きくとる必要はない。両目が覗ければ、それでいい。人ひとりがようやく腹這いで潜り込む空間を確保するのに、一時間程かかる。いつまでいるか解らない、安上がりな楽しい我が家だ。土岐は小振りなポリタンクを入れ、偽装ネットを内から掛けて、適当に草を結びつけた。

　自分がその場にいたこと、それどころかいた痕跡さえ、残してはならない。排泄物も全てポリタンクに入れて持ち帰る。ただ、大小は別に保管しなくてはならない。それは、一緒に入れておくとガスが発生し、爆発の危険性さえあるからだ。英国ＳＡＳもそれで何人かが死傷したという。これが本当の〝憤死〟だ、とは冗談ではない。

　同じく食料も、イーグル社製のタクティカルベストの、本来はマガジン入れに、ゴミを減らすために包装をほとんど取り去って入れている。チョコレートやカロリーメイトだ。

　土岐は無線で準備完了を告げた。水戸たちはまだのようだ。応急の簡素な観測所とはいえ、音を立てずに作るのは大仕事だ。土岐は地面に敷いた狙撃手用マットの上に腹這いになりながら、闇と草いきれのなかで、これからここで過ごす長い時間にすれば取るに足らない短い時間、優越感に浸った。

　夜明けの二時間前に水戸たちも設営を完了し、土岐も朝日が昇る前にその場を抜け出し、薄闇の中で昨夜の自分の仕事を確認すると、光を恐れる夜行獣のように、再び草の中に潜り込んだ。

……あれから十時間以上になる。土岐は、人の視線に合わせて横向きにドーランで隈取(くまど)った顔を下げると、反射を防ぐ覆いを剝(は)がして、左手首の時計を見た。

気楽な奴だな、と土岐は対象者を思った。昼を過ぎたというのに、起きているのかいないのか、汚れた外壁の家には変化は見られない。丈の低いブロック塀の向こうの、狭くて植木がのび放題の庭にも人影はない。

　こうして一人きりでいると、時間は本当に流れているのか、という思いにとらえられる。状況に変化がない今、何か口に入れようか、とも思うが、身体を動かさないので腹も空かない。

　土岐は片目ずつ休ませることにした。右目を閉じて、左目を使う。

それを何度か繰り返した時だった。右目の瞼(まぶた)をおろし、左目を開けると——何か黒いものが目の前に生えていた。

足だった。黒っぽいジーンズを穿(は)き、華奢(きゃしゃ)な足首を支えるスニーカーを履いた子供の足。

それが、文字通り目前にあった。

……そろそろと、右目の瞼が上がる。

咄嗟(とっさ)に思ったのは、これは夢ではないか、という事だった。知らずに眠り込んでしまったか、それとも白昼夢でも見ているのか。

土岐はゆっくりと眼だけを上げた。足だけではない、白っぽいベストを着た胴体もあった。その上には女の子の笑顔が乗り、そして、その視線は、土岐に確実に向けられていた。

まず愛らしいといっていい顔立ちだった。あと十数年もすれば、多くの男が、心臓を高鳴らせ、街で振り返ることになるだろう。しかし、土岐の心臓を蹴破るには、今このとき、その年齢のままでも充分だった。

「こんにちは、お兄さん」

女の子は口を開いた。水草の生えた甲羅を背負った亀のような、異様な風体の男を前にして、何の動揺も警戒心も、まして恐怖もない静かな口調だった。

土岐もまた、思わず口を開いていた。その答えは、緊迫したこの場にふさわしいものだった。口から声が転がり出た。

「……あれ？」

一瞬惚けたが、土岐の対応は早かった。土岐は素早く右手をベストのポケットに伸ばした。取り出したものは、少女に猿ぐつわをかまし、縛り上げるロープ——ではなく、チョコレートで、表情も威嚇のための鋭いものではなく、精一杯の笑みを浮かべた。

「や、やあ、こんにちは。きょ、今日は暖かいね」

土岐は小声で話しかけながら、少女の背後の監視対象宅に視線を投げる。窓にも庭にも、誰もいない。ほっと安堵する。

うん、と女の子は笑顔のまま頷く。

「あー、その、……こっちへきて座らない？　チョコレート食べる？」

土岐はじりじりと下がりながら、窪地の中に女の子を入れようとした。逃げようとすれば、引き留めなければならない。が、女の子は拍子抜けするほど簡単に、土岐に続いた。

土岐と女の子は並んで窪地に座った。監視対象宅から、ひとまず見えない位置につくと、土岐は内心で胸をなで下ろした。それにしても、と思う。この子には疑う気持ちがないのだろうか。普通なら、悲鳴を上げるか身を翻して走り去るだろうに……。

「はい、じゃあこれ、チョコレートだよ」

土岐が銀紙に包まれたそれを差し出すと、女の子は受け取った。

「ありがとう。……でも、いまはいいよ」

と、傍らに置く。

「そ、そう？」

土岐は迷った。女の子が菓子に気を取られている間に無線で一報しようと思っていたのだ。

「ええと、……その、君はお家は近所なのかな？」

「ううん、もっと遠く」女の子は髪を揺らしてかぶりを振った。

「そう。——学校は？」

「あたしね、行ってないの」

女の子は寂しそうに笑った。

「そうか。じゃあ、お家の人が心配してるかもしれないよ。迎えに来て貰おうか」

「ありがとう」

土岐はそこまで話して、ふと気付いた。——どうしてこの子は、ここで何をしているのか、と聞かないのだろう……。

「あ、あのね、君」土岐は小さな空咳をしてから、言った。「こんな格好して、怪しいやつだと思うのは当然なんだけど、私はね——」

「解ってる、全然そんなこと思ってないよ」

無邪気すぎるし、何かおかしいと土岐は思ったが、この場合は好都合なので、あえて身分を口にすべきではない。

「じゃあ、迎えを寄越してもらうから、ちょっと無線で話していいかな」

「いいよ」

土岐は、無線で捜査本部の井波警部と直接、連絡を取った。

「こちら〝伊賀〟、〝服部〟どうぞ」

井波と交わした車中での話題をもとにした符丁を使う。

「〝服部〟より〝伊賀〟、定時連絡か？」

「いえ、その」土岐は唾を飲み込み、横目で女の子を見やりながら続けた。「〝甲賀〟〝風魔〟ともに異状なし。――実は、女の子に発見されました」

空電音だけが聞こえてくる。ややあって、井波の声が聞こえてきた。

「……なんだと？」

「いま、ここにいます。一緒です」

「なんて事だ、だからあれだけ……！　おい、土岐さん！　マル対には見つかってないんだろうな？」

「はい、それは、……大丈夫だと思います」

「思います、だと？　なんて事を……！」

土岐は聞きながら臍を噛む思いだった。厳重秘匿は井波の要請だけでなく、中隊長からの厳命でもあった。

「こちら〝伊賀〟、お腹立ちはごもっともですが、女性警察官を一名、至急寄越してください」

「了解、その子から目を離すな。いいな、確保しておけ！」

「解りました」

はあ、と息をつく土岐を、女の子は見ていた。

「あたし、お兄さんに悪い事しちゃった……？」

「いや、そんなことはないよ」

土岐は力無く微笑(ほほえ)み返しながら、自分が馬鹿だっただけだ、と思った。


十五分後、捜査本部から寄越された女性警察官が野原に現れた。二十代後半で、目立たない日常の私服姿だ。

土岐は、窪みから出ずに、言った。

「ほら、あの人だよ。事情は話してあるからね。じゃあ……また」

自分とはもう、女の子が事件の被害者にでもならない限り会うことはない、と思いながら、土岐は小さく手を振った。もちろん、そんなことは望みはしないが。

窪地から立ち上がった女の子を見つけ、女性警察官がいかにも親しげに振る舞いながら近づき、女の子の手を引いて歩き去ってゆく。その後ろ姿を見送ると、土岐は観測所に潜り込み、無線のスイッチを入れた。

「こちら〝伊賀〟、警報解除」

「〝甲賀〟です。先は長い、引き締めてやりましょう」

「〝風魔〟了解。良かったですね、大したことにならなくて。……どうします、そこは撤収しますか？」

「いや、いい」土岐は言下に答えた。「何にせよ、日中の移動は不可だ。それに、あの子の保護者には捜査員が口止めしてくれるはずだ。……このまま続行する。以上終わり」

土岐は草の中で溜息（ためいき）をついた。草ではなく地面に、思い切り深い穴を掘り、そこに隠れてしまいたい、と思った。


「見当違いだったかねえ、奴に任せたのは」

井波は、統括班の陣取るテーブル以外は閑散とした、所轄署の捜査本部で嘆息した。白髪頭を振り、後頭部を右手でごしごしと掻（か）いた。パイプ椅子（いす）に戻り、テーブルに置かれた湯飲みから冷えた番茶を口に含むと、胃がきりりと痛んだ。

「――あの、係長」

女性の声がし、井波が見ると、先ほど女の子を迎えに出た女性捜査員が立っていた。

「おう、御苦労さん。で、どうだ。保護者には話ができたか」

「それが、……変なんです。私、なんて言ったらいいのか、……訳が分からなくて」

「話を聞かなきゃ、こっちもそうだ。で、どういうことだ」

「それが……」

まだ幾分かの逡巡（しゅんじゅん）を見せながら、女性捜査員は話し始めた。「当該の場所から女の子を車両に同乗させました。その際は別に何事もなく、住所を聞き出し、また女の子自身が道案内をしてくれました。そして、当該番地に到着しました」

「それで?」

井波は煙草を取り出しながら、促した。

「ええ。……そして、私が車両を下り、助手席のドアを開けようとしたら……」

女性捜査員は、言葉を切り、目を逸らした。下唇を噛む。

「それからどうしたんだ?　なんだ、消えてたのか」

井波は煙草をくわえ、ライターのやすりを擦りながら言った。

女性捜査員は、驚いたように井波を見た。

「……どうしてお解りになったんですか?」

「はあ?」

井波は、口から火のついていない煙草を取った。「本気で言ってるのか」

「……車内はもちろん、周辺も探しました。そんなに機敏な子には見えませんでしたし、でも、見あたりませんでした」

「じゃあ、その子の案内した住所もでたらめか」

「私もそうかも知れないとは、思いました。しかし、最初に番地を聞き出し、それから道を聞いたんです。どちらも迷いは感じられず、正確でした」

「その家には誰かいたか」

「はい、話しました。ただし、インターホン越しでしたが、……答えは女性の声で〝家に子供はいない〟というものでした」

「子供がいなければ、その友達という線もない、どういうことなんだ」

「ですから、解らないと申し上げてるんですけど」

井波は煙草を改めてくわえると、火を付けた。

「あの、係長どうしましょう、報告書かきます？」

「さしあたり、その子の口から漏れることはなさそうだ。しかし、もう一度現場に戻ってこられると、厄介だな。——書面に残すかは状況次第だ。御苦労だが、現場に通じる一本道を張ってくれるか。女の子の人着（にんちゃく）を知ってるのは、君だけだからな」

井波は、アルミの灰皿に煙草を押しつけながら言った。が、女性捜査員は、床を見たまま動かなかった。

「どうした、御苦労だが行ってくれ」

「あの係長、私、もうひとつ気になる事があるんです」

「まだあるのか。言ってみな」

「私、さっき行った場所を、女の子の案内した家を知っていたような気がするんです」

「……どういうことだ？　知り合いか、事件関係者か」

「いえ、解りません、多分、思い過ごしでしょうけど」

息をつき、肩を落としながら女性捜査員は言った。「では、ご指示に従います」

「ああ、頼む」

歩き去りかけた女性捜査員は、立ち止まり、井波を振り返った。

「でもやっぱり、気になるんですよね」


土岐は井波から無線で報告を受けると、小隊に警報を発した。

発見されたのは自分の不手際だが、それ以後のことは捜査の責任だ。あの子がもう一度現れたら、どう対処するべきか。——できるだけ大人しくしてもらうしかない。

ふと気付くと、ブーツの足首に、緩い圧力を感じる。土岐はうつ伏せのまま、最悪の事態を思い起こしながら、ゆっくりと後ろを見た。

背中の向こうに、先ほどの女の子が土岐の両足首を掴み、地面に座って声を出さずに笑いながら、土岐を見ていた。

土岐はやむなく、何かに驚いた尺取り虫が後じさるように、窪みの縁からその中へと身体を潜り込ませた。

「また来ちゃった」

窪みの中で土岐が起きあがると、女の子は土岐の足の上からどき、にこにこと笑った。

「——あのね」土岐はことさらゆっくりと口を開いた。「俺は遊んでんじゃないんだ。仕事をしてるんだ。だから……」

「あの家を見張ってるのね？」

「そう」土岐は女の子の眼を見つめながら、認めた。「お巡りさんなんだよ」

　女の子の顔が、ふと曇った。

「――あの子が、連れてこられたからね？」

「なに？」土岐は眉を寄せた。「……誰のこと？」

「昨日つれて来られた、私くらいの子」

　土岐は呆然とし、それから、女の子の肩に手を置いていた。

「あの家には女の子がいて、君はそれを見たんだね？　そうなのか」

「うん、二階にいるよ。はやくお家に帰ってお母さんのビーフシチューが食べたいって泣いてた。それに、クラスの南山っていう男の子が好きなんだって、会いたいって」

「ビーフシチュー？」

　土岐は無線を引っぱり出した。本部の井波を呼び出す。

「こちら〝服部〟、どうした？」

「〝伊賀〟です、確認して下さい。マル害の好物は何ですか？　それから、クラスには南山、という男の子がいますか！」

「なんだい、藪から棒だな、……ちょっと待て」

井波の返答を待つ間、土岐は女の子から目を逸らさなかった。

「……嘘じゃないね？」

「信じないなら、あの子、ここに連れてきてあげようか？」

「いや、いいよ。座ってて――」

土岐が、あっと思ったときには、女の子は立ち上がり、風のように草むらを騒がせて走り出していた。

「こちら〝服部〟、その通りだ。だがどこでこんな事を聞いた？」

井波の悠長な声が聞こえてきた。

「至急至急！　緊急事態だ、さっきの女の子が監視対象宅に向かってる！」

「なに？　じゃ今のは……」

土岐は構わず、無線を切り替えた。

「こちら〝伊賀〟、〝風魔〟応答せよ！」

「こちら〝風魔〟、どうぞ」

「緊急事態！　監視対象宅、及び路上に人影は視認できるか」

「いえ、路上には誰もいません！　庭はこちらからは死角になってますけど」

「こちら〝甲賀〟、どうしたんです、隊長！」

土岐は立ち上がった。馬鹿な、女の子は別の場所にいるのではないか？　そうか、と土岐は思い当たった。

――別の場所に昨日うつされ、自分たちが現着するまでのあいだに、再びここへ戻された。だからこそ、雑貨店の店主の印象に残るように細工したのだ。

あれは〝誘拐に〟無関係と印象づけるためだけではない。〝女の子〟そのものと無関係と信じさせるためだ。

あの子がいったことは、井波が確認した以上、嘘ではない。そして、あの子はマル害と話をしたと告げた。とすれば、もう一度そこにいくには、躊躇いはないだろう。マル対は、まだあの家の中にいる。

――あの子の命が……！

土岐は無線に怒鳴った。

「こちら〝伊賀〟、全責任は俺が取る！　ただちに現場を離脱、監視対象宅を包囲せよ！」

「小隊長？　それは……」

土岐は、皆まで聞かず、無線を切り替え、本部の井波に告げた。

「こちらは〝伊賀〟、警部、これより我々は監視から包囲へと移行する！」

「待て、落ち着け！　現在、捜査員がそちらに急行中、まだ行くな！」

「待てない！」

迷彩服姿の第四小隊が、崖から滑り降りてくる。それから、予め手順が決められていたかのような動作で、隙なく住宅を取り囲んだ。土岐も草むらを踏み越えて走り出した。

その土岐の眼前に、ブロック塀に設けられた出入り口から、ふらりと力無く路上に現れた小さな影がある。あれは――。

――マル害の女の子だ！

土岐が駆け寄るより早く、水戸が塀の内から姿を見せ、女の子を抱き上げた。

狭い庭を抜けた玄関先で、土岐は怒鳴った。

「副長はそのまま確保！　井上さん、突入いけますか！」

「構うこたない、隊長、踏み込もう！　野郎！」

家の側面のどこからか、武南が怒鳴り返した。

「ちょっと待て！……来たぞ、刑事部だ！」

水戸が震える女の子を抱えたまま、天を仰いだ。無数のサイレンを響かせ、多数の警察車両が向かってくるのが聞こえる。

狭い道路一杯に、覆面パトカーが雪崩れ込んできた。それからタイヤを鳴らして次々と急停車すると、一斉にドアが開き、姿をみせた捜査員が道路に溢れた。

「マル害発見……、確保！」

歓声に近い捜査員の声が上がる。

「マル被は中か？」

捜査員の一人が土岐に尋ねた。

「そうだ、それに別に女の子がいるはずだ！　急いで下さい！」

捜査員のひとりが、玄関の薄汚れたドアを開けた。

「小堀さん！　警察です、ちょっと出てきて下さい！」

「なに言ってるんだ、あの子はこの家から出てきたんだぞ！　もう一人いるかも知れないんだ！」

土岐が怒鳴ると、捜査員が土岐を押しとどめた。

「もう、解った。これからは俺たちの仕事だ、御苦労だった」

なおも一歩踏みだそうとする土岐を、水戸が背後から肩に手を置いて制した。

返事がないと見るや土岐の眼前を、捜査員たちが吸い込まれるように戸口の中に消えてゆく。

土岐は捜査員の階段を登る音を聞きながら、二階を見上げ、祈った。ただ、祈り続けた。

大した抵抗もなく犯人は取り押さえられたらしく、手錠を塡められ、両脇を捜査員に固められた被疑者がのそりと姿を見せた。

写真で見るより脂肪質で、垢じみた格好をしている三十代の男だ。煙草を道ばたに投げ捨てたのを咎められた程度の無表情さだった。

「女の子は、女の子はいませんでしたか」

「いや、いなかったよ。こいつだけだ」

男の脇（わき）を固めた捜査員が答えた。

土岐は一歩踏み出して肩から水戸の手を外し、男の正面に立った。

「あの子の他にもう一人、いるはずだな。どこにいる？」

男は視線を下げたまま、答えなかった。

「答えろ！　どこにいる！」

声で斬りつけるように、土岐は男に言った。

「……知らないね」

興味のない看板を見上げての呟（つぶや）きのようだった。

「――貴様！」土岐の心は、一瞬で発火点を超えていた。

「警視」と、両脇から二人の捜査員が、土岐の方が危険だというふうに両腕を摑んだ。

「離せっ！　どこだ、あの子をどこへやった！」

反射的に土岐は捜査員の腕をすり抜け、それぞれに肘（ひじ）で当て身を喰らわせていた。捜査員らがよろめく。

が、一歩踏み出したところで、数人の捜査員に囲まれ、身体中を捕まれていた。

振りほどこうともがく土岐の眼前で、男は覆面パトカーに乗せられ、走り去った。

土岐は一人、背広姿で車を運転していた。もうすっかり、夜になっている。

被疑者の取り調べが続く同じ所轄署の中で、土岐もまた、井波に事情を聞かれた。さらに鑑識が男の自宅で採証作業を続ける中、土岐と女性捜査員の出会った女の子の捜索もまた、行われた。しかし――

……結果は空しかった。

土岐は特科中隊に帰隊し、こちらでも簡単な報告を済ませたが、どうしても気になり、こうして帰宅前に足を向けることにしたのだった。途中あることを思い立ち、コンビニエンスストアで買い物をした。

自動車の行き交っていた街道を外れ、現場へと通じる狭い一本道を抜けた。昼間に監視しているあれだけひっそり閑としていた住宅地は、家々の窓から夕餉の明かりが漏れていた。黄色いテープが張られ、現場保全の制服警察官が立番する犯人の家の前を通り過ぎる。日中潜んでいた野原で車を反転させてから、土岐はエンジンを切ると、借り物のインテグラから降り立った。

電柱の街灯が照らす道路を歩き現場に近づくと、警察官は土岐を見つめた。

「この家の関係者ですか」

土岐は首を振った。

「マスコミさんなら駄目ですよ、立ち入り禁止です」

「……いえ、違います」

「早くお帰んなさい。……今夜は少し冷えるようだよ」

警察官は親切に言った。

「ええ。……それじゃ、お巡りさんもご苦労様です」

土岐は背を向けて、戻ろうとした。それから歩きだそうとした足を止めて振り返り、警察官に聞いた。

「……森林公園て、どう行けばいいんですか?」


両側を黒一色の森に挟まれた土の道には落葉がたまり、等間隔で並んだ水銀灯がそれを照らしている。

土岐は、森林公園の駐車場に車を停めると、そこにあった自動販売機で缶コーヒーを買い、暖かさを両手で持て余しつつ、自分の靴底が枯葉を踏む音だけを聞きながら、誰もいない散歩道を進んだ。

水銀灯に照らされたベンチを見つけ、そこに腰を下ろすと空を見上げた。中天で月が、冴え冴えとした白い光を放っていた。

土岐は待った。……物音もなく、人の創り出した光が、水銀灯の投げるそれだけという、水底にも似た光景と静けさの中、待ち続けた。

相手は、山へと続く散歩道の奥から、水銀灯の明かりの中を、燐光のように仄かな光に縁取られながら、足音もなくやって来た。

あの女の子だ。

土岐は座ったまま女の子を迎え、笑った。

「——こんばんは」

「また来てくれたんだ、うれしい！」

女の子は、胸の前で手を合わせ、満面の愛らしい笑顔を見せた。

「ここへ座らないか」

土岐は身振りで、自分のベンチの隣を示した。

うん、と女の子は答え、ベンチに座った。

「ね、チョコレート持ってる？」

眼をくるくると動かしながら、女の子は土岐に聞いた。

「俺ももういい年だからね、あんなものいつも持ち歩いてる訳じゃないよ」

口ではそう言いながら、土岐は悪戯っぽくポケットからチョコレートを取り出し、女の子に差し出した。

「ありがとう、あたし大好き」

女の子は、受け取り、包装を破いた。

土岐は女の子が一口チョコレートを囓るのを見ていた。それから顔を前に戻すと、缶コーヒーのプルタブを引いた。生ぬるくなった液体を、喉に流し込む。

ふと土岐が息を吐くと、白く息が凍る。女の子の方を見ると、口許に小さな笑みを浮かべている。けれど、白い息はない。

――そう、見えるはずがない……。

静かな、刻々と月さえ動かす時間が、二人の間を流れた。

「……君は、あの男に殺されたんだね？」

土岐は缶を膝の上で両手に包み込み、前を向いたまま、口を開いた。

女の子が口にチョコレートを含んだまま、頷いた。

「……だから、君は――」土岐は女の子の横顔を見た。

「ね、お兄さん、教えてよ。……歳をとるってどういうこと？」

女の子は、土岐の言葉に答えず、土岐を見上げてそう言った。

「え？」

「あたしはあの時から、ずっとこのままなの。これからも、……そうなのかな」

歳を重ねること。……どういえばいいのだろう？

「……難しいな。ただ、一つだけ言えることは、ずうっと同じ状態ではいられないという事だね」

土岐は、静かに女の子を見つめた。

「あたし、お母さんによく言われてたの。誰か人を助けてあげれば、きっと神様もあたしを助けてくれるよって」

女の子は口許を震わせ、眼の端に清潔な光を瞬かせながら、土岐をすがるように見詰めてきた。

「……あたし、人を助けたよね？　あの子をあいつから守ったんだよね？」

土岐は、賽の河原などという馬鹿な話をでっち上げたのはどこのどいつだ、と激しい怒りを感じながら思った。親孝行ができなかった子供たちは、永遠に石を積まされ、それを鬼に蹴散らされ続けるという、遺されたものもまた、永遠に苛み続ける残酷な話を。

土岐は、大きく頷き返しながら答えた。

「ああ、君は立派だ。あの子を守ったんだ、偉いぞ、本当に偉いぞ」

「ね、生まれ変わりってあるの？　またお父さんやお母さんの子供になれるの？　教えてお兄さん、あたし、何にも知らない。ねえ、だから教えて？」

土岐はいままで生きてきた中で、これほど返答に窮した事はない。

それは誰にも解らない、そう正直に告げるべきなのか。君は立派なことをしたから、きっと願いは叶うよ、と気休めでもいいから口にすべきなのか。

土岐は、答えを求める女の子の双眸を答えもなく見つめ続けた。

解らない……、解らない。答えを知っている者がいたら、誰でもいい、自分にそれを授けてくれるなら、この五体が引き裂かれてもいいと土岐は思った。

しかし、たとえいたとしても、今この場にはいないのだ。

「——それは」

土岐は意を決して、唇を開こうとした。……

……どこかで、携帯電話が鳴っている。

土岐は押し包まれるような冷気を感じながら、うなだれた頭を上げ、瞼をゆっくりと開いた。口から漏れた息が顔を撫でると、ほんのりと温かく感じた。それほどに、身体が冷え切っていた。

——眠ってしまったのか。

土岐は背を伸ばしながら、古くなったゴムのように硬く感じられる自分の身体に血流を戻すために、両肩を動かした。鈍い痺れたような痛みがある。

上着の内ポケットから、携帯電話を取り出し、通話ボタンを押して、耳に当てた。

「はい、土岐です。……ああ、副長ですか。ご苦労様でした、何か」

言いながら、左右に視線を走らせて散歩道の上に人影を探した。誰もいない。……あれは、夢だったのだろうか。

「ご苦労様でした」水戸はまずそう言ってから、本題に入った。「……実は私も少し気になったので、所轄の本部に寄ってみたんです。知り合いがいましてね、ちょっと事情を聞いてみました」

「そうですか、すみません」

「ええ、それでマル被の男の供述、ぽつぽつ出てきてるようです。――隊長と捜査員が関わった女の子の事も話しているようです」

「……そうですか」

土岐は空を見上げた。月はなお高い。

「なんでも男によると、当該マル害を拉致する当初から、その女の子の声が耳元で聞こえていたそうです。〝やめろ、やめろ〟と。――そして、自宅に監禁して……、その、手出しをしようとすると、女の子が姿を現して、恐ろしい形相で立ちはだかったので、できなかった、そう言っているようですね」

「そうでしょうね」

土岐の答えに、水戸は黙った。が、気を取り直したように話を続けた。

「そこで、取り調べの捜査員がその女の子は誰だ、と聞いても、黙秘するそうですが、捜査員も何かあるとは感じているようです」

「そうですか。どうもわざわざ、ありがとうございました。副長には、御迷惑をおかけしましたね」

「いや、電話したのはそのこともあるんです。……退勤前に、中隊副長とばったり廊下であって、話したんです。副長がいうには、報告書には女の子のことは記載しなくてもいいそうです」

「…………」

「証明できる事柄でもないし、話がややこしくなるだけですからね。逮捕の手続きとしては内偵中、マル害の姿を現認して突入した訳ですし、マル被も誘拐は認めてますから、問題は無いはずですが」

それでは、と水戸は電話を切った。土岐は立ち上がりながら、あの男には余罪があると確信していた。あの女の子は、……多分この公園のどこかにいる。救いの時を待っているのだ。井波警部に頼めば、それを必ず追及してくれる筈だ。

土岐の関わったあの子の存在が、たとえ証明できないものであっても。

ズボンの裾を払い、歩きだそうとした土岐の視界に、何か光るものが映った。

土岐は屈み込み、ベンチからそれを拾い上げる。それは、銀紙の包装を半ば剝かれたチョコレートだった。

チョコレートの角には可愛らしい、小さな歯形がついていた。

土岐は胸に深い深い温かさが溢れてゆくのを感じながら、包装を丁寧に戻すと、上着の内ポケットに納め、そっと上着の上から撫でた。

――ここには〝菩薩(ぼさつ)〟がいてくれたんだ……。

土岐は諸天諸菩薩に感謝した。

――願わくば諸天諸菩薩よ、あの子の徳高き願いに応え、功徳を与えられんことを……。

そして、魂に大きな安らぎを与えんことを。

気がつくと、体中に温かさが満ちている。土岐は歩き出した。もう孤独も哀しみも感じない。それどころかまたいつか、あの子に逢えると確信してさえいた。

……歩き去る土岐の姿を月だけが見送っていた。

第五話　紫苑……狙撃手は、とおい人を想う

闇が、地鳴りのように震えている。

分厚いコンクリートを伝わる振動が、湿度を含んだ重く流れない空気を、漆黒の蜃気楼のように揺らめかせていた。

無明の中にふっと小さな低光量ライトがいくつか灯ると、吹き散らされたように闇が遠のく。すると、海洋ほ乳類を思わせる優美な白い巨体の輪郭が、どことも知れぬ広大な空間に浮かび上がった。

ボーイング747－400。微かな光は巨象の愛称をもつ旅客機をほんの一部だけ照らし出したが、周囲をすべて窺わせる程ではない——。

と、もはや脅威では無くなった闇を蹴散らすように、尾翼方向、機体最後尾にある補助動力装置の下を走り抜ける黒い一団があった。

空中の戦闘機同士の闘いにおいても、視界から外れる上にレーダーによる探知も行き届かないために〝死の六時方向〟と呼ばれ、そこから敵に接近されることを忌まれるが、飛

行機が地上にいて、しかも旅客機であっても、それは変わることがない。

　薄暮の空を擦過する鴉の群のように、周りより一段と濃い黒色を纏う、特科中隊の無言の男たちは、自分よりも大きな動物を集団で捕食する軍隊蟻さながら、迅速に襲いかかった。

　旅客機のすべての出入り口という出入り口の下に、滑らず音を立てないように表面をゴムで覆う加工が施された伸縮式梯子が用意された。英国製で、実戦に即した造りになっている。装備としては、ある意味で銃火器より大切だ。どんなに突入隊員が射撃練度、精巧な銃を持っていようと、機体に入らない限り被疑者は制圧できないからだ。

　土岐は空気の揺れと左目の暗視装置で、第四小隊の五人の仲間が行っている作業を把握しながら、担当制圧域の第二ドアの下で突入命令を待つ。動きを止めると、暗視装置の発する音が急に耳につく。暗視装置は訓練を怠れば距離感が何センチか狂ってしまう。時にはそれが他人の命、ひいては任務の成否に直結する特殊部隊は、いつでも、そしてどこでも使えるように訓練していなければならない。

　武南が梯子を支え、井上が突入命令が下されれば即座に梯子の収納された部分を伸ばせるように、押し上げる紐へ手を掛けている。伸梯準備よし、と二人が手信号で合図を送るその脇には、水戸がＭＰ－５の銃床を肩に当ててドアに銃口を向け、精密射撃の構えで警戒している。内部に気付かれている様子はない。今のところ予定通りだ。もっとも、機体の腹の下で宴会をしても、機内の対象者には気付きようがない。頭上にはＪＡＬと大書されているはずだが、機体の曲線のせいで、下からは見えなかった。

隣で、突入命令の受領に備えて息を潜める、無線伝令の甲斐が身動きした。走る間に装備の位置がずれたらしい。無理もない。今回の訓練では第一機動隊の基幹部隊も一個中隊も参加し、待機している。そのため、機動隊の運用する部隊活動系アナログ式無線ＵＷ－１０１と、仮採用された特殊警備系デジタル無線の二つを携行しているのだった。どちらもそれほど重量はないが、身体の微妙なバランスが乱される。

〝〈トマルクタス〉よ…、〈ドーベ……ン〉、〈ヨーキー〉へ……〟

潮騒のようなノイズ混じりの佐伯副長の声が、無線機の更新にともない採用された、米国ニュー・イーグル・コミュニケーション社のＤＢシステムによって伝えられる。特殊部隊だけでなく、航空機を使用する消防の救助活動でも使われている装備だ。

このシステムは、音を直接、耳に伝えるのではなく、こめかみに装着した装置が頭蓋骨を振動させることによって鼓膜に伝える。ヘッドフォンのように耳を塞がず、また周囲の騒音の影響を受けないのが最大の長所だ。……特殊部隊が突入すれば、騒々しくなるに決まっている。

〝……秒後に無線封鎖解除、寝た子を起こせ！　五秒前……を開始！　以上了解か？〈ドーベルマン〉！〟

国産の新型無線機が支給されてから、通信に不調が続いている。支給された際、情報通信管理第三分隊からの話では、本部と部隊、個人間を結ぶだけではなく、電波を利用して隊員一人一人の位置把握が可能で、ゆくゆくは銃本体やヘルメットに装着したセンサーからの情報を居ながらにして参加部隊全体で共有できるシステム端末の雛形(ひながた)、ということだったが……将来はともかく、今現在、確実な伝達手段として役立ってもらわなければ、意味がない。

――なんとかして欲しいな……。

〈ドーベルマン〉、第三小隊長がカチッと無線機のスイッチを鳴らすのが聞こえた。否、という信号だ。

〝〈ドーベルマン〉より〈トマルクタス〉、頭切れ。さらに送られたし〟

命令の冒頭がよく聞き取れなかったので、もう一度送ってほしい。と、機首寄りの第四小隊とは斜向(はすむ)かいの尾翼寄り、第五ドアから突入する五木警視が応答している。

緊張の中、土岐はマスクの下で口許(くちもと)だけで微笑(ほほえ)んだ。無線封鎖中に肉声を送るとは、五木警視、相当頭にきてるようだな……。

デジタルで交信する電波は、盗聴するのは至難だが、内容が不明でも交信量が増えれば、相手に動向を推察する材料を与える事になる。

〝〈トマルクタス〉より、繰り返す、三十秒後に無線封鎖解除！　寝た子を起こせ！　五秒前に秒読みする！　どうぞ！〈ドーベルマン〉！〟

カチカチ、と無線のスイッチが鳴る音。

〝〈……キー！〉〟

土岐もカチカチと通信受領の合図を送る。

瞬時に延ばされた梯子を藤木が機体のドア直下に立てかけ、裏側から体重をかけて固定する。その梯子を突入装備携行員の井上、前方警戒員の水戸が吸い上げられるように昇って行く。土岐はMP-5の銃口を上げ、ドアを警戒する。

もしこの光景を真上から眺めている者がいるとしたら――、いるかも知れないが、ボーイング747の周りに突然、黒い間欠泉が噴き出したように見えただろう。複数の箇所から同時に突入するのは、対象者を混乱させるためなのはもちろんだが、もし対象者が反撃してきた場合、その銃弾が一ヶ所に集中し、突入した隊員のみならず、ドア付近の乗客乗員に被害をださないためでもある。

〝〈トマルクタス〉より、秒読み開始！　五、四……〟

井上がドアレバーに手を掛ける。水戸は片手で閃光音響弾を摑み、口に撃発ピンをくわえたまま身動きもしない。

〝二、一！　無線封鎖解除、着手開始！　突入せよ、突入せよ、突入せよ！〟

井上がドアを開放するのと、水戸がピンを抜いた閃光音響弾を投げ込み、両手を梯子から離して銃に持ち替えながら、最後の二段を駆け上がるのはほぼ同時だった。ドアから轟音とともに、地獄への扉が一瞬、開いたような強烈な青白い光が、四角く闇に閃く。武南、土岐、甲斐もドアを抜けた水戸に続いて機内に侵入する。

そこはエコノミークラスのキャビンで、三人掛けのシートが三列ずつ並んでいる。その列を隔てる二本の通路にMP－5を構え、互いの身体を密着させて進む。まるで大人のムカデ競走だが、被弾面積を減少させるにはこれが最適なのだ。

空調が停止し、窓から淡い光が差し込む機内は、地下道のように重苦しい。閃光音響弾の爆風で巻き上げられた、繊維の微細な破片が舞っている。

「警察です！　動くな！　頭を低くしろ！」

「立つな！　席から立つな！」

第四小隊は二手に分かれ口々に怒鳴りながら、三人それぞれの監視範囲、射界が重複しないように、席の間を出来るだけ速く前進する。客席には同じ様な顔をした乗客たちが騒ぎもせず黙然と座り続けている。土岐たちは座席番号を頭の中で確認しながら進み続ける。

旅客機への突入、制圧は寸秒を争う。対象者を発見すれば即座に銃弾を撃ち込み、確実に無力化しなければならない。何しろ機体に人質が密集し、突入部隊も通路を一列縦隊でしか前進できないのだから。

身を隠すこともできない状況では、ひたすら移動を続け、〝的〟として小さくなるよう、心がけるしかないのだ。

だからこそ、ハイジャック事案では軍隊の特殊部隊が突入する事例が多い。軍隊は、国家という暴力独占機関が定めた〝敵〟を、どんな手段を使ってでも排除するのを任務とする。国籍、人種に関係なく、可能な限り逮捕することを目的とする警察とは違う。

後尾方向からも第三小隊が〝流入〟している。対象者ではなく乗員乗客を威嚇するように声を発しながら、こちらに向かっている。

と、抑制した発射炎と銃声が、第四小隊の進む方向からした。距離からして座席番号55付近、第三小隊が発砲したのだ。

〝〈ヨーキー〉へ、こちら〈ドーベルマン〉！　マル対甲を制圧、もう一名がそちらの正面に向かった！〟

「〈ヨーキー〉了解！」土岐は顔を覆ったバラクラバの下で、表情を変えず応じる。

第三ドア、座席番号にして38と40の間まで達したとき、土岐は対象者を捕捉した。そのマル対乙は座席番号50から53、ギャレイの脇を向かってくる。警告を与える、そんな鄭重（ていちょう）な事は出来ない。武装していることは解っている。座席を盾にとる前に無力化しなければならない。

土岐は構えていたMP-5の引き金を引いた。相手は吐き出される発射炎の先で一刹那（せつな）、動きを止めると、どさりと俯（うつぶ）せに倒れた。土岐は弾倉が空になるまで、床に張り付いた男に発射炎の瞬く銃口を向け続けた。殺すためではない、〝完全に〟無力化しているだけだ。死亡したとしても、それは結果に過ぎない。

武南がマル対乙に駆け寄って調べる間、土岐は移動しながら同じく検索を続ける甲斐に、指揮本部へ制圧の報告を入れさせる。

〝こちら〈ヨーキー〉より〈トマルクタス〉へ、マル対乙を制圧、完全に無力化した。繰り返す、完全に無力化した〟

土岐はそれを、自分の無線機で聞いていた。

〝こ……、〈……クタス〉、よく聞こえない。もう一度願う〟

〝〈ヨーキー〉より、対象者乙を完全無力化した！　どうぞ！〟

〝〈トマルクタス〉……解、マル対甲は、……か？〟

〝こちら〈ドーベルマン〉、当該マル対は制圧確保済み、先ほど報告したが？　〈トマルクタス〉どうぞ！〟

五木警視が割り込んできた。

〝〈トマルクタス〉より、……もう……願う！〟

こま切れの言葉からも、佐伯の状況を掌握できない苛立ちが聞き取れた。

第四小隊は、座席で動かない同じ顔、同じ表情をした乗客たちの確認を終えた。

土岐は担当制圧域の確保を続けながら、佐伯の焦りが解った。対象者が確保されていなければ、救出のための機動隊員を機内に入れる訳にはいかない。だが、突入部隊だけで現場を掌握するのは不可能だ。一般的に言えば、突入隊員だけで百名近くを必要とする。

土岐は待ったが、電波に対象者制圧の報告はのらなかった。

二十秒後、新型特殊警備系無線ではなく、警備活動系無線によって報告を受けた佐伯は、機動隊二個中隊に救出命令を出して機動隊員が雪崩れ込み、身動きしない乗員乗客を運び出すと、状況終了を告げた。


「なんだってこんな物を寄越したんだ！」

五木小隊長は怒りも露わに吐き捨てた。無理もなかった。無線に限らず伝達手段は、実力行使を行う集団の神経系を形成する。そして実力行使は、最前線の部隊のみによって行われるものではない。

個人の闘争でも、ただ拳（こぶし）を相手に突き出せばいいというものではなく、より有効な打撃を与えるためには腰を捻（ひね）り、踏み出した片足に体重をかけねばならない。全身が脳の指令に従うだけでなく、互いの動きを察知して全体で動かなければならないのだ。

その有機的運動ができない集団は、有効な打撃が与えられず壊滅するか、自壊する。

……土岐と五木、そして佐伯が、頭上を覆う主翼の巨大な影の下に集まり、訓練後の検討会を持っていた。機動隊の小隊長、分隊長のかける号令が重なり合って聞こえ、隊列を組んで機体から離れてゆく活動服と防護衣姿の隊員たちが青い流れのように見える。黒い突入装備の特科中隊の幹部三人は、取り残された中洲に見えた。

「FM波からデジタル波になって秘匿性が増したのは評価出来ますけど――」と土岐も口を開いた。「移動中にこうノイズが多くては、お話になりません」

佐伯は薄い頭髪を撫で上げた。五木は身長が百八十近い長身、土岐も百七十程だが、佐伯は土岐の身長に届かない。自然、二人の小隊長は上官を見下ろす格好になった。

「そうだな。これぱかりは何とかしてもらわんとならん。技術的なことは解らんが、こっちは人命を預かっているんだからな。だが、まあ、まだ仮制式だ、改良の時間はある。技術屋さんにはしっかり頭を絞ってもらおう」

「しかし……、不愉快です」

五木が目を逸らしながら言う。

「そうは言っても、俺たちが設計して、はんだごて片手に作るわけにはいかんだろ、どうだ」佐伯は苦笑した。「だが……、そうだな、現場の要望を上げることは構わんだろう。土岐隊長、頼めるか」

「わ、私がですか？」

「なに、何事も勉強だ。じゃあ、また後でな」

三人寄れば文殊の知恵、と言うけれど、土岐は思った。……結論がいつも同じなのはなぜだ？

五木と佐伯が撤収準備のため立ち去ると、土岐もまた、第四小隊の待つ場所へと歩き出した。

主翼の陰からでると、そこは照明によって照らし出された広大な空間だった。ジャンボ機の、全長約七十メートル、全幅約六十メートル、垂直尾翼を含めた全高約十九メートルをすっぽり収めてなお余裕のある建物の内部なのだった。

第四小隊の五人は、アルミ合金で覆われた壁際で、それぞれ待機していた。

「どうでした？」と、水戸が寄りかかっていた吸音材入りの壁から身を起こすと、尋ねた。

「五木隊長、無線のことで相当、頭に来てました」

土岐は言ってから、自分の装備をまとめにかかる。

「五木隊長の気持ち、解りますよ。彼女と電気製品は国産に限ると思ってたんですが」

井上がわざとらしく深刻な顔をしながらいう。

「それは違うな、いい女に国境はないさ」

藤木が端正な口の端を上げるようにして言う。

「女性のことは知りませんけど——」と、甲斐が憮然と言った。「これでは無線担当として、責任が果たせません」

余計な装備をもたされ、しかもそれが役に立たなかったとあって、甲斐もまた苛立たしさを感じている顔だった。

「隊長と彼女の間より長持ちしないとは、困った機械ですねえ」

おどけてみせる武南の言葉に、土岐はこいつだけは結婚式に呼んでやるまいと決心する。

それはもう、目前に迫っていたが……。

土岐は装備を詰めたバッグを手に立ち上がった。

「しかし肝心な時にめげられるとは、ついてない。散々だな」

「〝めで〟……？」水戸が自分の荷物を肩に掛けながら怪訝な顔をする。

「あ……いや、岡山では〝壊れた〟という意味で、使うんです」

「どうやら、怒っているのは五木隊長だけじゃなさそうだ」

水戸が小さく笑う。土岐が故郷の言葉をだすのは相当、苛立っているのだという事を、この明敏な副指揮官は心得ていた。

「これが実戦だったら、どぎゃんしたらよかとですかね」

土岐が苦笑混じりに言うと、武南がにこやかに尋ねた。

「それも岡山の言葉ですか？」

「……馬鹿か、お前」

こいつは岡山県人をみんな敵に回す気なのだろうか。

「お迎えが来た、ドアを開けるぞ！」

声のする方向に身を向けた第四小隊の六人は、壁に７４７の全高と同じ縦一直線の光の棒が現れ、それがさらに重量物を動かす油圧の音に伴って押し広げられて、そこから光が溢れ出すのを見た。

視界がほんのわずかな間、漂白されたものの、浮かび上がるように色彩が戻ってくる。

つい先ほどまで閉じられていた大扉が開放されたそこに、機動隊のバスが数両、横付けされ、その向こうには——、太陽光のせいで急に黒さを増した壁一面の開口部の縁をフレームにして、青い夏の空と積乱雲が切り取られていた。

第四小隊も、他の部隊とともに歩き出した。

成田空港、ノイズ・リダクションハンガー。

この空港の一隅に屹立（きつりつ）する施設は、本来は整備を終えたエンジンを試運転するために建設された。周囲に轟音をまき散らすことなく試運転を行うのが目的であったが、その防音設備と、衆人環視を全く考慮に入れなくても良い密閉された広大な空間は、特殊部隊の訓練の条件にも合致していた。そこで定期的に特科中隊は設備を新東京国際空港公団から借り受け、機体を各航空会社から提供してもらい、訓練を行っているのだった。

航空会社にとってはまさかの際には頼らざるを得ないし、特科中隊にとっては、各航空会社それぞれによって違う機内の座席の配列を実地に体験できる機会なのだ。さらにより緊急の状況を想定する訓練では、国土交通省の所管する空港防災教育訓練センターで行う。

長崎空港の一角にあり、実物大模型が二つあるそこでは、火災も含めたより実戦的な訓練をする。

報道に公開される訓練とは、実はデモンストレーションに過ぎない。担当者が計画した時間通りに進み、被疑者は予定通り取り押さえられる。とても現実に即しているとはいえない――。

訓練に参加した全員がバスに乗り込むと、何事も無かったようにバスは走り出した。

冷房の効いたバスの車内で、土岐は息をついた。最初は快適だが、すぐに汗が冷えて肌寒くなるのが判っているので、胸元のファスナーを下ろすだけにする。……冷房無しで過ごすことには、もう慣れてしまった。今は逆に、冷房の効いた室内に長い時間いることに違和感を感じる程だった。

――要望書、書かなきゃならないな……。

座席に背を預けながら、土岐はややうんざりしながら思った。

「久しぶりだなあ、この辺りは。俺、ここの生まれなんだ」

千葉県警の所属だが、全国各地の県警から出向した警察官で構成されている、新東京国際空港警備隊員の敬礼でフェンスの外へバスが達した時、機動隊員の誰かの、くつろいだ声が聞こえた。

「へえ、そうなのか」

「ああ、成田不動には、よく行ったよ」

どうやら地元出身者らしい。が、話題は次の休暇の過ごし方に移った。

成田不動尊か。土岐は目を閉じた。

不動尊――、不動明王はもとはインドの山の神であったという。その故か岩のような座に立ち、他の仏のような装飾も身につけず、簡素だが威厳ある姿で右手に剣、左手に索を持っている。

なんの見返りも求めず、供物は食事の残りでよいといい、憤怒の表情とは裏腹に、他人のために身を捨てたいと祈る者には、その者の代わりとなって苦痛を引き受けるという〝身代わり不動〟の説話が、数多くある。そして仏たちはそれぞれに様々な誓いをもって衆生を救うが、不動明王は悟りを求める人々に仕えることを己の役割としている。哀れみの心を持ちながら、時として怒りの表情で叱咤して。……大多数の、自分たちと同じ、名も無き警察官のように。都内では目黒、目白という地名に、不動尊信仰の名残を止めている。ちなみに、それらに赤、青、黄を加えて五色不動と呼び、つくったのは江戸時代の天海僧正というのは全くのデマだが。

土岐は車中で、ぼんやりと身体を休めた。

勝島の特科中隊隊舎に戻ると待機室で報告書を作成してから、要望書に取りかかった。

最初は気が乗らなかったが、あの暗い機内での、無線の不通によるもどかしさ、苛立ちを思い起こしながら書き進めるうち、稚拙な文字を綴るボールペンに、我知らず筆圧がかかるのを土岐は感じた。

状況が秒単位で推移する航空機強取事案で、あのような無線統制上の混乱は、即人命の損失に直結する。自分たちの能力を超えた事柄である以上は、克服する義務のある人々に、そうしてもらいたかった。

ちょっと書きすぎたかな、と書き終えた後、ちらりと脳裏をかすめたが結局、中隊副長に提出した。

新型国産無線機は回収され、もとの装備に戻った。

不都合が無くなると無線機を意識する事もなくなったが、提出した要望書に対する意外な返事が第四小隊、土岐のもとに訪れる事となった——。

「失礼します。本庁情報通信局通信企画課から参りました、村上真喩と申します。ちょっとよろしいですか」

事務書類に追われていた土岐がその声に顔を上げると、第四小隊詰め所のドアに若い女性が、涼しげなスーツ姿で端然と立っていた。

土岐以外の五人の眼もあがり、その女性を見た。

年齢は二十代半ばで、長めの髪がすっきりと綺麗に肩に流れている。耳たぶの上端が髪の間からのぞいているのが、どこか北欧の伝説の中に登場する妖精を思わせた。

　土岐は事務席から立ち上がり、歩み寄った。その女性は土岐の胸元から上目で臆する様子もなく見上げた。

「小隊長の土岐です。何か御用ですか」

「用がなければ来ません」

　土岐だけに視線をくれながら、口許に笑みさえ浮かべず村上真喩は言った。その言葉で不快になる前に、土岐はしげしげと村上真喩の動かない表情に見入っていた。

　こうして間近で見ると、村上真喩は姿勢がいいというよりも毅然と、あるいは昂然と胸を反らしているように感じられる。

　そのあまりに素直すぎる言動に、滑稽ささえ感じた。自然に土岐の言葉も後輩に話しかけるようになる。

「そうでしょうね。それにここには用事がなければ入れないし。――で、その内容は」

「これを書いたのは土岐小隊長さんですね」

　と、手に提げた書類鞄からファイルを取り出す。土岐は何日か前に自身で提出した要望書を村上真喩から受け取りながら、何故かその手にもう一つスポーツバッグがさげられているのに眼を止め、不思議に思いながら答える。

「ええ、確かに。――それが」

「新型の特殊警備系無線の設計には、私も関わりました」

「……なるほど」

土岐は複雑な表情になった。他人の悪口を言い合っているところに、当の本人が現れた場面の表情に似ていた。

「で、どんな使い方をすればここに書いてあるようになるのか、見せて戴きたいと思って。――構いません？」

声では許可を求めているとはいえ、それを相手が断るとは微塵も斟酌していない通信技官の声だった。

背後で土岐の言葉を待たず、そそくさと独り者たちの立ち上がる音が聞こえた……。

土岐は浮き足立つ部下たちを叱責し、所属長として内線で上官に指示を求めた。素晴らしく有能な上官、佐伯中隊副長は答えた。

「ああ、何か警察庁からそんなことを言って来てたなあ」

悠長な声が回線を通じて返ってくる。「なんだ、いまそこにいるのか？　まあいいんじゃないのか、機密保全審査は問題ない筈だし、あちらさんの部内に、一人でも理解者を作るためならな」

「いやしかし、佐伯副長、相手は若い女性なんですよ……！」

土岐は井上と甲斐がお茶まで出して、藤木が村上真喩に話しかけているのを背中で聞きながら、受話器に手を添えて小声で言った。

「技官とはいえ、同じ警察官だ。まあ、有意義な体験をさせて気持ちよく帰ってもらえ」

「……そんな、副長！」

「そう言うな、なにか不都合でもあるのか？　訓練中に事故があった場合でも損害賠償は求めないっていう誓約書と守秘義務の同意書、忘れずにな。あ、そうそう、お前さんの例の小隊増員計画、承認されそうな気配だ」

電話の向こうで、佐伯に誰かが話しかけたらしく、声が遠くなる。

「……あ？　ああ、それでいい、うん。──それでは土岐小隊長、頼んだからな」

「ちょっと待って下さい！　誤魔化さないでくださいよ、副長──」

受話器の中で、佐伯の慈悲深さを象徴するように、唐突に電話は切れていた。

……持つべきものは、良い上司だ、と土岐が溜息混じりに受話器を置いて振り返った。

「どうされたんですか？」

きちんと足を揃えて椅子に着いた村上真喩が、土岐に尋ねた。無邪気、というよりも宇宙人に近いなと、土岐はふと思った。

スポーツバッグに入っていたジャージに着替えた村上真喩と第四小隊は、特科中隊専用の訓練棟にいた。土岐たちも突入装備を着装している。

八月を半ば過ぎても、暑さは衰えることを知らない。日没は随分早まったが、この時刻はまだ日射しに容赦がない。アブラゼミの盛大になく声が、仄(ほの)かな冷気を醸し出す打ちっ放しのコンクリートに小さく反響しながら響いている。

「村上さんは……、そう言えばまだ階級を聞いてないいな」

「あ、はい。ええと巡査部長です」

技官は国家公務員Ⅱ種として採用されることが多い。その立場は警察官というより純然たる技術者であり、研究所内で勤務する関係上、自分が警察官ということもあまり意識にのぼらないのかも知れない。

「そう。村上巡査部長は、何か運動を？」

「高校、大学を通して陸上競技をしてました。今も少し」

なるほど、と土岐は思った。確かに体つきに無駄がない。

「ではまず、基本からお見せしましょうか」

土岐が合図すると、第四小隊は整列し、人質のいないことを想定した屋内検索を開始した。最後尾から真喩が恐る恐る腰を屈めてついてくる。その姿はまるで、遊園地にある子供だましの〝お化け屋敷〟を、おっかなびっくりで進む女学生だった。

四階の建物を、時間をかけて一つ一つ、部屋を検索して行く。三十分ほどで最上階に到達すると、土岐はバラクラバを口許からずらして口を開いた。

「これが基本。で、人質がいる場合も見たいですか」

「ええ、ぜひ」と真喩が好奇心を露わにして頷く。

「じゃあ、あなたに人質役をお願いしましょうか。武南！　犯人役をやってくれ」

「はい、喜んで！」

「あ、それからこれ」と、土岐は耳栓を真喩に手渡した。

二人を残して、五人は部屋を出る。

訓練棟の入り口に、予め用意しておいたロープ降下装備一式を担いで、屋上へと向かう。

「ドジるなよ、みんな。いいところを見せとかないと」

「派手にいきましょう。あのお嬢さんに我々がどういうものか教えてやりますか」

土岐が屋上の残暑の眩い陽光の下でそう告げると、水戸はマスクから覗いた切れ長の眼をさらに細めて、笑った。

屋上の中心からさっと五人は三方に散ると、手すりにアンカーシステムを設ける。影が階下から見えないように注意した。

全員の準備が完了するのを見て取ると、土岐は片手で合図した。

まるで水面に落ちた石で飛沫が散るように、五人は一斉に壁面をロープで伝い下りる。瞬く間に窓の上方へ到達すると、即座に発火式模擬手榴弾を投擲する。

音が室内で炸裂し、その中に真喩の悲鳴が混じるのにも構わず、土岐たちは一挙動で窓から屋内に降り立ち、ＭＰ－５を構えた。

舞い上がった埃が雲母石の破片のように宙で煌めく中、土岐はゴーグルごしに自分に向かってくる人影を捉え、銃口が上がる。――違う、村上真喩だ。

少し変わったところはあるが、真喩もただの若い女性に過ぎなかった。目前の土岐に、すがりつこうとした。

一般の想像と違い、突入中に人質を優しく抱き留める特殊部隊員などいない。銃器に組み付かれる前に、突き放せと教えられる。まさか実戦通りにはできないので、土岐は真喩の肩を摑んで床に伏せさせた。

「マル害、確保！」

真喩の清潔な職場の床とは似ても似つかない、まるで黄砂が吹き荒れたあとのような床に組み敷いたまま、土岐は腰を落として銃を部屋の奥に向け続けた。

耳と眼をやられたのだろう。どんなに訓練を積んでも、実戦で使用される閃光音響弾の、五感を麻痺させる極限の嵐には慣れることはない。発火式模擬手榴弾にはそれほどの威力はないが、武南は顔をしかめながらも、銃口を上げている。が、水戸の方が早かった。空砲が響き、武南は床に倒れ込む。

「４０２、マル対制圧！」

水戸の声が響いた。

「403、よし!」

「404、よし!」

「405、よし!」

井上、藤木、甲斐が室内のそれぞれの場所で構えたまま報告する。

「よし、状況終了!」

「あのお、隊長さん」と床の上から、声がした。

土岐が目を落とすと、真喩が恨みがましい視線で土岐を見上げている。

「……いつまで押さえつけとく気なんですか?」

「ああ、失礼。怪我はない?」

土岐は立ち上がり、右手を真喩に差し出した。真喩はふん、と鼻から息を吐いてから、土岐の手を借りて立ち上がる。それから咳き込んだ。化粧気のない白い顔にも、汗で埃が隈取ったようについている。笑うな、と自分に言い聞かせながら、土岐は言った。

「顔を洗った方がいいな」

それから、土岐たちは支援業務管理、第七分隊から狙撃練習用の空気銃を借りて、人影のない運動場に出る。

すぐに灼かれた地面の熱で、足の裏がブーツの中で汗に沈み込む。熱気と静けさが一体となった気だるい微風が、乾燥して砂色に鈍く光る運動場にたゆたっている。その色にもう少しだけベージュを混ぜれば、英国ＳＡＳの制式ベレーの色になる。

狙撃銃――日本の警察では〝狙撃〟という言葉の持つ攻撃性から〝特殊銃〟と呼称するが、その実弾射撃は都下の総合訓練施設でしか行えない。以前は自衛隊の朝霞駐屯地の射撃場を借りて行っていた。

「あれが見える？」と、土岐は運動場の遠方を指さす。

「あの〝一〇〇〟と書かれた看板ですか？」

と、真喩が乾いて白っぽくなった運動場を見やりながら答える。

「そう。あそこの的を狙ってみよう」

「たった百メートルですか？　映画なんかでは、もっと遠くから撃ってますけど」

真喩は土岐を見上げていった。瞳が大きく、とても印象的な、表情をよく映す眼だ。

「軍隊の狙撃手ではないからね。ポリス・スナイパーは可能な限り目標に接近することが許されるんだ。現にアメリカで特殊銃手の配置される距離の平均は、八十メートル内外なんだよ」

「……映画とは、全然違うんですね」

「その通り」と水戸が口を開いた。「それだけ離れて配置されるのは、スナイパーの任務の大部分は現場の監視だからでもある。……地味なもんだ」

水戸は言わなかったが、スナイパーが可能な限り対象者との距離を詰めるのは、確実に〝無力化〟するためだ。特殊銃手が引き金を引くとき、それは令状に依らない死刑執行を意味する。が、水戸はあえてこの部外者には教えなかった。

「よし、じゃあやってみよう。マットを敷いて」

武南が抱えてきたシューティングマットを、恭しく地面に広げた。

「撃ち方にはいくつかあるけど、伏せ撃ちからしてみよう」

真喩は空気銃を受け取ると言われたとおり腹這いになり、銃床を肩に当てて、照準器を片目で覗いた。

「両目は開けておくように。射撃するときだけ片目を使う。それまでは広い視界を維持しておくんだ。右足を曲げれば、呼吸が楽になる」

土岐は銃身の傍らに片膝をついて、真喩の手元を見ながら言った。すらりとした肢体を伸ばして構える真喩の姿は、星を射んとする愛染明王のように凜々しい。

「照準器内に影があるのが解るかな？　左右にある場合は横についてるヴィンテージ・ターレットを、影とは反対に回して調節する。上下の場合は、上のエレベーション・ターレットで同じようにする。影が無くなったかな？」

「難しいな……」真喩はターレットを調節しながら呟いた。

それから、左手で地面をぽんぽんと叩いた。……側で自分と同じ格好で手伝って欲しい、という事らしかった。

後ろで見守っていた藤木が吹き出すのが聞こえた。土岐も一瞬、呆れたが仕方なく、犬じゃないんだぞ、と心の中で呟いて、真喩のとなりに腹這いになる。真喩が顔を引き、土岐は照準器を覗き込んだ。

「ちゃんと合ってる。よし、撃ってごらん」

「息を止めてから、引き金を引くんですか？」

「いや、何回か深呼吸して、息を吐ききってから止める。それから撃つ」

映画のように息を急に止めれば、血液の循環が促されて心拍が上がり、結果、銃身がぶれて弾道が微妙に目標からそれてしまう。

「……当たるかな」と、交代した真喩が引き金を引いた。シャンパンのコルクが抜かれるような音とともに、プラスチック弾が発射される。

どれどれ、と水戸が標的に向けて双眼鏡を構えた。

「……ん？」

「外れちゃいました？　おかしいな、真ん中を狙ったんだけど」

真喩が視線を水戸に移して、言った。

「――いや」水戸は双眼鏡を下ろすと、真喩を見た。「当たってるよ、中心点に。ドンピシャだ」

距離を伸ばし、百五十メートルの目標に挑戦している真喩を、少し離れて土岐と武南は見ていた。百メートルでの成績は、十発中九発が命中し、内四発は中心点を捉えていた。遠距離射撃の訓練では、最初はどこの国も空気銃を使うが、それは初心者でも命中させやすく、自信を持たせやすいからだが、真喩には集中力と素質があるのだろう。水戸も本腰を入れて、真喩の側で指導している。

「ねえ隊長、あの人いい腕してるじゃないですか。スカウトしましょうよ」

「好きもん」

土岐は腕組みしたまま言った。

「いや、俺も別に美人だから言ってる訳じゃないです、あの射撃の腕は……」

「好きもん」土岐はもう一度だめ押しした。

「違いますよ、違いますよ。いやだな、何言ってるんですか」

二人の見ている先で、真喩が歓声を上げた。百五十メートルの目標も捉えたようだ。隣で水戸が声を掛けている。

「女性は」と土岐は言った。「咄嗟の判断は、どうしても男には劣る。教官には最適だが、実戦には向かないと思うな」

射撃に一段落つけ、ジャージを両手で払いながら、真喩と水戸が歩いてきた。

「でも第二次大戦中、ロシアの女性スナイパーは優秀だったって、何かで読みましたけど」

　土岐の声を耳にしたのだろう、真喩は言った。

「男と女では、身体の構造が違う。女性にはできて男性にはできないことも多いけど……狙撃は、どうかな」

「女は家庭で育児をしていろって言うんですか」

　真喩は憤然と土岐を見上げて言った。

「そういう意味じゃないよ。私は差別はしない。でも、やはり男女間では向き不向きがあると思うから。――不愉快にさせたのなら謝るよ」

「結構保守的なんですね、隊長さんて」

　少し尖（とが）った横眼で土岐を見やったが、急に表情をくずして、真喩はふっと笑った。あどけない、どこか美季とも共通する素直な表情だった。

「でもいいです。今日はいろんな事が少しだけ解ったし、それに」

　と、真喩は付け加えた。「皆さん親切にして下さって、楽しかったから」

「それは良かった」と土岐は微笑んだ。

「でも、スナイパーって面白いですね。……私も始めてみようかな」

「まあ、確かに命中率は良かった」

　水戸が口を挟んだ。「しかし実銃と空気銃は違うし、特殊銃手の訓練には素質と集中力が必要だよ。並外れた忍耐もね」

「そう……、そうですよね。私、調子に乗っちゃった。ごめんなさい」

真喩はぺこりと頭を下げた。

「今日は本当に有り難うございました。通信機材の設計に役立てます」

それから村上真喩は隊舎に戻って着替えを済ませると、名残惜しげな井上と武南に見送られ、情報通信管理、第四分隊に向かった。

警視庁一階の大食堂は昼時の時間帯もあって混んでいた。

食物の匂いが空調でかき混ぜられるなかを、カウンターで受け取った料理を載せたトレイを手にした制服、私服の警察官たちが行き交う。談笑と食器のふれあう音がざわめく。

土岐はそこで、一人で慌ただしく昼食のカレーを掻き込んでいた。

目の前のテーブルには書類が広げられている。つい十数分前まで、十六階で警備部幹部を前に、第四小隊増員計画の必要性と予算措置に関しての説明を行っていたのだ。

特殊銃手とその指揮及び記録、そして突入部隊との連携を保つ観測手の配置に関してだった。刑事部との連携を前提とし、迅速な行動で事案に対応するのが土岐の第四小隊創設案だったとはいえ、やはり、刑事部の応援が仰げない事態も想定され、犯罪の凶悪化が深刻になりつつある昨今、第四小隊にも専門の特殊銃手は必要だった。

さらに、いまは突入班長と小隊長を兼務しているが、より小隊指揮官としての任務に専念するためには、替わりの突入班員も必要なのだった。

土岐が考えを変えたわけではない。土岐は第一から第三小隊のような二十人編成ではなく、即応突入小隊として位置づけた少人数の第四小隊を、より一層、有効な部隊にしたいと考えている。

〝特殊銃手〟の選考に関しては自分にはとやかく言う権限も経験も無いが、突入班員に関しては、一人脳裏に浮かぶ顔があった。

第六機動隊、機動救助隊の牧場和宏巡査だ。が、土岐は人員については言及せず、編成と予算措置についてのみ、居並ぶ幹部たちの面前で述べた。

土岐は小会議室で幹部を前に、自分が慣れない説明をしていた事を思うと、手にしたスプーンも止まりがちになる。普段はそうは見られないが、土岐は面識の薄い人間を前にすると、人見知りをしてしまうのだった。

全国津々浦々に転勤を繰り返す国家公務員Ⅰ種合格者、いわゆるキャリアは、配属された任地に溶け込むこと、あるいは無難に過ごすことを求められる。部下の言葉によく耳を傾け、同時に上の者も立てなければならない。それはまた、キャリアとはいえ、それなりの実績を求められるからでもある。……だから、たとえ本心は見せずとも快活か、少なくとも周囲に愛想良く振る舞わねばならない。

――特科中隊にいた時間が、長すぎたのかも知れないな……。

警察官としての自分の時間は、いつも特科中隊、とりわけ第四小隊の面々とともにあった。体育会系の雰囲気が強い警察社会にあっても、特にその臭いの濃密な機動隊に飛び込まされ、これまでなんとか必死に泳いできた自分。小隊長として部隊を指揮、監督し自分なりに小隊に貢献してきた自分。

いつか特科中隊から転属を命じられる日は、必ず来る。そのとき自分は、二十代の日々を懸けてきた自分の部隊に、どう区切りをつけるのか。

警察官の社会は、若くして自分の専門を持てば、退官まで他の部署と行き来を繰り返しながら、道を究めて行く。機動隊も、そして特殊部隊もまた例外ではなかったが、一度離れた後、また帰り来ようとも以前と同じ立場ではあり得ない……。

考えてみれば、この増員計画は土岐の次に、第四小隊の陣頭にたつ者のためにしていることになるのだった。

そういえば、と土岐はカレーを口に運んでいたスプーンを止め、皿から顔を上げて、テーブルの脇を通り過ぎてゆく警察官たちの背中にぼんやりとした視線を投じながら考えた。

小会議室を出、警備部第一課、第二課、災害対策課と続く廊下を、エレベーターへと解放感を感じながら歩いていたあの時、視界の隅に捉えた、あの人影は――。

……よく似ていた。しかしあり得ないとも思う。その人物は現在は警視庁を離れ、県警に出ている。

――まさかあいつを警備部で見る筈がない……。

五反田篤志。国家公務員、警察庁採用として同期であり、土岐が特科中隊の一員となる直接の原因を播いた男。そして、もう二度と相容れないことを大衆酒場の座敷で決定的にした男。

まさか、と土岐は半分ほど残っていた皿に、再びスプーンを差し込みながら否定した。それから小さな疑念を飲み下すように、冷え始めたカレーを口に押し込んだ。

「ここ、空いてます？」

声の主を見上げた土岐の口が止まった。

スーツ姿の村上真喩が、テーブルの向かいでラーメンを載せたトレイを手に、わずかばかりの努力が感じられる笑みを浮かべて、土岐を見ていた。相手にかかわらず、そういう表情を出すことが苦手な女性なのかもしれない、と土岐には感じられたが、少なくとも最初に見た表情よりは、親愛の情が湧く顔だった。土岐は口にものを詰めたまま、慌てて書類を足下のアタッシェケースに押し込んだ。

「どうも。……おひとりですか。あら」

丸椅子を引いて腰を落ち着かせながら、真喩は制服姿の土岐の胸元を見て言った。

「警視でらっしゃったんですね」

階級章の見方は知っているらしい。

「ああ、村上さん、だったね。この間はご苦労様でした。今日は？」

咀嚼を端折って、食道から胃にカレーを直行させた土岐が口を開いた。

「ええ、ちょっと用事で。土岐さんもですか？　偶然ですね」

「そうだね」土岐は水を飲んだ。

「あれから、携帯無線の仕様を考え直してみたんです。良かったら聞いて下さいませ
ん？」

聞きたくないと言っても、聞かせたがっている真喩の口調に、土岐は曖昧に微笑んだ。

――無邪気で、一生懸命なのだ。

自分は無邪気では無いが、と土岐は耳を傾けながら思った。一つのことに夢中になると、
そのことに頭が占領される。他人の視線には関係なく、また、少し他人の気持ちにも頓着
する余裕がなくなってしまう。

――この人と自分は、似たもの同士かも知れない。

「まず、対衝撃性なんですけど――」

甲斐なら理解できたかも知れない技術的な話を、それが癖なのか、真喩は眼とともに印
象的な耳元の髪に時折、指先をやりながら説明してくれた――。

「……この変更で、かなり衝撃には強くなって、しかも重量は同じです。あ、お時間大丈

夫ですか」

　長々と聞かせた最後に、真喩は尋ねた。話の内容が解っているなら最初に聞くべきだと、土岐は思ったが、ちらりと腕時計のデジタル表示を見る仕草をして見せて、答えた。

「もうすこしなら。……食べながらで結構ですよ、冷めるし、伸びる」

　真喩は湯気のか細くなった丼をようやく思い出し、箸を手に取り、割った。が、麵を口にするのも忘れて話を続けた。

「それで、屋内、移動時での不感対策なんですけど、ダイバーシティ方式を取り入れました。それは……」

　要するに、建物内で反射する電波と直接受信する電波を調節する回路を組み込んだらしい。麵を時々すすりながら、真喩は偶然の出会いで理想の男性に巡り会ったことを、熱心に友人に話して聞かせるような口調で土岐に説明した。土岐は説明はあまり頭に入らなかったが、真喩の様子を見ているのは面白かった。ふと丼に目をやると、褐色のスープからあがる湯気はもうなく、麵は全長を何倍かに増やしているようだ。

　真喩のような、警察官には見えず、警察に属する国家公務員としては自分たちI種よりも多い技官たちが、警察の神経系統を支えてきたのだろう。……警察は過激派による与党本部放火事件、食品会社脅迫事件で犯人に警察無線の妨害及びその内容を傍受されたことに対抗するため、あるいはそれを口実として全国の無線体系をデジタル化した。

それまでのFM波は第三者の傍受が容易であり、捜査の秘匿上に問題があったからだ。それを無線端末のROMに暗号コードとして記憶し、暗号コードを持たない第三者の傍受を不可能にして、さらに無線端末が盗難され使用、分解されるのを防ぐため、電子的な自爆装置まで組み込んでいる。

製造はメーカーに頼らざるを得ないが、技術開発は常に最先端を走っている情報通信局。その実績は与えられた数々の賞状が証明し、目の前にいる若い女性のような凝り性の人たちが支えている。

「……簡単に言うと、こういうことなんです。どうでしょう?」

子供が初めてのお使いから帰った報告のようだった。

「ラーメン、冷めちゃったね」

「ちょっと隊長さん、まじめに聞いてくれたんですか」

「一応ね。……それ、もう食べるのは無理だな。このあと時間に余裕があるなら、外に出ませんか」

「いいです」真喩は気分を害した口調で言った。「食べ物を粗末にするなって、親に言われて育ちましたから」

見ていると、食欲のそそらない麺を手繰(たぐ)り始める。「それに、午後も仕事があります」

格別、真喩の言葉に不快にもならず、座り続けてぼんやり真喩の食事を眺めている自分を、土岐は不思議に思った。ふつうこんな態度を取られたら、短い挨拶を残してさっさと席を立っている。

曲芸師が剣を飲み込むような表情で食べ終えると、真喩は土岐を見た。

「人がラーメンを食べるのが、そんなに珍しいですか？　それとも趣味なんですか？」

「うん、そんなに伸びたやつを食べる人を見るのはね」

「変わった趣味」真喩はハンカチを取り出して口許にあてながら、ようやく笑顔に戻った。

「食後のお茶でも……自販機だけど、一緒にどうかな」

「…………」

土岐は笑って付け加えた。「君のファンを羨ましがらせたいと思って」

真喩は不思議そうな顔をした。敬虔な修道女に同じ事を言えば、同じような反応を示すだろう――。

自動販売機が並べて設置された一角は、缶を片手に雑談する一般職員、制服警察官、噂話の交換に余念がない女性警察官、それに嫌煙権の普及を表すかのように、片隅で紫煙を吐く一団がいた。……気の毒に、あんな肩身の狭い思いをするくらいなら、いっそ禁煙すればいいものを。

土岐はそんなことを思いながら真喩とともに、立ち話をする人たちの間を抜け、自動販売機に硬貨を落とし込む。さきに真喩へ紅茶を渡し、土岐はプルタブを引き、コーヒーを一口飲んだ。

自分が最近、婚約したのを知る知人がいる本庁で、こうして若い女性技官と一緒の姿を見られたとて、土岐は構わなかった。たとえ見られても、奇妙な臆測が流れる心配はなく、流れたとしてもみな一笑に付すだけだ。相手が美人の場合は、特にそうだ。自分が誠実な人間と思われているのか、それとも相当持てない、あるいはそんな甲斐性はないと思われているのか。土岐としてはちょっと寂しい。

一口ダージリンを含み、口許で手を止めた真喩が口を開いた。

「──あの、隊長さん。私でもスナイパーになれるでしょうか」

真喩の突然な発言が頭の芯に到達する時間と、コーヒーが気管に入ったのを押し出す時間が必要だった。

「……本気で聞いてるのかな?」

「ええ。本気です。──できるでしょうか」

「それは……、私にはなんとも言えないけど、しかし」

「先ほど伺ったところで、耳にしたんです。全ての所属から募集するかもしれないって」

特科中隊は、中でも第四小隊は英国ＳＡＳの選抜と同様、部内のあらゆる部署から志願者を募る。これは部隊に実力主義と多様性を与えるためだけではなく、ＳＡＳの場合、何らかの理由で隊員が原隊復帰した際に、ＳＡＳの技術、精神が一般部隊でも取り入れられるという利点がある。一方で、志願者が何の戦闘訓練も受けていなければ、基礎から教えなければならず、養成に時間がかかるという欠点もある。

冷戦の崩壊に伴う国際情勢の変化とそれがもたらす非正規戦の脅威、国内における凶悪犯罪の増加という国内外の情勢から、準国家警察である警視庁の特殊部隊は、優秀な人員を喉から手が出るほど必要としている。しかし――。

「副長が言ったけど、実戦はあんなものじゃないよ。想像以上に過酷だし、女性には耐えられない部分もある」

真喩は黙って、紅茶を一口飲み、土岐は続けた。

「夢を持つのはいいことだけど――」

「夢は持つものじゃなくて、近づいて、叶えるものです」真喩は、土岐の眼を見た。「叶わないとすればそれは、信じ方に問題があるのでは？」

確固としたものが奥に窺える真喩の瞳(ひとみ)を見返しながら、土岐は自分が他人に同じような事を口走ったことを思い出した。話した相手は、あの五反田だった。二人ともまだ、警察大学校に入校したての学生だった。当時はまだ府中市ではなく中野に警察大学校はあった。

週末の休暇、土岐は数人に飲みに誘われ、断りきれず出かけた。その頃はまだ、同期生の中では、五反田とは割に親しい方だった。大衆酒場でサラリーマンたちの交わす喧噪と煙草の煙の中で、土岐は飲めない酒を飲んだ。

——信じればなんでも思い通りにいくの？

北国生まれの五反田は、白皙をビールで染めて土岐にそう問うた。

——俺はそう思う。

土岐が静かに答えると、五反田は端正な、自分でも爽やかだと保証している顔立ちを歪めるように笑った。

——じゃあ聞くけど、俺は野球少年でさ、大リーグでプレーするのが夢だった。今からでもなれるのかな？

土岐はカウンター席で隣に座る五反田を見た。

——なれるよ。……信じて、努力すれば。

なれなかったのは信じ方が足りなかったからだ、と胸の内で土岐は呟いた。前人未踏の道ではない。自分の前に歩いた人がいるのなら、きっと自分にもできると信じればいい。おなじ人間同士、他人にできることなら、自分にもできると思うしかない。そうすれば、夢や目的が叶えられなくとも、その人間はきっと次の何かを見つけ、成長することができる。

五反田は、ふん、と鼻先で笑った。土岐の心中まで読み切り、それも含めて笑い捨てるように。

——土岐ってやっぱり、単純だな。

——そうかな。

——お前は、単純だよ。

その後の事は、眠り込んで覚えていないが、五反田のあの笑いだけは記憶に沈殿してい
る。嫌なことを思い出してしまった。

「……歩きながら、話そう」

土岐は飲み干した缶をゴミ箱に入れ、真喩を促した。ここで男女二人が深刻な顔で話し
ていれば、いかに一方の男が土岐でも人目を引いてしまう。

警視庁本館の外に一歩踏み出せば、そこは砂のない砂漠だった。偏西風の代わりに車の
排ガスの渦が、歩き出した土岐と真喩にまとわりついた。土岐はネクタイを緩めた。

「……個人的なことを聞いていいかな」

「ええ」

「非番の時は、どう過ごしてるの？」

「部屋の片づけや、洗濯で手一杯です」

「そう。——付き合ってる人はいないのかな？」

「いません」真喩は生真面目な表情で答える。「でも、田舎の母が、うるさくって……先

月も」

「じゃあ休暇は？」

「時々、旅行に出かけます」

「職場の人や、友人と？」

真喩は触れられたくない、という表情をわずかに覗かせた。

「……一人です。バックパックとテントを持って、電波の届かないところでキャンプをするんです。自然にひとりでいると私、落ち着くんです」

「なるほど。煙草や酒は？」

「これは職務質問なんですか？……煙草は口にしたこともありません」

「そう、酒は？　嗜む程度かな」

「飲めます。でも、美味しいと思って飲んだことはありません」

なるほど。解りやすい答えだ。しかしあまり可愛げのある答えではない。土岐は少しだけ心の中で苦笑した。この女性技官はこういう質問が嫌いなのだ。個人生活を尋ねられることではなく、自分がすこし変わり者だと自覚があるからこそ、それを意識させ突きつけられる思いがするのだろう。俺と同じかな、と真喩に見られないように、小さく顔に出して笑った。

だが、笑ってばかりもいられない。この女性は本気かも知れないのだ。

狙撃手――特殊銃手は部隊に属しながらも、孤独な存在だ。それはチームの中にあっても、一人で打者と対峙する投手のように。

単独でも任務を行い、監視中の精神的影響を避けるために非喫煙者が選ばれ、非常呼集に備えて極度の愛飲家も敬遠される、いかに一発の弾道を被疑者に導くかという事のみに集中する世界。照準器越しに相手の一挙手一投足を見つめ、擬似的な一対一の関係になりながら、状況によっては〝殺すな〟という人間の根本的忌避に逆らわなければならない精神的重圧。

「――隊長さん？」口を閉ざし、ただ熱気の中で足を動かし続ける土岐を横から見上げて、真喩は尋ねた。

「もし希望がとおったとして一旦出動となれば、君は自ら決断するか、他人の決断に従わなければならない。その行為の結果は、君の夢の範疇には入ってないと思う」

「…………」真喩は無言だった。

視界の隅にタクシーを捉え、土岐が手を挙げるとタクシーはウインカーを点滅させながら、路肩に寄せた。

「乗っていく？」

「いいえ、電車で」真喩は表情を消して首を振った。

土岐は開けられたタクシーの後部ドアに、身を滑り込ませるのをふと止め、真喩を振り返った。

「君の考えにあれこれ口を挟むことはできないけど、あまり勧められる道でもないのは確かだよ」

それじゃ、と土岐が乗り込むと、待ちかねたように後部ドアは閉められようとした。

「それでも私、スナイパーになりたいんです」

漏れ出す車内の冷風に逆らって、真喩の声が土岐の耳に届いて来た。


村上真喩は、諦めなかった。

何かを目指し、極めようとすれば、生半可ではできないことは、通信技官の真喩ももちろん知っている。

しかし土岐の態度は自分にどれだけ出来るかを、——もっとも真喩自身にもまだ解らないが、そのことを無視しての言葉にしか聞こえなかった。自分の何を土岐は知っているというのか。データのない段階で臆測してはいけないという、科学の初歩を土岐は無視している。

真喩は、頑なな気持ちを抱えて地下鉄の階段を下り、ホームに立った。

土岐は知らない、と思った。あの、実銃ではないとはいえ初めて狙撃銃を手に遠く標的を狙ったときの、私自身の心に閃いた感覚を。緊張と逡巡はあった。……けれども、戸惑いはなかった。いるべき場所を見つけ、そこに納まったという身を絞られるような充足感があった。

数式と回路図とデータだけを扱う日々の業務では、まず奔ることのない、あの感覚。

だが、自分が女だから、という理由で土岐が諦めろというのであれば、とても納得できるものではない。

——見返してやりたい。女の私も同じようにできることを教えてやりたい。

電車が走り込んでくる。生暖かい風に前髪を吹き散らされ、頰を張られたような心持ちで顔を上げ、開いたドアに乗り込んだ。

真喩は乗客のまばらな車内で、吊り革を片手に揺れる身体を支えた。電車が走り出すと、ホームの灯りがすぐに後方に流れ去って、窓は黒一色になり、そこに映る自分の姿は、モノクロの、なんだか懐かしい写真の中の人物に見えた。けれど、もう一人の自分が向けてくる眼差しに、真喩は戸惑った。

——どうして、私は拘るの……？

もしかすると、自分は他の誰でもなく土岐に、認められたいのかも知れない。

真喩も社会、あるいは組織の内で生きている以上、その心は無垢ではあり得ず、土岐が思うほどには世間知らずではなかった。そして、胸の奥の拘りが、心境の微妙な変化の兆しであることも知っていた。

でも、どうして土岐なのか。特殊部隊の隊長を務めていることの他は、容姿も体格も、目立つ方ではない。むしろ、自分の今いる職場で、製図台に向かって没頭しているほうが似合っているような男だ。身の回りにはありふれている。

真喩は他に理由を思いをめぐらした。土岐が国家公務員I種、キャリアだから、という事も理由といえば、理由になるかも知れない。真喩も土岐があの年齢で警視であることから察していた。キャリアを見るのは初めてではないが、ビルの屋上から銃を構えて飛び込んでくるキャリアは、初めて見た。他にいるとも思えず、どうしてあんな官僚予備軍が、危険な現場にいるのか――。

――これは好奇心、よね。いまのところ。

真喩はガラスの中の自分に話しかけるような気持ちで、心の中で呟いた。もう一人の自分の姿が、困ったように微笑み、目を逸らした。

……一週間後、特科中隊の選抜試験志願者の募集が始まった。

土岐は所用で出頭した中隊本部で、志願者名簿を眼にする機会があった。

警察庁情報通信局通信企画課、村上真喩巡査部長の名前があることに軽い驚きを感じたが、目下の懸案は別にあり、中隊副長に休暇願を提出して受理されると、本部を後にした。

美季とともに、帰郷しなければならなかった。

　朝一番に発車する新幹線に、東京駅で待ち合わせた土岐と美季は乗り込んだ。美季も職場で有給休暇と他行願を申請していた。

　荷物を棚に載せ、席に落ち着くと美季は尋ねた。

「悟さんの生まれた町って、どんなところ？」

「ああ……、そうだなあ。古い町だよ。静かで」

「倉敷みたいな？　そう言えば寄ってく時間はあるかな？」

「残念、反対方向」

　ちょっと落胆する美季を、土岐は笑った。東京の人間は、岡山と言えば美観地区で有名な倉敷くらいしかなじみがない。その倉敷にしても、岡山にあることを知らない人もいた。

「〝ぼっけえ〟〝でえれえ〟〝おえんで〟〝なんしょんで〟〝ぜってえ〟……」

「なにそれ？」

　美季は怪訝そうに首を傾げた。

「岡山の方言。帰ったら喋れなくなってるかも知れない」

「あたいはちゃきちゃきの江戸っ子だい、べらぼうめ」

　土岐は笑った。

「おそれ入谷の鬼子母神、だろ？」

　鬼子母神信仰は古代カシミール地方まで遡ることができるが、江戸の庶民にも親しまれた。入谷の鬼子母神とは下谷(したや)の真源寺のことで、美季の実家は近い。

「そうそう。両親がお願いしてくれたお陰で、私は元気なだけが取り柄です。南無阿弥陀仏」

「それを言うなら南無妙法蓮華経」

鬼子母神——訶利帝母(かりていも)は法華経の守護女神だ。

発車ベルが響き、放送が流れると時刻表通り、朝の空気を揺らして新幹線は発車した。始発で岡山に向かい、終電で東京に帰らねばならない。ほぼ日帰りの、慌ただしい旅路になる。

静岡を越えた辺りから、美季は車窓からの景色に見とれ、土岐は売店で買った新聞を広げた。

記事は、カルト教団『救済の館』の蠢動(しゅんどう)が続いていることを教えていた。

刑事部は教団内部のリンチ殺人、脱退を申し出た信者の監禁等、およそ宗教集団とは思えない内幕の解明を続ける一方で、都内各所の教団支部に強制捜査の矛先を向け、逃亡した実行犯の捜査に全力を上げている。『救済の館』側は〝宗教弾圧〟〝国家権力の横暴〟をマスコミ相手に金切り声で喧伝しているが、教祖と事案の関わりが証明されれば、奥多摩の教団総本部に強制捜査の手が伸ばされることになるだろう。記事を読み進めると、教団は神秘体験のためと称して、大金を出した信者に違法な抗精神薬の投与まで行っている。

我々は修行しているだけだ、と『救済の館』は言っているが、随分安易な方法だ。……自ら極限に身を置くことによって、人は心の懊悩から解放され、幻影の形をした自己と対する。弘法大師空海が、室戸岬で一心に虚空蔵菩薩の真言を唱えたのはそのためだ。伝説では空海は払暁、降りてきた金星を飲み込んだという。

自分の力のみでできないのなら、止めた方がいい、と土岐は思った。体中から力という力が、精力とともにずるずると引きずり出され、その反面、意識だけは異様に冴えてゆく感覚の中、意識の底を覗き込むことを、土岐も知らぬ訳ではない。

あれは十日間、ほぼ休息も睡眠もとらずに続けられた、中隊総合訓練。絶え間ない想定の連続、耳朶を打つ銃声、酷使される肉体、朦朧とする意識の果てに……、土岐は、観世音菩薩を見た。

現実と無意識の壁も定かではなくなっていたあの瞬間、土岐は確かに、観世音菩薩を感応し、その安らぎに満ちた微笑みに救われた。

個人としては、意味のある体験だったと思う。けれど、土岐はそれを他人には漏らさなかったし、他人に仏道を奨めたこともない。

「……ね、悟さん」

美季の声がし、土岐はふと我に返った。

新聞を下ろし、傍らを見る。

「喉、渇かない？　何か買ってこようか？」

今でもはっきりと思い出せる観世音菩薩の微笑が、となりで土岐を見上げていた。


村上真喩は、講堂に隙間無く並べられたパイプ椅子の一つに座っていた。

真喩は久しぶりに制服に袖を通し、ＪＲ京葉線新木場駅に近い警視庁術科センターの、特科中隊特殊銃手選抜試験に臨もうとしていた。周りの椅子には制服を着た受験生たちが着席し、言葉少なく黙然と始まりを待っている。

真喩は自分の制服に目を落とした。きちんとしているつもりだが、着こなしがどうしても、着慣れている人間に囲まれていると不安になる。いつも局内では私服に白衣姿だが、制服を着る機会は無論初めてではなく、何度となくあったというのに。……意識したこともなく、記憶にも留まらなかったにしても。

廊下に通じるドアが開き、試験官が数名、姿を見せると水面に風が吹き渡るように、居並ぶ四十数名の小声が退いてゆく。

特科中隊支援業務管理、第六分隊の訓練担当、赤松警部補が演台に立った。起立、と号令がかかり、相互に礼、で頭を下げると赤松は口を開いた。

「朝から御苦労です。……これから三日間、あなた方は選抜試験を受け、それに合格した者が、特殊銃手基礎講習に入ることになります。選抜は基礎講習修了まで続くと思って下さい」

さて、と赤松は続けた。「最初に断っておきますが、この中には各機動隊で特殊銃手に認定されている方も多いかと思います。しかし、我々が必要とするのは遠距離射撃の技量もさることながら、様々な状況に対応できること、そして資機材を扱える能力です」

どこか高校時代の恩師に似た、淡々とした話し方をする人だなと、真喩は思った。日に焼け、上背はあるが物静かな印象だった。

「ですから極端なたとえですが、能力があればいまいる所属は問いません」

赤松は頭の連なりの中から、真喩を見た。

「女性の志願者もおられますが、皆さん、ひとつ全力で満足のゆく結果を出して下さい」

「よし、では全員、着替えの後、運動場に集合！　長距離走から始めるぞ！」

助教の声が響き、真喩も、そして男たちも立ち上がった。


九時過ぎには「のぞみ」は岡山に到着し、土岐と美季は在来の赤穂線に乗り換え、西大寺駅に降り立った。

「着いたのね」

「うん、帰ってきたなあ」

どこか晴れ晴れとした顔で、土岐はホームを見回しながら言う。

土岐と美季は、平屋の小さな駅舎を出てバスに乗った。

「あれ、なに？」

と美季が程なくして着いたバスステーションでバスを降りると、県道に面した広場に置かれている、古びた小さな貨車を珍しそうに指さした。

「昔は、ここに軽便鉄道が走ってたんだ。今は散歩道になってるけど」

ふーん、と美季は答え、二人は商店街の方に向けて歩き出した。

「先に、お参りしていこうか」

「あ、いつも悟さんが言ってた観音様？　行ってみたい」

静かな、昭和初期の佇まいを残す町並みを肩を並べて歩いた。

「何だか……、映画のセットみたい。門前町、って感じね」

「アーケード、無くなっちゃったんだ……」

土岐は西大寺仁王門の前まで歩くと、頭上を仰いで呟いた。

「あれ、お寺で何かやってるのかな？　賑やかね」

門の向こうにはテントの出店が並び、屋台も出ている。

「行ってみよう」

土岐は美季の手を引き、湾曲した小さな石橋を渡ると門を抜けて境内に入った。砂の浮いた石畳に歩を運んで行く。

右手に五重塔、左手に密教寺院らしく大師堂が設けられ、正面に本堂の大屋根が、瓦から夏の日射しを空に吹き上げ、ぎらぎら光っている。

裸祭があるために、西大寺の境内には樹木が少ない。そこに、ところ狭しと骨董品を扱う露店が軒を連ね、地面に敷いた布の上にも武具、古着、仏像が並べられ人々が行き交っている。――骨董市が催されているのだった。

「へえ、知らなかったな」

土岐は五重塔の脇にある一軒の店先を覗いた。ところ狭しと並べられた商品の醸す飴色や、くすんだ赤銅色の奥で、涼みながら紙コップのビールを片手に同業者と話していたランニング姿の店主がやって来た。

「どうだい兄さん、オメガ、ロレックスにセイコー、何でもあるよ」

「金、無いんですよ」

土岐は顔を上げて答えた。

はっはっは、と静寂を尊ぶ寺院に不釣り合いな豪快さで、店主は笑った。

「かあちゃんの前では買いにくいわなあ。ま、買うのはまた今度、見ていくだけでもいいからさ」

美季が恥ずかしいのか嬉しいのか解らない笑みを浮かべた。

「あ、このオメガ、綺麗ですね」

土岐が飾られた時計の一つに、腰を屈めて見入った。商標が旧式の、手巻きのシーマスターだった。

「おうよ、上辺（うわべ）だけじゃねえ。後ろのべっぴんのかあちゃんと同じで、中身も……おっとっと。――開けてやろうか？」

「いいんですか？」

土岐は店主を見た。昼間の酒が回り始めている店主は、げっぷとともに頷いた。

専用の器具で、ねじ込み式の裏蓋（うらぶた）がひねられ、取り外された。サーモンピンクの精緻な部品の噛み合わせと、規則正しい音が心地よい。

「……綺麗ね。こういう時計の中身って初めて」

「いつかは欲しいなあ、……当分は無理だけど」

見つめる土岐の横顔を、美季が微笑を含んでちらりと見た。

「なに？」

「別に。いいこともあるよ、きっと」

意味ありげに、美季は微笑を含んで答える。

「なんだいそりゃ」

土岐は笑った。

本堂正面の階段を上がり、舞台のように高くなった厚い床板を踏んだ。裸祭の夜は、この頭上から〝宝木〟が投じられ、土岐と美季の視線の先、ガラスの向こうに安置されている千手千眼観世音菩薩の眼前で、宝木を争奪する幾百の裸形の男たちの修羅場が展開される。それが〝会陽〟、裸祭だ。

「古い建物ね。いつ頃からあるのかな」

「そこに書いてある」

参拝を済ませ、階段を下りながら、美季が言うと、土岐は振り返り、階段の側面、行き桁に刻まれた文字を指した。

文久三年、とそれは読めた。

「ずいぶん昔なんだ。いつ頃？」

「幕末だよ。西暦に直すと一八六三年」

「詳しいのね、どうして？」

「新選組ができた年だからね」

新選組は日本の歴史上初めて、組織的に対テロ戦を行った武装集団だ。血に飢えた官営テロ集団とみられることもあるが、組織編成、戦術は合理的であり、武器が刀槍と銃器の違いはあるものの、現代の特殊部隊から見ても学ぶべきことは多い。例えば世界各国の特殊部隊は屋内近接戦闘では、黒い戦闘服を着て相手を威圧するが、新選組でも黒羽織黒袴を着用した。明治期、実際に追跡を受けた古老が語り残している。浅黄色の制服の方が有名だが、使用されたのは短期間で、作りも安っぽかったという。付け加えると当時は威信が低下したとはいえ、まだ幕府が正統政府であり、歴史上の評価はどうあれ、維新後、志士と呼ばれる人々こそがテロリストであった。

　土岐と美季はそれから、屋根の低い古い家屋の、軒先にできた日陰を拾うようにして土岐の実家に向かった。そこには、これまで世話になった親戚が待っているはずだ。――母一人子一人で生きてきた親子に、金銭問題も含めてなにくれとなく世話を焼いてくれた叔父夫婦だった。結婚式を上げる前に、その恩人にどうしても美季を紹介しておかなければならなかった。

　土岐の実家は、木造平屋の古びた建物だった。玄関先に、朝顔の鉢植えが、日射しよけに立てられた簾の陰に寄せられていた。

　玄関の引き戸を開け、小さな土間に入ると、土岐は声を掛けた。

「……ただいま。帰ってきたで」

　最初にほんのりと暗い奥から走り出てきたのは、小さな室内犬だった。ヨークシャーテリアだ。けれど高齢らしく、磨き込まれた廊下の板を足裏で捉えきれず、転げるように土岐の足下に飛び込んだ。

「おお、チロ！　元気だったか！」

　土岐が土間から抱き上げると、くすんだ玉葱色の被毛の犬は、あるかなしかの尻尾をひよこひょこと振りながら、土岐の顔を桜色の舌でさかんに舐めた。

「可愛い、昔から飼ってるの？」

美季がチロと呼ばれた犬の頭を撫でてやりながら言った。

「うん。もう十歳に近いかな」

「……悟？　あんたなん？」

廊下の戸口から、土岐の母親が顔を出した。

「うん、帰ってきたで。チロ、元気そうじゃな」

「まあ、美季さん。遠路暑いところ、ようおいでんさったなあ。悟、はよう上がって貰われ。——高田のおじさん、もう見えとるから」

「はじめまして、おかあさん。うちの両親が、くれぐれも宜しく伝えるようにと申しておりました」

美季が一礼した。

「うちの方こそ、悟がお世話になって。暑かったじゃろう、はよう上がっておいで」

靴を脱ぎ、わずかに軋む廊下を踏んで、居間に入った。

母方の祖母の弟、つまり大叔父になる親戚は、夫婦で二人を待ち受けていた。

「おじさん、しばらくです。母がお世話になってます」

母の置いた座布団に並んで腰を下ろしながら、土岐は頭を下げた。

「いや、さと君も立派になって。……よう分からんかったぞ」

「いえ、おじさんもお変わり無く」

「まあ、綺麗な娘さんじゃがぁ」と叔母が口を開く。「どこで見つけて来たんで。さと君もおくてにみえて、隅に置けんなあ」

美季と土岐は、一対（いっつい）の雛人形のように、二人揃って照れくさそうに視線を落とす。

「御名前は、なんていいなさるんで」

「初めまして。相川美季、と申します」

「やはり、その、警察の……」

「はい」

「しっかりした娘さんのようじゃなあ」

「私も心配しとったんじゃけど」と、母親が麦茶の入ったコップを並べた盆を持って奥から戻ってくると、口を開く。「これで一安心です」

つつがなく実家の畳の上で挨拶が終わると、二人は土岐の生まれた家を母親と叔父夫婦に見送られて去った。土岐は、叔父夫婦の反応から美季に好印象を持ってくれたのが解り、胸に安堵の幕を下ろす。

帰路、バスターミナルに向かう前に、土岐は美季の手を引き、もう一度西大寺に向かった。夏の終わりのヒグラシの声が、夕焼けに遠く、間をおいて近く響くなかで、土岐は千手観音に迎えられた。

　無言でただ祈念を凝らした。それから美季を促し、境内を出た。

「……どうしたの？」

「いや、ちょっとお願い事を忘れててね」

　そう、と美季は不得要領な顔で土岐を見たが、言った。

「聞くのを忘れてたけど……、観音様の両脇にいる仏様は、なに？」

「どちらも天部――、つまり明王。右側が、不動尊」

　土岐は手を挙げて、折良く通りかかったタクシーを止めた。

「左側は？」

　美季が尋ねる。

「左側は――」土岐は美季に続いてタクシーに乗り込みながら、答えた。

「愛染明王だ」


　土岐が初めて出会ったとき、愛染明王のようだと思った女は今、疲労の池の中に浮いていた。

　夕刻、村上真喩は術科センター内の宿泊施設のベッドに腰掛け、張りつめた太股(ふともも)を丹念に揉(も)んでいた。ここは機動隊の合宿も行われるために設けられており、四人部屋だが相部屋の者はおらず、一人になれるのが真喩にはなにより有り難かった。

特殊銃手選抜試験の第一日目、志願者たちは徹底的に持久走に挑まされた。最初は、五キロ。それから、次は十五キロ。後は思い出すのも億劫(おっくう)なほどランニングシューズを履いた足の裏で地面を蹴った。遅れる者は呼ばれ、それから着替えを命じられて二度と姿を見なかった。

まだ悪い成績ではない、と真喩は自己採点をしていた。走ること自体は苦にならない。平日は夜に十キロ、休みには体調にもよるがそれ以上は走り込んでいる。まだ余裕は充分にあるが、問題は筋力だと、真喩は考えた。

それにしても、と真喩は思う。あんな屈強な男たちが、どうして五キロのマラソンで消耗するのか、分からなかった。中には真喩のいま揉んでいる足より太い腕の者も、たくさんいた。

——痛みが激しくなるのが、ゴール間近にいる証拠だ。痛みに耐えられなくなるのが先か、テープを切るのが先か。

大学時代の陸上部の監督の言葉が脳裏に蘇(よみがえ)る。……まだ、痛みに耐えることなくロープを切る自信と体力は残されている。

私は負けないから、と心の中でひとりごちて目を上げる。

——見てなさいよ、私に無理だと言った馬鹿野郎たち。

様々な負の感情を燃料にして、真喩の心は湯気を噴きながら沸いていた。

静岡を越える辺りから、霧吹きで吹き付けられたような小糠雨(こぬかあめ)が、新幹線「のぞみ」の車窓を濡(ぬ)らし始めた。――月も星もなく、奥行きさえ窺えない風景が、レールの継ぎ目を乗り越える規則正しい振動とともに追い越されてゆく。

土岐は美季とともに、東京に向かっていた。

「ね、悟さん。こうして水滴がふにょふにょって動いてゆくの、可愛いと思わない？」

「そうかな」

「――私、好き」

そう言って窓際の席で飽くことなく子供のように、水滴の離合集散を眺めていた美季も、傍らで眠ってしまっていた。

土岐は読んでいた新聞を下ろして、肩にもたれかかった美季を見た。安らかな寝顔をしている、と土岐は思った。……明日からまた勤務に戻る。違反者や犯罪者には、また無表情や厳(いか)めしい表情で対応することもあるだろうが、今はなんの憂いも屈託もない顔で夢を見ている。行けなかった倉敷の美観地区でも歩いているのかも知れない。

「――冷えないか、美季」

土岐は眠っている美季に囁(ささや)いた。

眠りながら美季は口を動かした。

「……反則金は銀行か、郵便……」

土岐は小さく笑うと、そっと美季を抱き寄せた。

東京に着いても雨は降り止まず、雨雲はそれから二日間、東京の空の上に居座り続けた……。

完全防音の施された建物内で雨の音は聞こえない筈だが、真喩の耳には、雨滴が建物に降り注ぐ音が微細なノイズのように、いま立っている長大な空間に漂っているのが聞こえるような気がした。

――まるで小人さんになって、ボウリング場にいるみたい。

選抜試験の会場は都下、特殊警備訓練施設に移っていた。受験者たちは日本の特殊部隊の、秘密の一端を踏んだことになる。

「さて、みなさん」と赤松の声が上がる。「まずは三日間の基礎体力試験合格、おめでとう。だが、試験は終わった訳じゃありません。ひとつ気を引き締めなおして、これからも頑張って下さい」

赤松の話しかける志願者たちは、四十数人から二十人に減っていた。半数が脱落した事になる。真喩も、筋力試験では危ないところだった。腕立て伏せは十五回、腹筋は二十四回しかできなかった。

もういいから休め、と途中で何度か助教から声をかけられた。しかし真喩は、やらせてください、と言い続けた。

結局合格できたのは、持久走の成績が良かったことと、まだ筋力に関しては向上する意志があると見なされたからだろうと、真喩は思った。

――そうだ、合格できたのはスナイパーになる充分な体力があると見なされた訳じゃなくて、これからの訓練に耐えられると見なされただけよね。

試験終了後、自室でひとりで自戒したものの、やはり喜びはひとしおだった。が、それも携帯電話が鳴るまでだった。……相手は実家の母親だった。

「なんだ、お母さん……。しばらく連絡しないでって言ったじゃない。私、いま大事な試験を受けてるのよ」

「試験？　そんな話初耳よ、何の試験なの」

「機動隊の特殊……、狙撃手の選抜試験なの。体力試験に合格しちゃった」

口調が誇らしくなっているのが、自分でも分かる。

「――機動隊……そ、狙撃手……？」

一瞬の沈黙の後、母親は金切り声を発し始めた。真喩は顔をしかめて携帯電話を耳から離さねばならなかった。

「真喩！　ちょっと、何考えてるの！　あなた、無線の技術職で……！」

「心境の変化。……いまの目標はスナイパーになること」

「なにいってるの、そんな……あなたは女なのよ！」

「私もそう思うし、周囲もそう見てるけど、いまやってることには関係ないわ」

「できるわけないでしょう！　止めなさい！」

無線技術者になることも、警察職員になることも尽く反対してきた母に抗弁する無駄を真喩は悟り、話題を変えた。

「……で、用件はなに？　娘に自分は女だってことを思い出させること？」

「……まあいいわ、できるわけないもの。電話を掛けたのは、郵便のこと。見た？」

「しばらく官舎をあけるから、転送してもらうようにしてあるけど……まだ見てない。なに？」

「あなたは嫌がるでしょうけど、私の知り合いの息子さんね、まだお独りってお聞きしたのね。お会いしてみると学校の先生でとても感じの良い人だから、写真をお願いしたの。だから、……」

なんだお見合いか。

「ごめん、いまそれどころじゃないの」

「それどころって、真喩。……とにかく先様からご連絡戴いたら、お会いしてみなさい。

いいわね」

「うん、考えとく」

真喩は口先だけで答えた。本当は標的を撃ち抜くことしか、いまは頭にない。

「それじゃ」と母親は言った。「頑張って……とは言いませんからね」

娘が目標を定めて努力し、邁進していることのどこに不満があるのか。真喩は不快な気持ちで携帯電話を切ったのだった。

後味の悪さを嚙みつぶすような気持ちで、赤松の言葉に集中する。

「では担当助教ごとに五人ずつ分かれて、実弾射撃を行う。使用するのはこれです」

赤松は台から一挺の銃を取り上げる。全体に小作りの木製銃床で、銃身が太い。銃器に疎い真喩から見ても、年代を感じさせる代物だ。

「ルガー10／22ソニックサプレッサー、シングルアクション。使用する執行実包は二十二口径、装弾数は十」

志願者は五人一組になり担当助教のもとに集まる。助教の指導下、一番手がうつ伏せになり、五挺の銃口が揃うと、百メートル先に標的が立ち上がる。

「各々十発ずつ撃って貰います。撃ち方は午前中の座学通り。B－R－S－S、これを忘れないように。では、……初弾装塡を許可する！」

第二班、最後尾の真喩は〝ブラス〟の意味を一番手の背中、そして側で膝を折ってその手元を覗き込む助教の視線を追いながら、反芻した。

Bは土岐が言ったように深〝呼吸〟を繰り返してから呼吸を止めて銃本体を安定させることを意味し、Rは〝リラックス〟、つまり息を止めていられる時間内に目標を正確に捉えるための精神状態、Sは引き金に予め力を掛けておき、〝緩み〟をなくすこと、もう一つのSは〝絞り〟、引き金を引くとき不要な力みを押さえて、銃を微動もさせない事を示す。狙撃術の基本だ。

「準備よろしいか、……よし、では始め！」

バスッ！　とくぐもった発射音が五つ響いた。助教がそれぞれ双眼鏡を構え、弾着点を確認し、手元の紙に書き込む。

「音が意外に小さい、と思う者もいると思います。しかし、二十二口径は侮れません。弾頭がステンレスで被甲されていますから、貫通力は大きい。またそれ故に中東の某国情報機関では非合法活動において、拳銃で使用されるのです。ちなみにアメリカのＳＷＡＴも装備していますが、これは人に対してではなく、夜間に邪魔な街灯を撃ち抜くためだそうです。と、これは無駄話。――よし、続けて」

発射音、オープンボルトを引いて排莢、再装塡する音、また発射される音が、無味乾燥な五重奏のように続いた。

目の前の四人が、一人、また一人と撃ち終えて、順番から外れてゆく。弾丸を消費して照準器から目を離し、立ち上がりながら満足げな表情の者、眉間に皺を寄せる者、様々だった。

「よし、つぎ五番手、用意！」

四番目の志願者がどくと、助教は真喩を振り返った。

「はい、お願いします」

真喩は歩を進め、それからマットの上に身を横たえると、手を銃へ、愛しい男の頬に添えるように、そっと触れた。


「機動救助隊の牧場和宏巡査を知ってるか」

土岐が書類を中隊本部に持参すると、簡単な間仕切りの個室にある机から、佐伯が尋ねた。

「ええ、それが……」

「いや、今回の志願者名簿にあるんだが、二回目なんだ。一度目の成績がどうも振るわない。何か聞いてるか」

特殊警備訓練講習も刑事講習、いわゆる刑事の登竜門も、英国ＳＡＳの選抜試験も受験できるのは二回までだ。……牧場にとっては、最後の機会だ。

「はい。聞いた話では試験前日にかなりひどい事案に出動して、それで消耗していたようですね。……しかし、実地に見たところでは、体力、技術ともに優れている、と思います」

「そうか。勤務評定そのものは平均以上だしな。ま、何にせよ試験を突破したらの話だが」佐伯は椅子の上から土岐を見上げた。「使えそうか？」

「ええ。……牧場巡査次第ですが、欲しいですね」

「そうか。選抜に口は出せないが、一応頭には入れておく。御苦労だったな」

　土岐は一礼して退出した。


　狙撃の的はどんどん遠くなるが、自分が最終的な目標に近づいてゆくのが真喩には感じ取れた。

　いよいよ、特科中隊での訓練が開始される。

　二十二口径の射撃訓練で、志願者たちは篩に掛けられていった。脱落した者の中には、機動隊で特殊銃手に認定されている者もいた。経験に鑑みて、技量が伴っていないと判断されたのだろう。最終的には十名に減少していた。ほとんどが特殊銃手認定をされている者たちで、それ以外の人間は真喩を含めた三人だ。

　昨日の夕刻、日程をすべて消化して集められた志願者に、赤松は告げた。これから呼ぶ者は被服を貸与するので服のサイズを申告せよ、と。周りの男たちがざわめき、沈黙した。

真喩はどうして服のサイズくらいでそんなに皆が緊張するのか解らなかった。……女子高生じゃあるまいし、と思った。

　呼ばれた中に、真喩の名前もあった。呼ばれなかった者はぞろぞろと肩と床に溜息を落として部屋を出てゆく。半分に減った志願者に、担当助教がサイズの書かれた紙を手に近づいてゆく。

「ここに書かれたサイズでは、君はどれだ」

「あ、えっと、……Sですね、ちょっと大きいかも。──あの助教さん、どうしてみんな服のことであんなに硬くなるんですか」

「何言ってるんだ、君は」助教は苦笑した。「合格、ということだよ」

「え、あ、あの、それじゃ……」

「試験は次の段階に移行する。被服だけでなく、特殊銃の肩のパッドを作るために型どりする。──覚悟しておけ、かなり堪えるぞ。それから君たちは以後は候補生とよばれるからな。……がんばれ、村上〝候補生〟」

　一拍遅れて、全身が軽くなるような喜びが、全身に溢れたのだった。

「さて、みなさん。これから二ヶ月は、より実際的見地からの訓練に移行します。使用するのはこれです」

　特科中隊の講堂で、赤松は演台に載せられた二つの狙撃銃のうち一つを取り上げた。銃床と銃把が一体になった滑らかで洗練された印象だった。

「アキュラシー・インターナショナル製ＰＭです。これはイギリス軍の制式狙撃銃に採用され、発展型のＡＷもスウェーデン軍で使用されています。有効射程は千メートル、照準器はシュミット・アンド・ペンダー製で六倍率。重量は六キロ半。無論、ボルトアクション、単発式です。特筆すべき機構は、銃身が銃床から浮かせて固定してあることで、高い安定性を保ちます」

赤松はアキュラシーを置き、もう一挺の狙撃銃を取り上げた。木製銃床で相当使い込まれた印象だ。

「これが、アキュラシーが採用されるまで我々、及び機動隊各隊で使用されていた豊和工業製ゴールデンベア。機関部はモーゼル式閉鎖機構。照準器は八紘精機製の四倍率で、もとは猟銃です」

二つの銃を見比べると、アキュラシーが衛星通信なら、後のは電鍵を使ってモールス信号をやりとりする通信機のように真喩には見えた。……基本になった銃が猟銃でも、別に構わないが——米国の狙撃手たちが使うＭ-24もそうなのだから。だが、銃床が木製だと温度、湿度の関係でそれが膨張、あるいは縮小し弾道に微妙な狂いを生じさせる。手元ではわずかな誤差でも、目標に到達するころには掠（かす）めることもできない羽目になる。その結果は、軍隊なら目標を取り逃がすか、最悪、発見、反撃されて戦死。警察なら任務の失敗ということもあり得る。米軍はそれをベトナムの高温多湿のジャングルで学んだ。現在の銃床の主流は、金属か強化プラスチックなのだ。アキュラシーもまたアルミ製銃床を、プラスチックで覆っている。

「まあ、見ての通りです。アキュラシーの採用で射撃精度は著しく向上したと言えます。二つに共通するのは、ボルトアクションという事くらいですか。ああそうそう、君、どうして我々がボルトアクションを使用するか、解るね？」

　赤松は手前の候補生を指して言った。「言ってご覧なさい」

「は、射撃時の安定性です。単発のボルトアクションは、自動装塡式と違い、弾道にぶれが少ないからです」

「正解だ、そのとおり」

　赤松は頷いた。「だがそれは、単体の狙撃システムとして見た場合だ。銃一挺の限界は見えている。解るかね？」

　候補生を見渡す。「その限界はどこからくるのか。それは、あらゆる銃器に共通すること、つまり火薬を撃発させて弾丸を飛翔させること自体です。そうである限り、銃身は必ず、たとえわずかでも跳ね上がる。我々は単独で単一の目標を狙うわけではないのだよ。少なくとも三人一組だ。一人で発砲して万一、無力化できなければ、銃身のぶれがおさまるのを待つより、もう一人が発砲した方が有効だ。またそうしなくてはならない。

　その万に一つの状況を招かず、また瞬時の判断が行えるようになってもらいたい。いや

「――」

赤松は不意に言葉を途切ると、全員の眼を一人一人、まるで標的の顔を脳裏に刻み込むような視線で見た。真喩は背中に総毛立つような冷気を感じた。赤松の顔から、温和さが拭(ぬぐ)われたように消えている。――鬼だ、と真喩は心の中で呟いた。この人は……。

「――なってもらう、絶対に」赤松の口許だけが、別の生き物のように動き、そう言った。

赤松の後ろに控える五人の助教たちは黙然と候補生たちを見つめ、候補生たちもまた、しわぶき一つ漏らさず赤松の顔に視線を吸い寄せられていた。

「よろしい、では――」溶けるように赤松は笑うと、再び口を開いた。「候補生に一人ずつ、アキュラシーを貸与する」

「よし、では呼ばれた者から前へ!」

主任助教が演台に進み出て言った。候補生は蹌踉(そうろう)と立ち上がり、講堂の真ん中に並ぶ。

赤松は一歩、身を引いてその様子を見つめていたが、口を開いた。

「訓練が終わるまで、それが恋人と思って下さい。個癖(こへき)――、銃個々の癖を射撃場で試しておくように。……そうそう」

真喩は地面に固定する二脚架が畳まれ、銃床にモスグリーンの塗装がされたアキュラシーPMを、両手で抱くように助教から受け取った。ずしりと重い。……これが、私の〝任務〟の重さなのだろうか……。任務、という技官が使わない言葉が自然に浮かんだことに、真喩はとまどった。

　――私はもう、戻れないところへ来た。

　赤松は続けた。

「……ただし、宿舎に持ち帰って、抱いて寝ないように」

　教官から初めて聞く冗談だったが、真喩は新しい玩具を贈られた子供のように歓声を上げる仲間たちの中で、硬い笑みを浮かべるのが精一杯だった。

　真喩はその場でひとり戦慄(せんりつ)した。


「ねえ、隊長、なんか面白いことありませんかね」

　武南が言った。全員が事務仕事をしている。警察官の仕事の大半は事務処理で、特科中隊もまたそれなりにある。

「仕事しろ」

　土岐が書類を書きながら無味乾燥に言う。

「ああ、隊長はいいよな、あんな可愛い奥さんもらえるんだから。こないだの技官さん、また来ないかな」

　頭の後ろで手を組み、天井を見上げる武南に、土岐はもう一度言った。

「仕事しろ」

　はあ、と武南は溜息をつく。

「……いい娘だったもんな。藤木さんもそう思うでしょ」

「青いね、武南」藤木が言った。「あの娘は俺の見立てじゃ、まだ原石だな。いい女になってきたら、歓迎するさ」

　また始まった、と土岐は思った。小さく苦笑する。武南のために、土岐は村上真喩が特殊銃手選抜試験に臨んでいることを黙っていることにした。どこまで進んだのだろうか。ひょっとするともう脱落して、技官の業務に復帰しているのかも知れない。土岐は、愛染明王のような真喩を思った。

　そう言えば、自分は西大寺を後にする直前の再度の参拝で、何を祈ったのか。しかとは思い出せない。だが、もしかすると……。

「で、でも藤木さん、相手と一緒に、自分も高めてゆければ」

　井上が口を開く。どこまでも誠実な男だ。

「俺には磨いてやる時間がない」

「余裕ですねえ、僕は一人でも手一杯――」

　甲斐の何気ない呟きに、全員の視線が集中する。

「……彼女、できたのか」

「あ、まあ、いやあ、そこそこで……」甲斐が頭を掻く。「報告が遅れて……、なんか自分でも確信が持てなくて」

「第四小隊は夏だってのに〝春の嵐〟だな。さて、もうひと頑張りしようか、みんな。話題は休憩までとっとけ」

　水戸の言葉でまた、全員が書類に向かった。


　地上の人の営みには関わりなく、時間はしずかに季節をまわしてゆく。街の灯りが夕闇に映える時刻が早まり、道行く人の袖も長くなった。

　土岐は第四小隊の増員計画に追われている。

　中隊の本部管理棟と、各小隊詰め所のある建物の間にある渡り廊下をアタッシェケース片手に急いでいた。

　出動要請もなく、おだやかな日々が続き『救済の館』事案は刑事部と公安部が、逃亡している教団幹部の追尾、捕捉に全力を上げていたが、特科中隊の出動が予想されるような動向は現在のところ見られない、というのが本庁警備部の見解だった。

　建物の向こうから、号令とたくさんの足音、掛け声が初秋の涼やかさを含んだ微風の中から聞こえてくる。いい季節になったな、と土岐は少し背を伸ばす。

　中隊管理棟から、一人の女性警察官が歩いてくるのを認めた。女性警察官も気づき、足を止めた。

「……村上巡査部長」

土岐は真喩の目の前まで足を進めると、立ち止まった。

「土岐警視、ご無沙汰(ぶさた)しています」

真喩は自然な動作で、挙手の敬礼をした。制服姿にも違和感がなく、髪も短く切られている。本当に、見違えてしまった。

「……元気でなにより。——頑張ってるようですね」

真喩は穏やかな顔で頷く。

「自分なりに頑張って、どうにかここまで来ました」

「そう」と、土岐はかける言葉を探すでもなく、静かに言った。「じゃあ、またどこかで」

「はい、失礼します」

二人はそれぞれの方向に歩き出した。

「土岐警視？」

「……ん？」

土岐は呼びかけられて足を止め、振り返った。

真喩は、土岐を見つめていた。

「私、頑張ります」

「ああ、そうだね。じゃ」

土岐は再び管理棟へ歩き出す。土岐は気付かなかったが、真喩は土岐の背中を見送っていた。そして、視線を落とし、また顔を上げて歩き出した。何かを振り切ったようにも見える。

土岐が足を止め、背後を見たときには、真喩の制服に包まれた後ろ姿しか見えなかった。

……自分は迷っている、と真喩は思った。〝無力化〟と言い換えても本質としては人を殺傷する物を扱うこと、それをより効率的に、正確に扱うことに習熟しなければならない、ということに。

遠距離射撃の成績が下降している訳ではなかった。むしろ迷いを忘れるため、標的にのみ意識を凝らし、距離一千メートルでの命中精度は上位を占めていた。候補生の一団にはそれなりに溶け込めていたが、射撃場では、真喩の隣になることを誰もが敬遠した。そうせざるを得ない二人の候補生には、助教が気にするな、自分の目標だけに意識を集中しろ、と声をかけ注意しなければならないほどだった。

「なんだ、お出かけ？」

浴室で手早くシャワーを浴び、着替えを済ませてテレビとソファが置かれた一角を通り過ぎた真喩に、くつろいでいた候補生の一人が声を掛けた。

「晩飯は外で済ませるの？」

「ええ、ちょっとね。夕食は止めて貰ってるから」

一人がソファから身を乗り出した。

「いいね、デートかよ」

「すげえ、なんて余裕だ」

「我が日本警察のマカロバ女史は、どんな男とどんな顔で、何を食べてくるのかな？」

男たちの冷やかすような笑いが口々から響く。マカロバとは第二次大戦中に多大な戦果を上げたといわれる、ロシアの伝説的女性狙撃手だ。

「そんな、大したことじゃないって。……じゃあ、遅れるから」

真喩は小さく笑って見せた。以前なら心で思った通り、あなた方に何か関係あるのですか、と言い放ったに違いない。が、終わった後に男性美容師の、とってもお似合いですよお、という言葉を聞きながら呆然となった、いまの自分の髪型と同様に慣れてしまった。人付き合いが苦手だった自分が、もう一度、修学旅行をしているような気持ちもある。

真喩は門を抜けて、第六機動隊隊舎を後にする。昼間の熱気が少しずつ冷まされつつある通りを、秋の虫の声を聞きながらフェンスに沿って歩く。

相手は、母親の奨めた学校教師だった。これまで都合六回会った。見た目は悪くなかった。学生時代、陸上競技をしていたというので、話も合った。二度目に会ったとき、映画に誘われ、渋谷の雑踏の中で、男の広い背中と頭一つ抜けた長身を追った。頼りがいのある姿だと真喩は思った。……土岐と並べたら、男の方が特殊部隊の隊長に相応（ふさわ）しいと、十人が十人、答えるだろう。

「疲れませんか、真喩さん」

男は歯切れの良い口調で、映画館のロビーの椅子に腰掛けた真喩に聞く。真喩は、はい、と答えながらこんな気の利いた台詞（せりふ）も、土岐から聞けないのではないかと思う。

二人がスクリーンで見たのは、なんと警察狙撃手を扱ったアメリカ映画の話題作だった。内容はよく調べてはあったが誇張されすぎ、男はしきりに感心していたが、真喩は眠らないことだけを考えていた。

「いやあ、面白かった。あの、遠くのテロリストを撃ち抜くシーンは良かったなあ」

電車の時間待ちのために立ち寄った喫茶店で、男はパンフレットを手にしきりに感心した。

馬鹿馬鹿しい、と真喩は表情は笑いながら心で思った。あんな長距離射撃で弾着修正も観測手の支援も無く、しかも反動を吸収しきれない立射（スタンディング）をすれば、まず当たらない。

なおも現実を知らない学校教師は、警察庁情報通信局技官にして特殊銃手候補生を前に、映画の内容を褒めそやした。

「……本当は、あんなものじゃないんです。もっと地味で……」

「え、何です？」

「私はいま、特……狙撃手の訓練を受けてるから」

小さく告げた真喩の言葉に、眼前の男は眼を瞬かせた。

「でも真喩さんは……、通信機の技術者と」

「もう二ヶ月ほど、それをしています」

数瞬の沈黙の中に、店内を流れる管弦楽の有線放送が落ちた。

「いや、それはすごいな」

男は取りなすように明るく言った。

「すいません。黙ってるつもりは無かったけど、保秘の問題もあるし……」

真喩は、保秘条項に触れないこと、一般には知られても構わない狙撃手の触りだけを、聞かせて欲しい、という男に話した。

顔はそれらしく驚いて見せ、感心したような声も返したが、男の眼は全く無関心だった。

……それから会う度に、具体的な例は挙げず、自分の受けている試験の困難さを伝えた。

男は儀礼を守って聞いていたが、やはり理解しようとしている節は見られなかった。

仕方のないことかも知れない。狙撃技術と男の日常には、あまりに乖離がありすぎる。

真喩にいま必要なのは、恋人の囁く甘やかな優しい声色ではなく、自分と同じ日常を生き、同じ言葉を喋り、理解してくれる利害関係のない他者の存在だった。男はあまりに遠すぎた。

これ以上会おうとも、その距離を狭めることは叶わないだろう。

真喩は気の乗らないまま、駅に着いた。まるで大凶しか出てこない御神籤（おみくじ）を買う気持ちで、切符の自動販売機に硬貨を入れた。表示板の目的地に指を触れる。

「やあ、外出？」

吐き出された切符を取りながら振り向くと、土岐が立っていた。

「あ……、はい。あの土岐隊……、さんは明け番ですか」

「いや、間抜けな話でね。〝会社〟で目を通す書類を忘れちゃって、これから行ってちょっと読んでおこうと思って」

「時間、あるんですね」

真喩は咄嗟にそう言った。——少なくとも土岐は、自分の言葉を理解してくれる。そう思った。

「少し、お話しできませんか？」

「いや……、でも君、切符買ったじゃないか」

戸惑い顔で土岐が応じていると、まだですか、早くしてくれませんかね、と中年男性が真喩の後ろから苛立たしげに言った。

とにかく二人はその場を離れ、ホールの中を歩く。

「出かけるんじゃなかったの？」

「止めました、たったいま」

真喩は切符を両手で千切った。

「言っておくけど何も教えられないし、教えるつもりもないよ」

「解ってます」

真喩は初めて土岐が見た村上技官の顔に戻っている。

「こうして〝現役〟と一緒に歩いているのを誰かに見られただけでも、良いことにはならない」

「それも、解ってます」

「じゃあ、どこか離れた場所に行こう」

二人は人混みの中で足を早めた。

……電車でなくタクシーで着いたそこは、ファミリーレストランだった。明るく適度ににぎやかで、どんな話題になろうと注意を引くおそれは無さそうだった。

壁際の片隅に席を占め、ウェイトレスが立ち去ると土岐は言った。

「……辛いんだな」

「……え?」

「顔に書いてある」

真喩が無言でいると、土岐は言った。「酒を頼もうか」

「いえ、いいです」

「講習中も別に飲酒は禁則じゃないよ。――昔、〝中野の大学〟に入校してたころは、夜中によく酔っぱらいが帰ってきたな。中野には地方からも研修に来るから。……地元じゃ羽根のばせないだろ。あそこは新宿にも近かったから」

「いえ、本当に」

「あ、ひょっとして酔わせてなんか悪さでもすると思う？」

真喩は土岐の顔を、目を上げて見た。

「何もしやしないって。そんな度胸はありません」

土岐は脳天気と言える口調で言った。季節の変わり目だからか、と不審を感じながら真喩は思った。が、思い返す。明らかに何か避けている。

――馬鹿野郎、と真喩は思った。身を乗り出してネクタイを摑み、首を締め上げてやりたくなった。……いつか一発お見舞いしてやる。

――狙うのはその栄養失調気味の頭だろうか、それとも……心。

「土岐さんのお立場は承知しています。でも、……私自身ではどうしようもない疑問があるんです。聞いて下さいます？」

土岐の顔から、軽薄さがどこかに吸い込まれるように消え、物静かな無表情になった。

「教官や助教に聞いた方がいい」

「いえ。評価に関わるかもしれないことですから」

——私はあなたの意見が聞きたいのよ、あなたの。土岐警視。

どうしてかは、真喩自身判然とはしない。赤松や担当助教に聞けば、きっと懇切に答えてくれるだろう。しかし、真喩は土岐の口から、それを聞きたかった。

どうしてだろう？　手前勝手な思いかも知れないけれど多分、私がこの道に入るきっかけを作ったのはあなただから……。

「……聞くだけなら」

諦めたように土岐は言った。

「ありがとう。……私たちの目的は、どんなに〝無力化〟、〝抵抗の排除〟と言い変えても、究極は命を奪うことです。手傷を負わせて取り押さえることではなく、確実に、正確に、効率的に犯人の命を奪うことです。無関係な市民を守るために」

土岐は黙っている。ああ、私は、と真喩は思った。——この人が夏の盛りの路上で、私に思い留まらせようと言ったことを繰り返している。

「自分たちがしなければならない、それは理解しています。けれど、……命ですよね、人間の」

土岐は真喩を見続け、真喩もまた土岐から視線を外さない。二人の警察官の間に、命のやりとりとは無縁の、他愛もない人々の会話が割り込む。ウェイトレスが土岐のコーヒーと真喩の紅茶を運び、伝票を置いて立ち去る。

「いまさらそんなこと言うな、だから最初に言ったじゃないか、そう仰りたいことは良く解ります。でも――」

「――一つ言えることは」土岐は真喩の言葉を遮って口を開いた。「命に軽いも重いもない」

「でも……」

「しかし俺たちは警察官なんだよ。……現場では犯人と人質の命、そして我々自身の命を天秤にかけなければならないこともある」

「私たちの……」

「そうだ。――犯人と我々の命を天秤に載せたら、きっと同じ重さだろう。でも、犯人と人質の命を比べたら、どうかな？」

「それは……」

「少なくとも犯人が罪を犯すのは自由意志だ。しかし、人質の多くは、偶然その場に居合わせただけに過ぎない人たちだ」

「……それが、土岐さんの答えですか」

「人質がいない場合は、身の危険を冒しても取り押さえる。人質がいるからこそ、俺たちは躊躇っちゃいけないんだ。……できるだけその場所にある命を守るため、俺たちは厳しい訓練をする。——それが、俺たちが警察官でいられる最後の一線だから」

「……辛いですね」

「そう、辛いことなんだよ」

どこか突き放した言い方で、土岐は言った。「俺はこの事を二人の人間に教えられた。……受け売りだけどね、心に深く刻まれてる」

水戸と、クルツ・シェーファー中佐に。

「解りました」真喩は口を開いた。「ほんの少しだけ解って、踏ん切りがついたように……思います。すみません、質問はしないって言ったのに」

「結局、答えてしまったな」

土岐は苦笑した。

二人はそれぞれ、テーブルに置かれた飲み物を口に含んだ。

「生きてる時間は、悩むだけなら長すぎて、愉しむには短すぎる」

土岐はぽつりと言った。真喩は笑った。

「また、自分も若いのに」

「いや、本当に。……このごろそう思うんだ」

それは土岐が、特科中隊第四小隊とともにあった二十代の日々を思ったときの、感情の吐露なのかも知れない。

「さて、――食事がまだなら付き合うよ」

「ご馳走してくれます？」

真喩は二十数年間とっておいた笑顔で答える。

「……一人前の女は、奢ってくれなんて言わないもんだ」

土岐は呆れた顔をした。真喩の直截な言葉になのか、それとも自分の薄い財布の内容を思い出してかは、定かではない表情だった。けれど、すぐに諦めたような笑顔をのぞかせる。

「……いいよ。好きな物を頼むといい」

「ありがとうございます！」

テーブルに立ててあるメニューに手を伸ばす真喩の腰で、携帯電話の着信を教える、小さな音がくぐもって聞こえる。真喩は構わず、メニューを開いた。

「電話が鳴ってる」

「……いいんです、もう」

真喩は一番高い料理はどれかな、と選ぶのに忙しかった。いつまでも続くかと思えた呼び出し音も、やがて消えてしまった。

「さて、候補生のみなさん。今より十八時間、屋外偽装術の訓練を兼ねた監視訓練を行う。

要領は昨日の講義通り。予習しましたね？　監視対象は――」

赤松は朝、まだ誰もいない運動場片隅で、整列した真喩を含めた候補生たちを前に口を開き、そして眼で示すように背後を振り返った。

「この特科中隊です」

真喩たち候補生は、全員が手にはアキュラシーを、身にはツナギの迷彩服を着、背中には切った濃緑、淡色の布を、網に一本一本縛り付けた偽装外衣をまとっている。顔にもドーランを塗り、模様は横向きに、草色七分、砂色三分。――まるで上陸したての河童（かっぱ）だが、準備には四時間を要し、皆寝不足だった。腰のベルトには飲料、そして固形食の詰まったバッグが下げられている。

「各監視担当域はこの配置図通り。動きがあれば、記録を取り、報告すること」

真喩は身体の節々の痛みに耐えながら聞き入る。先日は突入要員の訓練に参加し、監視、射撃訓練だけではなく、特殊銃手の候補生たちも突入訓練を行った。何発か、プラスチック弾を浴びていた。眠気覚ましにはなったが、痣（あざ）をつくった肌が悲しかった。けれども心には土岐と話をして以来、迷いはなくなった。真喩は、燕（つばめ）のように煩悶（はんもん）を飛び越していた。

「さて、状況開始のまえに各自の呼び出し符丁を申告して下さい。……中隊では色々と使ってますが、何がいいかな。――そう、では花の名前にしましょう」

いかつい候補生たちが顔を見合わせる。助教が聞き取ってゆくと、桜、椿（つばき）、菊と思い思いの名前が並んだ。真喩の隣の男がシクラメン、と答え、真喩の番になった。

「……〝紫苑（しおん）〟でお願いします」

「〝シオン〟？」主任助教が記録紙から目を上げ、怪訝な顔になる。

「はい。……紫苑」

「ああ、あれは綺麗な花だね」

聞いていた赤松が笑った。「ちょうど、これからが時期だな」

訓練が開始される。真喩は頑丈なナイロン製のライフルケースに収めたアキュラシーPMを背負って、自分の監視担当域に急いだ。

――紫苑。名前の通り、小さな花弁が紫色の花。

真喩は視程が確保されながら、身も隠せる植え込みに身を伏せる。

開いて地面に広げれば、そのままシューティングマットになるライフルケースから、アキュラシーを取り出す。銃床下に折り畳まれている二脚架を立て、銃口を建物に向けた。銃身の直線を細かな網で隠し、自らの身体も地面の一部と化させる。照準器を調整すると、特科中隊の建物が文字通り手に取るように見えた。光に反射する物を身につけていない事を確認する。

早朝の特科中隊はまだ始業前で宿直者しかおらず、ゆるんだ空気の中にいる。

葉は〝とおい人を想う〟――。

——あの馬鹿がいないのが残念。

アキュラシーには当然、実弾は装塡されていない。

——紫苑、と真喩は草の匂いを深々と鼻孔に吸い込みながら思いかえす。……その花言葉は〝とおい人を想う〟――。

真喩は薄い布製のノート、そして鉛筆を手元に並べた。雨の中でもこの二つがあれば、精密射撃と同じくらい大切な現場の動向、監視の記録を書き留めておくことができる。

真喩は無線機のスイッチを入れた。

「〝孔雀草〟へ。こちら〝紫苑〟、監視担当域に現着、準備よし」

「こちら〝孔雀草〟より〝紫苑〟、了解。開始せよ。以上」

「こちら〝紫苑〟、メリット五。了解しました。開始する」

真喩は少しだけ口を開いて体腔内の音を外に逃がし、耳をそばだてるのだった。

……あれから十七時間が経過しつつある。

真喩は建物の窓に行き過ぎる人影を認めると、性別、人相着衣、持ち物、行動を、付与した番号とともに手元のノートに書き取ってゆく。候補生の集中力と観察力を試すため、故意に選ばれ通り過ぎた、何の特徴もない人物の報告を求められた。気が抜けない。

真喩は知らなかったが、それは公安関係の所属で面識率向上になされる試験と同じだった。

日付が変わった深夜午前一時、植え込みに横たえた身体は、まだ冷えてはいない。敷いたシューティングマットと被った偽装外衣のお陰で温かい。また、腹の下になるツナギの留め具もボタンやファスナーではなくベルクロ、つまりマジックテープなので、痛みもない。

だが、別の苦痛が、真喩を見舞っていた。人間の根元的欲求の一つが。

……屋外偽装技術は〝最後の手段〟を行使するまで犯人を刺激せず待機しなければならない必要性から、重要視される技術だ。

そう思ってみても、自分の下腹部の膨満するような感覚が減るわけではない。手をやろうとして、止めた。何の意味もないからだ。

真喩は、男の方が女より生き物としては下等だと思っていた。急所の性器をからだの正面に出しているからだ。伏せ撃ちでは、どの男性候補生も股間(こかん)が窮屈そうだった。……しかしこういう場合は、便利だろう。

まだ大丈夫、そう思ってみたものの効果はなかった。左膝を曲げて前に出し、圧迫感を減らそうとしたが、……無駄だった。

真喩は前歯を食いしばった。膀胱(ぼうこう)にもはや、鈍い痛みを感じ始めている。誰がこんなところで、と真喩は思う。いい年をして仕事中に……。そんな恥辱に耐えられるものか。真喩は子供の頃、怪談を聞いてトイレに行けなくなった時以来の苦しみを思い出す。

体内の老廃物を含んだ水は、最小抵抗の原理で針を刺すような痛みで訴えだしていた。

くそ、負けるもんか……。闇の中で声も上げず悶絶する。だが――。

あっと思ったときは、すでに流れ出していた。下半身を生暖かく浸し、周囲に臭気が漂った。

屈辱感と羞恥心で頭の中が真っ白になって照準器の中に捉えた窓がぼやける一方で、ふっと息の出る根元的な安堵もあった。

叫びだしたいと同時に、どこかに走り出して身を洗い流したいという、ほとんど衝動めいたやるせなさで、涙が出た。

――女には耐えられない。こういうことか……。

まとわりつく下半身の冷たさの中で、真喩は照準器にあてた眼を変えながら、そう思った。

状況終了は、それから一時間後だった。

無線でそう告げられた候補生たちは、十八時間前と同じ運動場の一隅に集められた。

「どうした村上、……その、なんだ、腹は」

監視記録を提出し、背中を向けた真喩に、主任助教が尋ねた。

真喩は立ち止まった。……恥ずかしい事なんかじゃない、笑われても、自分には解ってくれる人がいる。そう思いながら、真喩は振り返り、堂々と口を開いた。

「失禁したんです」

五人の助教たちも、ただの男だった。一瞬沈黙し、そうか、たいへんだったな、よく頑張ったな、と小声で労ってから、困ったように目を逸らす。

そんなことは言われたくない、という思いで一礼し、真喩は立ち去ろうとした。

「――村上候補生」

じっと真喩を見つめていた赤松が、この場で初めて口を開いて呼び止めた。

「……何でしょう」

真喩は放っておいて欲しい、という気持ちで立ち止まり、身を翻して赤松を見た。

「ご苦労様でした」

赤松は真喩に、深々と頭を下げた。

助教たちは呆気（あっけ）にとられて、頭を下げた赤松と真喩を見比べている。

「あ、あの……いえ、教官も。ありがとうございました」

真喩も頭を下げ、それから小走りにその場を立ち去った。

つい一時間前とは違う涙が、真喩の頬を流れた。

「あの……みんな、これは私事なんだけど」

土岐は頭を掻きながら朝、詰め所で全員を前にして口を開いた。

「……その、役所に婚姻届を提出しました」

「それは……。相手はやはり、相川美季さんですか」

水戸がにっと笑いながら尋ねた。

「はあ、他に結婚してくれる物好きがいません」

「おめでとうございます、小隊長。——それで、挙式は」

「こんな時期ですから……まあ焦ることも無いかな、と思って」

「そうですね。……でも待たせた分、出来るだけ綺麗にさせてやることですよ。女にとっちゃ、一世一代の晴れ姿ですからね。結婚式は女が主役、男なんてのはすぐに忘れてしまいますから」

「はあ、覚えておきます」

結婚式は、警察官にとっては個人の婚姻の表明とそして、一般とは異なった意味も持つ。民間なら友人知人、親戚のみで行われても差し支えないが、警察官の場合、挙式は招かれる幹部の勢力誇示の場に変貌することさえある。だから、招かれなければ面子（メンツ）を潰されたとして憤慨する幹部もいるのだ。主流、傍流どちらからも距離を置きたい土岐のような人間には、嘆息してもしきれない俗臭さがある。

水戸は土岐がそう感じていることを知っているのだ。

井上と武南がぶつぶつと囁き合っている。

「……いやあ、ノストラダムスの大予言の年は、もうとっくに終わったと思ってたのにな」

「……末世ですよ、末世」

「こらそこ、なにをぶつくさ言ってるんだ？」

土岐が声を掛けると、甲斐も口を開く。

「そうですよ、井上さんも武南も、たとえ新郎新婦がどんなに不釣り合いでも——」

「もしもし、ちょっとちょっと」と土岐。

「しかしあんないい女が隊長の奥さんになるとは。……世の中どこかおかしい」

藤木も思案深げに呟く。

「言いたいこと言ってくれますね」

「男は顔じゃない。……世の中にはまだ、希望があるということだ」

水戸が弁護しているのかけなしているのか解らない事を口走る。

「でも藤木さん、やはり、少しは摂生しないと」

井上が言うと、ふん、と藤木は端正な浅黒い顔を天井に向ける。

「甘いな井上。大人は子供が遊んでる時に働いて、子供が寝てる時間に楽しまなきゃ。永遠の真理だぞ」

「誰の言葉ですか？」

「経験から導き出された、俺の言葉だよ」

「解った！　隊長はこれまでもてなかった分、まとめて良い女性と巡り会ったんだ」

武南が笑った。

「武南、貴様新人の世話係にするぞ」

「勘弁して下さい」武南は慌てて手を合わせる。

水戸はちらりと腕時計を一瞥した。「そう言えば、もうそろそろ来てもいい時間じゃないですか」

「ええ」土岐は表情を改めて頷いた。いつまでも新婚気分では勤まらない。「みんな、どうもありがとう。――もうこの話は、これでお仕舞い」

その時、ドアが叩かれた。入ります、と声がかかり、ドアが開くと、牧場和宏が装備一式を収めたバッグを手に、特科中隊の文字が金色に刺繍された略帽を頭にのせ、制服姿で立っていた。

「警視、……お久しぶりです。俺……いや私は、本日より第四小隊でお世話になります。その……宜しく御願いします、牧場和宏巡査です」

色白な顔を硬くさせて敬礼した牧場を、無言で第四小隊の五人は、威儀を正して迎えた。

「よく……来てくれたな」

土岐は静かな歓迎の言葉を口から出した。牧場は口許だけに小さな笑みを浮かべた。

「その略帽」と土岐は牧場の帽子を指していった。

「これが何か」

牧場が略帽を脱いで土岐に差し出すと、土岐はそれを手にとって子細に眺めた。ふと息をつくように笑う。――略帽はわずかに埃をかぶり、手もみされたような跡がある。中隊本部で受け取ってから、ここに来る間に汚れる筈がない。

「装備は大事にしなきゃな」

土岐は略帽を牧場に返しながら微笑んだ。

「は、いえ、……その」

「新人は、新人だからね。そんなに硬くならない方がいいよ」

新品の装備を身につけることが、気恥ずかしかったのだ。

「牧場、君のことは隊長から聞いてる」

と水戸が口を開く。牧場はとまどったように土岐を見た。土岐は頷く。水戸は牧場を見て続ける。

「相当できる奴だってな。……手加減はしないぞ」

牧場は安心したように笑った。「宜しく御願いします。――俺は、それが夢でした」

土岐は、牧場が受け入れられそうなことが嬉しかった。

「ライバル出現ですねえ」

井上が藤木にこっそりとささやく。

「ふん、これまでの平均が低すぎたのさ」

牧場以外の全員をむっとさせるようなことを、藤木は冗談めかして言った。

「……あの、先輩、ライバルって何ですか」

「知らなくてもいいって。毒気に触れるぞ」

武南が言うと、全員が笑った。牧場もぎこちなく笑う。

と、その歓声の中、廊下にこつこつと足音が響く。それに気付き、自然と笑いが潮が引くように納まってゆく。

聞いていると、相当ひねくれた人間が向かってきているようだ。靴音は甲高く、かなり焦っていて、それなら急げばよさそうなものだが、歩調は一定で乱れがない。

ひねくれた足音が第四小隊待機室の前で止まった。ノックもなくドアが開けられる。足音の主が姿を見せる。

こんな唐突さで現れたのは、第四小隊創設以来、一人しかいなかった。

「本日からお世話になります。巡査部長、村上真喩です。――よろしくお願いします」

やはり装備一式を携えた真喩が、そこに平然と立っている。

その場にいる全ての人間の体内時間が凍結した。

間に合ってます、と土岐は言おうかと思ったが、もはや無駄なようだった。

「――隊長」

「あ、武南な、さっきの新人の世話係の件、忘れてくれ」

土岐は武南に先手を打つ。

「ひでえ、隊長、そりゃひどすぎます！　武士に二言はない！」

「俺、武士じゃないから」

真喩は騒ぐ男どもを見て、花が咲くように笑った。

「今度は特殊銃手として、皆さんとご一緒します。宜しく御願いします」

新しい春に備える、冬が始まろうとしていた。

第六話　叛逆の遠い調べ

「じゃあ、出かけるよ」

靴を履いてコートを羽織り、上がり框から立ち上がった背広姿の土岐が、鞄を取り上げながら言った。

「うん、気を付けてね」

代休の美季が、エプロン姿で微笑んだ。

土岐と美季が一緒に生活するようになって、二週間になろうとしていた。式はまだ、挙げていない。

カルト集団『救済の館』への強制捜査とその支援で、それどころではなかった。婚姻届は提出しているので、倫理的に問題はなく、上層部は黙認する、というより同情さえしていた。

「ああ。お前もな」

「あ、悟さん。……あの話は、受けるの？」

「――どうしようかと思ってるんだけど」

うん、と頷きながら美季は目線を足下に向けると、口許の笑みが曇った。

「仕方ないよね、仕事なんだから。でも――」

と、土岐に再び笑みを返しながら続けた。「今年度一杯は、続けてもいい？　みんなに、迷惑かけられないし」

「そうだね。……君の仕事だものな。まだ内示だし……、俺も実はまだ迷ってるんだ。だから美季も……」

好きにするといいよ、と思いながら、土岐は微笑んだ。

土岐に、転勤の内示があったのだった。――転勤先は、県警の捜査二課。知能犯、それに経済事犯、いわゆる〝汚職〟を扱うため、警察庁出向の警察官僚が代々の課長を務めるのが慣例となっている。有資格者の人事としてはごく順当であり、土岐にとり今後の昇任を考えれば一度は経験したい所属だ。

けれどもそうなれば、単身赴任という訳にはいかず、美季は警視庁を退職しなければならない。

「でも、大丈夫？　警備じゃなくて、今度は刑事部でしょ？」

「うん。数学は苦手だった。……まあ、少しは体力がついたから、頑張ってみる」

「そう言うと思った。――はい、これまで頑張ったご褒美」

美季は後ろ手に隠していた、包装紙につつまれた小箱を取り出した。

「開けてみて」

なにかな、と土岐は鞄を置いて受け取ってから、包装紙を剝がしてゆく。小箱を開けた。

出てきたのは、腕時計だった。

「ああ、GSG－9じゃないか！」

土岐は手に取り、子供のような歓声をあげていた。

独国ジン社がGSG－9の潜水部隊の要請で製作した、限界潜水深度が理論上無限というダイバーウォッチだった。回転式ベゼル、手の怪我を防ぐ九時方向の竜頭など、高い実用性と耐久性の横溢した逸品なのだった。

「けど、高かっただろう」

美季ははぐらかすように笑顔のまま小首を傾げ、視線を横に流した。

「悟さん、よく頑張ったもの。それに、少しなら貯金もしてたし」

「ありがとう、大切にするよ」

土岐は早速、歴戦のG－SHOCKから真新しいGSG－9につけ替えて、笑顔で左手を持ち上げて見せてから、行って来るよ、とドアを開けた。

都内、賃貸二LDK、築八年のマンションが二人の新居だった。――妻帯者用官舎ももちろんあるが、そこに入居するのは土岐は気が進まず、むしろはっきりそう口に出したのは美季の方だった。

――ご近所付き合いにも、旦那さんの階級のことが持ち込まれると嫌だもの。

美季は土岐にそう言い、それに、と続けた。世の中には自分が普段とかわらない生活をしていても、こちらのちょっとした不注意を傲慢（ごうまん）や慢心と曲解する人がいる、と。

――ちゃんとそういうことも考えてるんだなあ。

――そんなこと無いけど……。私だって警視の奥さんっておだてられたら、調子に乗ってしまうかも。そうはなりたくないし……。

何か個人的な体験が美季にそう言わせているのかも知れなかったが、土岐は美季を賢い人だと思った。

回廊を歩き、階段を降りて、もうすっかり冬の装いの街を、白い息を吐きながら襟やマフラーに首を埋めて職場や学校に向かう人々に混じって歩き始める。

他人同士が一緒に生活するというのは、不思議なものだな、と今更ながら思う。互いにまだ知らない部分があったことは、新鮮でもあり、戸惑いの種にもなる。

いまはまだ共に生きることが苦痛でなくとも、いつかそう思うときは来るかも知れない。土岐は、美季が自分との結婚してからの日数をかぞえているのを知っていた。

――たとえ一時でも心が離れたり、……拒絶することがあるとしても、美季はきっと数え続けるだろうな。

互いのことを深く想い合うのも一日、すれ違う心を抱えた日もまた、一日だから。

電車の吊革につかまり揺られながら、どんな時にも欺いてはいけない人を持つというのは、きっと幸せの一つの形なのだろう、と考えた。

土岐は、静かに満たされていた。

けれども、土岐の小さな幸福感は、長続きしなかった。


「久しぶりだな」

午前の訓練を終え、冷えた汗を吸った突入服を、牧場を加えた第四小隊の面々と談笑しながら、更衣室で着替えているとき、戸口に現れた長身白皙(はくせき)の人物が言った。

「——五反田」

声の主に向けられた土岐の顔から、笑みが消え、そして表情さえ塗り込められたように見えなくなる。

つい先程まで、〝秘蔵の写真集〟を奥さんに見つかりませんでしたか、という武南の冗談に答えていた表情は微塵(みじん)もなく、ただ陰気に黙り込んでいる。

「あの、隊長、こちらは」

「入庁同期の……五反田、警視殿、だ」

感情のない声で土岐は井上に答えた。

「おい、行くぞ」

気配を察した水戸が、全員を促す。更衣室を出るとき、皆、五反田に敬礼しながら、簡単なベンチに腰掛けて依怙地にブーツの紐を弄り続ける土岐を見比べる。五反田は愛想良く、戸口に寄りかかったまま、気さくに答礼して見送った。最後まで中を窺おうとしていた武南が、甲斐に首を摑まれて連れてゆかれると、五反田は蠟燭の灯が風に吹き消されるように表情を変えた。

「何か用事かな」

土岐は目も向けず、乾いた声を口から出した。

「ご挨拶だな、久しぶりじゃないか」

口調は相変わらず歯切れ良く明朗だったが、眼は鑑定士のように土岐を見ていた。

「ちょっとした伝達があってね、そのついで、と言ってはおかしいが、結婚したと聞いたんで一言お祝いでもと思ったんだ。そうそう、いま僕は警備部一課で管理官をしてる」

「それはどうも」

「もっと前に言えれば良かったんだが、悪かった。……例の強制捜査で、時間が無かった」

それは刑事部、生活安全部、そして警備部が合同で行った奥多摩にある『救済の館』本部道場に対する強制捜査なのだった。

それには土岐たちも第二、第四機動隊とともに参加した。

　あそこで見た光景は一生忘れない、と土岐は思った。……山間に広がった広大な教団施設の敷地に、接近しつつある低気圧のもたらす低い灰色の空の下、数十台の〝輸送警備車(カマボコ)〟が列をなして吸い込まれてゆく。土岐は無線伝令の甲斐を伴って、降り始めた小糠雨(こぬかあめ)の中、本部施設内を歩いた。その教義にも似て、粘土を適当にこね上げたような、粗末なコンクリート製の建物が、威勢だけは良く雨雲に向かって伸びている。穢(けが)れた土の塊のような建物の合間を縫う雨交じりの風が、着装した突入装備を隠すために着込んだ雨衣の裾(すそ)をはためかせた。

　状況は警察側の予想を超えていた。つまり、信者たちは何の抵抗も示さなかったのだ。それどころか状況に対して一様に無関心で、土岐は精神的難民の群だ、と思ったものだ。教祖、弥勒密海(みろくみっかい)が通常逮捕される際、十人ほどが公務執行妨害、そして一人が逮捕状を破り文書毀棄(きき)罪で逮捕された他は、流血の事態は起こらなかった。

　あっけない、といえばそれまでだが、警察、カルト集団信者双方に犠牲者が出なかったのは幸いだったし、犯罪とはどんなに劇的に始まって進行したとしても、終わりは往々にして世間が拍子抜けするほどのものだ。また、警察はそうするために大量の人員を動員する。

「だが、それだけじゃない。……それを知らせに来たんだ」

　五反田は効果的に言葉を切ったが、土岐は無言だった。五反田の方が根負けして、ふっと息をつき、続けた。

「最新の情報なんだが、連中の武器の秘匿場所から、何挺かのロシア製銃器と爆発物が消えてるんだ」

五反田は声を低めた。「現在、刑事、公安両部が全力で追ってる残党が所持してる可能性が濃厚だ」

土岐は内心、心臓を摑まれたように感じたが平静さを装うことに成功した。口を開く。

「それはいずれ中隊長から連絡されるだろう。――用件はまだ他にあるんじゃないのか」

「なんだ、土岐。蒸し返す気か？」

土岐は眉を上げた。「……蒸し返す？　都合のいい言い草だな」

土岐はベンチから立ち上がろうともせず、五反田に言った。

「警大にいたころから、俺に何度か言った台詞を覚えてるか」

「さあ、何か言ったかな」五反田はとぼけた。

「思い出して欲しいな……。〝恨むなら、学歴社会を恨め〟だよ」

五反田は冷笑で肯定した。

「――警大での交番実習で、実習先を知らされた時もそう言ったよな。覚えてるか」

都下百一ヶ所の所轄署には、ＡからＤまでの格付けがある。同期生の中でそれが話題になった際、土岐が教官に告げられた実習先への落胆じみた感想をもらすと、五反田はそう言った。

「ああ、確かに言ったような気がするよ」五反田は平然と認めた。

「あの時は、……別に腹も立たなかったよ。まあ、あんたに比べれば、程度の良い大学じゃなかったから。――それに」土岐は続けた。

「あの頃はまだ、あんたを友達だと思ってた」

座ったまま見上げた土岐の視線から、五反田は顔をそらした。

「警大を出て所轄に出たときも、そう言ったよな」

「土岐、現実を直視しろよ」馬券の相談でもするように、五反田は明るく言った。「出身校もそうだが、入庁席次も俺とお前では比べるまでもない。そうだろ？」

土岐はふっと息をつくと、能面の無表情さでブーツの紐に目を落とした。

「だからこそ、上は僕を地方に禊に出し、あんたを現場に入れた」

「入る経緯がどうであれ、――俺がここにいるのはあんたのためなんかじゃないし、上の思惑も関係ない。俺は俺が望むから、ここにいるんだ」

「こんな小汚いロッカールームで、格好つけるなよ」五反田は口を歪め、見回すそぶりをしながら吐き捨てた。

「格好つけてるのはどっちかな、五反田。……どうしてわざわざ、ここに来た？」

「言ったはずだ、一言――」

「違うよ、あんたの本音だ」土岐は遮った。「俺が現場で腐ってるとでも思ったのか。それとも本庁に戻った優越感でもひけらかそうと思ったのか？」

土岐は初めて上体ごと五反田の方を向いて憫笑した。

「――調子に乗るなよ、こいつ……！」五反田の端正な顔からはあからさまな軽侮の念が消え、怒りで血の気が引いていた。「ＳＡＴの小隊長ってのは、そんなにお偉いのか！」

「……送別会の、酒場の座敷で」土岐はその場にいない者について話すように、顔を正面に向けて続けた。「俺は気付いたんだ。あんたが俺に親切で寛大に振る舞えるのは……、俺を見下してるからだって」

五反田は寄りかかっていた壁から右肩を離し、長身を一歩前に進ませた。土岐も羽毛が風を含んだように、ベンチから立ち上がった。

土岐は五反田と対峙しながら、六年前なら考えられなかっただろうな、と思う。五反田は物心ついた頃から運動に親しみ、土岐の方は警察大学校で体力錬成のためにさせられた剣道が、初めての運動らしい運動だった。鍛錬を欠かさない現在でも、もしかすると膂力や体力で五反田に劣るかもしれない。しかし、五反田は銃口を向け、相手から向けられる現場の経験は一度もない。そしてそれが甘い判断を下させ、現場の捜査員の命と五反田自身の警察官人生を危うくした。

ふん、と五反田は気を逸らすように笑った。

「すまない、久しぶりに会ったのに。反省してる」

「別に」

土岐は感情のない声で呟いた。

「どうして自分の意志でここに居続けるんだ」

背を向けて着替えを再開していた土岐は振り返った。五反田は続ける。

「お互い苦労して試験を受けて入庁したんじゃないか。小隊長になってもう、四年か？」

……もったいないよ」

土岐は、五反田を見ながら思った。〝おまえは馬鹿だから、自分がなにが大切なことか教えてやる〟、そう言いたいのか。

「何に価値を認めるかは、その人の勝手じゃないのかな」

「こういう仕事はノンキャリアにまかせとけばいいだろうに、頑固だな」

「誰がやったっていいじゃないか。キャリアにも、いろんな経験が必要だ。――それに、単に頭がいいだけの人間が、この国に住む人たちをどう扱うかは、半世紀以上前の戦争で示したはずだ」

土岐と五反田は、光の当たらない月のように沈黙した。

交わす言葉も尽きた二人の有資格者の間に、廊下を駆けてくる軽い足音が割り込んだ。

「あの、隊長さん、私クッキーを買ってきたんですけど――」

開かれたドアから顔を覗かせたのは、村上真喩だった。

「あ、すみません。お客さんでした？」

「いや、構わないよ。もう用は済んだから」

五反田は打って替わった人好きする笑顔をつくって、真喩に告げた。「なんだ、土岐。中隊にはこんな美人もいるのか。羨ましいな。紹介してくれよ」

土岐は黙って、ロッカーの扉を音を立てて閉じた。

「巡査部長、村上真喩です」

「よろしく、僕は五反田。警備部にいる」

土岐は無言で、真喩と五反田の間を抜け、詰め所に歩き始めた。

「それじゃあ。……土岐、また来るよ」

五反田は土岐の背中に声を掛けたが、土岐は片手を挙げて見せただけで、足を動かしてゆく。

「格好いいひとですね、お知り合いですか」

五反田と別れ、小走りで土岐に追いついた真喩が、土岐の横で歩きながら、覗き込むように見上げた。

「うん、まあね。知り合い……かな」

土岐は答え、五反田をどう思っているかは言わなかった。

藤木が口を開くと、甲斐が怪訝な表情をしてそちらを見た。

「最近、世の中おかしいと思わないか？」

「え？」

特科中隊敷地内の訓練棟。第四小隊は訓練の後片づけを済ませて、水戸、藤木、井上、甲斐、そして牧場が粗いコンクリートの廊下を歩いている。土岐と武南、真喩はいない。土岐は溜まった事務処理をこなすために一足先に詰め所に戻り、武南は支援業務管理に物品を返却に行き、真喩は特殊銃手の訓練に出ている。

「おかしいって、何がです？」

「小隊長だよ。俺を差し置いて両手に花とは、間違ってると思わないか？」

「え、奥さん以外に誰か」と甲斐が問い返す。

「村上部長だよ。あの子、可哀想に小隊長に惚れてる」

井上が口を挟む。「まさか。あんな美人が、よりによって小隊長ですか？」

藤木は人差し指を顔の前で左右に振った。

「鈍い、鈍いな。だから君たちは駄目なんだ。俺のように恋愛をライフワークにしている人間からするとだな……」

「藤木さんは恋愛の合間に人生してるんじゃないですか」

「有意義に生きてるだけだ」

「でも小隊長を……。ほんとかなあ、牧場さんはどう思う？」

甲斐が問うと、一歩下がって歩いていた牧場が答える。

「いや、俺にはその辺のことは。……訓練で手一杯ですから」

「一説によると」井上が新種の生き物について論じるように言う。「土岐小隊長はいまの奥さんと出会うまで、童貞だったという噂がありますが」

「今時そんな奴がいるか」水戸が吹き出しながら言った。

「でも、キャリアには多いって言いますよ。皆さんお勉強で忙しくて」

井上が反駁する。

「いつの時代の話なんだ」水戸が小さく笑った。

「隊長は誠実なんですよ」甲斐も土岐を弁護する。

「……誘われても、いざっていう時になると、パンツ一枚で説教垂れて、窓蹴破って逃げ出しそうだがな。しかし、そう言われれば」

と、水戸も何か思い当たる節があるのか、呟くように続けた。

「隊長、村上を何となく避けてるように見えるな……」

「もう何だって聞いて下さいよ」

武南は私服姿で切り分けたステーキを口に押し込みながら言った。

「よく食べるのね」

同じく私服姿の真喩が呆れたように言う。

二人はファミリーレストランで、向かい合ってボックス席テーブルについていた。武南の前には一食二千円也のステーキセットが置かれ、真喩は飲み物だけを前にしている。

退勤時、声をかけたのは真喩だった。ちょっと聞きたいことがあるから、の一言で武南はついてきた。

「それで、聞きたいことってなんですか？」

口をもぐもぐと動かしながら武南が真喩を見ると、真喩はすぐには答えず、目を逸らしてテーブルから茶器を取り上げ、アールグレイを唇に運んだ。

「……聞きたいのは、土岐さんのこと」

「いやあ、やっぱり持てるんですよ」

「ええ？　土岐警視が？」

自分が想いを寄せているとはいえ、信じられないという気持ちが声を高くさせ、真喩は慌てて辺りを見渡す。

「あれ、藤木さんのことじゃないんですか」

「なに聞いてるのよ、土岐さんのことよ、土岐小隊長」

声を小さくして、真喩はテーブルに身を乗り出す。つられて、口の周りにソースを付け、両手にナイフとフォークを持ったまま武南も顔を突き出した。

「あのう、そんなこと聞いてどうするんですか」

「いいじゃない、あなたは聞かれたことに答えてくれたらいいの」

真喩はとりつく島のない口調で言ったものの、思い返して言い添えた。「……うん、お休みの日はどうしてるのかな、と思って。よければ映画でも一緒に行かないかなあ、なんて」

「それは難しいんじゃないですか」

武南は付け合わせのフライドポテトをフォークで刺しながら言う。

「――なんでそんなことが解るの？」

「いや……だって警視、この間、結婚されましたから」

武南は口にフライドポテトを放り込んだ。

真喩は何も聞こえず、何も感じない場所から、武南をただ見つめるしかなかった。

翌日、第四小隊は詰め所で当直任務に就いてる。

土岐の目の前に無粋な音をたてて湯飲みが置かれた。

「お茶です」と真喩は素っ気なく言ったそばから背中を見せる。

「ああ、……ありがとう」

土岐は眼を上げて礼を言ったが、いえ、と顔も見せずに真喩は答える。

「あー、村上巡査部長。――なにか怒ってるのかな」

「怒らせることをしたんですか」

放り出すように言い置くと、真喩は自分の席に戻ってしまった。

土岐は乙女心は複雑だな、という風に苦笑一つして真喩を見送ってから書類に眼を戻し、書き続けた。……皆が珍しく無駄口も叩かず業務に精励する中で、土岐はボールペンを握っていた手を、ふと止めた。

もう少しで、第四小隊、ひいては中隊改編の一翼を担う計画がまとまる。実施に必要な手続き、書類もほとんど提出し終えた。

指揮官としての役割は、出動がなければほぼ終えたといえるかも知れない。ここから自分の新しい歩みが始まる。

人生の伴侶と、新しい任地で。

土岐はボールペンの先を書面の上で止めたまま上体を起こし、背もたれに身を預けた。

ゆるい息を吐く。

……そう思っても、どこか心に無理を強いているようにも感じる。

――何に、誰に対して？　……土岐は自問する。

寄り添うように、また時には思いがけないほどの芯の強さで自分を支えてくれる美季。信頼できる仲間。それなりに認めてくれる上司。そうした、もろもろの自分の築いてきた〝居場所〟へか。

では、いや、違う。土岐は胸の内で呟いていた。

これから赴き向かおうとする職務に対してか。……いや、それも違う。人を不安にさせる未知のことではない。

――違う、そうじゃない。……〝未知〟のことではなく、いつも自分の心のどこかを占めていた〝既知〟のことなんだ。

土岐は急に胸を衝かれた思いで視線を顔を挙げると、詰め所の中を見回した。みな机に目を落として書類を綴っている。土岐と視線の合う人間はいない。

「隊長……？　どうかしました？」

正面の甲斐が目を上げて、土岐に尋ねた。土岐は訳もなく狼狽した。

「……いや、なんでもありません」

「あ、見て。――そと、雪が降ってきた」

真喩が少しはしゃいだ声を出す。他の第四小隊の面々は手を休めてちらりと一瞥しただけだった。雪の中で行う業務の辛さを、それぞれが知っていた。多くの警察官にとって、体力を体の芯から吸い取ってゆく空からの訪問者は、窓の外にあって眺めるものではない。

「ほんとだな。おい、テレビで天気予報やってないか」

水戸が武南に声をかける。

その時だった。壁のスピーカーからブザーの音が鳴り響き、緊迫した声が降ってくる。

「中隊本部より、全中隊へ――」

全員の手が止まり、天井に見据えるような視線をむける。

「監督者以上の各級指揮官は至急、中隊本部へ集合せよ。各隊にあっては次級者の指示に従い、特殊警備装備及び防寒装備での出動準備にかかれ」

一拍の後、第四小隊は一斉に椅子を弾いて立ち上がった。

「隊長！」

「副長、頼みます！」

土岐は廊下に飛び出し、騒然となりはじめた廊下を、幾人もの背中を追い越し、ぶつかりそうになりながら中隊本部まで駆けた。

「本日、十一時五十二分、函館発羽田行きの日本航空国内線、58便が武装した数人の犯人に占拠された」

中隊長室に参集した四人の小隊長、三人の支援部隊管理官を前にして、栗原は佐伯中隊副長を脇に口を開いた。

　これだけの人数が呼び集められるには、明らかに部屋は手狭だったが、ひしめく指揮官たちの眼は栗原にのみ集中し、しわぶき一つ漏らすものもいない。

「十二時十五分、犯人グループは管制塔に声明を出した。内容は自ら『救済の館』信者を名乗り、要求は――」

　栗原は言葉を切り、それから続けた。

「……教祖、弥勒密海の釈放だ」

　土岐は小隊長の末席でそれを聞いていた。

　――ついに連中、始めやがった……。

「北海道警は警察庁に応援要請、本庁はこれを受理した」

　佐伯が後を引き取り全員に告げる。

「我々はこれより緊急最大動員態勢に移行し、必要資機材、受傷防止装備、制圧執行装備を新木場、警視庁航空隊庁舎格納庫に集積し前進待機、以後の下命を待つ」

　佐伯は怜悧な目を光らせ、見渡した。

「緊急時運用手順に従い、迅速に、かつ的確にこれを完遂せよ！」

「以上だ、何か質問は？」

　栗原が付け加えたが、対ハイジャック、つまり航空機への強取事案対処を主目的に誕生し編成され、技量を培ってきた男たちは、一様に黙して、外に降り積もる雪ほどの気配も無かった。ただ、自分たちの存在理由を明確にする場に臨むというそのことにのみ、臓腑を浸されていた。

「陣頭には私が立つ。準備完了した部隊から順次出発、以上かかれ！」

雪雲からわずかに漏れる光さえ薄められた警視庁航空隊格納庫は、頑丈な木箱、ケースに収納された資機材が積み上げられ、そして、指示を書き殴った紙片、あるいは装備を手に行き交う、黒色の突入服に身を固めた特科中隊の隊員の声が錯綜し充満して、築地の魚市場のような喧噪と慌ただしさだった――。

ひとたび日本のどこかでハイジャックが発生すれば、日本全国の空港全てに警備の機動隊が増強配備される。第六機動隊本隊も例外ではなく、羽田へと急派される基幹隊の車列から枝分かれする形で、特科中隊は新木場まで前進したのだった。

特科中隊は全警備力を投入すべく、隷下部隊の陣容を変化させていた。中隊本部庁舎の留守を預かる支援業務管理第五分隊は別にして、訓練担当、第六分隊は戦力として一部を本隊に抽出していた。その中には、赤松警部補の姿もあった。赤松は各小隊に所属する特殊銃手たちを統合し編成された、中隊本部直轄の遠距離射撃部隊の副指揮官に指名されていた。在隊する第六分隊は、中隊本部が進発後、都内で重要警備事象が発生した場合、対応することになる。

準備を終えた部隊から、混沌とした流れの中に打ち込まれた杭のように整列してゆく。その列が一つ、また一つと増えてゆくにつれ、戦陣のような蕭殺たる空気が退いてゆき、人の動きもまばらとなる。

やがて格納庫内に、奇妙な静寂が訪れた。あるのは薄闇の中、曼陀羅のように整然と個人装備一切を着装、あるいは肩から下げ、夜に息づく植物か主を待つ犬のひそやかさで佇立する、己の影と実体の境界も明瞭ではない、隊員たちの黒い姿だけだった。

「第七特科中隊、緊急最大動員態勢に編成完結！」

台上に立つ栗原のもとで指示を与えていた佐伯が、きびすを返して顔をあげ、栗原に挙手の敬礼とともに報告する声が、格納庫内の壁としじまの間に響いた。同時に、後ろに控えた全隊員の右手が梟の羽ばたきのように、音を立てず気配のみさせて跳ね上がった。

栗原も佐伯も、黒色の突入服を着け、太股にサイホルスターを下げていた。第四小隊の先頭でそれを土岐は目の当たりにし、敬礼の手を戻しながら中隊長、中隊副長がどちらも突入装備を着装している姿を見るのは初めてだな、と思った。特科中隊長と中隊副長の頭には土岐たちと同じ略帽が載せられ、金糸で刺繍された正面の部隊名と鍔の唐草模様が、鈍く光沢を見せている。

「たったいま、総理官邸に設置された対策本部より官房副長官名をもって、特科中隊に出動命令が下された」

身体にのしかかる個人装備の重みで身を絞られながら、土岐は栗原の声を聞いていた。いつの頃からか、特科中隊では全備重量数十キロの装備を負ったまま訓辞を聞くのが慣例となっている。拙速をもって尊しとなす、無駄な話はしないということなのか。土岐もその理由は知らない。

「これより我々は警視庁航空隊、陸上自衛隊第一ヘリ団の支援のもと、函館の航空機強取事案現場に向けて進発、北海道警警備部隊と特別部隊を編成し、事案解決にあたる……」

栗原は彫像のように居並ぶ土岐たち隊員を見つめた。その列の間を、開け放たれた格納庫入り口から吹き込んだ、雪で湿った風が——隊員たちの僅かに露出した肌をぴしりと叩くような冷たさと、空気を裂く大型ヘリのローター音とエンジンの爆音を運んでくる。

「ここにいる者は幸運だ。……我々は発隊してから営々と培ってきた成果を、この国に住む全ての人々に示すことが出来る」

爆音が、滑り込んでくる風よりもつよく、耳朶に響き始める。

「事に臨んでは慎重に、だがやむなき場合は躊躇うな！　全員がそれぞれの義務を果たし、再びここに帰ってくることを確信している」

部下を期待しない者は指揮官ではなく、指揮官を猜疑の眼でしか見られない者もまた、部下ではない。組織が車体なら、その二つは組織を支える両輪であろう。

「我々が警察官であることを、何にもまして数多い警視庁警察官から選ばれた精鋭であることを胸に留めておけ！」

そう続けた佐伯の言葉で、土岐は鞴で胸郭に新鮮な空気を吹き込まれたように心が灼けた。厳しい訓練は限界だけでなく、可能性と自信を、教えてくれる。

外から怒濤のように雪崩れ込むヘリの爆音は、もうこの場の肉声での伝達を困難にするほどに高まっていた。

「緊急時運用手順に従い、各隊各員は搭乗開始せよ！」佐伯が指示を飛ばした。「回れぇ……右！」

金縛りを解かれたように、百名の隊員たちは機械じみた動きで反転する。土岐は水戸、甲斐、藤木、井上、武南、牧場と、その先にある人頭の連なりを越えたところに広がる、雪で白一色になったヘリポート上に、場違いなほど鮮明な迷彩が施された二連ローター式のヘリ、チヌークが六機、回転翼の速度を遅らせて待ち受けているのを見た。

支援部隊の統括指揮官となり、そちらに指示を与え始めた佐伯に替わり、栗原自ら号令をかける。

「搭乗開始！」

「必ずみんなでうまい酒を呑もう！」駆け足の姿勢をとった隊員たちの最後尾から、所沢警視の声が響く。「――第一小隊、前へ！」

かった。

数珠繋ぎになった第一小隊十七名が、紐がほどけるように走り出し、格納庫の外へと向
「気合いを見せろ！——第二小隊、前へ！」

第二小隊の結城警視の声に、第二小隊のブーツが床を蹴る音が続く。

「基本を忘れるな！——第三小隊、前へ！」

隣の列が走り去ってゆくのを聞きながら、土岐は迷った。何と言えばいいのだろう……。

まあ奇をてらう必要もない、と思い返す。

「我ら特科中隊に——」土岐は腹から声を出した。「御仏の加護のあらん事を！　第四小隊、前へ！」

第四小隊は、格納庫の外へ続く流れの殿につこうと走り出した。

「——土岐！」

「はい」

唐突に栗原に呼び止められ、土岐は惰性で上体を揺らしてつんのめるように足を止め、栗原を見上げた。

栗原は台上から束の間、目の前の第四小隊長を見つめた。

六年前、初めて中隊長室で相まみえた際の土岐は、表情も声量も乏しい、どちらかと言えば陰気で、付け焼き刃に筋肉を身につけているとはいえ、どことなく線の細い若者だっ

た。

　いまでも、茫洋とした表情で宴会場の片隅に座っているのを見ると、見栄えのよい男ではない。だが、骨になじんだ筋肉を纏い、防眩黒色一色の突入装備を着装した視線の先の姿は、若い鬼神のように凛々しい。そして、いまは若い妻と家庭を持っている。

「……気を付けて行け」栗原はひとことだけ言った。

「はい」土岐は小さくにこりと笑い、首を上下させた。それから、仲間に追いつくために走り出した。

　土岐が格納庫を走り出ると、途端にチヌークのローター音と雪混じりの横殴りの風が濁流のように吹き付ける。

　チヌークを越えた背後には天と汚れた海の境界さえ不明瞭な、鉛色の景色がフェンスに区切られて彼方まで広がっていた。……二十一世紀は、その初頭で早くも世紀末の予感を晒していた。


　静かだなと、土岐はチヌークの機内、壁際に並んだトループシートと呼ばれる収納式のカンバス製簡易シートに、ベルトで身体を固定して思った。

　チヌークはすでに地上を離れ、Ｔ－55－Ｋ－７１４エンジンが小刻みに機体を震わせている。静かな道理がないが、エンジン音に耳が慣れ、無意識にその音を聴覚から遮断した結果の錯覚だった。

機内左右のシートには、甲斐と二十三人の隊員たちが向かい合う形でただ黙然と座り、赤い機内灯と丸い窓から入り込む乳白色の光に照らされている。

それぞれの部隊の指揮官、資機材は、それぞればらばらになるよう各機体に割り当てられていた。これは一つの部隊の指揮官、副指揮官を一つの機体にまとめておくと、その機が故障、あるいは墜落した際、任務遂行に決定的な影響を及ぼす。そうならないようにする配慮なのだった。

〝……こちら、S408、土岐隊長、応答願います〟

見るともなしに隊員たちの顔を見つめていた土岐の耳に、隊員間連絡用の小型無線機から、別の機に搭乗している村上真喩の声が小さく響いた。

「こちらS401、どうした?」

〝はい、……その、隊長だけにお話ししたいことがあります〟

「なんだ? 他には聞かせたくない話かな」

〝……はい〟と真喩の躊躇いがちな声が聞こえる。

土岐は監視訓練中に真喩が体験したことを知っていた。女性特有の問題なら、羞恥心から他の隊員に聞かせたくない気持ちは解った。

「こちらS401、2から7、無線受信を遠慮されたい」

土岐はそう告げてから、もういいよ、と真喩に促した。

〝ありがとうございます〟真喩の声が途切れた。続ける言葉を探しているようにも、口にすることを躊躇っているようにも感じられた。

〝……私は特殊銃手として、いまここでこうして、現場に向かっています。――土岐隊長のお陰だと、思ってます〟

「そんな事はないよ。君は精一杯がんばった」

〝いえ、そんなこと……、本当に土岐隊長の、……そうじゃなくて土岐隊長がいたから、私、ここにこれたと思ってます〟

土岐は顔を上げた。――村上は何を言いたいのだろう。

〝私、とてもいやな予感がするんです〟

「……？」

〝だから、……だからこんなこと、こんな時に言ってはいけないって、解ってます。でも――〟

土岐は半ば慄然として目を開いた。開けてはいけない扉の中をみてしまう、そう思った。だが、してはいけない、そうさせてはいけないと土岐の胸で押しとどめる叫びが上がる。

「――やめろ、村上。無線の私的な使用は許さん」

〝このことは、私が土岐隊長をどんなに思ってるか、……奥さんがいらっしゃることは知ってます。でも、私、とても嫌な予感がするんです。縁起でもないって思うでしょうけど私、勘だけはいいんです。だから、……〟

「もうよせ」土岐は天井の機内灯を見上げた。「……真喩」

土岐が嘆息するように言うと、甲斐が土岐に顔を向けた。

時間を遡るような無益なことを、土岐は真喩にして欲しくは無かった。出会いと出会いは、いつも気まぐれな時間の流れの中で前後する。こればかりは人間にはどうにも出来ないことだ。人に出来るのは、今という時間を受け入れることだけだ。

――人が手にできるものは、限られてるんだ……土岐はそう言いたかった。誰かを裏切ってまで、手にしたくはない。一旦そうすれば、いつか自分が自分でいられなくなる。

〝……はい〟

「もう、大丈夫だね？――村上部長」

〝はい。……ありがとうございます〟

「よし、それじゃあ。交信終わり」

土岐は交信を終えた。わずかな脱力感となぜか小さな安堵感があった。誰も、――美季も自分自身も裏切らずに済んだ、という安堵だった。現地に着けば、互いに多少気まずい思いをするかも知れないが、こればかりは時間が解決してくれるだろう。時間は、ことこういう問題には、傷ついた男にも女にも平等に優しい。

「隊長……?」

「いや、何でもないよ。初めての実戦で少し神経質になってるだけだ。もう心配ない」

甲斐の問いかけに、土岐はそう応じた。

人の出会いは、神のみぞしる。世の中に不思議なことはたくさんあり、その実体のほとんどは人という主観頼みの不完全な生き物が抱く錯覚だとしても、この人間同士の出会いというもの、これだけは科学では解明できない。

人間同士の出会いに限らない。物質と物質の出会い、合成が、この星に生命を生み出した。爾来(じらい)、この星に生命は途切れることなく生まれ生まれて、死んで死んで死に続けた。そしてその末端に——、この人間という〝神〟を視(み)る生き物を生み出すに至った。

自分は動揺しているのかも知れない、と土岐は思った。……高揚と動揺が織り合わされ、奇妙に明るいタペストリーを心中に広げてゆく……。

——すべてはこの星の上で起こること……。

神を生み出す心も、生きてゆこうとする生き物の営みも、みな抱いて。この星それこそが神なのだ。神は天空になく、地の底にも悪魔はいない。

けれど、と土岐は卒然として、顔を薄暗闇の中で上げた。——もう心に明るく縫い上げられたタペストリーはなく、陰鬱(いんうつ)な紗(しゃ)の掛かった冷たく暗い色調しかない。

——しかし、いま自分たちが赴こうとしている場所には、自分たちの指導者を〝神〟と見なし、それを他人に崇めるように強制する者たちがいる。

真に危険なもの、それは神自身ではなく、神の言葉と称して己の生臭い欲望を具現しようとする人間自身だ。

魔女狩り、性、障害、人種を理由とするあらゆる差別。人の心の深淵から湧き出すどす黒いものを、神はいつも追認させられてきたのではないか。

神がもともと、自然と一体化したい、その強大な力を制御したいという人間の願いから生まれたのならば、神と科学は同根だ。とすれば、科学が発達した現在、神もまた変貌してもいいのではないか。釈尊の言うように、〝動物の間には区別はあるが、人の間にはない〟し、神の言葉は論証しようがないが、科学は証明できるのだから。

どこでもどんなときにも、自分を絶対に見放さない存在が欲しければ、一人一人が持てばいい。何も寄り集まる必要はない。情報も教育も手を伸ばせば手に出来る現代なのだ。個人個人が、自分の責任において、自分の良心に直結した存在を選べばいい。

しかし、と土岐は思った。人はこれからも集団で何かを崇めようとするだろう。そこに勧誘されたとき、どんなに立派に聞こえる教義を囁かれても、邪道に落ちたくなければただ一点に注意すればいいのだ、と思った。

それはお金だ。浄財を出せというのは解る。しかし、それをどこに納めるか。自分の考えで慈善団体に寄付しても構わない筈だが、自分の教団にだせという集団は、例外なくいかがわしい。そういう集団に限り、教祖は性的な爛れた快楽に耽り、自分の支配権の強化にとり憑かれて終末論を唱え、孤立化する。

そして結果、外界、国家を敵と見なして武装する。

――『救済の館』のように。

思考の迷路から抜け、土岐は眼を上げた。操縦室へ続くドアに、ヘルメットとオリーブドラブ色のフライトスーツを身につけた自衛官が現れたからだった。

「到着五分前！　降着準備願います！」

周りの隊員たちは携行品を点検し始める。土岐も身の回りの装備を改めた。すべてがあるべき場所に納まっている。

――津軽海峡は、いつ越えたのだろう……。

ヘリは、着陸体勢で高度を下げ始めた。

函館空港――。
厚く積もった雪が白く染め、北海道警機動隊が封鎖した駐車場の一角の臨時ヘリポートに、警視庁派遣部隊を乗せたチヌークが次々と舞い降りる。警視庁航空隊の特科中隊支援用機ドーファン、そして多目的支援機のＭＤ５００ディフェンダーも鉛色の空を、降りしきる雪を掻き回しながら降りて行く。

土岐たちはチヌークの車輪が雪に突き刺さり、後部ランプが開かれると一斉に装備を抱え、まだ回転しているローターの下を潜るように、ブーツで雪を蹴って走り出す。土岐が振り返ると、一面の白い世界で、チヌークの昇降口は洞窟のように見えた。

「お待ちしてました、こっちです、早く！」

離れたところに停められた輸送バスの脇で待ち受けていた、治安出動姿の道警隊員が、大声で招いた。

吐かれた息を湯気のように上げながら、土岐たちは待機していた輸送バスに乗り込む。

乗り込みを完了したバスから、三階建ての空港ビルに向けて発車してゆく。チェーンを装着したタイヤが雪を踏む、アスファルトを擦る耳障りな音がした。

輸送バスは列を組み、そのまま駐車場を出、空港敷地内へ至るフェンスを衆目を憚るように越えると、片隅の貨物ビルに横付けされた。全員が再びバスから飛び出し、ビルに吸い込まれる。

天井は高く、体育館程の広さがある。打ちっ放しのコンクリートが氷とかわらないくらい冷えきり、すきま風がひどいが、雨風、そして雪が凌げるだけでも感謝すべきだった。阻止線を張る道警機動隊員は、外で身体に雪が積もるにまかせているのだから。

「ご苦労様です、道警特科小隊、宝生警視であります」

各級指揮官が集められると、コートを分厚く着込んだ道警幹部の中から、春の競技会でも顔を合わせた道警SAT隊長が敬礼する。

「警視庁特別派遣部隊隊長、栗原です。早速だが状況を」

「どうぞ、こちらへ」

指揮官たちは壁の隅に置かれたホワイトボードの前に移動する。そして、張られた空港見取り図のまえに進み出た宝生を中心に、半円に取り囲んだ。

「十一時五十二分、函館発羽田行き58便が離陸準備中、数名の武装したマル対により強取されたと、機長よりカンパニーラジオで管制塔に連絡。同五十七分、空港事務所より通報を受け、道警本部は航空機強取事案として警備部に出動命令を下命、機動隊三個中隊で初動措置をとりました。特殊銃手は現在六名で滑走路上に停止した同機を包囲、監視下に置いています」

「対象者についての情報は」佐伯が口を開く。

「はい。対象者は『救済の館』信者を名乗り、先日逮捕された教祖、弥勒密海の釈放を要求しています。人数は今のところ不明、ただし複数なのは間違いありません」

宝生は続けた。「釈放は十八時間以内、さらに当該人をここ函館まで空輸すること、と……。ほぼ一時間置きに管制塔に連絡が入っています」

全員が一斉に左手を上げて、時計を覗いた。後十四時間強。……土岐は黒い文字盤の針の位置を確認してから、美季からこの時計を贈られたのは、遠い昔、それどころか異次元での出来事のように思えた。

「武装の程度は、どうです」佐伯が続けて質した。

「不明です。おそらくは短銃程度の武装ではないでしょうか。付け加えますと」

宝生は一旦言葉を切った。「…… 〝マルX〟を所持していると十二時十五分、管制塔との通信で告げております」

「〝X〟？　確認はされてないんですな」

〝マルX〟とは爆発物と思われる物体を指す。それが確認されれば、〝マルY〟と呼称される。

「はい。不明ですが、N処理のための爆発物処理班を待機させています」

N処理とは液体窒素による起爆装置の無力化を言う。

「了解しました。――指揮系統は」

栗原の言葉に、コート姿の幹部が進み出た。

「警備部長の島前だ、よろしく。現在、空港事務所に対策本部を設置、情報収集に努めているところだ」

「そこは充分な空間が確保されていますか」

「いや、至って手狭だが、他に適当な場所が見あたらなかった」

栗原は、ターミナルビルの階数別の見取り図を見た。

「……二階全てを借り受けられませんか」

「二階、ワンフロアか」島前は眉を寄せた。

ええ、と栗原は島前を見た。「指揮本部には様々な機材が必要ですし、東京から幕僚たちもやって来ます。実働部隊と本部が合流すれば、かなりな大所帯になり、関係機関との調整機関も必要です」

「それはその通りだが……」島前は躊躇った。

「我々は人命尊重を最優先に行動します。とすれば、長期化もあり得ます。有料待合室、レセプションルームも使えそうだな。一階の……、これは会議室ですか、ここを記者会見場所にしましょう。三階送迎デッキには監視所の設置」

「ちょっ、ちょっと待ってくれないか、君、そういうことはこれからよく検討してからだね……」

言葉を濁す島前に構わず、栗原は言った。

「許可を頂ければ、すぐに行動を開始します」

「だから、そういう事は……、宝生、君はどう思う？」

「何よりも、人命です」宝生は明快に答えた。

島前は沈黙する背広組の中、栗原と宝生の顔を見比べた。が、諦めたように息を吐く。

「了解した。然るべく手は打とう。ただし」

と、島前は続けた。「会議室や待合室は有料なんだ。請求書が来たら、警視庁に回すからな」

軽い笑いが居並ぶ人間たちの口から漏れる。

特科中隊は——、いや合同特別編成部隊は、一体となって動きはじめた。


一時間後、態勢はほぼ整いつつあった。

第一分隊、指揮支援班は滑走路を壁一面のガラスで見渡せる搭乗者待合室を占拠し、椅子やテーブルを配置し直すと、運び込んだノート型パーソナルコンピューターをプロジェクターに接続、据え付けたスクリーンに現在進行中の状況を空港全体図に重ねて刻々と映し出せるようにした。

第二分隊、機動視察班は58便を中心に八方から取り囲み、接近の機会を窺っている。

特殊銃部隊は道警部隊と統合、防寒装備と白色外衣で偽装の上、当該機を包囲、監視している。真喩は熟練隊員の補佐として、滑走路の誘導路を越えた地点で監視に就いている。

防寒は完璧(かんぺき)だが、特殊銃手全員が着膨れで雪達磨(ゆきだるま)のようになっている。

第三分隊と第四分隊は通信系統を構築し、全警備部隊を見えない電波で繋いだ。

突入部隊といえば、十個部隊に再編されて互いの呼吸を合わせるべく訓練を行った。後は、貨物ビル内で二個隊ずつ輪番制で即応待機し、他の隊は、休息をとっている。

状況に変化は無く、また情報も出そろわない現況では、体力を温存するに越したことはない。

「思うんですけどね」と、武南がコンクリートの床で横になったまま口を開いた。

第四小隊は貨物ビル一階の片隅で、全員がゴアテックス製の寝袋にくるまって寒さを凌いでいる。その姿は木から落ちて途方に暮れた蓑虫の集団に見えた。

「何を？」と土岐が頭だけを転がすように武南に向けた。

「こうしてみると、駅で寝転がってるホームレスは、結構立派な人たちかも知れませんね」

「そう思うんなら、これからは親切にしてやれよ」

土岐はふと、寝袋から左手を引っぱり出し、手首にはめた、美季から贈られたジンの文字盤を見た。仄かな闇に、表示の夜光塗料が際だつ。これは自分のお守りだな、と土岐は思った。五時を過ぎている。

犯人の宣言した刻限まで、あと十三時間。

「この寒空に、独り寝とは情けない」と藤木がぼやく。

「何なら僕が」と、井上が上半身を起こして藤木に熱い視線を送る。風邪でもひいたのかも知れない。

「……有り難くもない、遠慮しとくよ」

「しかしこんな所で熟睡できるのは、副長くらいのものですよ」

甲斐が白い息をつきながら隣の水戸を見やって呟く。水戸はわずかに唇を開き、寝息をたてていた。どこででも眠り、食べて、便秘にもならない。第四小隊副長は、夜中に台所を疾走する、淡褐色の昆虫並の適応力を持っている。

その時、隅で無線機の前に控えていた中隊本部通信係が声を上げた。

「〈アルファ〉より、待機外の各小隊指揮官は最新情報通知のため、現本に集合せよ、とのことです」

特科中隊中隊長は通常、〝ヘスペロキオン〟と呼称されるが、道警隊員には言いづらく、群の長を示す〝アルファ〟という呼称に変えられていた。

床に点在していた寝袋がむくりと起きあがり、いくつものファスナーの下げられる音が聞こえた。土岐も同じく寝袋から這いだし、牧場に声を掛け、共に空港ビルに向かった。牧場にとっては初めての実戦であり、出来るだけ経験させた方が良いと考えたのだ。貨物ビルを出て雪の中を走り、職員専用の入り口、階段を抜けて二階の現場本部に入った。中は貨物ビルとは違い、程良い暖かさに保たれている。

輪形にテーブルが並べられた、広い搭乗待合室の一角が状況説明の場だった。佐伯副長、島前、そして何の資機材も持たず東京から鞄一つで乗り込んできた警察庁、警視庁の幕僚たちの中には、……五反田の姿があった。

五反田は土岐を見たが、土岐はさっさと視線を逸らして席に着き、牧場はその後ろに立った。

「実行犯と思われる数名が判明した」佐伯が口火を切った。「五反田管理官、説明を頼みます」

五反田は構えることなくすっと立ち上がった。

「公安の取調中に信者が自供しました。それによりますと、首謀者は川口聖司、二十八歳。『救済の館』内部において誘拐、拉致の直接行動を指揮し、入信歴は五年。教祖の信望厚く、ロシアの犯罪組織と接触、武器を入手、当該国の元特殊部隊員から訓練を受けていたということです。さらに当該国情報筋より、川口と共に訓練を行っていた者四名についての提報を受けました」

本部員が顔写真入りの資料を配った。

「これら五名が今事案の犯行グループと見て間違いないと思われます。なお、彼らは教団内では〝阿修羅〟と呼称されていたようです」

「武装については」と、五木警視が質す。

「はい。武装隠匿場所から持ち去られた銃器は、残された物から推察しますと、ロシア製の拳銃ＰＳＭ五挺、及び実弾百発、チェコ製機関短銃、スコーピオン二挺、同じく実弾百発。爆発物はロシア製手榴弾ＲＤＧ－５五個と思われますが、機内に持ち込んだ量は不明です」

五反田の説明には淀みがない。が、土岐は聞きながらそれは五反田が自分の口から告げた銃器の威力を知らないからだと思った。

ロシア製のPSMは極端に薄く、厚さが16ミリしかない。携帯性と秘匿性に優れるが、それだけではない。この銃の恐ろしさはその薄さ故に専用に開発された、初速三百メートルの5・45ミリ弾薬にある。この弾丸はスチールの弾芯を内蔵し、ケプラーやスペクトラといった防弾繊維を十数枚重ねた軍用ボディアーマー、そのほとんどの種類を貫通する能力を持つ。もちろん土岐たちは確実に弾丸を止めるセラミックアーマーも併用するが、それで身体全体を覆っている訳ではないのだ。

そしてチェコ製スコーピオン。小型で操作性、威力ともに充分なことは、欧州でテロリスト、特殊部隊双方に使用されて実証済みだ。

「また、刑事部によりますと連中は、都内の輸入代理店から防弾チョッキを入手したことも判明しています」

居並ぶ実戦部隊の隊員たちが緊張した。犯人は複数で強力な銃器と抗弾装備、さらに爆発物を所持している……。選択肢は一つ。〝完全な無力化〟だ。

——流血は避けられない、ということか
「お伝えできることは、以上です」五反田が商店街の防犯協会への説明を締めくくるような口調で、報告を終えた。

「今後の方針について通達する」と栗原が場を引き取った。

「一、本警備の最大方針。人質の救出、人質の救出。及び対象者の逮捕、対象者の逮捕。
二、制圧、突入については全部隊をあげてこれを実行する」
その後は道警のまとめた名簿に名前のある乗客、乗員の説明、現場視察班の報告が続いた。現認された対象者は現在のところ二名。決まった監視符丁〝イ〟、〝ロ〟が機体より降りて不定期に巡視している。フロントウィンドウに乗員とは思えない人影が窺えたことから、犯人グループは操縦室も制圧下に置いているとの見方が出された。

「現時点では以上だ。質問はないか」

佐伯が全員を見渡す。誰も発言しない。

「よし、では散会。なお現時点をもってT．H．V系執行実包の準備を許可する。ただし、準備だけだ。分配は待て。以上だ！」

椅子が床を擦る音が響き、指揮官たちは散った。

「土岐、ちょっといいか」

ドアに牧場と向かい掛けた土岐に、佐伯が声を掛けた。

「部隊編成についてだが……、お前は、藤木、井上それから牧場と操縦室担当だったな」

「はい。そうですが」土岐は佐伯に近づき、向かい合った。

佐伯は土岐の背後に立つ牧場に一瞬視線を送り、続けた。

「操縦室は危険が最も高い。牧場はまだ二ヶ月だったな。選抜をし直した方が賢明だと思う」

「中隊副長、待って下さい、俺は……」

牧場が端正な顔を歪めて佐伯に抗弁しようとするのを土岐は制し、佐伯の眼を見つめた。

「このままでやらせて下さい。いま換えれば、全体のリズムに齟齬が生じます」

「……そうか。解った」佐伯が言った。「部隊で培ったリズムは、一朝一夕に換えられるものではないからな。だが牧場、大丈夫か」

「はい。……やれます」

牧場は唇を硬く結び、視線を佐伯に据えたまま頷いた。佐伯も頷き返すと、背を向けた。

「小隊長、有り難うございました」

土岐と二人だけになると、牧場は頭を下げた。

土岐は気にするな、というように首を振ってから、牧場を正面から見た。

「ただ、一つだけ。――戦術とは、主導する時間を可能な限り長くし、その間に敵を出来るだけ排除することだ。……そして、その貴重な時間内に、一人でもミスを犯せば」

「……危険どころの騒ぎじゃなくなる。解ってます」

「そう」土岐は牧場に強い視線を向ける。「牧場巡査、出来るな」

「自信はあります」

牧場は口許だけで微笑んだ。

土岐は、牧場の向こうに、じっと土岐を見たまま佇む五反田に気付いた。

「先に戻って下さい。この資料をみんなに」

牧場が立ち去ると、五反田が近づき、口を開いた。

「お優しいことだな」

「幕僚ってのは、そんなに暇なのか」

「忙しいよ。あからさまに危険な人間を排除すればいいお前らと違って、政治的配慮ってやつも必要だしね」

こいつは、と土岐は思った。どこまでも耳ざわりよく他人に悪意を伝えられる達人だ。

土岐は避けるように歩き、滑走路が見渡せる大きなガラス窓の前に立った。五反田も隣に並んだ。

ガラス越しの彼方に、ボーイング747－400が滑走路中心灯、滑走路灯、距離灯など様々な空港を機能させる光に浮かび上がり、閉鎖された滑走路上に鎮座している。……泳ぐのをやめた鯨のように土岐の眼には映った。

「巨大な組織のなかで、そういう重圧の中を泳ぎながら、国の根幹に関わる仕事をしているんだ。お前も入庁した時は、そのつもりだったんじゃないのか。――今いるような末端じゃなくて」

五反田は周囲に漏れないように、声を低めて言った。自分の表看板を守るための周到さだった。

「五反田……、あんたも相当しつこいたちだな」土岐は顔をガラスに向けたまま、言った。

「俺にもプライドってもんがある」五反田も前を見たまま言った。「――六年前の一件で、消すに消せない汚点が俺の履歴に付いたよ。正直に言うよ、本庁にいるお前が羨ましかった。――今もな」

「そう……。しかし、それはただの汚点だ。大多数の警察官のように、将来に決定的に影響を及ぼすほどの傷じゃない。受傷した捜査員が、決して許さないとしても、な。良くも悪くも、キャリアは守られてる、警察部内にいる限り。……そういう立場だ」

土岐は無常を説く僧侶のように静かに言った。

「お前が言えた義理か……！」押さえようのない感情が、五反田の唇から迸った。「お前もその一員なんだ……！　権力という蜜に惹かれて、警察という名の巣箱に難関を越えて集まり、長官ていうたった一匹の女王蜂になるためだけに、時に食い合いもし、負ければ追放される」

土岐は五反田の声を聞きながら、微笑んでいるのとも、悲しんでいるのともとれる表情を浮かべた。五反田は続ける。

「俺たちは……その女王蜂になれなければ、ただの敗残者だ。さして良くない俸給、報われることの少ない激務をこなすのは、そうはなりたくないからだ、そうだろ？　そういうところにお前も自分の意志で入ったんだ、忘れるな」

土岐は静かな面差しのまま、略帽のしたの目だけを上げ、ガラスに映った自分の顔を見た。昔の自分の写真を見詰めるように。

「何年か前の俺になら、納得できたかもしれない」土岐はようやく視線を五反田に流しながら、口を開いた。「それに、入るときの苦労なんて、もう忘れた」

「お前、はっきり言うけど馬鹿じゃないのか。俺が今でも羨ましいって言ったのは、お前が上層部への大きな貸しをもっているからだ。県警の二課長結構、だが、その後のことは上に確約させたんだろうな」

「答えになるかどうか解らないけどね」土岐は口を開いた。「……俺も人並みには出世したいよ、自分のしたい仕事をするために。でももう、それより大切なものが身の回りにたくさんあるんだ。――警大を出たときは、俺も五反田と同じ事を思ってたな。もう自分は一人前で、天下を取った気になってた。本庁勤務前、所轄刑事課で実務見習いをしてた〝属官〟の頃は、相当偉そうで、鼻持ちならない、自分はエリートだって信じ込んでいるのを隠しもしない馬鹿だった」

土岐は寂しそうに笑った。その頃の自分を哀れむように。

「……そのくせ臆病で、捜査員の目をまもとに見られずに、鑑識係にばかり出入りして、他人との会話さえ避けてた。一日中、ほとんど喋らない日もあったな」

「お前は、最初から本当に根暗な顔をしてた」五反田も同意した。二人の間の、唯一の同意だった。

ああ、と土岐は頷いて微笑み、続けた。「でも、特科に移ってからは、俺は初めて生身の自分になれた気がした。容赦のない訓練で、とんでもない恐怖と苦痛が押し寄せた。――苦しかった」

「お前――」また蒸し返す気か、と五反田は土岐の言葉を遮ろうとした。

「そうじゃない。……そこでは階級なんか何の役にも立たない。自分より低い学歴の人間が、俺なんかよりよっぽど有能なんだ。そこで俺は考えた。キャリアっていうのは、そんなに偉いのかなってね」

五反田は思案を含んだ顔で無言だった。

「人よりも記憶力が良いのを使って、ただ一度の試験に合格しただけで、世の中の大多数の人たちより偉いと錯覚する。目だたず地道に一所懸命生きている人を馬鹿にして、冷ややかに見下ろし、自分の優越感を満足させるためだけの狭い世界に閉じこもる。外の世界のことなど知ろうともしないで。……俺たちはいったい何様だ？」

五反田は無言だった。

「きっと、昔のままだったら」土岐は視線で遥か滑走路に浮かび上がるジャンボ機をさして、続けた。「奴らのことは笑えなかったかもしれない」

「土岐、ひとつ言わせろ」五反田は言った。「俺たちも全員が、お前のような任務に就く訳じゃない。お前の言っていることは、お前がそういう任務に就いたから言える事じゃないか？」

土岐は口をつぐんだ。するとこの凡庸な顔立ちの男が、ほんの一瞬だけ聡明に見えた。

「そうかも知れない。……確かに、現場にいれば毎日毎日、目の前の仕事に精一杯で、国全体のことなんて考える暇がないよ。だからこそ、〝考えること〟に専念するキャリアもまた必要なんだろうな」

「解ってるじゃないか」五反田がそれ見たことか、という顔で答えた。

「だが、キャリアが全員、この国に住む人たちのことを常に考えていると言えるのかな？——キャリアはあまりに組織内の煩瑣な慣例や人間関係に振り回されてるんじゃないか？現実を知らなければ考えようがないし、……ケツで椅子を磨きたければ、他の役所でした方がいい」

「お前の話は堂々巡りだな。キャリアはみんな、お前のような立場にならないといけないのか」

「俺の、立場……？」土岐は哀しい物語を語るように微笑んだ。

「俺の立場、か」土岐はもう一度口に出してから、続けた。「……一般の、大多数の警察官の輪にはどんなに望んでも交われず……、そして、キャリアの群にも、もう戻れない」

　五反田は、返す言葉もなく聞き続けた。

「あんたには理解できるかな……。俺は、官僚と現場警察官の狭間（はざま）に立ち、両方から時に疎（うと）まれ……煙たがられる。……互いが相容れないまま生まれた——俺は警察組織の抱える矛盾、そのものなんだよ」

　でも、と土岐は続けた。「誠実に生きて誠実に死にたいと思う。——いつも、支えてくれるものがある限り」

「では聞くが、その支えてくれるものってのはなんだ」

「簡単に聞いてくれるな。……俺はこのことを知るのに、何年もかかったんだ。簡単には教えられないね」

　土岐は、冗談めかして締めくくった。

「お前、からかってんのか。……もったいつけるな」

　五反田は低い声で吐き出した。

「まあ宿題、ということにしとこうか」

　土岐は窓際を離れ、謎かけ一つを置きみやげに、何か言い返そうとした五反田に背を向けた。かつては友と呼べた相手との会話は決して快いものではなかったが、土岐はこれまで自分の歩みが無駄ではなく、そして自分が依（よ）って立つべき基盤が、もはやキャリアという制度にはない事だけは伝えられただろうかと思った。

土岐は一人、仲間たちのもとへ五反田の視線を感じながらもどって行った。

五反田は背中を見せて部屋を出て行く土岐を、怒りとも焦燥とも、そして彼自身が決して認めたくない羨望（せんぼう）のまなざしをもこめて見送っていた。

土岐もまた、自分の考えを明言したことで幾分か暗く重い感情の澱（おり）がわき出し、心を曇らせていることに消沈していた。

警察官は組織の中で生き、そして組織に傷つけられる。——その集団の中には、もう自分の寄るべき立場は見当たらない。

——犀（さい）の角（つの）のように……、と土岐は階段を一人下りながら心の中で呟き、口に出して続けた。

「……ただ一人歩め、か」

いや違うな、と土岐は思い返し、ブーツの踏む階段から顔を上げた。

自分がただ一つ信じてよいもの。それは——、仲間とそして、美季だけだと土岐は思った。

「生類憐（あわ）れみの令、という訳ですか」

佐伯の無味乾燥とした声が現地本部、ブリーフィングエリアの席に着く者たちの耳に響いた。

「そうだ。これは警察庁だけでなく政府の方針だと心得て貰いたい」

最も遅れて現場に先程到着した、安西(あんざい)警察庁警備局長が言った。「彼らを宗教的殉教者にしてはならない。そうなれば一部の過激分子だけでなく、全『救済の館』信者の蜂起を促す可能性がある」

「しかし、今警備の最大目標が人質の救出であり、強力な銃器、抗弾装備、まして爆発物所持の可能性が高い被疑者複数では、〝完全な無力化〟を前提に行動せざるを得ません」

「まだそれらが機内にあることを確認された訳ではない」

特別合同部隊の指揮官たちは、土岐も含めて顎(あご)が外れそうになる。憤懣(ふんまん)を込めた目線は自然に下がり、テーブルの表面を責めさいなんだ。

「……ということは、警察比例の原則を満たしたわけではない、ということだよ」

言わなくても良いその一言は、拳銃の安全装置を外して、引き金を弄(もてあそ)ぶのと同じ愚かさだった。

「人質と突入する警察官の危険度も上がりますが」

佐伯がただ休火山の沈黙を守る栗原にかわり、続けた。

「あさま山荘事件でも、自然環境、パイプ爆弾そして人質と、条件は似たようなものだった筈だ。往時とは装備が違うぞ。一体、君ら特殊部隊にいくら予算をつぎ込んでいると思

るように言いかけ、栗原が絹に刃を走らせるような、訥々とした流れで言いかけ

ると、安西は遮った。

「私は実際に突入する者の意見が聞きたいな。――土岐、君はどう思う」

自分に向けられる無言の抗議のただ中で、一人でも賛同者を得て相手方を切り崩そうと

いうのか、安西は自らと出身を同じくする国家公務員I種合格の突入指揮官を指名した。

きっと安西はオセロゲームか囲碁の愛好者に違いない、と土岐は思った。オセロの駒でも

碁石でもない土岐は顔を安西に向け、主人の傍らにいる犬のように動揺もなく口を開いた。

「……政府は状況を正確に把握しているのでしょうか」

「――馬鹿な、君も佐伯副長と同じ意見なのか？」

飼い犬に手を噛まれたような眼で安西は土岐を睨み、幕僚の末席にいる五反田は揶揄す

るように土岐を見た。

「これは我々が想定する中でも、そして日本という国が経験した中でも最悪の事態です」

土岐は言った。「相手の装備、人質数。加えて現場が航空機ということです」

ふと見ると、視界の端で、佐伯がもっと言ってやれと声を出さずに唆している。土岐は

続けた。

「外観の優美さに似合わず、旅客機は堅牢なものです。機体は気圧から人間を守るために頑丈で、ドアは一トン以上の圧力に耐え、客室窓は三重で、内二枚はそれぞれ数百キロの圧力でも破れません。またタイヤも一平方センチあたり十四キロ、乗用車の七倍のタイヤ圧をもち、『よど号』事件の際も、特殊銃で離陸を阻止することを断念したのはご存知と思います。しかも、燃料は約二十万リットル、ドラム缶にして一千本です。当該機は満タンにしているわけではありませんが、これだけ堅牢なものの中に、乗員乗客八十七名が、銃器及び爆発物を所持しているうえに、よく訓練された狂信的な集団に占拠されているのです」

「言われるまでもない。君は暗に恫喝（どうかつ）しているのか？　それに、連中がよく訓練されているなどと、どうして言える？」

「人質を解放していないからです」土岐は明快に答えた。「解放すれば、ある程度の情報を人質から我々が入手することは解っているからです。そして、まだ誰も傷つけていません。これはよく彼らが内部を掌握している、つまり組織化され、自制が働いていると考えられます」

「全部が推測ではないか」

「その通りです」土岐はにこりと笑って見せた。「内部に爆発物を持ち込んではいないのではないか、と同じく推測です」

安西が不快気に口を閉ざすと、拍手喝采、という程でもないが、二人の問答を聞いていた現場を直接預かる者たちが、溜飲を下げた表情になる。

「仰りたいことは解りました」と栗原が口を開いた。「もちろん我々は警察官であり、与えられた条件の中で全力をあげましょう。そして着手、突入の際、発生することはすべて私の責任です」

上座に居並ぶ背広組たちのひそやかな、胸をなでおろす息が聞こえるような気が、土岐にはした。

「ですが同時に、警察比例の原則を放棄することはできませんし、私は本職に預けられた隊員と乗員乗客の生命を危険にさらす命令を承伏することはできません。東京には、そうお伝え下さい」

突入指揮官たちには、自分たちと同じ漆黒の突入服を纏うロマンスグレーの総指揮官が大盾、それどころかそそり立つ一枚岩の垂壁に見えた。

「いやあ、こんな話になったのは、私の言い方が悪かったかなあ」

佐伯が薄い頭髪の後頭部を搔きながら、惚けた表情で声を上げた。その場にいた全員が、安西さえも能面からすこしだけ人間の表情を取り戻す。

「まあ、何にしても情報が不足してますな。本日十九時をもって、現場視察班が夜陰に乗じて隠密接敵、内偵を開始します。これでかなり機体内部の状況を知ることができます」

「具体的な作戦を聞かせて貰いたいな」と安西は事務的な口調で言った。

「簡単な方法です。夜陰に乗じて、隊員が接近、機体内部に集音機材による監視所を設置します」

「犯人側に察知される可能性はないのか。マスコミ対策は？」

「機体の六時方向から接近しますので、機内からの発見はほぼ不可能です。また、日没後気温は氷点下を下回っており、彼らの機外の巡視は止まっています。マスコミには人命尊重の観点から報道協定を申し入れています。破った社は公表すると」

「しかし足跡は残るんだろう、明日の朝には連中も感づくぞ」

「気象台の予報では、明朝の積雪は三十センチだそうです」

「それでも発見されたら？」

「全部隊を突入待機位置につかせます。空からはヘリ部隊、地上からは突入部隊が殺到します」

「……でたとこ勝負か。何か要求は？　例えば食料、燃料、毛布なんかは。この寒さだ、乗客の中には体調不良を訴える者もいるだろう」

「地上で機体内の空調、照明に電力を供給するのは補助動力装置、ＡＰＵですがこれは、主翼内二番メインタンクから燃料を補給され、それが切れても他のタンクから交叉供給系統、クロスフィードラインで燃料を供給されますので、大丈夫です。食事は機内食が一食分積載されていますし、要求があるとすればこれからでしょう」

「では、その要求があったのを機会に突入してはどうなんだ。必ず扉を開けるんだから」

「安西局長、食料差し入れの際は、犯人も我々が仕掛けることを予想して警戒しています」栗原が静かに諭すような口調で言った。

「扉は我々の技術を使えばいつでも開放は可能ですが、突入は犯人にとって最も疲労が溜まり、警戒心が薄れる払暁がセオリーです」

「定石は破られることもあるぞ。……公安の情報が正しければ、な」

「そうです。しかし有効だからこそ今日まで残り、定石となったのです」

土岐の予想した通り、囲碁を嗜(たしな)むらしい安西が嘯(うそぶ)くように口にするのを、栗原が受け流す。

「まあとにかく、今は偵察の態勢をとり、得られた情報の評価はそれから、という事ですな」

と、佐伯が三文小説家のような落ちをつけた。

「よし、全部隊は緊急突入(IA)態勢、散会！」

男たちは長い夜に向かうため、席を立っていった。

犯人側の要求する教祖釈放の刻限まであと十一時間、土岐たちがそれぞれの場所で息を凍らせ、寒さで震えが止まらない身体を地に伏せながら見守る中、現場視察班の隊員四名が、特殊銃手たちの誘導と支援を受けて、尾翼方向から接近してゆく。その後方には、護衛と緊急事態に備えた一個突入班十名が、MP－5を構えて続く。

滑走路を照らす照明がいくつも光を投げ、機体周辺はかなり明るかったが、急にそれらが消されれば、犯人側にこちらの意図を看破されるおそれがある。

数百メートルを一歩一歩確かめるように偵察部隊は歩き、機体直下にたどり着くと、現場視察班は持参した脚立をたて、一人が登り、それから頭上の機体に手を伸ばした。と、程なく一枚のパネルを外して下の隊員に渡すと、そのまま機内へと潜り込んでいった。もう一人が機材を先に侵入した隊員に渡してから続き、機内へと消えた。

〝こちら〈スナイパー〉マルニ、隊員が機体に侵入した。現在のところ、支障無し〟

〝〈アルファ〉了解。更に監視を続行せよ〟

赤松と本部の交信が、耳に聞こえた。本来は別回線だが、同報のために突入部隊の電波にも乗せているのだ。

三人目の隊員が脚立に登り、パネルを元通りに締め、確認すると偵察部隊は撤収し始めた。

偵察部隊は後方警戒しながら、滑走路を戻って行った。

しばらくの後。

〝こちら〈アルファ〉、緊急突入(IA)態勢解除、所定の待機場所に戻れ〟

ふう、と土岐は息をつき、身体を起こした。それから、機内に残った二人の隊員の過酷な任務を思った。

銃器を持った犯人と、乗客乗員の恐怖と不安で、はち切れんばかりの空気を頭上に感じながら、一切の気配を断たねばならない。

発見されても応戦することさえ出来ず、忍耐という単語で言い表せる任務ではない。死に直面した現場と、文字通り隣り合わせで正確な情報を欲する者たちの狭間にあって、さらに冷静でなければならないのだ。冷たく暖房の届かない、アルミ合金に閉ざされた身動きもままならない空間で。

もっとも——と土岐は緊張でまだ機体を凝視し身を伏せ続けている牧場に声を掛けてから、思った。本当に苦しいのは、当然だが乗員乗客の方だが——。

〝……この国の人間は法を知らず、政府は汚辱にまみれ、警察は愚かだ〟

微(かす)かなノイズの向こうから、内面の狂気を滑り降りて口から発せられた、平板で抑揚のない声が聞こえてくる。完全に他者への感受性を失っている狂信者の声だ。

突入部隊が待機する貨物ビル内の凍てつく硬い空気に、一時間ごとに教祖釈放を要求する主犯、川口聖司の肉声が機体に潜入した現場視察班の集音機器から現本を経由して、隅に設置されたラウドスピーカーからもたらされていた。

土岐たちはスピーカーの前で耳をそばだて、〝目標〟の声に聞き入っていた。

〝聖戦実行からおよそ八時間、弾圧政府からは、まだ明確な回答はない。これは政府の愚昧な頭にはまだ状況の認識が正しく出来ていないと考えざるを得ない……。よって〟

川口が言葉を切る。土岐はノイズの粗いざわめきの向こうで、乗客乗員八十七人の息を飲む微かな気配が聞こえたような気がした。

〝我々は、法の具現者、弥勒密海様を取り戻すため、一殺多生を実行する〟

今度はこの〝秘聴〟を傍受する土岐たち警察官全てが息を飲む番だった。

――止めろ！　土岐は心の中で叫んだ。……取り返しのつかないことになるぞ……。

〝そこのあなた、立ちなさい。聞こえないんですか、紺の背広に赤いネクタイを締めた、……そう、あなたですよ〟

川口が誰かに命じるのが聞こえた。喫茶店で出されたものに髪の毛が入っていて、それを取り替えさせる程の口調だった。

〝あなたには、少し痛い思いをして貰うことになりますが、なに、全世界のためになることです〟

〝……止めて下さい！〟若い女性の声が割って入った。〝あなたたちは仏様を拝んでるんでしょう、酷いことは止めて下さい！〟

早く、と土岐は祈るような気持ちで思った。早く、おとなしく口を閉じて座っていなさい。あなたには何の責任もないし、止められない。見殺しにしたと自分自身を責める必要も、自己嫌悪に陥る必要もない。だから、お願いだから座りなさい……！

〝お嬢さん、これは酷いことじゃない。この人は死んでも成仏出来るかどうか解らない。しかし、私の霊的ステージは高い。だから私の銃弾で死ねば、必ず成仏し、解脱できるのです。私は涅槃に入る手伝いをしたと考えて貰ってもいい〟

やめろ、外道ども！　と土岐は歯がみしながら思った。……貴様たちは仏教徒ではなく、末法の世の汚濁そのものだ。

拳銃発射音が、キャビン床下のマイクに捉えられた。聞き入る警察官たちは、皆その場で自分が狙われたように、思わず頭を下げた。そして、そっと頭をもたげながら、互いの顔を声もなく窺い合った。

――奴ら、本当に撃ちやがった！

機内を駆けめぐるように上がった個々の判別のつかない悲鳴の中、どすん、と何かが床に放り出されたような音が不吉に響き、それから……むせび泣くような呻きが続いた。

土岐たちは、はっと顔を戻してスピーカーを凝視した。

――マル害はまだ、生きている！

苦痛を訴える声が、弱々しいながらも、悲しい祈りのように続いている。生きているのだ。

〝静かに！　田中、剣持、ドアから外に放り出せ。……少し寒いだろうが、あなたが生きているに値するなら、成仏する前に政府が要求を飲む〟

中身の詰まった砂袋が引きずられて行くような音。次いで、ドアが開かれ、開口部で風の巻く音がする。微かな悲鳴が撃たれた男から発せられたが、やがてどこかへ吸い込まれたように、聞こえなくなった。

替わって中隊通信係が取りつく無線機から、監視部隊の報告が入った。

〝こちら〈スナイパー〉マルロク！　至急至急、機内から男性一人が二番ドア機体左側直下に落下、転倒！　移動困難と見られる！〟

〝こちら〈アルファ〉、負傷の程度はどうか！〟

〝〈スナイパー〉マルロク、負傷の程度は不明！　ただし身動きはしている！〟

真喩の明瞭な声が報告している。

「馬鹿が」と五木警視が吐き捨てるのが聞こえた。「てめえの手で、てめえの首を締めたようなもんだぞ」

「何にせよ、これで政府は決定を迫られる」

と、所沢警視も口を開いた。「長くてもあと一時間の内にな」

「この寒さだ、……マル害の身が心配だ」

結城警視も壁を透視して外を窺うように、視線を向けた。

「それが目的なんでしょうね」土岐も言った。「奴らは強引に時計の針を進めるつもりだ。……自分たちは、安全な場所にいながら」

政府は短時間の内に、つまり男性が出血と酷寒で死亡する前に決断を強いられる。その間、犯人側は機内を制圧し続け、当該男性を常時窓から監視していればいい。救出も身代わりを立てることも不可能だ。

これは要求が通らなければ人質を殺害する、という脅迫、あるいは予告ではない。眼前で文字通り、風前の灯火となった一人の人間の命がかかった決断を迫られる。事態の進展を見守り、関係機関と協議して……、現実から遊離した人間の思惑が介在する余地のない正念場。曖昧な官僚用語が発せられるいとまなどない。現実感のない一言が発せられる間にも、一人の人間の命が削られてゆく。その事実が突きつけられている。

「〈アルファ〉より全警備部隊は装備、資機材の最終点検を行え、とのことです！」

中隊伝令の声が、戦いを告げる狼煙のように上がった。

手綱を握る者の決断が下される前に、獲物を追う犬の迅速さと慎重さで、男たちはその場から散っていった。牙を出すには、まだ早い。

二十時十八分。

……言葉どころか、気配さえ発する者はなく、ただ皆、土岐も含めた六十名の突入隊員たちは、沈殿する冷気の底で自分の呼吸音だけを聞きながら、片膝(ひざ)をついていた。隣には、牧場と井上、藤木が同じように控えている。

重いな、と土岐はふと思った。着け慣れた装備さえ重く冷たく感じられる。土岐はそっと、立てた右足にのせたＭＰ－５の銃身を、右手で撫(な)でた。それから、拳銃の位置を確かめた。シェーファー中佐の教示のとおり、自分の手に合わせた銃把に変更したＰ７が、腰の簡素なイーグル社製フラットベルトホルスターにきちんと納められている。その右手の手首には、Ｐ７の予備弾倉がベルトで装着されている。頭にはバラクラバ、ヘルメットを着け、暗視装置を跳ね上げている。

もう何も考える必要はない。訓練で培った判断と、任務を果たすという明確な意志、もはや目標となった犯人に対する闘志だけだ。

古来、他人のために闘う人間たちの上に流れた時間が、土岐たちの間にも静かに過ぎ去って行く。

その時の流れが、動きを停(と)め固着したのではないか、そんな考えがふと土岐の脳裏を掠(かす)めた瞬間だった。

〝こちら〈アルファ〉、全警備部隊に告げる――〟栗原の声が全員のイヤフォンから鼓膜を叩く。〝これより突入部隊、及び支援部隊は所定の位置に進出、以後の下命を待て。繰り返す……〟

土岐たちは、空気を揺らして精気を吹き込まれた彫像のように立ち上がる。それから、動き出した。鋼鉄の塊が一瞬で溶解し、流れ出す様に似ていた。ブーツが床を叩く音が夜の潮騒のように響く。

「土岐！」

土岐は呼びかけられて、足を止めた。五反田が通用口に立っていた。土岐の脇を、無言の隊員たちが続々と駆け去って行く。

「……なんだ？」

「お前、答えろ。……お前を支えているものってのは、一体なんだ？」

「五反田、いま答えなくちゃならないのか」

「そうだ。次に聞く機会が無いかも知れないからな」

土岐は、バラクラバを喉元(のどもと)まで下げた顔で苦笑した。

「……聞きたいのか？」

「――お前は自分をなにで支えてる。こんな仕事にどんな報いがあるって言うんだ」

五反田はその時、何か発見したように視線を土岐の目から外すと、肩越しに向けた。土岐が振り返ると、第四小隊の六人が、土岐を見守っていた。

土岐は目を五反田の端正な白い顔に戻した。

「……報いは日々、受けている」

静かな、心から溢れた響きを持つ言葉だった。

「だから、それは何だと言ってるんだ！」

土岐は声を荒らげる五反田から目を逸らし、後ろを振り返って見せた。五反田も見たが、そこには土岐の部下が、それも十人にも満たない部下が見えるだけだった。

「──解らないのか？」

土岐は五反田の眼を見つめたまま、ゆっくりと左手で口許まで下げていたバラクラバを上げて顔を覆い、それから左目に暗視装置を下ろした。

もはや土岐の表情は右目しか窺えなくなっていたが、その片目に垣間みせたものに、五反田は初めてたじろいだ。……この男は、太平楽で愚純な顔を装いながら、これまでずっと、こんな傷のないレンズのような眼に、世間を映していたのか。

その眼で何を見、何がそう言わせたのか。

土岐は答えを与えずきびすを返し、仲間たちのもとに去った。

五反田はひとりぽつねんと、廃墟のような貨物センターに取り残された。

煌々と照らされた滑走路、空港ビル全室から漏れる灯りの届かない場所を縫い、雪の上に足音と白い息だけを残して、突入部隊は人知れず散ってゆく。……その様子は、空港外の駐車場、空港と平行して伸びる国道二七八号線で内部を窺う報道陣には知れず、カメラに捉えることは出来なかった。

そして58便を巡る密かな包囲は、携わる者の他は察知できないひそやかさで完成した。

「こちら〈アルファ〉、全部隊へ。所定の位置に着いたか。〈シェパード〉」

カチカチ、と雪に半ば埋もれて待機する土岐の耳に、簡潔な応答が返ってくる。……それから、〈ドーベルマン〉〈レオンベルガー〉〈スピッツ〉〈マラミュート〉〈ボクサー〉〈シバ〉〈ブルドッグ〉〈シッパーキー〉そして中隊副長が指揮を執る〈トマルクタス〉と呼び出しに応答のクリック音が続き、〈ヨーキー〉と最後に呼ばれると、土岐も無線を鳴らして配置完了を告げた。次いで、制圧後に乗員乗客救出を担当する車両部隊及び機動隊一個中隊も、準備完了を報せた。

土岐は、突入開始寸前までは点けられている照明に照らされた58便を見た。全く無防備に感じられる。

〝こちら〈アルファ〉、政府対策本部から二十時二十五分に発令。――現時点をもって函館空港警備全部隊は、出来うる限りの能力で人的物的損害を最小限に留め、実力を行使することを許可する。銃器は適宜使用せよ。最終突入準備地点まで進入を許可する。以上〈アルファ〉〟

声を失った兵士のように、突入部隊は無言で、機体後尾から膝下まで積もった雪を蹴立てて殺到する。

　模型のように見えていたボーイング７４７−４００は、接近するにつれ本来の圧倒的な重量感と聳(そび)えるような存在感を取り戻してゆく。巨大な怪鳥に見える機体の陰に入ると、突入部隊は各々、制圧担当域のドアを見上げる位置に着く。二人の隊員が、突入と同時に負傷した男性に応急処置を施すべく、機内からはみえないぎりぎりの場所に控える。幸いなことに、まだ男性には息がある。

　運ばれた特殊梯子(はしご)をそれぞれのドアに設定し終え、支援部隊が梯子に登り、後尾で補助動力装置の機外停止スイッチに手を掛けている。

　土岐は、十二カ所あるドアの内、最も高い位置にあるアッパーデッキのサービスドア直下で牧場、藤木、そして梯子を支える井上とともに息を殺していた。暗視装置のスイッチを入れる。

　操縦室に、被疑者はいるのかいないのか。通常の手順では操縦室に被疑者を集める手段を講じて、客室が手薄になったところを強襲する。しかし今回ばかりは負傷者のために策を講じる余裕はなかったのだ。

〝全部隊へ、着手開始三十秒前。——待機！〟

　全員がそれぞれの位置で、もはや微動もしなかった。抱え上げられても、姿勢を崩すことなく、人形のように運べそうな気がするくらいに。どこかの博物館に展示できるくらいに。

〝着手開始、二十秒前……〟

静止した闇に抱かれるような気持ちで、土岐は待った。とても長い、と思った。もしこのまま命令が中止されれば、自分はこの闇に溶けてしまうのではないかとも、漠然と思った。

〝十秒前……〟

もう中止はないな、……そう考えると、土岐の胸に得体の知れないほどの歓喜に似た感情の爆発があった。

——近づく、近づくんだ、俺は。……あの場所へ。

〝五秒前！　四、三、二……〟

そして——。

その時は、滑走路を照らす全ての照明と、機体の補助動力装置が切られることで生まれた闇が、辺りを一瞬で覆った刹那から始まった。

〝無線封鎖解除！　突入せよ、突入せよ！〟

止まった時間を今度は自分たちの主導で動かすべく、六十名の突入隊員たちは闇の中、吹きあがる怒濤となって梯子を駆け上がり、タイプAドアを造作もなく開放すると、電力の供給が停められ、闇の満ちた機内へ雪崩れ込んだ。

ほとんどのドアで犯人の出鼻を挫く閃光音響弾が、夜陰を切り裂きはじめた。

閻魔から放たれた、死者を冥府へと導く犬の群のように。


土岐もまた、その犬の一頭だった。

機外非常コックを操作して引き上げられたドアに閃光音響弾を投げ込み、それが炸裂する頃にはアッパーデッキキャビンに侵入していた。右手の客室方向からは――混乱の中を悲鳴が狂犬のように駆け騒ぐ。客室内を支配しているのは犯人ではなく、闇とそれだけだった。

〝〈アルファ〉から〈ヨーキー〉！　現在、管制塔に犯人より入電中！　制圧せよ！〟

――まずい、急がなければ！

土岐と牧場、藤木と井上は滴が散るように二手に分かれた。土岐と牧場はアッパーデッキ前半分をクリアリングしながらコクピットに向かい、藤木と井上は左右三列ずつ並ぶ座席の中央通路を突進する。

メインデッキを担当制圧域とする〈スピッツ〉に編入された水戸と武南は、主翼後方第三ドアから先陣を切って突入していた。武南が防弾盾を構えて左右、中央それぞれ三列ずつ並ぶ座席の間の通路を先導し、水戸がＭＰ－５を構えて続く。

「前方一名マル対、男性、短銃所持！」

さっと盾が下げられると、水戸は暗視装置に相手を捉えた瞬間、フルオートで武南の頭越しにMP－5を発射していた。

驚愕の表情のままPSMを構えようとしていた男の心臓に向け、T．H．V弾が空を切った。翻弄されるように手を宙に投げ出し、振り回しながら、男は突き飛ばされたように背中から倒れ込んだ。

――ボディアーマーを着ている……。

水戸は執拗に、倒れ込んだ男の心臓の位置に弾倉の弾が二発残すだけになるまで、撃ちつづけた。

そして、完全に抵抗力を奪うと駆け寄り、まず爆発物を所持していないか屈み込んで調べ、上着ポケットに入っていた手榴弾を見つけ取り上げてから、首の動脈に触れた。――運がいい奴だ、と思う。生きている。

自分と犯人の命は等価値でも、人質の命は守らなければならない。これより他に方法はない。それは土岐に繰り返し水戸が仕込んだことでもあった。

押し殺した銃声が、機内のあちこちから響く。

〈トマルクタス〉、佐伯もまた先頭こそ自分より若い隊員に譲ったが、突入部隊指揮官として突入していた。その佐伯の暗視装置で狭められた視界の隅に、並んだ背もたれから飛び出した人影が映った。

佐伯は瞬応し、身体ごと銃口を向けていた。同じ方向を警戒していた他の隊員よりも、早かった。

違う。犯人ではなく、乗客だ。

「座っていなさい！」

佐伯が一喝すると、初老の男性は糸が切れた操り人形のように、座席に腰を落とした。

〈ヨーキー〉もまたその名の通り、小柄ながら迅速に制圧を続けていた。――藤木と井上は乗客へ伏せるように叫び立てながら、ＭＰ－５を構え、相互援護をしつつ機体後部方向へと進む。

対象者を暗視装置の緑色の視界に捉える。突き当たりの、機内で最も広いギャレーの前で、左手で口許を押さえながら右手のＰＳＭをこちらに向けようとしている。

藤木も井上も、説得などしなかった。寸秒を争う現場、しかも爆発物所持の可能性の高い相手には自殺行為と同じだ。

およそ五メートルの距離を隔てたところから、フルオートで藤木が発砲した。

胸に正確な銃撃を受け続けた男は、強風に弄ばれる木の葉のように四肢を踊らせながら、後ろのギャレーのカーテンへ押しこまれるように消える。

二人はカーテン越しの反撃に警戒しながら一気に接近すると、床に身を投げ出してうつ伏せになって肘(ひじ)をつき、銃口をあげて更に引き金を引いた。――銃弾で濃い紫色のカーテンが、下半分すだれのように切り裂かれる。と、ずたずたになったカーテンが膨らみ、そのままレールから引き剝がされるようにして、カーテンは倒れこんだ男を包むようにして床に落ちた。古本の束が崩れたような、どさりという音が響く。藤木と井上が床から飛び上がり男を押さえにかかる。

太股から血を流していたが、命に別状は無さそうだった。喚き始めた男の両腕をすかさず二人で後ろに回し、藤木が手榴弾を取り上げた。

制圧は水が浸透するように遅滞なく進み、四人の対象者を確保、四発の手榴弾が押収された。

残るは、土岐と牧場のコクピットのみになった。

操縦室を隔てたドアに手を掛けたとき、土岐はすでにMP－5からP7に切り替え、引き金を引いていた。

これで銃把を強く握れば速射できる。

土岐は一気にドアを開くと、牧場と共に操縦室の戸口の左右に散り、拳銃を構えていた。が――、そこで土岐の予想外の行動を、牧場はとった。

緊張のあまり、壁を背に腰を落としてしまったのだ。閉鎖空間で無意識に小さい的になろうとする本能。

牧場は実戦で本能を抑制できるほどには、鍛えられていなかったのだ。

――!　馬鹿な、と土岐は心中絶叫したが、遅すぎた。

何故なら……、フロントガラスと計器盤を背に、パイロットの制服を着た機長を盾にした主犯、川口と相対していたから。

川口は、恐怖で身体を硬直させ顔を引きつらせる機長の首に右腕を回し、機長の左肩の上に顔を覗かせていた。

それだけではない。

回した右手には手榴弾が握られ、手榴弾の起爆ピンから伸びた糸を前歯に挟んでいたのだった。

爆発すれば、この狭いコクピットにいる者全員、命はない。

我に返った牧場が足を伸ばそうとしたとき、川口が唇だけ動かして、言った。

「動くな」

言われて牧場は、中途半端な姿勢のまま、身動きを止めた。

震えて立ちすくむ機長を境に、仏教に名を借りた世迷い言を信じる狂信者と、仏法を心の支えにする警察官は対峙した。

「機内各エリアは制圧、確保!」

「アッパーデッキに突入した〈ヨーキー〉はどうか？」

現地本部で、栗原がプロジェクターで壁に映し出された58便の平面図を、制圧を示す三角の中隊旗を模した表示が次々に埋め尽くすのを見ながら栗原が指揮支援班の隊員に質した。

「対象者一名を制圧、401及び407がコクピットに突入しましたが、……報告はまだありません」

栗原は逡巡(しゅんじゅん)した。一刻も早く機動隊を応援に出し、乗客乗員を機外に誘導する必要がある。

――何かが起こっている……。

401、土岐が危険な状況にあるのなら、それは民間人にも憂慮すべき問題が発生していると見るべきだ。相手は爆発物を所持している。

栗原は決断した。

「〈トマルクタス〉に至急伝達、乗客乗員を、速やかに機体右側から誘導開始せよ！　機体周辺の機動隊に人質保護に全力を挙げよと伝えよ」

……どうした土岐、と栗原は心の中だけで呼びかけた。

互いの距離は数メートルに満たない空間で、土岐は銃口を向けて、川口と睨み合っていた。

この状況を打破するには、取るべき手段は一つしかない。しかし……、自分の呼吸音だけを聞きながら、土岐は葛藤の中にいた。

一撃で倒さなければならない。手榴弾の延期信管は爆発するまでに三秒から四秒足らず。間に合うだろうか？

その時、破裂音に似た音が連続して背後から聞こえた。一つ、二つ……、ドアに設置された滑り台型のスライドシュートが膨張し、乗客たちが脱出を開始したのだ。乗務員、そして機動隊員たちの誘導する声と、我先に出ようとする乗客の足音が混然となり、コクピットまで押し寄せてくる。だが、土岐も牧場も川口も、そして機長も、切り取られた静寂の中、死と破滅の臭いだけを嗅いでいた。

旅客機はたとえ満席だとしても、乗員乗客全員を九十秒以内に脱出させられるように設計されている。

――それまで粘れば、まだ勝機はある。

その土岐の考えを見透かしたように、川口は低く何かを唱え始めた。

「ナウボウアラタンノウ……」

土岐は一瞬、眉を寄せた。――何を始めたのか。

川口は土岐を凝視したまま、唇だけを軟体動物のように蠢かせた。

「オン、マイタレイマイタレイ……」

これは、――と、土岐はふっと息を飲んだ。解ったのだ。

――これは、弥勒真言……！

そして土岐はさらに悟った。川口が何をしようとしているのかを。

――こいつは人質や警察官が機内に多くいる間に、爆発させるつもりだ！

土岐は、川口が自らの選択肢を全て放棄し、ただ破滅にひた走ろうとしているのを感じた。土岐とてもう、一つしか選択肢は無かった。

土岐が決断した瞬間、時間は突然流れを遅らせた。

Ｐ７を握って川口の額を狙っていた右手がわずかに逸らされ、銃把が油の滴るような速度で強く握り込まれた――。

銃声と閃光がＰ７から迸った刹那、時間は本来の流れを取り戻す。

土岐の放った九ミリ弾は、川口の右肘関節を粉砕していた。

川口が絶叫を上げて後ろによろめき、抱えていた機長とともに慣性航法装置に背中、後頭部をパワーレバーに打ち付けて昏倒(こんとう)する。だが――、悲鳴を上げる前にピンは糸に引かれて抜けていた。

土岐はＰ７からはじき出された薬莢(やっきょう)が床に達するより早く、手榴弾に飛びつき、握りしめると、ドアの脇で為(な)す術(すべ)もなく呆然と銃を構え続ける牧場を残し、バネ仕掛けさながらの瞬発力で機外を目指していた。

コクピットを飛び出すとそこには、救出部隊の機動隊員たちがいた。

「どけえぇっ！」土岐は突貫するように機動隊員たちを突きのけながら怒号を発した。

そこで土岐は思い出すべきだった。Ｐ７の使い方だけではなく、シェーファー中佐が伝授した、爆発物の処理法を。

土岐が安全な左側サービスドアに達しても、機動隊員たちはまだ状況が飲み込めていない様子で、虚をつかれた目を向けていた。

「伏せろ、伏せるんだ！」

本能的に土岐の声に危険を察したのか、機動隊員たちは慌てて身を伏せる。

土岐は周囲を確認してから、手榴弾を機外へ投げ出し、自らも身を投げようとしたその瞬間――。

手榴弾が空中で爆発した。

百十グラムの炸薬は、無数の鋭い破片と爆風をまき散らし、そのうち破片の一片が、両腕を交叉させて顔を庇った土岐の腕と、抗弾ベストの首を守る強固な襟の隙間を縫い、暗殺者の凶刃のように土岐のバラクラバに覆われただけの部分、それも頸動脈を切り裂いた。

土岐は反射的に交叉させていた両腕を降ろし、仰け反るように佇立して、まともに爆風を浴びた。宙に朱を引きながら吹き飛ばされ、反対側のドアに頭から叩きつけられた時には意識を失い、首のぱくりと開いた傷口から血を噴出させ、痙攣を起こすように床の上を何度ものたうち跳ねた。そのたびに、自らの血が下敷きになり、ばちゃばちゃと音を立てた。土岐はまるで血の池に浮く溺者のように見えた。

「隊長！」

メインデッキから上がってきた水戸が走り寄った。武南も藤木も井上も、甲斐もいた。

「救急車の要請！　急げ！」

水戸が土岐の傍らで血溜まりに屈むと土岐のヘルメットを外し、血を吸って張り付くバラクラバを剝ぎ取った。

土岐の上半身ごと抱え上げ、自らの手も血塗れにしながら傷口を押さえて、水戸は機動隊員に怒鳴った。

「何があった！」

土岐の首は、支えてやらなければ折れてしまいそうなほど、無残に力を無くしている。壊れて落ちかけた人形のそれのように。

「……た、隊長は」機動隊員が半ば泣き出しながら言った。「隊長は、自分らを庇ってくれんたんです。爆発から……」

「隊長、隊長！」

甲斐が叫ぶように呼びかけながら、蒼白になった土岐の顔を覗き込む。

照明の戻った滑走路から救急車のサイレンが近づき、サービスドアに移動ステップ車の階段が付けられた。救急車は急停車し、降り立った救急隊員の手で後部ハッチが開かれ、白い制服を着た救急隊員が担架を手に階段を駆け上がってくる。

「おい、大盾を貸せ！　早く！」

水戸が道警機動隊員に怒鳴った。

「副長っ？」井上がやはり怒鳴るように尋ねる。

「顔を隠す必要がある」水戸は差し出された大盾を、ひったくるように受け取りながら答えた。「面貌を外部に知られれば、もう二度と、部隊に戻ってこれない」

「でも、小隊長は……」井上が呟く。

「馬鹿野郎！　この男はこれくらいでくたばるタマじゃない！　しぶとさだけが取り柄だ。──忘れたのか？　こいつは〝不死身の警視〟なんだぞ！」

「こりゃひどい、すぐに搬送する！」

到着した救急隊員も、流れ出した血の溜まり具合に一刻を争うと判断した。

「よし、お前らはもういい。病院には、俺が秘密保持を兼ねて付き添う、心配するな。部署に戻れ」

「しかし副長！」

武南が抗弁する。

「聞こえないのか！」水戸は凄まじい眼で武南を睨んだ。「安全を完全に確保するまで任務は続く、戻れ！　命令だ！」

そっと担架に横たえられた土岐に、水戸は大盾を被せてやった。水戸は知らなかったが、大盾の裏に描かれているのは、北海道警機動隊のシンボルである北方の守護神、毘沙門天だった。

「土岐警視――！」

後ろ髪を引かれながらも持ち場に戻ろうとした武南の、背中越しに発した叫びが救急車のサイレンの中、悲痛に響きわたる――。

土岐が爆発の直撃を受けた一部始終は、テレビを通じて全国に流された。

空港の敷地外から低光量カメラ、望遠レンズで決定的瞬間を狙っていた報道陣の中には東京から派遣された、夏から〝火事場娘〟と呼ばれている、大迫由希子二十五歳もいた。

「……爆発、爆発です！　機内に突入した機動隊員が一人、吹き飛ばされました！　大丈夫でしょうか？」

大迫は悲鳴に似た声を上げていた。

大迫は知らなかった。――今、遥か彼方で吹き飛ばされたのが、夏、自分の眼前で垂直の火炎地獄の中、少年を背に炎を飛び越え生還した男であることを。

そして――、自分と同じ歳の妻がいることなど、もっと知りようのないことだった。

同時刻、美季は白々と蛍光灯の灯る自分の職場に居残っていた。宿直者の他にも残業する警察官たちがいたが、美季はその中でひとり、机の上に広げた書きかけの書類を見るでもなく、視線で撫でていた。

「美季、どうしたの？　帰らないの？」

同僚の華戸佳代が、向いの奥にある美季の机まで来ると、話しかけた。一階の大部屋にはまばらな人影と、受付窓口のカウンターの向こうから、天井に吊ってある点けっぱなしのテレビの音量を落とした音が聞こえるだけだった。

「うん……、ちょっと整理しなきゃならない書類があるし……」

そうではなかった。マンションに一人でいるのが居たたまれず、こうして必要でもない残業をしているのだった。

函館空港警備に土岐が向かったことは、美季も察しはついていた。もっとも危険な場面に土岐が遭遇する可能性も。

自分自身、女性警察官として、またそうなって間もないとはいえ、警察官の妻として覚悟は二通りできている筈だった。

けれど、一人で無事を祈り、どんなに暖めても消えないだろう部屋の寒々とした空気の中で、土岐の帰宅を待ち続けることは、出来そうになかった。

——悟さん、無茶はしないでね……。

何も見ていない視線を書類に投じたまま祈ったのが先か、それとも後だったのか。

部屋の隅のテレビから、破裂音が響いた。

はっとして美季は思わず立ち上がり、テレビを見ていた。

函館空港の実況中継だった。

「始まったわね」華戸もテレビを見上げて呟いたが、美季は聞いてはいなかった。華戸は美季が結婚したのは知らされ、相手が警察官ということも知っていたが、所属は教えられていなかった。

照明に浮かび上がった飛行機の機首に、タラップが据えられる。そして、白い制服を着た救急隊員が担架を手に駆け昇って行く。

ほどなくして担架に乗せられ、何故か機動隊の盾を被せられた負傷者が、担架の端を肩に載せた二人の救急隊員の手でタラップを降りて行く。

葬列の先頭をゆく、死者のように。

美季は息を詰めて担架の上の人間を見定めようとした。大盾で上半身を覆われているので、顔はおろか身長、体格も解らない。だが、それは黒い突入服で、突入部隊の警察官だと知れた。

——まだ、……まだそれだけで決まった訳じゃない。

美季はテレビの画面に目を凝らし続けた。

担架を支える二人の救急隊員は地上に達し、担架は救急車から引き出されたストレッチャーに載せられた。

その時、担架から脱力した左腕がこぼれるように垂れ下がった。

服の脇がかかり、少しだけめくれた袖口が、ここぞとばかりに撮影者の手で大写しになる。……腕時計が見えた。

——あれ……。

美季は目を見開く。

——あれは……。

唇がわずかに開かれた。

——あれは……私が……。

美季はその刹那、重力に抗う力を失った。膝が崩れ、美季は放心したようにぺたんと床に座り込んだ。

——まさか、そんな。

「ちょっと、美季！　どうしたのあんた！　ねえ、しっかりしなさい！　どうしたって言うのよ？」

物音で気付いた華戸が腰を落として美季の身体を揺さぶったが、美季は虚ろな表情をテレビに向けるだけだった。

救急車の車内は不思議な場所だ、と救急隊員が応急救命措置を施すために、身体をよけた水戸は思った。

サイレンの高鳴りに他の音は遮断され、車内が世界の中心に感じられ、窓の外を流れてゆく光景は意味を失う。……仲間が搬送されて行くのに同乗したのは、初めてではなかったが、いつもそう思った。医師でも看護師でも救命士でもない自分には、手を握りしめ励まし続ける事しかできなかった。

土岐の首には、救急隊員の手で、分厚い滅菌ガーゼが当てられていたが、たちまち流れ出する血液に濡れそぼり、弾力と厚みを失う。まるでこの場の無力さの象徴だった。口はボンベに繋がった酸素マスクに覆われている。土岐の瀕死の姿が、どういう訳か水戸の胸で憤激に似た感情を膨れ上がらせた。土岐の姿は、そのまま無力な自分自身の姿だったからだ。

「小隊長、死ぬな！　目を開けろ！　聞こえてるのか！　土岐警視！」水戸は叱咤するように、土岐の耳元で叫んだ。「……あんた、結婚したばかりだろうが！　女房はどうすればいいんだ！　起きろ！　思い出せ！」

土岐の頭が左右に揺れた。眼がうっすらと弱々しく開かれる。

「……ああ、……美季、……美季」悲しげな、永遠に失われた者を呼ぶような声だった。

「……美季」

土岐の目が光を失い、瞼は閉じられた……。


土岐は近在の救急病院に担ぎ込まれた。

赤い表示の灯る救急救命室の入り口で待機していた医師、看護師が土岐を載せたストレッチャーが降ろされると同時に取り囲み、措置室に運びながら救命措置に取りかかる。

土岐の蒼白になった顔が、ストレッチャーの小さな車輪が廊下で何かを踏むたび、木偶のように左右へ微かに揺れた。それは言葉にできない訴えに似ていた。水戸も土岐に続いて救急車のハッチからのそりと身を乗り出すと、後を追った。——自分と土岐の銃器は、弾倉を抜き、安全にしてある。自分に出来ることはここまでだ、と水戸は思った。後は医療関係者に委ねるしかない。……悲しい経験が教えてくれた真実だった。そして土岐は廊下の突き当たりの、もはや水戸の手の届かない場所へと消えていった。

緊急措置室の自動扉を抜けると、土岐は手術台にその場にいた全員の手で移された。

いったん頸動脈に当てられていたガーゼが取られる。すると、血が奇怪な寄生虫のように体内から噴き、救急医の羽織った使い捨て手術着を濡らした。

「大量に出血してるぞ、輸血！　輸血急いで！」

「心電図モニター繋いで！」

「……くそ、何で出来てるんだ、この服！　切れないぞ」

「バイタルは？」

「血圧三十の五十五、脈拍微弱！　瞳孔左右反応ありますが、鈍い！」

「キシロカインを静注！——」

「縫合セットを！　早く！」

　土岐の身につけていた装備は、水戸の手で多くは外されていたが、カバーオール状の突入服と下着は大型のハサミで切られ、漂白されたように見える肌が露わにされていた。中指と胸にモニターに繋がる電極が貼られる。

　案外、華奢（きゃしゃ）な男だ……、それが、休み無く手を動かす救急医たちの脳裏を、ふと掠めた感想だった。

「……脈拍、どんどん下がってます！　……測定不能」

「まずいな、パドルのチャージを——」

　救急医が電気的刺激で心臓を蘇生させる装置への充電を指示しようとした瞬間、心電図モニターが、心を針で刺し通すような音を立てる。——心室細動の警報だった。

土岐は清明な意識で、救急措置室の修羅場を見下ろしていた。

……血の気が失(う)せ、口に酸素マスクをあてがわれた自分の姿が見える。周りを囲んだ救急医らしい男が、コードに繋がった一対のアイロンのような器具を、一つを心臓に、もう一つは左脇の下に押しつけるのが見えた。すると他の医師、看護師が銃を突きつけられたように自分の身から手を離した。……自分の身体が、ベッドの上で跳ね上がった。救急医の一人が、傍らのモニターを睨む。微かに首を振るのが見えた。さらにもう一度、同じことが繰り返される。

土岐は医師や看護師の頭に囲まれた自分の顔を見た。哀しみも苦悶さえ窺えなかったが、自分の肉体の中で、生命が死から逃れようと絶望的な抵抗をしているのだろう。

——もう、頑張らなくてもいいのに……。

どこか晴れやかに土岐は微笑みさえ口の端にのせて、思った。

それが合図だったかのように、土岐の身体は措置室の天井を抜け、二階、三階……と病室をすり抜けながら加速して空へと昇って行く——。いや、と土岐は宙で風圧を感じることもなく天上を目指しながら、思った。すでに足下には病院は見えず、月光に照らされた山々の麓(ふもと)が、俯瞰(ふかん)図のように記号的に見えるだけだ。

——昇ってるんじゃない、落下しているんだ、空に。

何ものに遮られることもなく、土岐は雲を突き抜けた。そこは、群青(ぐんじょう)色に彩られた、宇宙と地球の境。死の世界だった。

土岐は虚空(こくう)で静止した。

——これが、死か。

何か震えるような心穏やかさだった。——これが、死。

……死を考えぬ者は愚かになり、死を厭(いと)うだけの者は臆病になり、死を軽んじる者は傲岸(ごうがん)になる。

では、と土岐は思った。——では、死を求め続けた自分はどうなのだろう。生存の欲求への、叛逆(はんぎゃく)の遠い調べを聞き続けた自分は。

そうだ、確かに求め続けたのだ、俺は。……死というものを。いつからかは、もう思い出せない。父と兄を事故で失い、その哀しみを刻印した心の、どこか別の場所で、死が自分に訪れるのを待っていた。

しかし、自分には母がいた。自分で死を選ぶことなど出来なかった。だから、死の誘惑を眠らせるために、困難や苦痛を求めた……。

たいして頭の良くない自分が、大学を出て国家公務員を選んだのも、経済的な問題もあったが結局、それが困難なことだったからだ。特殊部隊入隊を決心したのも、無意識に死への欲求から逃れられると踏んだからだ。

そして、仏法が本来生きている人間の指針であることを知ったとき、自分は仏法にすがった。

しかし今、自分はここにいる。すべてを地上に残して、ここにいる……。

――怖かったんだな、結局。……幸せになるのが。

誰かに昔語りをするように、土岐は思った。

身の回りに大切なものが増えるにつれて、アーチの要石が圧力できしるるように、自分の心に強固に食い込み癒着した、死を求める願望が悶えだしたのだ。地位や名誉には関係ない。それらはもともと求めたものではなかったから。

大した幸せではなかった。というよりも、多くの人々が手に入れている平穏だった。けれどもそれさえ、自分は受け入れることが出来なかった。どうしてかは知らない。多分、生まれ落ちた瞬間に定まっていたのかも知れない。

死を安らぎと感じたことはない。死後の世界を信じたこともない。ただ、その平等で正確無比な〝消滅〟を自分は願ったのだ。

――それがいま、訪れる……。

土岐は顔をあげた。半円を成した地上の果てから、光が見える。それはゆっくりと地平線を、稜線から昇る朝日のように染め、土岐を包み込む。土岐は目を閉じた。瞼を通して、光は土岐の目を灼いた。強烈な光だった。網膜が、眼球そのものが、それどころか意識、いま認識している身体さえ溶けてしまいそうな、圧倒的な光だった。

――お父さん、お兄さん。……ようやく逢えるんだね。

地上でどう考え、どう信じていようと、ここは死の世界だった。土岐は、目を閉じて半ば恍惚(こうこつ)とした表情で呟いていた。

――お父さん、俺、働いてたんだよ。……兄さん、俺の方が年上になっちゃったけど、解るかな。

……光は、人肌のような温かさで土岐を取り巻いた。その温かさの中に土岐は、父も、兄も、すべての魂の存在を感じることができた。

――哀しいのか？……哀しいの、……哀しいんだね。

風鳴りのような囁きが、土岐を巡りながら問いかけた。

――人は哀しい、……哀しいんだ、……みんな、哀しい。

そう。だから、自分はここへたどり着いた。

――生きているから、……生き続けるから、……生きなきゃならないから。

そうだ。でも自分は、それを自分で摘み取った。

――何かを背負っているから。

白い沈黙。

――死を近しいものとして生きることも、人がそれぞれ分け合って背負うべき哀しさの一つ……。

土岐は卒然として、目を開けた。——光が、弱まろうとしている。

死への扉が、閉じられようとしている。

いままで聞こえてきた声は、と土岐は思いあたって息を飲み、それからその答えを絶叫した。

「父さん！　兄さん！」

青く静けさを取り戻し始めた世界へ土岐の声が響く前に、ガタン！　と巨大な門扉が音を立てて閉じられる反響混じりの音が、空間を揺らした。

次の瞬間、土岐は凄まじい速度で地表を穿つ星のように、闇へ吸い込まれていった——。


——もう、自分は抜け殻だろう。

土岐は落ちながら思った。……一体、蘇生したとしてもこれから先、何を寄る辺に生きればいいのか。ありはしない。自分が生きる理由も、意義も、自分の手でこの世界のどこかに置き去りにした。これからの自分は、焼け跡のように腐食することだけを拒みながら、生きているに値しない時間を過ごすことになるのだ……。

——それが与えられた報いか……。

ふと気付くと、土岐は水の中にいた。

思わず息を止めたが、口腔にも鼻腔にも水が入り込んでくる気配はない。……おかしな水だ。呼吸できる。

土岐は眉根を寄せた。無数の気泡が、自分を取り巻き、糸の切れた風船のようにあがってゆく。

気泡には、人の頭くらいのもの、それより小さいもの、様々だった。土岐の身体に当たると、跳ね返ったり、あるいは幾つかの小さな気泡に分かれて、さらに高みを目指してみえなくなる。

シャボン玉の竜巻の中にいるような、不思議な場所だった。

――なんだろう、これ。

が、土岐は唐突に理解する。これは――。

――これは地上で失われた人の魂だ！

土岐は手近にある一つを、思わず摑んだ。どれでも良かった。手にした気泡は小さく、土岐は子供のものに違いないと確信した。

けれど、気泡は土岐の手の中で潰れ、また一つに合わさると、上へ昇ってゆく。

ああ、と土岐は凍えたように息を吐いた。……消えて行く、消えて行く。自分には、一つとして救うことは叶(かな)わないのか。

――お兄さん。

呼びかけられて顔をあげると、二十歳前後の若い女性がいつの間にか土岐の前に浮き、土岐を見下ろしていた。長い布を身体にゆったりと巻き、長い髪が揺れている。

——君は……。

——覚えていないの？

女性は笑った。天女のように愛らしかった。

——いや、……でもどこかで逢った気がする。

——ほら、思い出して。……初めて逢ったとき、お兄さんは草の中に寝ころんでいた。

——君は……それじゃ、あの時の……。

そう、と女性は微笑んだ。

——私は、お兄さんが祈ってくれたお陰でここにいる。これは、私が時を取り戻した姿……。

——そうか……。良かったね。

土岐は笑ったが、その笑顔もすぐに曇った。

——でも、……今の俺にはもうなにもしてあげられない。祈ることも……。

——それは私も同じ。

女性は清冽(せいれつ)ともいえる慈しみの笑顔で振り仰ぎ、それから土岐に眼を戻した。

——この泡は、死んでしまった人たちの大切な命なの。もう、誰の手も放れてしまった。見て、色々な理由で人は死ぬわ。自然な理由でも、不自然な悲しい理由でも。

女性は眼に哀しみを湛えたまま、口許の笑みだけを広げた。

――生きている人間を守るのは、生きている人間にしかできないの。

土岐は言うべき言葉も言う意志もなく、ただ女性の顔を見ていた。

――お兄さんには、それができる。……あの子にしてあげられたように。

――でも、俺は……。

土岐はようやく言った。

――駄目よ、逃げては駄目。人を助けながら、自分を助け続けて。そして考え続けるの。幸せも不幸も、最後までわかりはしない。でもここで生きるのをやめれば、曖昧な結果さえ手にはできない。

――でも。

――最後まで生き抜いて……、そしてそれからでいい、ここで私に生きるってことや、歳をとるってどういうことか教えて。ね？　約束よ？

これからの人生がどうなるか解らないけど、と土岐は思った。自分は死にさえ拒絶されているようだ。しかし、この子との約束くらいは果たせそうな気がした。

うん、と土岐は頷く。

――約束するよ。必ずだ。

――ありがとう。……きっとね。

再び周囲は暗転し、女性も気泡の渦も消えていった。

そして、再び今度はどこか先細った管に押し込められ、身を絞られるような落下する感覚。

戻るのか……。土岐は耳元の擦過音で鼓膜を激しく震わせながら思った。地上へ、第四小隊の仲間のもとへ、それから……美季のもとへ。

諦めてしまえば、結局還る(かえ)べき場所は一つなのだ。

ふと、土岐は風なりの向こうから、何かを唱和する声が聞こえてくるのに気付いた。

〈よく教えの道理を……〉

何だろう、何を唱えているのか。

〈足るを知りて、養い易(やす)きこと〉

土岐は細切れに聞こえてくる章句の断片から、それを知った。

釈尊が修行者たちに伝えた言葉、慈経の章句だ。

〈……慈しみのみ修すべし〉

次の一節は、土岐の最も好きな言葉だった。

〈生きとし生けるもののうえに幸いあれ、平和あれ、安楽あれ〉

土岐は両腕で自分の身体を抱え、その中に顔を俯(うつむ)けて押しつけた。

他人に顔向け出来ないほど愚かで利己的な自分も、生き物なのだと思った。

〈……生きとし生けるものに、幸いあれ〉

――生きとし生けるものに、幸いあれ

土岐悟のかいまみた死の世界は、終息しようとしていた。

土岐はそっと誰かに促されるように目を開けた。

耳に微かなざわめきが聞こえ、清潔な天井を見上げた。方角は判らなかったが、広い窓から燦々と眩しい光が射し込んでいる。

綿のように、身体に力が入らない。身体の芯を抜かれてしまったように。

「グーテンモルゲン……」

ベッドの脇から静かに声が聞こえた。土岐は、喉元まであげられたシーツに顎を擦りながら、頭を向けた。

「気分はどうかな……?」

独国国境警備隊第九部隊、クルツ・シェーファー中佐が丸椅子に座ったまま、穏やかな声で言い、微笑んだ。

夢なのだろうか、と土岐は思った。

確かめるように何か口に出そうとしたが、喉も唇も乾ききったざらついた感覚しかなかった。口の中がまるで分厚い和紙にでもなったようにごわごわしている。

「無理しなくてもいい。……いまはただ休みたまえ」

土岐はその言葉で、再びあてのない眠りに落ちた。


次に目覚めたときには、美季が自分の顔を覗き込んでいた。

「悟さん……」美季はそっと口を開いた。そうしなければ土岐がまた眠ってしまい、二度と目を覚まさないと信じているように。

「――美季」かすれた息づかいに似た声で、土岐は呟いた。

「良かった、助かって……！」美季は土岐の顔を両手で挟み、止めどなく涙を流し始めた。

「本当に良かった」

土岐は肉の落ちた右腕をなんとかシーツから出すと、美季の背中を抱きしめ、撫でてやった。

お互いをいたわり合う時間に、陽光だけが注がれていた。

「……なにか、飲むものが欲しいな」

土岐が言うと、美季はようやく何度も鼻を鳴らしながら立ち上がり、台に置かれたペットボトルから吸い飲みにジュースを入れて、土岐の口にあてがった。土岐は音をたてて、それを飲んだ。

「……ありがとう。――話したいことがあるんだ」

「疲れない？　今じゃないとだめ？」

「うん。……いまだからこそ、話しておきたい。……正直に」

　土岐は話し始めた。死を求めた時間の、一切のことを。

　途中、看護師が病室に顔を見せ、患者をあまり疲れさせないようにと言い置いて、また出ていった。

「……俺はだから、人に愛情をもつ資格なんか最初から持ち合わせていなかったのかも知れない。死を、一心に望んでいた……」

　土岐は話し終えると、天井から美季に視線を戻した。

　美季は泣いていた。怒りと哀しみの混じった強い眼で土岐を見つめながら、それでも涙を流していた。

「どうしてその時、遺(のこ)される私のことを考えてくれなかったの？」美季の声は震えていた。「私の気持ちはどうなるの？　どうしてそんな酷いことをしようとしたの？」

「――すまない」

　土岐は小さくそれだけ言った。

　美季は土岐の目を捉えたまま、首を振った。

「あなたは私だけのものよ。……だから私はあなたを一生許さない。精一杯生きて、この世の中で私を一番大切だと想ってくれるまで、絶対に」

「……また、一緒に生きてくれるんだね」

美季は黙って立ち上がり、背中を向けてドアに向かった。

「あなたは、還ってきてくれたから」

ドアの外に美季は出て行き、そして——入れ替わるように「小隊長ぉ！」と武南を先頭に、水戸、武南、井上、藤木、甲斐、真喩、そして牧場が平服姿でどやどやと病室に流れ込んできた。

「声がでかいぞ、武南……！」土岐が笑顔になって叱る。

「あはは、元気そうじゃないですか、しぶといですねえ」

「いやあ隊長、この間、見舞いに来たときは五千円もするケーキ持参だったんですが、寝てられたんでみんなで食べちゃいましたよ」

「ほんとか？」井上の言葉に、土岐は苦笑した。

「これ……、隊長」真喩が後ろから進み出て、花束を渡してくれた。

「ありがとう」

牧場が沈んだ表情で、土岐の前に立った。「……隊長、俺」

「報告書には、書きましたか」

「……はい」牧場は答えた。

「なら、後のことは誰かが決定する。私個人は、結果は同じだったと思います」

「……はい」牧場は頭を下げた。

「それはそうと、隊長。退院したら、もてますからね」

霧囲気をかえるように、藤木が言った。

「何でですか」甲斐が土岐のかわりに尋ねた。

「何故なら俺が、輸血したからですよ」

「中隊副長もしましたけどね」と甲斐。

「抜け毛が増えないか心配だ」

と、土岐は笑った。

命は決して、一つでは生きて行けない。周りの命と響きあいながら生きている。

その事を心に深く留めている限り、自分は生きて誰かを助け続けることができるだろう。

人ひとりに与えられた時間は限られていて、出来るのは最善を尽くすことだけなのだ。

たとえ時に間違いを犯そうとも、自分に生きていて欲しいと誰か一人でも願ってくれる以上は、人には生きる義務がある。

そう、義務だ。そして自分には、もう一つ義務がある、と土岐は思った。

美季に許してもらう、という義務が。

――きっと許してもらえるように、努力するから
土岐は賑やかになった病室で、仲間に囲まれながら、そう思った。

エピローグ

沸くような、春の空気だった。

品川区勝島、第六機動隊特科中隊の隊舎に出動を報せるサイレンが駆け抜ける。

特科中隊は新年度、かねてからの増強計画を経て人員、装備、資機材の増強、刷新が図られている。特科中隊にも新しい風が吹いていた。

出動態勢を整えた小隊が、操車場の輸送バスに迅速に乗り込んで行く。

「隊長!」と、隊舎から走り出た事務職員が、最後に乗り込もうとしていた小隊指揮官に声を掛ける。

略帽を目深(まぶか)に被(かぶ)った小隊長は、バスのステップにブーツの片足をかけたまま振り返った。

「……これ、中隊長からの伝令です」と紙片を差し出す。

細面(ほそおもて)の小隊長は紙片を受け取り、眼を通してから、事務職員に向かって「ありがとう」と礼を言い、バスに乗り込んだ。ドアが閉じられる。

「よし、出動する！　こら武南、なにを笑ってるんだ！　甲斐は無線、井上さんはエントリーツールの点検！　藤木さん、牧場、準備はいいですね？　村上、特殊銃の準備はいいか？」

「みんな、締めて行くぞ！」水戸が気合いを掛ける。

走り始めたバスを見送りながら、事務職員は大声で言った。

「土岐隊長、お気をつけて！」

その声に、県警捜査二課長の内示を断った土岐が、車内で手を挙げて応える。門に差し掛かったところで、土岐はシートに腰を落ち着けた。

去年の冬に負った傷は美季の献身的な労り（いたわ）もあって、すっかり癒えていた。……もっとも、二人の生活も含めた関係は、完全に修復されたとは言えなかったが。

夜中、自宅のマンションで土岐は不意に目覚めることが多かった。するといつも必ず、傍らで眠っていたはずの美季が、仄（ほの）かな灯（あか）りで白い眼を光らせて自分の顔を凝視していた。そんな夜には、土岐は決まって囁（ささや）きかけるのだった。

「……大丈夫だよ。どこへも行かないから。早くおやすみ」

すると美季は無言で布団の中の身体を寄せ、頬を土岐の胸の上に置き、鼓動だけが信じられる答えだという風にして耳を澄ませてから、ようやく眠りに戻るのだった。

土岐は自分の罪深さを知っていた。だから、これ以上自分の組織内での思惑を、美季に納得させる術(すべ)を持たなかった。だから、出向を断った。五反田がいうような、出世街道としての警備に固執したわけではない。

死の抱擁に身を任せようとした利己主義者を夫に持ってしまった美季から、土岐は職まで取り上げるようなことはできなかったのだ。

――いつか、解ってもらえるだろうか、と土岐は通勤の途上に、訓練の合間に、眠りに落ちる一時に考える。

贖罪(しょくざい)の言葉は、たいして意味を持たないだろう。ただ、美季が自分の心の暗渠(あんきょ)を理解して照らし出してくれたとき、初めて自分は救われ、美季は自分を赦(ゆる)してくれるだろう。いつのことになるのか、それは自分にも、美季にも解らない。だが、肝心なのはその時がくるまで共に生き、語り合い、何ものかを二人の手で築き上げることなのだ。苦しみを伴おうとも。

そして自分はたとえ無駄と罵(ののし)られようとも任務を続け、人を助けることによって自分もまた救われる方法を探さねばならない。様々な刻苦を引き受けても、助け出した人々のささやかな感謝と、互いを不可欠な者とする仲間たちが、きっと自分に道を示してくれる。

土岐はそう信じた。……薄給で命がけでも。

「みんな、よろしく頼む！」

土岐は不意に叫んだ。

おお！　と威勢の良い声が、第四小隊のそれぞれの口から上がる。
柔らかな風を切り分けて行くように、第四小隊は出動していった。

主要参考文献

[銃器、装備]

『最新ピストル図鑑』床井雅美　徳間書店
『最新ピストル図鑑Ｖｏｌ．２』床井雅美　徳間書店
『最新軍用ライフル図鑑』床井雅美　徳間書店
『最新サブ・マシンガン図鑑』床井雅美　徳間書店
『現代軍用ピストル図鑑』床井雅美　徳間書店
『大図解　特殊部隊の装備』坂本明　グリーンアロー出版社
『S.O.G & S.W.A.T HOBBY MAGAZINE』オリオン出版
『スペシャル・ポリス・ウェポンズ』ミリオン出版
『リスクコントロール特殊装備品カタログ　ミレニアム・ヴァージョン』
リスクコントロール
『週刊ワールド・エアクラフト』デアゴスティーニ
別冊ベストカー『Ｔｈｅ消防車』三推社◎講談社
別冊ベストカー『Ｔｈｅ特装トラック』三推社◎講談社
『月刊アームズ・マガジン』ホビージャパン
『月刊コンバット・マガジン』ワールドフォトプレス
『月刊ラジオライフ』三才ブックス
『月刊アクションバンド電波』マガジンランド

『季刊Jレスキュー』　イカロス出版

［特殊部隊、組織、戦術］
『特殊部隊全史』マーティン・C・アロステギ　平賀秀明訳　朝日新聞社
『SWATテクニック』毛利元貞　並木書房
『図解凶悪犯罪防御マニュアル』毛利元貞　同文書院
『COMBAT BIBLE』1，2　上田信　日本出版社
『COMBAT BIBLE』3，4　上田信／監修毛利元貞　日本出版社
『ザ・デルタフォース』T・グリスウォルド＋D・ジャングレコ
　北島護訳　毛利元貞監修　並木書房
『世界の最強対テロ部隊』レロイ・トンプソン　毛利元貞訳　グリーンアロー出版社
『SAS戦闘員』アンディ・マクナブ　伏見威蕃訳　早川書房
『ブラヴォー・ツー・ゼロ』アンディ・マクナブ　伏見威蕃訳　早川書房
『SAS特殊任務』ギャズ・ハンター　村上和久訳　並木書房
『SBS特殊部隊員』ダン・キャムセル　村上和久訳　並木書房
『狙撃手』ピーター・ブルックスミス　森真人訳　原書房
『SAS戦術・兵器実戦マニュアル』
　スティーブ・クローフォド　長井亮祐訳　原書房
『SAS大事典』バリー・デイヴィス　小林朋則訳　原書房
『現代の空挺作戦』田中賢一　原書房

『特殊部隊』ウォルター・N・ラング　落合信彦訳　光文社
グランドパワー別冊『世界の特殊部隊』デルタ出版
『警察の本』三才ブックス
『刑事の本』三才ブックス
『警視庁捜査一課特殊班』毛利文彦　角川書店
『警察学入門』アスペクト
『警察官僚増補版』神一行　勁文社
『東大落城』佐々淳行　文藝春秋
『日本警察がダメになった50の事情』久保博司＋別冊宝島編集部　宝島社
『連合赤軍「あさま山荘」事件』佐々淳行　文藝春秋
『陸上自衛隊パーフェクトガイド』学研
『目で見る消防活動マニュアル』
　監修／東京消防庁警防部　編著／東京消防庁警防研究会　東京法令出版
歴史読本臨時増刊『決定版「忍者」のすべて』新人物往来社
『新選組史料集』新人物往来社
『新選組大辞典』新人物往来社
『新選組101の謎』菊池明　新人物往来社

［航空機、テロリズム、その他］
別冊ベストカー『The旅客機』三推社◎講談社

旅客機形式シリーズ⑤『ハイテク・ジャンボ Boeing747 - 400』 イカロス出版
『空飛ぶ巨大技術ジャンボ』中村浩美 講談社
『旅客機大全』中村浩美 新潮社
『テロリズム』ブルース・ホフマン 上野元美訳 原書房
『世界のテロと犯罪組織』増補改訂版 黒井文太郎 ジャパン・ミリタリー・レビュー
『FBI心理分析官ファイル 幼児殺人の快楽心理』
ジョン・ダグラス マーク・オルシェイカー 福田素子訳 徳間書店
『花ことば』井波青香+久坂圭 ナツメ社
『電話帳の楽しい読み方』博学こだわり倶楽部［編］ 河出書房新社
『完璧版犬の写真図鑑』デビッド・オルダートン 高田進監修 日本ヴォーグ社
アニマルサイエンス③『イヌの動物学』猪熊壽 東京大学出版会

【仏教】

『観音経入門』松原泰道 祥伝社
『般若心経入門』松原泰道 祥伝社
『原始仏教その思想と生活』中村元 NHK出版
『仏教の思想1 知恵と慈悲〈ブッダ〉』増谷文雄・梅原猛 角川書店
『密教曼荼羅』久保田悠羅とF．E．A．R．新紀元社
『今のお寺に仏教はない』遠藤誠 現代書館
『仏尊の事典』関根俊一編 学習研究社

『図説日本呪術全書』豊島泰国　原書房
『真言陀羅尼』坂内龍雄　平河出版社

なお、今回参考文献を挙げるにつきましては、前作『警視庁心理捜査官』と重複する書籍は一部をのぞき、割愛させて戴きました。ご容赦下さい。著者と出版に関わったすべての人達に感謝いたします。ありがとうございました。

冒頭の引用は、『ブッダのことば　スッタニパータ』（中村元訳　岩波文庫）、『神曲』（平川祐弘訳　河出書房新社）、『密教の本』（学研）より引きました。

ありがとうございました。

黒崎視音

本書は2005年4月に刊行された徳間文庫『六機の特殊 警視庁特殊部隊』の新装版です。なお、本作品はフィクションであり、実在する個人・団体等とは一切関係がありません。

徳間文庫

六機の特殊

警視庁特殊部隊
〈新装版〉

2022年6月15日 初刷

著者 黒崎視音
発行者 小宮英行
発行所 株式会社徳間書店
東京都品川区上大崎三-一-一 〒141-8202
目黒セントラルスクエア
電話 編集〇三(五四〇三)四三四九
販売〇四九(二九三)五五二一
振替 〇〇一四〇-〇-四四三九二
印刷 大日本印刷株式会社
製本

ISBN978-4-19-894747-7 (乱丁、落丁本はお取りかえいたします)

徳間文庫の好評既刊

黒崎視音
警視庁心理捜査官
KEEP OUTⅡ 現着

警察小説界最強のバディ、明日香（あすか）と爽子（さわこ）。二人の前に解決できない事件はない。公安あがりの異色の捜一係長柳原（やなぎはら）明日香は、解決の為ならなんでもありの実力行使派。かたや、沈着なプロファイリングからの大胆な推理で真相に迫る地味系心理捜査官吉村（よしむら）爽子。男社会の警察組織で、マッチョ達を尻目にしなやかにしたたかに難事件を解決へと導く。彼女達が繰り広げる冷静な分析とド派手な逮捕劇。